本书为海南省哲学社会科学博士点建设专项课题"中国现代性爱叙事研究"成果，项目编号：HNSK(B)12-34

本书获海南省重点学科海南师范大学中国现当代文学资助

20世纪
中国文学
研究丛书

中国现代性爱叙事论集

A Collection of Research on the Modern Eros Narration in Chinese Modern literature

徐仲佳 ● 著

中国社会科学出版社

图书在版编目（CIP）数据

中国现代性爱叙事论集／徐仲佳著. —北京：中国社会科学出版社，
2012.6

（20世纪中国文学研究丛书）

ISBN 978 – 7 – 5161 – 1340 – 0

Ⅰ.①中… Ⅱ.①徐… Ⅲ.①中国文学—现代文学—文学研究—文
集②中国文学—当代文学—文学研究—文集 Ⅳ.①I206.6 – 53

中国版本图书馆 CIP 数据核字（2012）第 199681 号

出 版 人	赵剑英	
责任编辑	门小薇	
责任校对	王雪梅	
责任印制	戴　宽	

出　　　版	中国社会科学出版社	
社　　　址	北京鼓楼西大街甲 158 号（邮编 100720）	
网　　　址	http://www. csspw. cn	
	中文域名：中国社科网　　　010 – 64070619	
发 行 部	010 – 84083685	
门 市 部	010 – 84029450	
经　　　销	新华书店及其他书店	

印刷装订	三河君旺印装厂
版　　次	2012 年 6 月第 1 版
印　　次	2012 年 6 月第 1 次印刷

开　　本	710 × 1000　1/16
印　　张	22
字　　数	282 千字
定　　价	54.00 元

目录

上编 文化、文学思潮论

"20世纪中国文学研究丛书"
总　序

　　著名历史学家余英时先生在谈及自己的学术研究时说："我研究中国文化、社会、思想史，一向比较重视那些突破性的阶段，所以上下两千年都得一一涉及，但重点还是观其变。比如上至春秋战国之际，魏晋之际，唐宋之际，明清之际，下到清末民初之际，都做比较深入的研究。而至于一个时代定型之后没有什么太大波动的，往往置之不论，所以在学术思想史方面，我并没有从事前人所谓'述学'或'学案'式的工作。"余英时对"变动"的兴趣给人以极大的启发，而20世纪的中国正是这样一个极具"变动"特色的时代。在这一百年里，不仅发生了由大清到民国、由民国到共和国的转变，涌现出了各种各样的主义与思想，也诞生了与传统迥然不同的新文学。时间虽然短暂，但由于处于历史的剧烈变动期，却留给了中国的革命家、思想家、文学家巨大的活动空间。也正是这样的原因，近百年来的中国社会、历史、思潮、文学等等也成为当代中国学术研究的重镇。"20世纪中国文学研究丛书"就是我们作为当代学人对这个时代文学思考的成果。

　　本丛书的作者都是海南省普通高等学校省级重点学科、海南师范大学中国现当代文学学科的中青年教师。海南师范大学成立于1949年，迄今已有60余年历史。由于历史的原因，它经历了由学院到师专，由师专到师院再到师大的曲折过程。但无论什么时候，海南师范大学的中国现当代文学都是学校的优势学科。20 世纪 50 年代初，全国高等学校进行院系调整，海南师范学院调整为海南师专，五四时期北京大学的五大学生领袖之一、全国学联主席、中国新诗的开拓者、时任华南联合大学文法学院院长的康白情，也被调到海南师专任中文系教授。虽然这是作为学者、诗人的康白情人生中与海南的一次短暂交集，且不乏贬谪的苦涩意味，但他的到来还是为当时海南这所惟一留存下来的高等学校刻下了一道深深的印记。康白情在海南师专工作期间，虽然主讲的是中国古代文学，但他作为五四运动的组织者、新文学的直接参与者，却给当时中文系的师生们以很大的影响。特别是当师生们得知郭沫若是因为读了康白情的《草儿》等新诗，"委实吃了一惊，也唤起了我的胆量"才开始写作新诗之后，他们对中国新文学的感受更直接了。海南师范大学的学生一向有写诗的传统，海南师范大学中文系一向有现当代文学研究的热情，与此不无关系。20 世纪 80 年代，随着改革开放政策的实施，一大批优秀人才怀着创业的激情从内地来到海南，特别是海南建省之时，更出现了十万人才下海南的盛况。本学科现在还在工作的几位骨干老师就是那时候从内地高校来到海南的。这些老师的到来不仅强化了当时尚在发展的中国现当代文学学科，而且，他们还以辛勤的努力和众多的学术成果让地处一隅的海南的中国现当代文学研究步入了国内学界的先进行列。20 世纪 90 年代以后，海南师范大学的中国现当代文学学科有了更好的发展机遇，不仅被批准为海南省普通高等学校省级重点学科，还被国务院学位办列为博士学位授予权建设学科进行立项建设，海南师大的中国现当代文学学科从此进入快速发展的新时期。"20 世纪中国文学研究丛书"就是我们这些年来学科建设成果的集中展示。

本丛书的编写原则，以集中体现个人的研究方向、特色为主，不强求体例上的一致性。总体上看，这套丛书有两个比较明显的特点。明确的问题意识，是丛书的第一个特点。丛书的作者虽然都从事现当代文学的教学与研究，但普遍有着自己的专长与学术兴趣，有些问题已经研究了多年，有着比较深厚的学术积累，因而使丛书具有较强的理论建设意义。积极的创新意识，是丛书的第二个特点。丛书的作者特别是年轻的作者多是近些年来新毕业的博士，思想束缚少，学术上有冲劲儿，虽然有许多论题并非人所未论，但由于观点新颖，故而研究也不乏新意与创意。当然，我们也知道，由于研究者自身的局限，丛书的一些观点未必完全正确，学术质量也有待进一步提高，但是不管怎样，如果这套丛书能够对读者在学术上有所启迪，我们的目的与愿望则庶几达成矣。同时，借丛书出版的机会，我们更加期望得到学界同行和热心读者的指教。

本丛书既是海南省普通高等学校省级重点学科中国现当代文学学科的重点建设项目，也是海南省哲学社会科学博士点建设专项课题的成果，特记。

是为序。

房福贤

2012 年 5 月 1 日

于海口金花村

中国现代性爱叙事人文传统研究综述（代序）

　　中国现代性爱叙事是指自 20 世纪 10 年代末至当下，在现代性爱思潮影响下，出现在中国大陆的、以两性关系为叙事内容的一种叙事形态。作为一种阶段性鲜明的叙事形态，中国现代性爱叙事带有特定的时代性和民族性内涵。正如两性关系是人的类本质的表现一样，中国现代性爱叙事也承载着现代中国人的类本质，蕴涵着中国现代人文传统的一些重要内涵：世俗性（对性欲望的肯定）、批判性（对性压迫制度的批判）、自由（性选择的自由）、个性（性选择的个体性）等。这些人文内涵一经确立，就成为一种重要的现代传统，参与塑造了现代中国人的思想、情感的形成和变迁。因此，对中国现代性爱叙事的人文传统做一全面研究是极有价值的课题。

　　中国现代性爱叙事所涉及的问题，在近百年的文学历史中不断地被解答着。例如，周作人的《人的文学》（1918）、《情诗》（1922）、《沉沦》（1922）等文章都是中国现代性爱叙事形成期最早的文献。这些文献既是中国现代性爱叙事研究最早的成果，同时也是中国现代性爱叙事最早的理论资源，参与建构了中国现代性爱叙事的人文内涵，形成了现代性爱叙事所处的文化语境。在百年中国现代性爱叙事史中，类似的批评性研究成果始终伴随着中国现代性爱叙事的发展存在着。例如，1931 年前后关于"革命＋恋爱"小说公式的批判、20 世纪 40 年代国统区关于"色情文学"的讨论、1951

年前后关于《我们夫妇之间》的批判、1958 年关于《青春之歌》的讨论、1979—1980 年关于《爱，是不能忘记的》的讨论、1986 年前后关于"性冲击波"的讨论、1993 年围绕着《废都》的争论等都是如此。因此，它们的即时性、参与性使我们有理由将这样的研究成果视为中国现代性爱叙事人文传统的组成部分。

除了上述建构性的研究成果之外，从文学史的宏观角度对中国现代性爱叙事进行研究的成果出现在 20 世纪 80 年代。此时，启发着研究者从文学史宏观视角进行中国现代性爱叙事研究的是当时文学创作实践中的性爱叙事日渐增多的事实以及文学方法热的出现。性爱叙事在 20 世纪 80 年代中期之后的日益增多所带来的现实问题为从文学史视野研究中国现代性爱叙事提供了问题意识。而文学方法热中，西方的性科学理论以及女权主义文学批评进入中国等也为这种宏观研究提供了新的观照体系。西方理论对中国现代性爱叙事研究的开拓其突破口之一是关于弗洛伊德学说的介绍及其在文学研究上的运用。1949 年之后，中国大陆在很长一段时间内将弗洛伊德的学说看做"腐朽的资产阶级的心理的反映"加以批判的。[①] 这种价值判断一直延续到 20 世纪 80 年代中期，虽然在 1979 年，《哲学译丛》相对中立地介绍了弗洛伊德及其学说。[②] 不过在此之后的很长一段时间内，除了在介绍弗洛伊德的精神分析学说与西方美学思想的关系方面，研究者可以表现出一种貌似中立的态度之外，[③] 在谈论精神分析学说与中国现代文学的关系时，它仍然被看做与马克思主义相左的唯心主义理论。例如，1984 年，王富仁在《郭沫若早期美学观与西方浪漫主义美学》中认为，郭沫若早期

---

① 唐钺：《批判弗洛伊德的思想》，《北京大学学报（人文科学）》1960 年第 2 期。

② 赵鑫珊：《弗洛伊德其人及其学说》，《哲学译丛》1979 年第 5 期。

③ 王宁：《论弗洛伊德的文学观点及其对西方现当代文学的影响》，《当代文艺思潮》1984 年第 5 期；《弗洛伊德主义与文学初探》，《南京师大学报》1988 年第 1 期以及中译本《弗洛伊德主义与文学思想》（生活·读书·新知三联书店 1987 年版）的译者（王宁）前言。

的美学观对弗洛伊德精神分析学说"不甚赞同"。① 而到 1985 年就有研究者肯定地强调：郭沫若"在弗洛伊德学说的影响下，写出了一批富有特色的小说及文艺理论文章"。② 同年，余凤高开始以弗洛伊德的心理分析为方法分析中国现代作家作品，③ 之后，关于弗洛伊德主义与中国现代文学的关系研究开始在学术界出现并日渐增多。虽然弗洛伊德精神分析学说中的无意识理论在文艺学上的价值开始得到肯定，但弗洛伊德的泛性论仍然被视为反马克思主义的理论受到批判，甚至把当时文学创作中的一些"性冲击波"看做这种泛性论的流毒。④ 1987 年，随着心理学和哲学界对弗洛伊德泛性论的"翻案"，⑤ 弗洛伊德泛性论对中国现代文学的影响开始被研究者注意到并加以肯定性研究。吴立昌是最早从这一角度进行研究的学者。他的《弗洛伊德在中国现代文坛》勾勒弗洛伊德学说在中国现代文坛上的轨迹。吴立昌首先钩沉、分析了弗洛伊德学说在中国新文化运动中以科学的面目引导人们认识性、打破封建礼教的历史事实。其次，缕述了精神分析学说在中国现代文学创作上，特别是小说创作上的影响，列举了鲁迅、郭沫若、郁达夫、许杰、刘呐鸥、穆时英、施蛰存、沈从文、杨振声等例子。最后，评价了这一影响的史学价值和文学价值。他认为，"'五四'文坛对弗洛伊德的评价，走向极端者少，较为客观者多"；精神分析学说使得中国作家"在

---

① 王富仁、罗钢：《郭沫若早期美学观与西方浪漫主义美学》，《中国社会科学》1984 年第 3 期。

② 张牛：《弗洛伊德学说对郭沫若早期作品的影响》，《探索》1985 年第 5 期。

③ 余凤高：《郁达夫对心理分析的彷徨》，《浙江学刊》1985 年第 5 期；《心理学派与中国现代小说》，《文学评论》1985 年第 5 期；《穆时英的小说创作》，《浙江学刊》1986 年第 3 期；《潜意识与中国现代小说》，《江汉论坛》1986 年第 3 期。

④ 陈慧：《重评弗洛伊德主义》，《河北师范大学学报（社会科学版）》1985 年第 1 期；董学文、张首映：《从无意识到泛性论——弗洛伊德文艺观述评》，《文艺理论与批评》1986 年第 3 期。

⑤ 《中国图书评论》1987 年第 1 期，以"探讨与争鸣"专栏的形式刊发了四篇文章，讨论弗洛伊德精神分析学说。从刊发的四篇文章（陈仲庚《对精神分析理论的若干评述——谈弗洛伊德理论的得与失》、章阳《弗洛伊德：未完成的历程——为弗洛伊德主义所作的辩护》、高楠《弗洛伊德——级泥垢尘封的台阶》、王生平《[资料] 苏联学术界非正统派对弗洛伊德主义的辩护》）的作者身份、文章编排看，编者显然是意图为弗洛伊德的精神分析学说中的泛性论"翻案"。

'性'的问题上，突破了封建道学观念的禁锢，认识比较切合实际"；"精神分析有助于作家对人物心理的深层剖析"；其因为文坛对现实主义的褊狭理解而在中国现代文坛上的"短命"是值得遗憾的事。① 其后，王宁的《弗洛伊德主义在中国现代文学中的影响与流变》②、尹鸿的《徘徊的幽灵：弗洛伊德主义与二十世纪中国文学》（云南人民出版社1994年版）都试图剔抉出弗洛伊德的精神分析学说对中国现代文学的影响。尹鸿的著作对弗洛伊德精神分析学说在20世纪20年代、20世纪30年代、新时期性爱叙事中的影响进行了较为细致的梳理。虽然研究者在清理这些文学实绩的影响路径方面还不乏牵强、粗疏之处，但弗洛伊德精神分析学说对中国现代性爱叙事影响的事实毕竟受到了前所未有的正视，为后来此方面的研究清理了道路。

20世纪80年代，现代性爱叙事在文坛形成了一次又一次的"性冲击波"，在现实层面形成了普遍的道德焦虑。通过追溯中国现代性爱叙事人文传统来缓解现实的道德焦虑感也成为此时现代性爱叙事研究的动机之一。1985年，宋永毅、刘绪源的《文学中的爱情问题》是这方面比较早的研究成果。作为一本主要面向大学生的通俗读物，其目的是为青年读者提供一些"必要的引导和指点"③，其研究的对象是"古今中外文学作品里的爱情描写"。这本书用一章的篇幅勾勒了古今中外数千年的爱情描写的历程，然后从"透视社会生活及其本质的窗口"、"阶级关系的特殊表现"、"映现人物性格和心灵的镜子"、"显示各种恋爱观的屏幕"四个方面阐释文学中爱情描写的多重意义，并试图解答当时青年读者阅读时所"经常产生的问题和要求"。④ 现代文学史上的一些经典作品被纳入该研究的问题范畴，如《终身大事》、《沉

---

① 吴立昌：《弗洛伊德在中国现代文坛》，《复旦学报（社会科学版）》1987年第3期。
② 王宁：《弗洛伊德主义在中国现代文学中的影响与流变》，《北京大学学报（哲学社会科学版）》1988年第4期。
③ 宋永毅、刘绪源：《文学中的爱情问题·钱谷融序》，上海人民出版社1985年版，第4页。
④ 同上书，第3页。

沦》、《阿Q正传》、《伤逝》、《为奴隶的母亲》、《家》、《雷雨》、《子夜》、《骆驼祥子》、《小二黑结婚》、《青春之歌》、《被爱情遗忘的角落》、《天云山传奇》。虽然著者试图把文学作品中的爱情描写"作为一个完整的系统来考察"，但时空跨度（古今中外）如此之大，而又如此复杂的研究对象显然不是一本只有256页的专著所能够完全把握的。上列的现代文学作品的解读就被著者预设的问题所限定。虽然该书涉及了文学中爱情描写的一些人文内涵，但它们只是作为著者对于爱情进行社会学阐释的文学注脚，并不是严格意义上的文学史研究，并没有把中国现代性爱叙事作为一个独特的现代文学现象加以研究，中国现代性爱叙事的人文传统也就不可能被完整地勾勒出来。

1989年，孟悦、戴锦华的《浮出历史地表——现代妇女文学研究》的出版为中国现代性爱叙事研究提供了新的角度。该书虽然是一本以中国现代妇女文学为研究对象的著作，但其从女性主义视角对中国现代文学的解读，涉及了现代文学史中诸多女性作家（冰心、庐隐、冯沅君、凌叔华、丁玲、白薇、冯铿、肖红、苏青、张爱玲）的性爱叙事。在对中国现代文学史上几位重要女作家解读的过程中，其女性主义的视角使得其所涉及的现代性爱叙事的性别意义第一次被凸显出来。例如，书中对冯沅君小说叛逆性的性爱描写的解读揭示出冯沅君小说中性爱叙事缺少"女性自我"，其性道德观中仍然残留着"男性中心文化痕迹"。[1] 该书的女性主义文学批评视角为中国现代性爱叙事研究开拓的研究领地十分广阔，其后二十多年的现代性爱叙事研究几乎都无法回避它。同时，其后的女性文学研究也无法回避文学史上的性叙事这一对象。这可能与性一直是男权意识形态表达最集中、最深刻的领域这一事实有关。

---

[1] 孟悦、戴锦华：《浮出历史地表——现代妇女文学研究》，河南人民出版社1989年版，第52、56页。

20 世纪 80 年代的现代性爱叙事研究显示出那个时代现代性爱叙事日益增多的文学现实对于研究界的影响，他们的研究具有强烈的现实针对性。当然，这种强烈的现实性也使得研究者并没有把中国现代性爱叙事的全貌的展现作为研究重心。

20 世纪 90 年代，先后有数部影响较大的现代性爱叙事研究专著出版。朱德发等的《爱河溯舟——中国情爱文学史论》(天津教育出版社 1991 年版)、李新宇的《爱神的重塑：新时期文学中的情爱文化》(中国广播电视出版社 1991 年版)、陈顺馨的《中国当代文学的叙事与性别》(北京大学出版社 1995 年版)、刘慧英的《走出男权传统的樊篱——文学中男权意识的批判》(生活·读书·新知三联书店 1995 年版)、苏冰的《允诺与恐吓——20 世纪中国性主题文学的文化透视》(太白文艺出版社 1995 年版)。这些研究的视野几乎都呈现出对文学史的宏观把握。在朱德发等的《爱河溯舟——中国情爱文学史论》中，情爱即男女之间的性爱。[①] 该书立足于"对中国古今情爱文学进行综合性的纵横考察"，分为"古代篇（先秦—清代）"、"现代篇（'五四'—文革）"、"当代篇（1976—1985）"，力图勾勒情爱文学在几千年文学史中的发展轨迹。书中既有古今情爱文学的综述性研究，又有对于不同情爱文学模式、不同作家作品的微观解读。同时，研究者还力图比较"中国情爱文学与外国情爱文学"不同的"发展规律与审美特点"。[②] 作为第一部文学史论型的研究专著，该著显示出宏阔的学术眼光和学术雄心。但是，多人合作的研究方式、研究对象的繁复、体例的混杂（综述性研究、主题研究、作家作品研究）限制了其研究体系的严密和研究的深度。其史论性质的研究也遮蔽了对中国现代性爱叙事人文传统的系统性考察。李新宇的《爱神

---

① 朱德发、谭贻楚、张清华：《爱河溯舟——中国情爱文学史论》，天津教育出版社 1991 年版，第 1 页。

② 同上书，第 526、46 页。

重塑：新时期文学中的情爱文化》一书以大量的小说文本解读为基础，考察了新时期文学中的情爱文化主题流变及其所塑造的女性与男性形象。这部著作的可贵之处，一是对新时期小说的大量涉猎与分析，二是古今中外文学史的宽广研究视野，三是敏锐的价值理性和清明的判断。这部著作虽然涉及了新时期现代性爱叙事的人文传统内涵，但多是集中在现代性爱叙事的故事层面，很少把这种研究视角伸入现代性爱的叙事模式和叙事规范层面。陈顺馨的《中国当代文学的叙事与性别》最重要的成绩是其中的长篇论文《当代"十七年"小说叙事话语与性别》，这一研究如同是《浮出历史地表》的续篇，以叙事学、话语研究、性别分析理论，通过详尽、深入的文本解读，"揭示出写作者的不同性别如何在其叙事话语中呈现出微妙的差异"，以及这种差异所"潜隐的性别倾向与性别痕迹"。[①] 它所代表的是20 世纪90 年代女性主义文学研究在中国现代性爱叙事领域的拓展。在这一时期，大量的女性主义文学研究都把揭示中国现代性爱叙事中的性别意义作为自己主要的研究目标。苏冰的《允诺与恐吓——20 世纪中国性主题文学的文化透视》则把20 世纪中国文学中的性爱叙事作为一种文学主题加以研究。他试图探究20 世纪中国文学中性主题的"生成机制、存在形态和意义过程，特别是意义的影响作用"以及两性在"现代变迁中的个人生活—心理方式的变化"。[②] 作者依次讨论了婚姻自由的主题、浪漫爱的主题、爱的告白主题、"革命＋恋爱"主题等性主题并分析了性主题文化所带来的叙事模式的特点以及"身体的两种权利包括人的生活的权利和文学对身体的描写的权利"、大众文学中对性主题的复制与组合等问题。在作者看来，现

① 陈顺馨：《中国当代文学的叙事与性别·序二（戴锦华）》，北京大学出版社2007 年版，第7 页。
② 苏冰：《允诺与恐吓——20 世纪中国性主题文学的文化透视》，太白文艺出版社1995 年版，第2 页。

代性主题文学以"编织性的神话和爱的神话的方式传播"现代文化，而现代文化的传播一方面为人的觉醒提供了基本的条件和氛围，另一方面也由于客观条件的限制无法满足人的觉醒所带来的满足域值的提高而降低了人的幸福感，即"人性解放在部分地解除外在压迫的同时形成自我压抑"。因此，"很难用'人性复归'、'个性解放'之类的价值判断概括性文化和爱文化的全部意义"。① 苏冰的这一研究结论是从福柯有关性权力的文化研究那里得到的启示。这一研究也显示出 20 世纪 90 年代进入中国学术界的文化研究视角的最初成绩。

20 世纪 90 年代这些著作的出版既是 20 世纪 80 年代"性文化热"在学术界的余波，也是 20 世纪 90 年代初期大众文化兴起所带来的性文学热的一种曲折反映。这一时期现代性爱叙事研究的视角可以以《爱河溯舟——中国情爱文学史论》、《中国当代文学的叙事与性别》、《允诺与恐吓——20 世纪中国性主题文学的文化透视》三部著作为代表：史论研究、女性主义文学研究、文化研究。这三种研究视角的存在显示出现代性爱叙事研究的不同方向，也是现代性爱叙事研究深入并逐渐学院化的标志。

2000 年以来，中国现代性爱叙事的研究逐渐增多。其中一个现象就是以现代性爱叙事为研究对象的硕士、博士学位论文逐渐增多。在这一时期，比较重要的相关博士论文大约有 10 部：《精神分析与中国现代性爱文学》（毛正天著，华中师范大学，2000 年）、《弗洛伊德主义与中国二十世纪"性爱"文学》（刘晓静著，南开大学，2002 年）、*Revolution plus love: literary history, women's bodies, and thematic repetition in twentiethcentury Chinese fiction*（刘剑梅著，哥伦比亚大学，2003 年；中文译本以《革命与情爱：二十世纪中国小说史中的女性身体与主题重述》为题出版，郭冰茹译，上

---

① 苏冰：《允诺与恐吓——20 世纪中国性主题文学的文化透视》，太白文艺出版社 1995 年版，第 251 页。

海三联书店 2009 年版）、《20 世纪中国女性文学的精神分析话语剖析》（张浩著，北京语言大学，2004 年；后以《书写与重塑：20 世纪中国女性文学的精神分析阐释》为题出版，北京语言大学出版社 2006 年版）、《性爱问题：20 世纪 20 年代中国小说的现代性阐释》（徐仲佳著，南京师范大学，2004 年；以《性爱问题：20 世纪 20 年代中国小说的现代性阐释》为题出版，社会科学文献出版社 2005 年版）、《中国新时期小说情爱叙事研究》（周志雄著，山东师范大学，2004 年；以《中国当代小说情爱叙事研究》为题出版，齐鲁书社 2006 年版）、《现代性内涵的冲突海派小说性爱叙事》（韩冷著，东北师范大学，2006 年；2008 年黑龙江人民出版社以同题出版）、《20 世纪中国小说性爱叙事研究》（王彦彦著，兰州大学，2007 年）、《中国当代小说性爱叙事》（宋桂友著，苏州大学，2007 年）、《中国当代文学中的"性"叙事（1978—）》（胡少卿著，北京大学，2007 年；同题专著 2008 年由安徽教育出版社出版）、《中国当代战争小说中的情爱叙事研究》（赵启鹏著，山东师范大学，2008 年）等。同时期的硕士学位论文的数量数十倍于博士论文的数量。单篇论文则更数十倍于硕士学位论文的数量。除了这些专题性鲜明的研究之外，更多数量的女性主义文学史研究也不同程度地涉及中国现代性爱叙事研究。这种繁荣的情况说明这一时期中国现代性爱叙事研究受到研究者极大的关注。

在这些博士学位论文中，一方面现代性爱叙事的宏观研究逐渐增多，"20 世纪"、"中国当代"成为关键词，这表明越来越多的研究者倾向于把现代性爱叙事作为一个阶段性鲜明的研究对象加以处理。但是，在现有的这些带有"20 世纪"、"中国当代"关键词的研究论著中，能够抓住现代性爱叙事具有本质属性的特色（现代的人文传统）和现代性爱叙事的阶段性特色（即中国现代性爱叙事的时代性、民族性特色）来进行研究的还并不多。另一方面，"革命与情爱"、"精神分析"、"弗洛伊德主义"、"海派小说性爱叙事"、"性爱问题"这些限定性的关键词在研究中的出现表明现代性爱叙事研究的逐渐深入。研究者开始深入到现代性爱叙事的历史细节进行更为详尽的分析。其中，毛正天的精神分析与中国现代性爱文学的系列研究（1999—2003）揭示弗洛伊德的精神分析学说对于中国现代性爱文学的本原性影响，细致地分析了精神分析学说影响下的中国现代性爱文学的内视性、性偏至、自叙传等特点。① 刘晓静则考察了弗洛伊德主义对郁达夫、新感觉派、沈从文、张贤亮、贾平凹等作家的影响。不过毛正天和刘晓静的研究与前述20世纪80年代的同类研究一样，多集中在弗洛伊德精神分析学说与中国现代文学的影响研究范畴内，对于弗洛伊德精神分析学说对中国现代性爱叙事人文传统建构的过程和价值的研究还不充分。刘剑梅的《革命与情爱：二十世纪中国小说史中的女性身体与主题重述》对"革命＋恋爱"这一主题进行了历史性的梳理。在她看来，"'革命加恋爱'是始终贯穿在中国现当代文学中的主题，是近一个世纪中国知识分子在民族危机的紧急状态下对现代性的追问"。"这一公式的张力——集体神话与个人理想、崇高与平凡、政治与审美、阳刚与阴柔——都是表述和解释'现代'意义的话语方式。"在这一现代性追问过程中，中国知识分子个性分裂，其现代意识始终处于矛盾之中。② 通过对这一主题及其所造成的中国知识分子个性分裂、现代意识矛盾的文学现象的梳理、分析，刘剑梅比较令人信服地揭示了在中国现

---

① 这些论著如下：《中国现代性爱文学"自叙传"特质透视》，《湖北民族学院学报》1999年第5期；《中国现代性爱文学"内视性"特质透视》，《湖北民族学院学报》2000年第3期；《中国现代性爱文学"性偏至"特质透视》，《渝州大学学报》2001年第3期；《20世纪中国性爱文学理论与批评论纲（上）》，《求索》2002年第5期；《精神分析学影响下的中国现代性爱文学批评历程——二十世纪上半叶中国性爱文学批评研究》，《中国矿业大学学报（社会科学版）》2002年第2期；《中国现代性爱文学性爱分离的文化选择》，《求索》2003年第3期。

② ［美］刘剑梅：《革命与情爱：二十世纪中国小说史中的女性身体与主题重述》，郭冰茹译，上海三联书店2009年版，第260页。

代文学中，革命话语的变化是如何促成了文学对性别角色和权力关系的规范，以及这种规范在不同历史条件下的复杂性。刘剑梅的研究是在中西两种文学理论的冲撞中展开的，她试图在西方文化研究的学术氛围中拈出属于中国现代文学的独特的研究个性，其结论也是独到的。不过革命只是影响中国现代性爱叙事人文传统变迁的一个方面，我们还需要对其他因素影响中国现代性爱叙事人文传统的情形加以考察。

2000 年以来，还有数部现代性爱叙事研究专著出版：张华的《寻寻觅觅：中国女性文学爱情叙事研究》（新疆人民出版社 2004 年版）、程文超等的《欲望的重新叙述——20 世纪中国的文学叙事与文艺精神》（广西师范大学出版社 2005 年版）、沈敦忠的《自由爱情的价值追求：20 世纪文学中爱情描写的文化研究》（湖南人民出版社 2006 年版）、徐仲佳的《现代性爱的中国形象简史——中国现代爱情小说的抽样分析》（黑龙江人民出版社 2009 年版）。程文超的《欲望的重新叙述——20 世纪中国的文学叙事与文艺精神》把文化看做"欲望的叙述者"，即"面对欲望这个怪物，文化的要义就是要叙述一个'故事'，一个关于欲望如何获得满足的故事"。该书以欲望与叙事的关系为视角，把 20 世纪中国文学看做"一部欲望的重新叙述史"。在考察了 20 世纪中国文学中国文化渊源和西方 20 世纪的理论资源之后，读书通过文本分析"揭示文学叙事中隐藏的中西各种文化话语的欲望叙事策略，展示这些策略的洞见与盲视，以及它们的反叛与被反叛的深层原因"。[1] 这是一部具有卓见的研究著作，它所选择的欲望与叙事关系的视角的确可以展示中国现代性爱叙事人文传统的变迁。不过在程著中，"欲望"是一个大于现代性爱的关键词。它在程著中包含着权力欲望、物质欲望、生命欲望，[2] 由

---

① 程文超等：《欲望的重新叙述——20 世纪中国的文学叙事与文艺精神》，广西师范大学出版社 2005 年版，第 2、3、26 页。

② 同上书，第 1—3 页。

"物质欲望（包括肉欲、本能等）与精神欲望共同构成"。① 因此，程著中的"欲望"一词与"现代性爱"这一关键词并不重合，这种不重合背后蕴涵着不同的文学关系，其所蕴涵的人文传统也有不同的内涵。沈敦忠的《自由爱情的价值追求：20 世纪文学中爱情描写的文化研究》一书选取了自由爱情价值追求这一特定的角度，对 20 世纪初以来文学作品中所表现出来的自由爱情价值追求随时代发展而演进的过程进行分析和归纳。

> 对自由爱情价值追求演化轨迹的描绘，本书提炼出的两条线索：一条是由哀情小说开始，经五四时期到革命爱情叙事，再到文学和生活一体化的"爱人同志"，自由爱情的价值追求紧随着时代主流价值的演变而变化，爱情充满着浪漫和理想的色彩。另一线索是从五四建立自由爱情超越一切价值的神圣信仰开始，文学作品中开始出现的对自由爱情价值信仰的不断追问，中经庐隐、张爱玲、苏青的创作，一直到 20 世纪 80 年代中后期出现的新写实小说。两条线索在新写实作家们笔下汇合。②

沈敦忠的研究涉及中国现代性爱叙事的一个重要的人文内涵——爱情的自由价值追求，但是，沈敦忠把这一人文内涵限定在两种价值体系中加以考察，显然失去了历史的具体性。中国现代性爱叙事人文传统在近百年的发展变化中，其人文内涵及其所受到的影响远不是如此简单。

从上述研究现状的粗略缕述来看，虽然中国现代性爱叙事的研究由来已久，研究界对中国现代性爱叙事人文传统也时有涉及，但这些研究常常受

---

① 程文超等：《欲望的重新叙述——20 世纪中国的文学叙事与文艺精神》，广西师范大学出版社 2005 年版，第 2 页。

② 罗成琰：《自由爱情的价值追求：20 世纪文学中爱情描写的文化研究·序》，湖南人民出版社 2006 年版，第 2 页。

到研究视角的限制，并不能全面阐释这一人文传统的内涵及其变迁。因此，我们有必要把中国现代性爱叙事作为一个阶段性鲜明的研究对象，从人文传统这一塑造现代中国人最重要的价值、情感要素的角度，在中国性爱叙事的故事、叙事模式、叙事规范这些文学范畴内去探询中国现代性爱叙事人文传统的本质性特点。

上 编

文化、文学思潮论

关键词：现代性爱思潮

中国现代文学领域所指的现代性爱思潮是指一种以现代性学知识（包括性科学、性心理学）、现代人文主义思潮为主要内容的思潮。

现代性学知识是现代性爱思潮的基点之一。它伴随着 19 世纪的西学东渐在中国传播开来。同治十二年（1873 年）达尔文的《人类起源及性的选择》就已经传入中国。在维新变法的过程中，现代性学知识的介绍更是得风气之先。谭嗣同在《仁学》中以介绍西方性科学为强国保种的手段，倡议要在中国广泛传播性科学："多开考察淫学之馆，广布阐明淫理之书"，"详考交媾时筋络肌肉如何动法，涎液质点如何情状，绘图列说，毕尽无余，兼范蜡肖人形体，可拆卸谛辨……使人皆悉其所以然。"① 在当时强国保种和戒淫养生等复杂的动机支配下，1901 年西方的性生理学书籍就已经出现在中国的出版界，中国人自己翻译的这类书籍至晚也在 1902 年出现。② 民国肇始，现代性学知识传播几无障碍。这方面的书籍的翻译出版数以千计。

与现代性学知识一日千里的翻译介绍不同，现代性爱思潮中的人文主义内涵因为涉及伦理领域而在传播过程中历尽坎坷。早在 19 世纪前半叶，中国就出现了像俞正燮那样的对礼教秩序不满的士人。在《癸巳类稿》、《癸巳存稿》中，俞正燮极力反对女子守节，认为贞节观念是"深文以网妇人，

① 《谭嗣同全集》（增订本），中华书局 1981 年版，第 305 页。
② 闵杰编：《近代中国社会文化变迁录》（第二卷），浙江人民出版社 1998 年版，第 264—265 页。

是无耻之论也"。① 不过自由、个性、平等等现代意义的启蒙内涵一直到
1918 年前后才随着新文化运动的展开注入中国人的性观念中。此前的鸳鸯
蝴蝶派小说虽然在某种程度上对礼教制度提出了抗议，但其性爱叙事观念
基本上还是秉承着才子佳人小说"发乎情，止乎礼"的规范。这种保守性
的性叙事规范从一个方面显示出当时士人对已经叩击国门的现代性爱思潮
的排拒。

1918 年以《新青年》为阵地发起的贞操问题讨论真正开启了现代性爱
思潮在中国传播的大幕。与俞正燮的"哀妇人"不同，此次讨论是以自由、
个性、平等等现代观念全面地对礼教制度进行了有破有立的攻击。讨论的
参与者一方面对礼教制度束缚个性进行了激烈的否定，比如他们认为：鼓
吹节烈"等于故意杀人"②，那些借"表彰节烈"以挽救世道人心的行为，"只
要平心一想，便觉得不像人间应有的事情"。③ 另一方面，个性、自由、平
等的西方现代人文主义观念也借此进入现代中国人的性观念。1918 年周作
人翻译了与谢野晶子的《贞操论》，其核心就是宣扬"一种新自制律"的贞
操观念："对于贞操，不当他是道德；只是一种趣味，一种信仰，一种洁
癖……既然是趣味信仰洁癖，所以没有强迫他人的性质。"④ 胡适在《贞操
问题》一文中也主张："贞操不是个人的事，乃是人对人的事……贞操是一
个'人'对别一个'人'的一种态度。"⑤ 这种"新自制律"的核心是自由
意志。在现代性爱思潮中，它指的是个人在性爱活动中支配自己身体以及
选择性对象的权利。性活动中的自由意志则表现为人的个性。这正是中国
旧有礼教秩序中个人所缺少的权利。

---

① 俞正燮：《节妇说》，《癸巳类稿》，辽宁教育出版社 2001 年版，第 440 页。
② 胡适：《贞操问题》，《新青年》第 5 卷第 1 号。
③ 鲁迅：《我之节烈观》，《新青年》第 5 卷第 2 号。
④ ［日］与谢野晶子：《贞操论》，周作人译，《新青年》第 4 卷第 5 号。
⑤ 胡适：《贞操问题》，《新青年》第 5 卷第 1 号。

当然，这种"新的自制律"也包含着自制的成分：一是合理的禁欲，二是推己及人的平等意识。所谓合理的禁欲即是对作为本能的欲望的节制。周作人推想，"禁欲与耽溺之间当有灵肉一致的境地"。[①] "我们不喜那宗教的禁欲主义，至于合理的禁欲原是可能……欲是本能，爱不是本能，却是艺术，即本于本能而加以调节者。"[②] 由此也可以看出，当时的性爱思潮并不是颓废式的"性解放"，而是严肃的人生探索。推己及人的平等意识在现代性爱思潮中表现为对男女两性性道德对等的要求。鲁迅在《我之节烈观》中对旧的性道德的攻击，其一就是因为其中的节烈观念是"专责女性"的。胡适同样把贞操看做男女两性应该共守的道德规范，"男子对于女子也该有同等的态度。若男子不能照样还敬，他就不配受这种贞操的待遇"。[③] 这种性道德的两性平等直接带来了国人女性观的本质性改变：对于男性来说，知道了女性是"自己之半"（周作人）；对于女子来说，这种平等的性道德带来了女性的性别自觉。由此，女性观念的转变成为中国现代人文思想成熟的标志之一。

因此，现代性爱思潮在中国现代思想史上最重要的贡献就是上述所说的个性、自由、平等等启蒙理念的传播。虽然在此之前，新文化运动的先驱们就曾经鼓吹过伦理革命，但这些启蒙理念的真正有效传播还是借助了贞操问题讨论才开始的。[④]

20 世纪 20 年代初期是中国现代性爱思潮传播的高潮期。在这一时期，现代性爱思潮成为整个思想界的一个焦点。除《新青年》外，《每周评论》、《妇女杂志》、《晨报副刊》、《京报副刊》、《教育杂志》、《语丝》等刊物都曾经

---

① 周作人：《考试二（夏夜梦之七）》，钟叔河编《周作人文类编 5·上下身》，湖南文艺出版社 1998 年版，第 13 页。
② 周作人：《结婚的爱》，同上书，第 20 页。
③ 胡适：《贞操问题》，《新青年》第 5 卷第 1 号。
④ 徐仲佳：《论〈新青年〉"贞操问题讨论"的现代性意义》。

积极关注性爱问题。其中尤以章锡琛主编的《妇女杂志》(1921—1925) 最为著名。1921—1925 年,《妇女杂志》以大量的篇幅介绍、翻译、研究西方性爱思想家的著作、思想,并以专栏、讨论会的形式就当时国人感兴趣的现实问题展开讨论。这些讨论与介绍的主题大多是当时新知识分子接受现代性爱思潮时所关注的现实问题。这种关注为《妇女杂志》争取了巨大的读者群,其发行量增加了七八倍。这也足以说明当时性爱问题在读者中所受到的关注。①

但是,这种情况随着 20 世纪 20 年代中期以后整个民族关注焦点的转移(日益转向阶级斗争和民族矛盾)以及文化保守主义日渐兴盛而成为明日黄花。1925 年以后,新文化群体随着阶级斗争的倡兴而星散,真正守在壕沟里的只有周作人。同时,保守主义者对传统文化尤其是孔子学说进行重新估价的呼声日益高涨也使得现代性爱思潮受到了极大的冲击。不过经过 20 世纪 20 年代初期的传播,现代性爱观念已经成为相当一部分新知识分子的集体无意识,它总能够在时代的罅隙中显现出自己的存在,即使在 1950—1970 年代一体化的时代也是如此。

现代性爱思潮进入中国以后,很快就在文学上得以呈现。1918 年,周作人在《人的文学》中把现代性爱视为"人的文学"所要表现的"人的道德"之一。这是在文学理论层面对现代性爱进行肯定的开始。随后有郁达夫、张资平、冯沅君、叶灵凤等一大批作家以文学创作回应了这一理论倡导,使得周作人所倡导的"辟人荒"的新文学理念落到了实处。虽然文学家性爱观念的变化不是文学中"人"出现的唯一因素,但却是其中最切实的因素。新文学中第一个带有潮流性质的文学现象——"问题小说"——的出现

---

① 〔日〕白水纪子:《〈妇女杂志〉所展开的新性道德论——以爱伦凯为中心》,吴俊编译《东洋文论——日本现代中国文学论》,浙江人民出版社 1998 年版,第 522 页。

在很大程度上与现代性爱思潮的传播相关。据沈雁冰统计，当年的问题小说中90%左右的作品都是反映青年的婚姻、恋爱、家庭问题的。这种对旧礼教秩序下婚姻不自由的痛苦的呻吟是"人"醒来的标志。随着郁达夫《沉沦》（1921）的出版，性描写真正成为新文学批判性的内容之一。性所蕴涵的自由本质成为新文学家们批判礼教的重要动力。如郭沫若所说，郁达夫"那大胆的自我暴露，对于深藏在千年万年的背甲里面的士大夫的虚伪"，产生了"一种暴风雨式的闪击"。① 另一些作家如张资平、徐志摩、冯沅君、叶灵凤、章衣萍、汪静之等也都有意识地以现代性爱的观念对旧的礼教秩序进行了猛烈的攻击，试图在新文学中建立一种崭新的性道德。这两方面的努力，使得现代意义上的人鲜明地在20世纪20年代的新文学中凸显出来。

作为中国新文学的黄金时代，20世纪20年代文学中"个人的发现"还表现为女性的发现。庐隐、凌叔华、冯沅君、丁玲等一批女作家以独特的女性写作出现在文坛。她们的独特性最为引人注目的是其对女性性体验的传达。在这些女作家中，既有像冯沅君的《旅行》那样大胆地对现代性爱思潮呼应的作品，也有像《或人的悲哀》、《何处是归程？》（庐隐），《酒后》、《花之寺》（凌叔华），《莎菲女士的日记》、《梦珂》（丁玲）等对男性启蒙者的现代性爱理念表示出怀疑和抗议的作品。对于女性作家来说，后者更能够表现出她们对其社会性别的自觉。这种自觉是中国现代女性文学最为可贵的本质："为人与为女的双重自觉。"②

在20世纪30年代，文学的阶级分野越来越明显。在壁垒日渐分明的文学阵营里，现代性爱的观念随着其各自不同的文学观念而显示出不同的特色：革命文学（后来的左翼文学）中，现代性爱作为欲望的化身与作为

---

① 郭沫若：《论郁达夫》，陈子善编《名人笔下的郁达夫·郁达夫笔下的名人》，东方出版中心1998年版，第5页。

② 刘思谦：《中国女性文学的现代性》，《文艺研究》1998年第3期。

理性的革命相对立，演出着新时空条件下灵与肉的搏斗；自称为乡下人的沈从文在他的湘西与都市的对比中也把带有原始蛮性的性爱自由与委靡的都市性喜剧置于同一舞台上；从日本传来的新感觉派则在上海这个特殊的圈子中通过性规范的变化显示着理想破灭之后的人性迷失。在整个 20 世纪30 年代，现代性爱虽然不再像 20 世纪 20 年代那样引人注目，但它作为民族集体无意识的特征开始日渐明显。

20 世纪 40 年代，战争和战争思维对现代性爱的文学表现形成了极大的压抑，除了在上海以及北京的一些沦陷区，一些作家们在痛感战争对生命的戕贼而表现出对日常生活的留恋时涉及现代性爱之外，在 20 世纪 40 年代以及之后 30 年的中国大陆，现代性爱叙事逐渐走向地下。现代性爱叙事的这种走向是那个被称为"一体化"时代的必然趋势。这种趋势直到 20 世纪 70 年代末才随着政治生活的变化发生变化。在 1978—1981 年这一政治、文学、民众的蜜月期，现代性爱叙事成为此时期人性回归的一种重要的解放力量。随后，现代性爱叙事仍然伴随着文艺政策沉浮。20 世纪 90 年代的大众文化彻底改变了自 20 世纪 20 年代以来现代性爱叙事的规范，大众文化对现代性爱叙事的收编使得现代性爱叙事的精英意识越来越显出危机。性叙事以前所未有的方式显出价值观念的多元性。

从近百年来的文学发展历程中，我们可以看到现代性爱思潮与中国现代文学的人文主义精神有着极为紧密的联系。它不仅是中国现代人文传统的一部分，也深刻地体现出现代人文传统的中国语境的复杂性。这两者之间的关系是一个值得我们深思的话题。

娜拉的出走

　　娜拉（Nora）是挪威著名戏剧家易卜生（Henrik Ibsen）的著名话剧
A Doll's House（也译作《玩偶之家》、《傀儡家庭》）中的女主人公。它讲述
了中产阶级妇女娜拉从用爱的玫瑰色幻梦装点起来的家庭中走出来的故事。
娜拉原本对她在家庭中的地位心满意足。她用心操持家务、抚养儿女。她
的丈夫赫尔茂十分爱她，称她为"我的鸦雀儿"、"我的松鼠"、"我的黄莺
儿"。娜拉曾经为了救治病危的丈夫而假冒父亲的签名向赫尔茂的同事克洛
柯斯泰借了一大笔钱。为了还清这笔债，几年里娜拉省吃俭用，甚至在夜
里不辞辛苦地偷偷做些抄写的工作。在所有债务还清之后，克洛柯斯泰为
了保留住自己的职位，却以借据威胁赫尔茂。赫尔茂知道娜拉背着自己借
债之后大发雷霆。他担心自己的名誉受损，称她为"骗子"、"罪人"、"不
懂事的女人"，甚至不许她照管孩子。娜拉由此明白了自己生存的真相："我
们的家庭实在不过是一座戏台，我是你的'顽意儿的妻子'。"她不甘心过
这种生活，要离开家庭独居，去争取做人的权利。面对赫尔茂以母亲的神
圣责任相责，她大声疾呼："我还有别的责任同这些一样的神圣……我对于
我自己的责任。""我相信，第一要紧的，我是一个人，同你是一样的人。
无论如何，我总得努力做一个人。……从今以后，我不能信服多数人的话，
也不能信服书上的话。一切的事，我总得自己想想看，总得我自己明白懂
得。……我要看看究竟是我错了，还是世界错了。"[①] 最后，她摔门离开了
那个曾经被她视为生命的家。

---

　　① ［挪威］易卜生：《娜拉》，罗家伦、胡适译，《新青年》第 4 卷第 6 号。

娜拉被正式介绍进中国是在 1918 年 6 月。《新青年》第 4 卷第 6 号被命名为"易卜生专号",发表了胡适的《易卜生主义》、罗家伦与胡适合译的《娜拉》、陶履恭翻译的《国民之敌》、吴弱男翻译的《小爱友夫》、袁振英译述的《易卜生传》。在当时的新文化运动中,易卜生的戏剧是被作为社会问题剧来接受的。易卜生在戏剧中所表现的个人与社会的对立成为当时启蒙活动最好的切入点。在胡适那里,所谓"易卜生主义"就是通过揭露家庭社会的黑暗来呼吁家庭、社会的"维新革命",进而宣扬从"陆沉"的世界中"救出自己"的"真正纯粹的为我主义"。因此,原本被易卜生称为诗的戏剧在 1920 年代的中国就被总结为这样的主题:"社会与个人互相损害","社会最大的罪恶莫过于摧折个人的个性,不使他自由发展"。而"《娜拉》戏中写赫尔茂最大的错处是只在他把娜拉当作'玩意儿'看待,既不许他有自由意志,也不许他担负家庭的责任,所以娜拉竟没有发展他自己个性的机会。所以娜拉一旦觉悟时,恨极他的丈夫,决意弃家远去"。这种有意无意的误读与当时新文化运动的时代命题有关。新文化运动从倡导那一天开始就力图实行"思想革命"。这思想革命的目标就是鲁迅从 1907 年就不断呼吁的"立人"。立人,这一"生存两间、角逐列国"的第一要务经过易卜生的"纯粹为我主义"的传递,在十余年后又一次出现在中国思想界。胡适称赞它"其实是最有价值的利人主义",是救世的良药。独立自由的人格之于社会国家的重要性被他等同于酒里的酒曲、面包里的酵母和人身上的脑筋。娜拉的出走作为一个符号,承载的就是这种个性觉醒的时代内涵,即她的宣言:"我总得努力做一个人!"胡适把它具体化为两个要件:"发展个人的个性,需要有两个条件。第一,须使个人有自由意志。第二,须使个人担干系,负责任。"①

---

① 胡适:《易卜生主义》,《新青年》第 4 卷第 6 号。

作为个人主体性觉醒标本的娜拉，她的意义是巨大的。

首先，她是从家庭的玫瑰色幻梦中醒来的。娜拉的觉醒与她认识到自己在婚姻（性）中的从属地位有直接的关系。对于当时的中国接受者来说，虽然有着时空的隔阂，资本主义的中产阶级家庭蒙着玫瑰色面纱的伪善与儒家伦理治下的宗法制脉脉温情也有着极大的不同，但是他们与娜拉一样，在家庭中都没有支配自己身体和欲望的权利。更甚者，在中国传统伦理秩序的压抑下，青年们所能够感受到的欲望与身体的饥渴是娜拉们所不易想象的。因此，在20世纪20年代的中国，娜拉的出走不仅意味着对旧伦理秩序的否定，而且它预示着对新的生活方式的追求。这种生活方式的追求实质上是伦理秩序中对欲望权利的重新分配。

其次，对于20世纪20年代的中国来说，更有意义的是，娜拉是一位女性！ *A Doll's House* 被译为《娜拉》就是译者有意地突出娜拉这个觉醒者的女性身份。中国女性所受的压迫是最深重的，当时新文化运动的倡导者也曾经在《新青年》上"征求关于'女子问题'的议论"，但很快就"寂然无声了"。其中的原因就是人（女人）没有觉醒，对于受奴役的状态"并无痛切的实感"。[1]娜拉在中国的出现使得这种情况得以发生根本的改变。她的出走像一个风向标，从此以后，娜拉成为许多中国青年的偶像（并不仅限于女性）。他们抱着"救出自己"的信心，跟在娜拉的身后走出了家庭，否定了旧我，喊出"我是我自己的"（《伤逝》）。一直到《寒夜》（巴金，1946），我们还能够从曾树生的身上看到娜拉的影子。现实生活中，这样的娜拉更是不胜枚举。娜拉成了五四时代女性的"镜像阶段"，参与了"五四"女性的主体生成过程。[2]

再次，娜拉以文学形象的方式展示在当时国人的面前，使得新文化运动的目标变得具体可感。从1915年《青年》杂志鼓吹"伦理革命"开始，启

---

① 周作人：《译者前记》，[日]与谢野晶子：《贞操论》，周作人译，《新青年》第4卷第5号。
② 孟悦、戴锦华：《浮出历史地表》，中国人民大学出版社2004年版，第11页。

蒙者就力图通过激烈的言论唤醒"铁屋子"里沉睡的国人，但是应者寥寥。"排孔"、"伦理革命"、"文字改革"、"文学革命"这样的概念演绎并不能激动人们的心。应者的寂寥使启蒙者如入无物之阵，感到无可措手的悲哀。他们甚至不惜自导自演"双簧信"（《文学革命之反响》，《新青年》第4卷第3号）来求得社会对文学革命的反响。娜拉这一形象出现之后，启蒙的所有内涵都体现在娜拉出走这一鲜明的文学形象上了。这就使得青年男女们可以从一个勇敢的女性身上感性地去体认启蒙思想的大部分内涵。这也是娜拉出走成为时代风向标的一个重要原因。

当然，娜拉的出走不是孤立的，它是当时整个启蒙运动的一部分。在《娜拉》发表之前的一期《新青年》上发表了周作人译日本社会学家与谢野晶子的《贞操论》、鲁迅的《狂人日记》；在其发表之后的几期《新青年》杂志上先后发表了胡适的《贞操问题》、鲁迅的《我之节烈观》、周作人的《人的文学》。这些作品以及当时正在鼓吹的文学革命、贞操问题讨论共同构成了中国文化史意义重大的"个人的发见"的合奏。如果说《狂人日记》中的狂人是一个旧秩序敏锐的怀疑者、破坏者，那么，娜拉的出走就是五四时期最勇敢的与旧秩序决裂的叛逆行为。他们是精神上的同胞。娜拉在剧终时那"砰"的一记关门声在"五四"那个时代成为最响亮的呼喊之一。它呼唤着被旧礼教困囿在家庭中的青年男女勇敢地冲出束缚个性的重重樊篱。在这个意义上，娜拉的出走成为"五四"时代精神的最好代表。因此，"五四"时代被有的研究者称为"一次集体出走事件"。①

不过也有人对娜拉的出走抱有相当程度的警惕。鲁迅在《娜拉》在中国上演（1923年5月5日）后不久就做了《娜拉走后怎样》的演讲。在演讲中，鲁迅先生告诫，"……为娜拉计，钱，——高雅的说罢，就是经济，是最要紧的了。自由固不是钱所能买到的，但能够为钱而卖掉。……为准备不做

---

① 林贤治：《娜拉：出走或归来》，《黄河》1998年第4期。

傀偏起见，在目下的社会里，经济权就见得最要紧了"。没有经济权，娜拉的出路不外两条："不是堕落，就是回来。"鲁迅先生的告诫是对女性解放深沉思考的结果。作为社会人，他所能获得的自由总是要与他所处的历史条件相适应。对于当时的中国女性来说，仅仅靠一个来自异域的同伴的示范是不足以获得足够的自由的。女性在当时社会公共领域基本上没有话语权，能够提供给她们（尤其是知识妇女）的职业除了传统的家庭主妇之外，只有少得可怜的教师等岗位。"自由"、"个性"，当这些带有蛊惑性的字眼给青年们勾勒出一个黄金世界的同时，也会掩盖住外面世界的风雨。鲁迅不仅极力反对以未来的黄金世界为标的来要求人们的牺牲，同时他也希望人们即使做梦也要面对现实。他提醒她们，为了争取自由、独立所必需的经济权"仍然要战斗"，而且是韧性的战斗。[①]

孟悦、戴锦华在娜拉进入中国的 70 年后，从女性主义角度揭示了这场完全由男性导演的事件的历史限定性。她们认为，娜拉这个由男性创造的女性形象中，只有"女人是与男人一样的人"的这种抽象平等，"并未说出自己女性的历史特殊性，并不包含女性的精神立场的内容"。它"无形中忽略、封闭了女性性别群体精神自我的生路"。女性从男人的家庭中走出来才发现，除了一些与男性启蒙者共同的概念外，她们仍然一无所有。庐隐、冯沅君、冰心这一代女作家走上文坛的时候就面对着这样的尴尬处境。她们发现，她们没有女性自己的写作传统，只能别扭地运用男性写作传统来表达自己的经验。[②]

即便有这些事后追问，娜拉的出走在中国妇女觉醒的过程中仍厥功甚伟。没有这样一个代表着五四启蒙精神的女性形象，中国的女性浮出历史地表的时间可能还要推后。

---

① 鲁迅：《娜拉走后怎样》，《鲁迅全集》第 1 卷，人民文学出版社 1981 年版，第 158—165 页。
② 孟悦、戴锦华：《浮出历史地表》，中国人民大学出版社 2004 年版，第 12—13 页。

性爱思潮与现代中国启蒙的崛起①

启蒙在某种意义上意味着自由的获得。在现代，这种自由的获得是从欲望、身体到精神的一种全方位的个人主体性的确立，而且，性爱观念是人类文化积淀最深厚、最隐秘的领域之一，它的变动在某种程度上也反映着一个时代的启蒙深度。在"五四"启蒙高潮中，现代性爱不仅成为启蒙运动展开的原动力，也构成了现代中国启蒙思潮的重要内涵：一方面，经过自由意志淘洗的现代性爱与启蒙的目标——主体的独立与自由精神——相一致；另一方面，它实际上也就是启蒙本身，不仅体现着"五四"启蒙的内在逻辑，而且显现着"五四"启蒙的现实困境。

一 现代性爱：启蒙思潮的原动力

如果说启蒙就是促使人从不成熟状态中走出来，那么，究竟是什么力量才能有如此伟力，使人有足够大的勇气背叛早已熟悉的生存状态？这一启蒙原动力问题是所有启蒙者都需要首先面对和思考的。与晚清梁启超等从"新民"入手进行政治启蒙的理路大相径庭，五四时期的启蒙者选择了以揭示旧道统对性欲望的压抑这样一种"痛切的实感"（周作人语）来推动当时的启蒙运动。

1915 年新文化运动伊始，《青年》杂志开始鼓吹德、赛两位先生，呼吁打倒偶像，实行"伦理的革命"，这表明以陈独秀、胡适等为代表的启蒙者

---

① 此文系与张光芒先生合作。

已经从民国初年的政治黑暗中意识到，现代性并不仅意味着社会制度（国家形态、法律制度、经济体制）的转变，更重要的是人的精神结构的现代转型，即人的思想方式的真正变革。在《青年》杂志的刊首语中，陈独秀就已经提出了"欲救"当时社会之病"是在一二敏于自觉勇于奋斗之青年，发挥人间固有之智能，抉择人间种种之思想……利刃断铁，快刀理麻，决不做牵就依违之想，自度度人，社会庶几有其清宁之日也"①。这种期望所表达的正是"五四"启蒙思潮的核心内涵："立人"。但是，早期启蒙者的努力并没有达到应有的效果，我们看到，从 1915 年到 1918 年，虽然他们也曾千方百计地试图打破旧的伦理传统在人的心灵上建构起来的"铁屋子"，但启蒙的回响仅限于《新青年》周围的文化先驱者。1917 年，胡适、陈独秀举起文学革命的大旗，试图从文学这一中国传统知识分子赖以安身立命的领域入手，通过彻底地改变文学的形式和内容来实现这种心理变革，但是，起初的反响也十分寥落。《新青年》也"曾登了半年的广告，征集关于'女子问题'的议论，当初也有过几篇回答，近几月来，却寂然无声了"。② 即使在一些新知识分子那里，对现代人的想象也存在着很大的混乱，甚至不时有人发出"自由恋爱"会导致"堕胎"、"溺儿"的担心。③

在这种语境下，正是现代性爱为当时的"铁屋子"打开了一扇通往现代性的窗口。1918 年 5 月，与谢野晶子的《贞操论》（周作人译）与鲁迅的《狂人日记》同时在《新青年》问世，可视为第一缕现代性爱的"日光和空气"。从一开始周作人就有意识地把现代性爱视为启蒙运动的原动力：他之所以翻译《贞操论》，缘起于对女子问题的议论"寂然无声"的不满，深感"大约人的觉醒，总须从心里自己发生，倘若本身并无痛切的实感，便也没

---

① 陈独秀：《敬告青年》，《独秀文存》，安徽人民出版社 1996 年版，第 4 页。
② 周作人：《译者前记》，〔日〕与谢野晶子：《贞操论》，周作人译，《新青年》第 4 卷第 5 号。
③ 刘延陵：《婚制之过去现在未来》，《新青年》第 3 卷第 6 号。

有什么话可说"。① 与谢野晶子的《贞操论》提出了一种基于个人主体性的贞操观:"对于贞操,不当他是道德;只是一种趣味,一种信仰,一种洁癖……既然是趣味信仰洁癖,所以没有强迫他人的性质。"她对性道德的期许"是一种新自制律"②,即基于个人自由意志的自制。与此同时,她对男女不平等的性道德进行了猛烈的抨击。与谢野晶子立论的基础是现代性爱,即一种基于个人主体性的互爱,其核心则是自由意志。正是在这一点上,现代性爱契合了"五四"启蒙思潮"立人"的期待。虽然她对贞操问题的见解对当时的中国人来说实在太超前,但是,这篇文章却为苦苦寻求打破国人心灵的"铁屋子"的启蒙者提供了合适的契机,为当时沉寂的启蒙运动找到了突破口:通过一个富有刺激性的话题——性道德,把当时新知识分子的目光聚焦到他们切身的性体验上,并且经由这种体验的痛苦感受到自由意志的可贵,得到运用自己理智的勇气。如果说《狂人日记》是中国现代启蒙运动中"辟人荒"的文学号角,使得对传统的批判成为启蒙运动的主要标志和重要内涵,那么,《贞操论》的翻译可称为这"辟人荒"的第一步富有实践意义的工作,它试图通过现代性爱的鼓吹把人的生存状态从古典状态改变为现代状态,即实现人的身体、欲望、心灵和精神的内在构造本身的转变,从而成为现代中国启蒙真正崛起的标志。

从此,现代性爱成为中国现代启蒙的一个极其重要的基点,也成为现代启蒙运动有力的武器。继《贞操论》之后,一大批新知识分子——胡适、陈独秀、鲁迅、蓝志先等都热切地加入《新青年》的贞操问题讨论中来。同时,各大报刊也纷纷开辟专栏,进行现代性爱观的传播。例如:1921—1925年《妇女杂志》对爱伦凯的"恋爱结婚论"的介绍与讨论;1922年三四月间

---

① 周作人:《译者前记》,[日]与谢野晶子:《贞操论》,周作人译,《新青年》第4卷第5号。
② [日]与谢野晶子:《贞操论》,周作人译,《新青年》第4卷第5号。

和 1923 年 4 月间发生在《妇女杂志》上的两次关于离婚问题的讨论；1923 年五六月间发生在《晨报副刊》上"爱情定则"的讨论；1925 年 1—6 月发生在《妇女杂志》、《现代评论》、《莽原》、《妇女周报》、《京报副刊》等刊物上的"新性道德"的讨论；张竞生对性的"美治主义"的乌托邦想象和 1926 年围绕着《性史》的编写出版引起的风波……它们汇成一股强劲的性爱启蒙思潮，一大批知识分子经过现代性爱的熏染加入启蒙者的行列。例如，1919 年 11 月，毛泽东在批评湖南长沙赵五贞自杀事件时，其言论的理论基础就是现代性爱。叶绍钧、沈雁冰等人也在 1919 年到 1920 年间接受了现代性爱的观念，并把这种观念运用到其后的文化批判中。

性爱启蒙为什么会有如此巨大的能量呢？这与中国传统文化尤其是旧的性道德观念对个性的压抑有关。江晓原认为，宋以后的理学以"存天理，灭人欲"为指归，这使得中国社会的社会生活中形成了强劲的"性张力"①。这种强劲的性张力在"五四"那个王纲解纽的时代得到释放，而且，这种释放恰好与现代性话语中的个性解放观念结合在一起，形成了一种"核裂变"。因此，我们看到中国现代启蒙思潮在解放国人内心强劲的性张力的过程中释放出惊人的能量，由此，个人主体性的重要性在这种能量释放中被凸显出来。

二　个体主体性：现代性爱的启蒙哲学指向

作为"现代性的标志"，按照自由意志行动的具有主体性的个体的出现是启蒙运动最重要的目标，现代性爱与"五四"启蒙思想在哲学层面的契合就是这种个人主体性的显现。在某种程度上，五四时期的启蒙话语建构正是从现代性爱中获得了灵感，使主体性的观念深入人心。

---

① 江晓原：《性张力下的中国人》，上海人民出版社 1997 年版，第 1—14 页。

应该说，把现代性爱与个人主体性的确立联系起来是当时启蒙者的一种自觉的文化整合策略。《贞操论》发表后一期的《新青年》是著名的"易卜生专号"，便体现了这种贯通一气的文化逻辑：通过现代性爱权利的诉求求得个人自由意志的张扬，由这种个人自由意志的张扬最终达到整个社会的进化。启蒙者首先对易卜生的社会问题剧进行了有意识的误读，把易卜生的"诗"解读成张扬个性，实现他们"现代性谋划"的"易卜生主义"。胡适认为所谓"易卜生主义"就是通过揭露家庭社会的黑暗来呼吁家庭、社会的"维新革命"，进而把这种维新革命的途径解释为易卜生从沉船中"救出自己"的"真正纯粹的为我主义"。这"纯粹的为我主义"所表达的就是中国现代启蒙运动的核心——主体性。因此，胡适一再称赞这种"纯粹的为我主义""其实是最有价值的利人主义"，是救世的良药；独立自由的人格之于社会国家的重要性被他等同于酒里的酒曲、面包里的酵母和人身上的脑筋。① 《易卜生主义》由于表达了"五四"启蒙运动的文化逻辑而成为五四时期新知识分子的"圣经"。后来，胡适回忆起该文时写道：

> 《易卜生主义》一篇写的最早……易卜生最可代表19世纪欧洲的个人主义的精华，故我这篇文章只写得一种健全的个人主义的人生观。这篇文章在民国七八年间所以能有最大的兴奋作用和解放作用，也正是因为他所提倡的个人主义在当日确是最新鲜又最需要的一针注射。②

当时对易卜生主义的一个最现实的运用就是"贞操问题的讨论"，因此，作为"五四"启蒙运动"圣经"的易卜生主义其实就是现代性爱与个人主体

---

① 胡适：《易卜生主义》，《新青年》第4卷第6号。
② 胡适：《介绍我自己的思想》，《胡适文集》(2)，人民文学出版社1998年版，第166—168页。

性的中国式整合。

在这种整合中，现代性爱是作为个体主体性最为直接的文化动力而发挥作用的。早在1915年，主体性的诉求就已经出现在《青年》杂志上，但是为什么那时没有引起轰动？原因即在于那时的诉求尚未找到合适的"第一推动力"。到了1918年，当这种主体性诉求通过现代性爱传达出来，才显示出启蒙的威力。正是通过现代性爱，"五四"的新知识分子才深切地体验到自由意志的可贵。通读"易卜生专号"，我们会发现胡适的《易卜生主义》之所以能够成为五四时期新知识分子的"圣经"，还得益于易卜生的名剧《娜拉》的翻译。《娜拉》的翻译为"为我主义"提供了一个主体性觉醒的标本——娜拉。胡适从娜拉的出走中看到的也正是主体性："发展个人的个性，需要有两个条件。第一，须使个人有自由意志。第二，须使个人担干系，负责任。"①在"贞操问题的讨论"中，个人主体性通过现代性爱得到进一步张扬。这次讨论在新知识分子中间的展开主要源于对现代人主体性的不同想象。讨论双方（以胡适、周作人为一方，以蓝志先为另一方）都承认贞操应该是个人主体性的表征。胡适强调："贞操是一个'人'对别一个'人'的一种态度。"②蓝志先也一再强调"夫妇的平等关系，是人格的平等"，夫妻之间的"感情的爱"也应该"变为人格的爱"。③但胡适等认为个人的主体性可以为自己立法，不需要"道德的制裁"；蓝志先却认为个人主体性不足以保证贞操，因此需要外在力量的裁制。虽然在当时的讨论中没有分出孰胜孰负，但在日后的现代性爱话语的建构中，以胡适、周作人为代表的自律的、内在论证的信念道德终究占了上风。

从此，现代性爱在五四时期成为个人主体性的标尺，成为新知识分子们

---

① 胡适：《易卜生主义》，《新青年》第4卷第6号。
② 胡适：《贞操问题》，《新青年》第5卷第1号。
③ 蓝志先：《蓝志先答胡适书》，《新青年》第6卷第4号。

展现其主体性的富有实践性的文化教育策略。正是从一位青年的一首表达没有爱情的痛苦的诗歌中,鲁迅辨认出"醒来的真的人的声音"①。周作人的《人的文学》在列举"人的文学"所要表现的"人的道德"时,首先列出的就是"两性的爱",其要求有二:一为"男女两本位的平等",二为"恋爱的结婚"。五四时期的现代性爱话语也因此充满着对道德自律的主体性的自豪和乐观。现代性爱的存在与否不仅是本能满足的问题,还是一种现代个体行为成功与否的标志,争取现代性爱的行为还被理解为一种具有强烈政治意味的行为。从这个意义上说,20世纪20年代以批判旧性道德为特征的现代性爱追求,并不仅是单纯的反传统,其中还有着改造人的深层价值秩序的启蒙意义。

三 现代性爱的启蒙深度:对人的深层价值秩序的改造

个体主体性的建立必然带来道德原则的转变,这种转变是道德原则奠基理念的根本性变化。现代性爱在五四时期被新知识分子视为现代人的身份标志,因此,性道德的现代转型指向了人的深层价值秩序的改造。这种价值秩序的改造是以对传统性道德的批判的方式完成的。从启蒙哲学层面来说,主体性本身就包含着批判的权利,批判的权利对于主体性自觉的现代个体来说,既是他从外在权威解放出来的基本权利之一,也是他作为现代个体体现其主体性的一种姿态。因此,在五四时期,现代性爱要证明其作为现代人的权利,必然要对当时还统治着大多数国民心灵的旧的性道德进行批判。现代性爱的启蒙合法性在对旧的性道德进行不间断地批判中彰显出来。这种彰显方式反映了"五四"启蒙思潮的理路——通过改造人的深层价值秩序来完成"立人"的目标。

---

① 鲁迅:《随感录·四十》,《鲁迅全集》第1卷,人民文学出版社1981年版,第322页。

在现代性爱出现之前，所有的性道德都与不平等的社会制度紧密地联系在一起，性总是与压迫伴生。这些针对弱势群体的道德教条所蕴涵的统治关系使得性成为统治的工具之一。在中国的大传统中，性只有与合法的生育联系起来时才是合法的。婚姻、性不仅为统治者复制统治所需要的人，还在顽强地复制着统治的秩序。数千年性统治的文化积淀早已在统治者和被统治者的心灵深层烙下深深的统治合法性的印记，甚至成为人们的潜意识。统治中国数千年的礼教实际上就是维护种种统治关系的性道德。江晓原认为，狭义的、以制约男女关系为主要目的的礼教，大致可以归纳为四个方面——男女大防，妇德，理欲之辨，处女贞操，并通过"万恶淫为首"、"色能伤身"等观念和"功过格"等形式的自我禁欲在社会生活中形成了"礼教的禁欲之网"①。因此，要使主体性的个人从传统理念中解脱出来，以性道德的批判为标志的潜意识改造是必要的。没有像性道德这种深层价值秩序的变革，新的人是不会出现的。五四时期的启蒙者深刻地认识到了这一点。

现代性爱之所以与"五四"启蒙思潮有割舍不开的关系，另一个原因就是五四时期的启蒙者已经认识到性道德是未启蒙的国民深层心理中最隐秘的价值领域，只有通过对它的改造才能达成启蒙的目标。在贞操问题的讨论中，启蒙者锋芒所向在于"表彰节烈"的社会风气，但其目标是指向人的改造。鲁迅在《我之节烈观》一文中，透彻地分析了从袁世凯复古以来提倡"表彰节烈"者的黑暗心理，指出"表彰节烈"是由于"只有自己不顾别人的民情，又是女应守节男子却可多妻的社会"造出的"精密苛酷"的"畸形道德"，其社会根源是"女子多当作男人的物品"的男权思想在作怪。鲁迅先生发现："这表彰节烈，却是全权都在人民，大有渐进自力之意了。""这节烈救世说，是多数国民的意思；主张的人，只是喉舌。""表彰节烈"

---

① 江晓原：《性张力下的中国人》，上海人民出版社1995年版，第102—132页。

这种有"许多矛盾"的现象出现的原因是"只是不讲新道德新学问的缘故，行为思想，全抄旧账"。鲁迅复推论出，这种"不讲新道德新学问"，"全抄旧账"的"行为思想"，是导致当时的中国社会"种种黑暗，竟和古代的乱世仿佛"。因此他认为"节烈这事是：极难，极苦，不愿身受，然而不利自他，无益社会国家，于人生将来又毫无意义的行为，现在已经失了存在的生命和价值"。而且他"发愿"："要自己和别人，都纯洁聪明勇猛向上。要除去虚伪的脸谱。要除去世上害己害人的昏迷和强暴。"① 如果再联想到鲁迅在这段时间内反复提到"中国人要从'世界人'中挤出"的"大恐惧"，② 想到他一再呼吁的"立人"的急迫："可是东方发白，人类向各民族所要的是'人'"③，我们就可以清楚地勾勒出当时的启蒙者抨击旧的性道德，提倡新的性道德的良苦用心了。

在被称为"中国的蔼利斯"的周作人身上，这种通过国人性爱思想的转换以实现现代人的心理转换的启蒙理路展现得尤其细腻。周作人一生对现代性爱的提倡有着感情，他的思想革命的主要工作即是试图在中国这个礼教气氛浓厚的国度里，播下现代性爱的种子。他把性道德的改革作为"文明之征信"、思想革命的重要方面："一民族的文明程度之高下，即可以道德律的宽严简繁测定之，而性道德之解放与否尤足为标准。"④ "男女的思想行为的变化与性择有很大关系。"⑤ 基于这种把性道德视为"文明之征信"的认识，周作人的文化批判主要是以现代性爱道德来判断出现在社会上的各种各样的文化现象，其矛头也主要指向社会生活中传统性道德的种种表现，以发露形形色色的复古倾向。周作人曾经直言不讳，与各种"假道学"、"伪君子"斗争是他的主要活动和兴奋点：

---

① 鲁迅：《我之节烈观》，《鲁迅全集》第 1 卷，人民文学出版社 1981 年版，第 116—125 页。
② 《鲁迅全集》第 1 卷，第 307 页。
③ 同上书，第 322 页。
④ 周作人：《论做鸡蛋糕》，《新女性》第 8 号。
⑤ 周作人：《新中国的女子》，《语丝》第 73 期。

我所顶看不入眼而顶想批评的，是那些假道学，伪君子，第一种人满脑子都是"两性衔接之机缄缔构"（原语系疑古玄同所造，今用无卯总长呈执政文中语代之，较为雅洁而意义恰合），又复和以巫医的野蛮思想，提了神秘的风化这二字咒语，行种种的罪恶，固然可憎极了，第二种人表面都是绅士，但是他们的行为是——说谎，反复，卑劣……尤其是没有人气，因为他是野蛮之更堕落了[①]。

在 1918—1928 年，周作人的笔锋几乎扫尽了传统性道德的方方面面。从性不净观到纵欲倾向，从假道学的虚伪到"革命者"身上的腐朽臭气，独特的视角常常给他的文化批判以独特的深刻。

这种从性道德改造入手的"五四"启蒙逻辑的确是符合人性解放的内在规律的。过去我们根据物质决定意识论，认为随着经济的、政治的革命到来，人的旧的性格结构会自然而然地发生变化以适应新时代的要求，把社会的所有变革都寄希望于经济制度的变革上，认为革命天然地包含着启蒙。历史证明，这种启蒙逻辑过于天真。1926—1928 年的大革命曾经激动过无数青年，但最后却让他们付出了血的代价。茅盾在此之后的《蚀》中，反思了这种大革命的内在缺失：没有以性革命为代表的彻底的文明改造来改变旧伦理体系所塑造的人的基本性格结构，无论怎样高涨的革命都有可能失败于革命的对象在人的深层性格结构所塑造出的"无物之阵"[②]。

由此我们可以看到，现代性爱的启蒙深度是人的深层价值秩序的改造。但是这样一种深度启蒙在 20 世纪 20 年代的中国实践中却遭遇了道德两难的困境。

---

① 周作人：《我最》，《语丝》第 47 期。
② 徐仲佳：《性爱的现代性与文明的再造——茅盾早期性爱思想浅探》。

四　灵肉一致的两难：启蒙实践的道德困境

作为启蒙者的现代性爱理想，"灵肉一致"的性爱意味着个人的完全、自由发展，而且在"五四"启蒙的文化逻辑中，这种个人的完满是与整个社会的进化联系在一起的。它一端联结着理性的、自律的个体，另一端则联结着现代性的全面进化的乐观情绪。对于启蒙者来说，当灵肉一致的性爱观面对着旧式性道德时，他们有着充足的道德信念的支持；但是当他们的现代性爱观面对现实生活中的人，尤其是面对同样受到传统性道德摧残而更柔弱的女性时，现代性爱对他们的道德支持就显出不足，很容易陷入一种道德两难处境中。同时，他们对现代性爱的诉求并不仅是为了个体的实现，更重要的是他们自觉到他们是站在一个人类进化的优越地位，有着一种自我承担的历史崇高感。这更加剧了他们在善与善的道德两难处境中选择的苦痛。此时他们所要面对的实际上是启蒙的主体性哲学内在矛盾所导致的道德实践困境。

在启蒙所追求的主体性信念里，每个人都要以自由意志去面对一切，成为个人行动的自我立法者，即个人的自律或自主。但是这种自律、自主的个体所要面对的却是整个人类文化的积淀，是整个人类的发展前景。对于一个有限的生命来说，这些实在是太沉重了。人类只是一个抽象的整体，该整体由每一个具体的个人组成，而具体的个人总是有限的理性存在。如何保证实践理性具有绝对无限的价值力量？怎样才能实现这道德目的王国的完善理想？如何保证基于这种并不具备绝对无限性的实践理性所建构起来的伦理原则具有普遍的实践知识品格？这些都是他们在这种自律、自主的逻辑里所要面对的问题。"自然理性及其形式律令一旦遇到生活的道德两难处境，就窘相毕露；道德主体性人格的建立以此为基础，根本是极为脆弱的。在伦理处境中，困难的不是在善恶之间作出抉择，而是在善与善之间作出抉择,这种处境比前一种处境更常见。"① 五四时期的启蒙者在通过现代性爱来表达启蒙诉求时,也不可避免地陷入这一启蒙的内在矛盾,陷入历史的具体与道德理想的完满之间的罅隙。鲁迅、周作人等一再称自己是"历史的中间物",应该就包含着对这种历史存在状态的自觉。

灵肉一致的现代性爱对于五四时期的新知识分子来说正如镜中花、水中月,可望而不可即。譬如鲁迅,当他在婚姻上不得不接受旧时代送给他的"礼物"后,虽然明白"人之子醒了;他知道了人类间应有爱情;知道了从前一班少的老的所犯的罪恶",但是主体性的行为自律又使他看到:"但在女性一方面,本来也没有罪,现在是做了旧习惯的牺牲。我们既然自觉着人类的道德,良心上不肯犯他们少的老的的罪,又不能责备异性",因此"也只好陪着做一世牺牲,完结了四千年的旧账"。鲁迅的这一选择是那一些"历史的中间物"所面临现代性爱所带来的道德两难境地的真实写照:一方面是"人之子醒了"之后有了对性爱的渴求,一方面是这些启蒙者清醒地看到这种渴求如果付诸行动所可能带来的"非人"的后果——牺牲一个无辜的女性。他们此时的选择"陪着做一世牺牲,完结了四千年的旧账",实际上是他们依照普世主义的原则,选择了形式价值观念的最小化。虽然这"是万分可怕的事;但血液究竟干净,声音究竟醒而且真"。② 这种"自己背着因袭的重担,肩住了黑暗的闸门,放他们到宽阔光明的地方去;此后幸福的度日,合理的做人"的牺牲精神虽说是伟大的③,但它毕竟还是一种令人痛苦的两难:陪着做牺牲的确可以使自己血液干净、声音"醒而且真",但它也同时蔑视了两个人的性爱的权利,主动牺牲者还可以从自己的牺牲中得到一点精神的抚慰,被动牺牲者却连这一点抚慰也没有,虽然错并不在

---

① 刘小枫:《现代性社会理论绪论》,上海三联书店1998年版,第91、168—169页。

② 鲁迅:《随感录·四十》,《鲁迅全集》第1卷,第322页。

③ 鲁迅:《我们现在怎样做父亲》,《鲁迅全集》第1卷,第130页。

牺牲者本身。这种两难构成了现代中国启蒙实践之初不无难堪的内在矛盾。

1922 年三四月间和 1923 年 4 月发生在《妇女杂志》上的两次关于离婚问题的讨论就反映了处于这种道德两难境地的启蒙者选择的艰难。"离婚自由"是爱伦凯"恋爱结婚论"的重要支柱。但是在当时的中国，离婚自由除了法律上的障碍外，对于启蒙者来说，更主要的是它凸显出启蒙哲学本身的矛盾。那时的女性大多没有走进社会的公共领域，没有谋生的手段、机会，更重要的是她们还没有确立个人主体性，还怀抱着旧的伦理道德观念，而当时社会生活中占据优势的依然是旧的伦理价值观。因此，离婚对当时的女性来讲，几乎就意味着被抛入地狱。《妇女杂志》1922 年 2 月号提出的"本志改革的新计划"，所注重的第一个"最紧急的实际问题"就是离婚问题，当时共有 300 多篇文章参与讨论。① 1922 年 4 月号的《妇女杂志》以"离婚问题专号"的形式出现，共发表了 70 篇文章。当时许多关注"妇女问题"的名家如周建人、沈雁冰、章锡琛、吴觉农、瑟庐、周作人等纷纷撰文讨论，虽然这 70 篇文章"包括各种意见"，但编者的倾向性还是很明显的。首先，他们反对针对当时离婚率"日见增高"而一味防遏的态度。其次，他们认为离婚问题是属于恋爱结婚论范畴的。再次，他们认为在当时的社会条件下离婚问题应该以女性的意志和利益为转移，这也是他们试图解决当时启蒙内在矛盾的"公平的意见"："离婚仍须顾全妇女一方面的情形：女子如觉得于人格或幸福有亏损，她应当向夫提出离婚，而且男子也应即时依从她；但男子如觉得不满意于他的妻，倒应该屈就，或须为她努力顾全。这是现在的平允的论调。"②

围绕着当时国立东南大学教授郑振埙的《我自己的婚姻史》（署名旷夫）的讨论则是启蒙者处理道德两难处境的一个现实例证，它不仅为大家讨论启

---

① 编者（章锡琛？）：《编辑余录》，《妇女杂志》第 8 卷第 3 号。
② 同上书，第 8 卷第 4 号。

蒙的现实处境提供了一个典型的个案，而且由于它在知识分子性爱体验中的广泛代表性，也促使问题的探讨趋于深化。在刊载于《妇女杂志》1923年2月号的《我自己的婚姻史》这篇文章中，郑振埙叙述了自己希望以现代的爱情理想来改造自己旧式妻子而屡遭失败，最终不得不以"逃婚"的方式——"对于她的爱情，则肉体的爱情永远断绝……则精神上的爱情自然消灭——来逃避无爱婚姻的痛苦。他还提出愿意与她共同负担女儿的教养，放弃父母的遗产以维持她的生活"。郑振埙把自己的婚姻史坦率地发表，具有参与现代性爱话语建构的自觉："婚姻问题是重要的问题，在过渡时代尤其重要；所以应当公开来讨论。"他希望以此"供大家参考"，"犹如在三叉路口立一指路牌，标明'由此可到自由村'，使后来者免得回顾彷徨甚而至于自杀"。《妇女杂志》的编者也向社会征求关于这个问题的意见，并在1923年4月号以"对于郑振埙君婚姻史的批评"的栏目发表了18篇文章。在批评的文章中，郑振埙以命令要挟改造妻子的方式引起了普遍的批评。郑振埙居高临下的男性的价值优越感使得大多数的批评者感到不快。其中有11篇文章"责备郑君不会体贴或原谅启如女士——郑夫人——的"[①]，不过几乎所有的批评者同时都肯定了郑振埙追求"恋爱结婚"的出发点。

周作人的观点可以说代表了当时启蒙者的大多数：

> 负担经济的离婚与放弃遗产的离婚，我以为都可以行，不必勉强希望他们形式的复和。我对于郑君的景况是很同情的，——那更不幸的夫人方面自不消说，——但在那篇文章里他所给我的却不是一个很好的印象。我觉得著者是一个琐碎，严厉，自以为是，偏于理而薄于情的男子（或者事实并不如此），在我的想象中，正是我所怕与为友的

---

① 《茅盾全集》第15卷，人民文学出版社1987年版，第37页。

一种人。……郑君不知道，世间万事都不得不迁就一点；如其不愿迁就，那只好预备牺牲，不过所牺牲者要是自己而不是别人：这是预先应该有的决心。倘或对于妻儿不肯迁就，牺牲别人，对于社会却大迁就而特迁就，那又不免是笑话了。①

对于无辜的女性要顾全，要迁就，即使预备牺牲，也要牺牲自己，而不是别人，这种态度所反映的正是五四时期启蒙者的道德实践困境。他们所能够做的只是自我牺牲。虽然这种自我牺牲精神富有人文主义的力量，但它毕竟显示了"五四"启蒙思潮从一开始就无法解决的内在矛盾。当时的启蒙者对这种内在矛盾是有着清醒认识的。也正是这种认识成为20世纪20年代后期以阶级革命为代表的集团主义思想代替五四时期的个人主义的内在驱动力。

在灵肉一致的两难处境中，启蒙者选择了自我牺牲与当时个人主义的高扬似乎是矛盾的。但是如果从当时的启蒙者身上的自觉的类意识来看，这种自我牺牲并不违背他们的启蒙哲学。他们把这种自我牺牲视为人之为人的一种力量。沈雁冰曾经赞叹过离婚讨论中所表现出来的人性力量："居然有多数男性的作者替伊辩护，这是最可喜的事！这使我们知道在冷酷的机械的现实社会生活的背面，尚潜留着一股热烘烘的力——对于受痛苦者的了解与同情！"② 这种情况在1925年批评华林的《情波记》时也出现过。尽管灵肉一致的两难抉择在某种程度上引发了"五四"落潮后启蒙思潮向"左"的转向，但潜含其中的伟大的人性力量却正是20世纪20年代现代性爱思想最令人难以忘怀和感动的原因。

---

① 周作人：《离婚与结婚》，《晨报副刊》1923年4月25日。
② 茅盾：《读〈对于郑振埙君婚姻史的批评〉以后》，《茅盾全集》第15卷，人民文学出版社1987年版，第37页。

论《新青年》"贞操问题讨论"的现代性意义

一

　　《新青年》的"贞操问题讨论"缘起于第 4 卷第 5 号（1918 年 5 月）发表的周作人所译日本女批评家与谢野晶子的《贞操论》。

　　《贞操论》是与谢野晶子 1915 年回应当时日本社会的贞操问题讨论所写的文章，原名《贞操八道德以上二尊贵デアル》。她对讨论中将贞操作为性道德之一的观点提了质疑，她的结论是振聋发聩的："对于贞操，不当他是道德；只是一种趣味，一种信仰，一种洁癖……既然是趣味信仰洁癖，所以没有强迫他人的性质。我所以绝对的爱重我的贞操，便是同爱艺术的美，爱学问的真一样，当作一种道德以上的高尚优美的物事看待。"她的这一观点是有着强烈针对性的，就当时日本贞操问题讨论她提出了许多疑问：贞操是否单是女子必要的道德，还是男女都必要的呢？贞操这道德是否无论什么时地，人人都不可不守；而且又人人都能守的呢？无论什么时地，如果守了这道德，一定能使人间生活愈加真实自由正确幸福么？贞操是属于精神的呢，属于肉体的呢，属于爱情的呢，属于性交的呢？还是又属精神，又属肉体，所谓灵肉一致的呢？与谢野晶子认为在"恋爱结婚"还没有实现的社会要想实现理想中的灵肉一致的贞操不啻"不劳而获"。她从以下这几个方面抨击了当时的贞操道德："单是女子当守，男子可以宽假"；不顾个人的"境遇体质不同"，以道德的名义"强使人人遵守，反使大多数的人受虚伪压制不正不幸的苦"，结果是贞操道德要么成了"制裁人心的机微"的诛心之论，要么成了没有爱情的不道德婚姻的护符。在她眼里，贞操"既然是趣味信仰洁癖，所以没有强迫他人的性质"。她对道德的期许"是一种新自制律"，即基于个人自由意志的自制。① 这一论述反映了当时现代性爱观的主要内容：基于自由意志的选择才可以称为贞操；反对男女不平等的贞操观；寻求"恋爱的结婚"以保证男女双方灵肉一致的贞操。其中，自由意志是贞操的核心内涵。

与谢野晶子的《贞操论》直接推动了《新青年》贞操问题讨论的展开。讨论分为两个阶段：第一个阶段主要发生在1918年，吸引了胡适、陈独秀、鲁迅等人的注意：《贞操问题》（胡适，第5卷第1号，1918年7月15日）、《偶像破坏论》（陈独秀）、《我之节烈观》（鲁迅，署名唐俟，第5卷第2号，1918年8月15日）。它的主要指向是反传统，以现代性爱的道德观反对当时甚嚣尘上的"表彰节烈"的复古风气。胡适的《贞操问题》、鲁迅的《我之节烈观》都是这方面的名篇。传统性道德中的贞节观念对女性人格极端蔑视，视女性为物，为私有财产。这一点在新知识分子看来，是与现代人的身份、形象完全背道而驰的。当时因应袁世凯称帝而起的复古风气并没有随着袁氏的灭亡而冰消，相反，动乱的时代更容易让那些卫道者痛感"人心不古"，极力要挽救世道人心。当时，北京《中华新报》上有朱尔迈的《会葬唐烈妇记》。朱尔迈在文中带着赏玩的口吻赞赏唐烈妇殉夫全节的行动："唐烈妇之死，所阅灰永，钱卤，投河，雉经者五，前后绝食者三，又益之以砒霜，则其亲试乎杀人之方者凡九。"他还以当时另一件未嫁少女绝食七日，并以三年为期守节的事情来陪衬唐烈妇。他甚至担心俞氏女无法"成烈"："俞氏女果能死于绝食七日之内，岂不甚幸？乃为家阻之。俞氏女亦以三年

① ［日］与谢野晶子：《贞操论》，周作人译，《新青年》第4卷第5号。

为己任。余正恐三年之间，凡一千八十日有奇，非如烈妇之九十八日也。"而且他还担心矢志守节的俞氏女"虽有死之志，而无死之间"，希望"烈妇倘能阴相之，以成起接，风化所关，猗欤盛矣"。这种残忍的论调在新文化的先驱看来，显现出了旧礼教的非人性和残暴。胡适直斥朱尔迈等人的论调为："全无心肝的贞操论"，鼓吹节烈"等于故意杀人"。① 鲁迅先生也认为，那些借"表彰节烈"以挽救世道人心的行为，"只要平心一想，便觉得不像人间应有的事情"。②

讨论的第二阶段主要集中在胡适、周作人、蓝志先三人中间：《讨论：贞操问题》（胡适、周作人、蓝志先，《新青年》第6卷第4号，1919年4月15日）。这一阶段的讨论在新知识分子中间的展开主要是源于对现代人主体性的不同想象。这个话题缘起于与谢野晶子《贞操论》中的"对于贞操，不当他是道德；只是一种趣味，一种信仰，一种洁癖"的"新的道德自制律"，以及胡适在《贞操问题》中的发挥。胡适认为贞操应该出于个人的"自由意志"，只与爱情有关，反对褒扬"贞操的法律"。③ 蓝志先却认为，爱情因为与人的性欲相关，带有很大的盲目性和随意性，因此需要外部道德律令的约束：

> 夫妇关系，自以爱情为重。但爱情两字，极难分别清楚，肉体的爱和精神的爱，在理论上果然有区别，在实际上却没有明白的界限。况且爱情纯是感情的作用，带着盲目性而且极容易变化……夫妇关系要是纯以爱情为主，那是极危险的。往往表面上看起来是很有爱情，骨子里却不过借着对手满足他的一时的情欲……况且男女关系最初的

① 胡适：《贞操问题》，《新青年》第5卷第1号。
② 鲁迅：《我之节烈观》（署名唐俟），《新青年》第5卷第2号。
③ 胡适：《贞操问题》，《新青年》第5卷第1号。

结合的粘力是面貌上的快感。世间多少夫妇是从相知极深上结合的呢？大多数还不是忽忽几面，因为面貌上的快感便成了恋爱，去图那肉体的快乐？……从实际上研究起来，夫妇关系要不是于爱情之外，加入别的分子，尽管爱情上有高尚和卑劣之分，其实也不过是程度之异，那骨子里，结合的粘力，还都离不了吾以上所说的两种原因。

因此他认为"结婚离婚果然可以自由，也不能毫无制限"，而要"有一种强迫的制裁力"，即"爱情必须经过道德的洗炼使感情的爱变为人格的爱，方能算得真爱"，"贞操即便是道德的制裁人格的义务中应当强迫遵守之一，破弃贞操是道德上一种极大的罪恶，并且还毁损对手的人格，绝不可以轻恕的"。①

这种分歧实际上是对现代人的核心——主体性的不同理解。蓝志先的担心表明，在他的想象中，现代人的主体性并不足以管理自己的生理本能，需要求助于外在权威（道德、法律）的强制力。而胡适和周作人所坚持的是现代人最可宝贵的本质——自由意志的自我立法。它张扬的是"道德人格的个体主义，即通过自由行为达成自律的个体人格，其奠基原则内在于个体的理性化良知之中，换言之，道德律令的正当性和权威性内在于主体性之中"。这是一种"自律的、内在论证的信念道德"②。基于对有着自由意志的个人的自信，周作人和胡适把现代性爱视为现代人的一种自然权利，它体现出中国近现代启蒙主义的"阿基米德支点"——自由意志③。因此，在周作人的眼里，"恋爱有官能的道德的两种关系，所以说一面是性的牵引，一面是人格的牵引。倘若没却了他人的人格，只求自己的情欲的满足，那

① 蓝志先：《蓝志先答胡适书》，《新青年》第 6 卷第 4 号。
② 刘小枫：《现代性社会理论绪论》，上海三联书店 1998 年版，第 166—167 页。
③ 张光芒：《启蒙论》，上海三联书店 2002 年版，第 55 页。

便是不能算是恋爱,更不是自由恋爱了"。① 所谓"人格的牵引"即基于"自由意志"的主体的相互吸引。胡适的观点就更清晰了:"夫妇之间的正当关系应该以异性的恋爱为主要元素;异性的恋爱专注在一个目的,情愿自己制裁性欲的自由,情愿永久和他所专注的目的共同生活,这便是正当的夫妇关系。人格的爱不是别的,就是这种正当的异性恋爱加上一种自觉心。""我和先生不同的论点,在于先生把'道德的制裁'和'感情的爱'分为两件事,所以说爱情之外尚有一种道德的制裁。我却把'道德的制裁'看作即是正当的,真挚的异性恋爱。若在'爱情'之外别寻夫妇间的'道德',别寻'人格的义务',我觉得是不可能的。"②

在这一意义上,自由意志成了判别人的性行为(包括贞操)的一个标尺:只要是这种性行为体现了他／她的自由意志,就是合理的。所以在贞操问题的讨论中,周作人和胡适等人并不是一味地反对守节:"夫妇之间若没有爱情恩意即没有贞操可说。""寡妇守节最正当的理由是夫妇间的爱情","夫妇之间爱情深了,恩谊厚了,无论谁生谁死,无论生时死后,都不忍把这爱情移于别人;这便是贞操","若不问夫妇之间有无可以永久不变的爱情……只晓得主张做妻子的总该替她丈夫守节;这是一偏的贞操论"。③ 周作人的论述也许最能说明他们所理解的现代性爱关于贞操的真谛:"一个人如有身心的自由,以自由别择,与人结了爱,遇着生死的别离,发生自己牺牲的行为,这原是可以称道的事。但须全然出于自由意志,与被专制的因袭礼法逼成的动作,不能并为一谈。"④

虽然在讨论中没有分出孰占上风,但在日后的现代性爱话语的建构中,

---

① 周作人:《周作人答蓝志先书》,《新青年》第 6 卷第 4 号。
② 胡适:《胡适答蓝志先书》,《新青年》第 6 卷第 4 号。
③ 胡适:《贞操问题》,《新青年》第 5 卷第 1 号。
④ 周作人:《人的文学》,《新青年》第 5 卷第 6 号。

我们可以看到，以胡适、周作人为代表的自律的、内在论证的信念道德占了主要地位。

二

贞操问题讨论虽然在《新青年》上持续时间比较短，发表的文章也不是很多，但是它在中国现代性话语建构过程中的意义却是极其重大的：它使新文化先驱从西方移植来的现代性话语得以具体化、中国化。

首先，贞操问题讨论打开了中国现代性话语普世化的大门。《新青年》杂志（及其前身《青年杂志》）在1915—1918年就极力鼓吹德、赛两位先生，呼吁打倒偶像，实现"伦理的革命"。这表明以陈独秀为代表的新知识分子们已经从民国初年的政治黑暗中意识到：现代性并不仅意味着社会制度（国家形态、法律制度、经济体制）的转变，更重要的还有人的精神结构的现代转型。《新青年》周围的新知识分子们曾经千方百计地试图打破旧的伦理传统在人的心灵上建构起来的"铁屋子"。但是，因为没有找到合适的突破口，这种心理的现代转型显得十分艰难。1917年，胡适、陈独秀举起了文学革命的大旗，试图从文学这一中国传统知识分子赖以安身立命的领域入手，通过彻底地改变文学的形式和内容来实现这种心理变革，反响却十分寥落。《新青年》也"曾登了半年的广告，征集关于'女子问题'的议论，当初也有过几篇回答，近几月来，却寂然无声了"①。这种情形与当时的现代性诉求没有深入人的深层价值秩序恐怕不无关系。例如，即使在一些新知识分子那里，从他们对性爱问题的理解中，我们可以看到他们对"人"的想象

---

① 周作人：《〈贞操论〉译记》，[日]与谢野晶子：《贞操论》，周作人译，《新青年》第4卷第5号。

也存在很大的混乱①。

在这种语境下，与谢野晶子的《贞操论》于当时的国人不啻"日光和空气"。周作人当时也的确是以向"衰弱的病人，或久住在暗地里的人"介绍"日光和空气"的激情来翻译这篇文章的。他"确信这篇文中，纯是健全的思想"②。这篇文章为苦苦寻求打破国人心灵的"铁屋子"的新知识分子提供了"人"的形象想象的契机，促使他们开始关注自己作为人的生存状况。而随后出现的"贞操问题讨论"则以它巨大的社会反响，从旧伦理体系对人压抑最深重的领域打开了否定传统价值秩序的突破口。而且需要注意的是，贞操问题讨论中这种强烈的反传统伦理道德的倾向有着独特之处。反传统是整个五四新文化运动的一个总体特征，贞操问题讨论反传统倾向的独特之处是它以强烈的当代生活意识——一种对有限的身体时间自足性的认同——为理性来批判、鉴定过去的礼教秩序。这是其他形式的反传统所难以达到的深度和广度。

讨论所涉及的问题也被作为现代性的一个重要问题在随后的时间里延续并深入下去。1922 年 12 月，章锡琛主编的《妇女杂志》也组织了一次"贞操问题讨论"；当时的许多讨论婚姻爱情的专著都辟有专章讨论贞操问题。③

---

① 例如：《青年》杂志第 1 卷第 1 号（1915 年 9 月 15 日）陈独秀所译法国 Max O'Rell 的《妇人观》有这样的看法："妇女，天人也，或化而为夜叉。善女也，或化而为蛇蝎。流萤也，或化而为蜂螫。其恒为天人，为善女，为流萤，为芬芳馥郁之花。终其身而不变者，亦往往有之，视护持之者伎俩如何耳。""神之造妇女也，取材于男子之肋骨，此业方终。妇女即趋归男子之所，而取其遗体，至今犹保存之。"《新青年》第 3 卷第 5 号（1917 年 7 月 1 日）介绍了无政府主义者高曼女士（MissGoldman）的《结婚与恋爱》鼓吹"自由恋爱"，刘延陵还担心"极端的自由恋爱"会导致"堕胎"、"溺儿"（参见刘延陵《婚制之过去现在未来》，《新青年》第 3 卷第 6 号，1917 年 8 月 1 日；《自由恋爱刘延陵致陈独秀》，《新青年》第 4 卷第 1 号，1918 年 1 月 15 日）。在所引述的这些材料中，我们可以看到在当时的新知识分子眼里，女性还没有争得做人的权利，她们要么是装饰男人世界的花，要么是社会的繁衍者，仅此而已。

② 周作人：《〈贞操论〉译记》，[日] 与谢野晶子：《贞操论》，周作人译，《新青年》第 4 卷第 5 号。

③ 例如：罗敦伟、易家钺 1921 年出版的《中国家庭问题》列有"贞操"一讲；麦惠庭 1930 年出版的《中国家庭问题》一书列专章讨论"贞操问题"。

到 1925 年，周建人就认为："在今日之下再来说明节烈贞操的不合理似乎已经太旧了。"① 1933 年生活书店编辑出版了《恋爱与贞操》的讨论集，共收录讨论文章 52 篇。这些讨论大多是延续着贞操问题讨论的话题而来的。更重要的是，这一讨论对当时的新知识分子形成了巨大的冲击，对他们新的文化人格的形成起到了重要作用：许多现代文化史上重要的人物都是从贞操问题讨论中吸取了现代性爱的营养而脱身成为现代人。例如，沈雁冰就曾经在 1919 年到 1921 年间发表过数篇文章呼应讨论②；叶圣陶一直是《青年》、《新青年》的忠实读者："每期必购，每篇必读"③，他在 1919 年回应贞操观讨论时也可以辨出周作人和胡适影响的痕迹④。1919 年，时为湖南《大公报》馆外撰述员的毛泽东先后在《大公报》、《女界钟》上发表了《关于赵女士自杀的批评》、《"社会万恶"与赵女士》等 10 篇文章。在这些文章中毛泽东批评社会的出发点和理论依据就是正在进行的贞操观讨论中周作人、胡适等所持的现代性爱观。⑤

因此，贞操问题的讨论对于当时陷入困境的现代性话语建构（沉寂的新文化运动）找到了突破口：通过一个富有刺激性的话题——性道德——把新知识分子的目光聚焦到现代人的身份体认上来，开启了新知识分子现

---

① 周建人：《节烈的解剖》，《妇女杂志》第 11 卷第 3 号（1925 年 3 月）。

② 这些文章有：《一个问题的商榷》（发表于《时事新报·学灯》1919 年 10 月 30 日、11 月 1 日，署名雁冰）、《读〈少年中国〉妇女号》（《妇女杂志》第 6 卷第 1 号，1920 年 1 月 5 日）、《男女社交公开问题管见》（《妇女杂志》第 6 卷第 2 号，1920 年 2 月 5 日）、《世界两大系的妇人运动和中国的妇人运动》（《东方杂志》第 17 卷第 3 号，1920 年 2 月 10 日）、《评女子参政运动》（《解放与改造》第 2 卷第 4 号，1920 年 2 月 15 日）、《家庭服务与经济独立》（《妇女杂志》第 6 卷第 5 号，1920 年 5 月 15 日）等。

③ 商金林：《叶圣陶年谱》，江苏教育出版社 1986 年版，第 53 页。

④ 叶圣陶：《女子人格问题》，《叶圣陶集》第 5 卷，江苏教育出版社 1988 年版，第 6 页（原刊于《新潮》第 1 卷第 2 号，署名叶绍钧）。

⑤ 毛泽东：《关于赵女士自杀的批评》（原刊于湖南《大公报》，1919 年 11 月 16 日，署名泽东），《婚姻问题敬告男女青年》（原刊于湖南《大公报》，1919 年 11 月 19 日，署名泽东）、《女子自立问题》（原刊于《女界钟》特刊第一号 1919 年 11 月 21 日，署名泽东）。见中共中央文献研究室等编《毛泽东早期文稿》，湖南出版社 1990 年版。

代性探索的兴趣。贞操问题讨论使得知识分子开始了现代人自我身份的"鉴定"。人的身体、欲望、心灵和精神的内在构造由古典向现代的转变在现代学中被认为是最为深刻的变化。因此，贞操问题讨论涉及现代性最重要的标志：现代人身份意识的自我确立。这也是现代性话语中国化、具体化的重要标志。

其次，贞操问题讨论在 20 世纪 20 年代初期进入中国并不是历史的偶然，它与当时的个性主义思潮一同构成了那个时代的"现代性谋划"。《贞操论》随后一期的《新青年》为"易卜生专号"（第 4 卷第 6 号，1918 年 6 月），对易卜生的创作及精神作了中国式的阐释，发表了胡适的《易卜生主义》。胡适认为所谓"易卜生主义"就是通过揭露家庭社会的黑暗来呼吁家庭、社会的"维新革命"，进而把这种维新革命的途径解释为易卜生从沉船中"救出自己"的"真正纯粹的为我主义"。这"纯粹的为我主义"所表达的就是中国现代性追求的核心——主体性。"发展个人的个性，需要有两个条件。第一，须使个人有自由意志。第二，须使个人担干系，负责任。"因此，胡适一再称赞这种"纯粹的为我主义""其实是最有价值的利人主义"，是救世的良药；独立自由的人格之于社会国家的重要性被他等同于酒里的酒曲、面包里的酵母和人身上的脑筋[1]。这篇文章几乎成为五四时期新知识分子的圣经。不论是有意还是纯粹的巧合，《贞操论》和"易卜生专号"先后出现在《新青年》上是大有深意的。它应该是一种"自觉政治意识形态化的文化整合"[2]。这种自觉的文化整合是新知识分子们现代性谋划的具体体现，而性爱问题是其突破口。胡适、周作人等正是抓住当时的新知识分子最感兴趣的"男女问题"，去推进主体性个人的发现。

---

① 胡适：《易卜生主义》，《新青年》第 4 卷第 6 号。

② 杨洪承：《新文学的诞生与"革命"话语——中国新文学发生期的一种政治文化的阐释》，《南京师大学报（社会科学版）》2002 年第 1 期。

再次，贞操问题讨论使得现代性爱作为文学现代性的重要内涵被接受下来，这是文学现代性话语的具体化。新知识分子的"自觉政治意识形态化的文化整合"从一开始就有意识地通过文学形象的感染力来推进这种现代性的谋划，纠正其中干枯的理性。"易卜生专号"为当时的新知识分子提供了一个具体可感的通过性爱问题感受个人主体性的典型——娜拉。而1918年12月，周作人的《人的文学》则第一次把现代性爱作为"人的道德"纳入文学现代性，不仅把它视为"人的文学"所要表现的重要内容，而且把叙事声音这样的形式上现代性追求与现代性爱的内涵联系在一起。这里蕴涵着20世纪20年代文学现代性的一个重要标志："个人的发见。"在《人的文学》中，周作人开宗明义地规定了新文学的内在本质："是'人的文学'。"新文学的目标就是"重新要发见'人'，去'辟人荒'"。由此，周作人对新文学的内容提出了要求："人的文学，当以人的道德为本。"在他所列举的"人的道德"中，首先提到的就是以现代性爱为基础的"两性的爱"："譬如两性的爱，我们对于这事，有两个主张。（一）是男女两本位的平等。（二）是恋爱的结婚。世间著作，有发挥这意思的，便是绝好的人的文学。"由此，现代性爱开始以"人的道德"进入中国文学的现代性话语体系。

现代性爱既然成为文学表现的重要内容，其现代性内涵也必然地影响到文学的形式。在小说叙事模式中，叙事声音是最能体现叙事者对自己所讲述的故事的态度和自己的观点的构成因素："我们就可能把叙事技巧不仅看成是意识形态的产物，而且还是意识形态本身。也就是说，叙事声音位于'社会地位和文学实践'的交界处，体现了社会、经济和文学的存在状况。"①20世纪20年代性爱问题的叙事区别于古典小说性描写的现代特质还表现在叙事声音的转变，它一反古典小说性叙事所特有的劝诫、赏玩声音，而在

---

① ［美］苏珊·S.兰瑟：《虚构的权威——女性作家与叙事声音》，黄必康译，北京大学出版社2002年版，第4页。

叙事中把性爱问题作为现代性问题的严肃声音。这一点从随后的新青年派与鸳鸯蝴蝶派之间文学话语权斗争中叙事声音成为论争的焦点可以得到证明。

最后，贞操问题讨论也使当时的现代性话语的内在逻辑和矛盾得以显现。贞操问题讨论作为"为我主义"的重要体现，在20世纪20年代中国的现代性谋划中，是连接着个人和社会、民族、国家的。众所周知，在20世纪20年代，个性主义思想中利人与利己是二而一，一而二的。正如周作人所说的：

> 我所说的人道主义，并非世间所谓"悲天悯人"或"博施济众"的慈善主义，乃是一种个人主义的人间本位主义。这理由是，第一，人在人类中，正如森林中的一株树木。森林盛了，各树也茂盛。但要森林盛，却仍非靠各树各自茂盛不可。第二，个人爱人类，就只为人类中有我，与我相关的缘故。……所以我说的人道主义，是从个人做起。要讲人道，爱人类，便须使自己有人的资格，占得人的位置。

贞操问题讨论及其后来的现代性爱的宣扬和实践在20世纪20年代的中国不仅是一种个人求幸福的行为，更是一种社会进化的手段。例如当时的新知识分子是这样宣扬爱伦凯的"恋爱结婚论"的："正当的恋爱乃是灵肉合致，复杂而高尚的。这种恋爱是人生的精髓和根本。人人都应该互相靠着这种恋爱感受幸福；在这种恋爱里所感受的幸福便可构成社会的幸福。凡种族的改良、人生的向上进步一定要个人能够感受恋爱的幸福方才可以实现。"[①]这里所蕴涵的有限个体生命与现代性的无限、普遍的善之间的矛盾一直影响了整个20世纪20年代的文学：1928年之后革命文学中关于革命与恋爱

---

① 瑟庐：《爱伦凯女士与其思想》，《妇女杂志》1921年第2期。

的持久争论就是它最鲜明的体现。

由此，我们可以看出，《新青年》的贞操问题讨论不仅是反封建的一次斗争，它还是中国现代性话语建构的一个重要步骤，它使得中国的现代性话语建构得以具体化、中国化。即使同样是以理性来评估传统，它也因其中所蕴涵的强烈的当代生活意识而达到了一种别样的深刻。

论中国小说现代性流变与性爱问题的关系

中国小说的现代性通常被认为是出现在晚清，甚至有"没有晚清何来五四"的说法（王德威语）。我们在承认晚清新小说与"五四"小说的承继性的基础上，也不能对二者之间的差异视而不见。毋庸置疑，无论是"个人的发见"的内涵，还是叙事模式的转变，二者都有着深刻和明显的差异。形成这种差异的因素有很多，其中最重要的应该是五四时期中国现代性追求目标的变化："发展个人的个性"① 成为五四新文化运动的中心任务。这直接促成了中国小说现代性的获得。在这一过程中，性爱问题以其所蕴涵的自由成为"发展个人的个性"的最重要的领域，它不仅影响了中国小说现代性的获得，还规范着它的发展、流变。

一

个体的生成被认为是现代性的标志，但是这种生成在经济结构还没有彻底变动的中国是很艰难的。当陈独秀们鼓吹"最后觉悟之最后觉悟"的"伦理的觉悟"时②，他们只是敏感地从中国特有的中与西、传统与现代的双重现代性焦虑中认识到，中国现代性追求的核心应该是人的精神结构的转型。但是他们的鼓吹，无论是对青年的希望，还是对中国传统文化带有激进意味的评判；无论是在中西文明对比中呼吁变革，还是直接地表现出对中国具体现实的关切都没有引起很大的轰动。因此，他们的鼓吹并没有立刻带

① 胡适：《易卜生主义》，《新青年》第 4 卷第 6 号。
② 陈独秀：《吾人最后之觉悟》，《独秀文存》，安徽人民出版社 1987 年版，第 41 页。

来个体的生成。最终打破沉寂的是鲁迅先生的《狂人日记》和周作人翻译的《贞操论》，它们共同出现在第4卷第5号的《新青年》上。前者的历史功绩已经为人所公认，而研究界对后者及其随后出现的"贞操问题讨论"的意义却认识得不够。我认为，正是这一场"贞操问题讨论"打开了中国现代性话语的大门并且使性爱问题成为中国现代启蒙最重要的原动力之一。中国现代性意义上的个体生成因此也在很大程度上与性爱问题有关。[①] 20世纪20年代以"恋爱结婚论"为基础的性爱问题的提出与传播既体现了当时中国现代性追求的主要内涵：个人主体性的确证、反对以旧性道德为标志的旧道统；也反映着中国这一现代性语境的特殊性：与五四时期个人（立人）——社会进化的文化理路一样，从一开始，性爱问题在现代性谋划的方案中被赋予了个人自由与社会进化的双重期望。

作为启蒙的一翼，中国小说现代性的获得与性爱问题有着密切的联系。性爱问题首先是作为新文学"辟人荒"的现代性内涵被从理论上加以论证的。周作人在《人的文学》中把"以人的道德为本"的"人的文学"规定为新文学的现代性本质。当时他就把"人的道德"具体化为"两性的爱"："譬如两性的爱，我们对于这事，有两个主张。（一）是男女两本位的平等。（二）是恋爱的结婚。世间著作，有发挥这意思的，便是绝好的人的文学。"周作人的这一主张源于当时启蒙者们所关注的性爱问题。他是有意识地把"两性的爱"当做"人的文学"所要表现的内容来提倡的。同时，他还涉及了小说形式的现代性。他在《人的文学》中比较了莫泊桑的《一生》和中国的《肉蒲团》，认为二者之所以一"是写人间兽欲的人的文学"，一"是非人的文学"，"这区别就只在著作的态度不同。一个严肃，一个游戏"。周作人对叙事态度的强调也是在强调小说叙事声音的现代转化：要摈弃历来性叙事中的游

---

① 张光芒、徐仲佳：《性爱思潮与中国现代启蒙的崛起》，《天津社会科学》2005年第4期。

戏态度，把性爱问题当做人的重要问题来叙事。叙事声音是小说叙事诸要素中最能体现叙事者对自己所讲述的故事的态度和观点的构成因素，"叙事声音位于'社会地位和文学实践'的交界处，体现了社会、经济和文学的存在状况"。它不仅"是意识形态的产物，而且还是意识形态本身"。① 因此，性爱问题叙事的声音在当时就具有很强的政治意义。这主要表现在它是新文学界与鸳鸯蝴蝶派等旧派文学争夺合法性的焦点之一。沈雁冰在批判中国古典小说中的性描写时，这样批判旧小说叙事者的声音："恋爱是人间何等样的神圣事，然而一到了'风流自赏'的文士笔下，便满纸是轻薄口吻，肉麻态度，成了海淫的东西。"与此同时，他赞扬自然主义的"纯客观的态度"："自然派作者对于一桩人生，完全用客观的冷静的头脑去看，丝毫不搀入主观的心理：他们也描写性欲，但是他们对于性欲的看法，简直和孝悌义行一样看待，不以为秽亵，亦不涉轻薄，使读者只见一件悲哀的人生，忘了他描写的是性欲。"② 这种严肃的声音一反古典小说性叙事所特有的劝诫、赏玩声音，在 20 世纪 20 年代小说中表现为一种"醒过来的人的真声音"（鲁迅语），因此，叙事声音的严肃与否一方面反映了作者的性观念，一方面也是小说的现代与否的标志之一。所以，从《人的文学》开始，性爱问题以"人的道德"的面目进入中国文学的现代性话语体系。

二

中国小说现代性的获得首先是源于理论倡导，其次才有创作实践。作为最初的实践，"问题小说"带有这一获得方式所带来的问题：它的"技术是幼稚的，往往留存着旧小说的写法和语调"③。那么，是什么划开了"问题

---

① ［美］苏珊·S. 兰瑟：《虚构的权威——女性作家与叙事声音》，黄必康译，北京大学出版社 2002 年版，第 4 页。

② 雁冰：《自然主义与中国现代小说》，《小说月报》第 13 卷第 7 期。

③ 鲁迅：《中国新文学大系小说二集序》，《鲁迅全集》第 6 卷，人民文学出版社 1981 年版，第 244 页。

小说"与鸳鸯蝴蝶派等旧派小说的畛域？我想主要是"问题小说"对性爱问题的关切和提问。

性爱问题①是"问题小说"最早提出也是受到最多关注的问题。从罗家伦的《是爱情还是苦痛？》（1919）开始，性爱问题"在'五四'后短短三四年间恐怕就数以百计"②。其中的大部分是转型时代所急需解决的性爱问题：例如，王统照的《沉思》（1920）、叶绍钧的《两封回信》（1920）和《萌芽》（1921）、黎锦明的《社交问题》等篇分别提出了爱与美、爱的理想与现实、社交公开等问题。"问题小说"把性爱问题当做"可以转移人的一生"（罗家伦：《是爱情还是苦痛？》）的重大问题加以关切和提出，其目的是呼吁个性的自由。这是"问题小说"现代性最重要的表现，也是它们迥异于晚清的"新小说家"与鸳鸯蝴蝶派言情小说性叙事的所在。鸳鸯蝴蝶派的小说家也有着深切的道德关怀。他们写情是志在"冀借淳于微讽，呼醒当世"。③但是，他们保守的性观念使其继承了晚清"新小说家"只写情不写性的叙事规范。④"发乎情，止乎礼"是他们所不可逾越的界限。⑤周作人曾经论述过"问题小说"与鸳鸯蝴蝶派"教训小说"的不同：

> 凡标榜一种教训，借小说来宣传他，教人遵行的，是教训小说。提出一种问题，借小说来研究他，求人解决的，是问题小说。……教训小说所宣传的，必是已经成立的，过去的道德。问题小说所提倡的，必尚未成立，却不可不有的将来的道德。一个重申旧说，一个特创

---

① 以前文学史称之为婚姻问题，其实当时小说中所反映的这一问题的实质主要是性选择的不自由。

② 严家炎：《中国现代小说流派史》，人民文学出版社1995年版，第33页。

③ 爱楼：《游戏杂志·序》，《游戏杂志》1913年第1期。

④ 松岑：《论写情小说于新社会之关系》；寅半生：《读迦因小传两译本书后》；黄霖、韩同文编《中国历代小说论著选（下编）》，江西人民出版社1990年版，第178—180、186—188页。

⑤ 俞蕴云：《文学与恋爱》，《半月》第2卷第6号（1922年）。

新例，大不相同。①

这种不同显示了性爱问题之于"问题小说"的现代性意义：它使"问题小说"一开始就站在性道德的破旧立新、"辟人荒"的高度。而性爱问题提出时作家们的自信与急切、所引起的巨大反响也说明，它作为促使当时青年作者和读者觉醒的"痛切的实感"②，在中国小说史上具有不可磨灭的现代性意义。

"问题小说"所触及的"痛切的实感"在创造社诸君那里得到了更为形象的表现。1921 年郁达夫的《沉沦》集以对性苦闷的大胆宣扬放了一颗"爆击弹"（郭沫若语）。随后他的《茫茫夜》（1922）、《秋柳》（1922）以更加颓废的姿态发泄着同样的情绪。郭沫若也在同时创作了带有弗洛伊德精神分析色彩的《残春》（1922）。张资平则先后写下了《爱之焦点》、《梅岭之春》、《苔莉》、《蔻拉梭》、《最后的幸福》、《性的屈服者》等名篇。创造社的性爱小说继承了"问题小说"性道德上破旧立新的基调，同时又借性爱问题拓展了小说的现代性内涵。首先，他们对性爱问题持续的、大胆的、自我告白式的关注冲破了旧有的文学规范。他们"惊人的取材与大胆的描写"③ 第一次以现代人的自信彻底冲垮了自"新小说"以来一直没有多少改变的只写情不写性的叙事规范，为后来者开辟了道路。叶灵凤、潘汉年、周毓英、周全平等"创造社小伙计"所受的影响自不必说，单从创造社之外作家的创作中就可以发现这种影响的深远：从被苏雪林称为"郁氏文派""两个信徒"的王以仁和叶鼎洛④到革命文学作家如洪灵菲，其小说都充斥着类似的主题和情调：《神游病者》、《暮春时节》、《沉湎》、《殂落》以及残篇《幻灭》

---

① 仲密（周作人）：《中国小说里的男女问题》，《每周评论》第 7 期。
② 周作人：《贞操论·译记》，[日] 与谢野晶子《贞操论》，周作人译，《新青年》第 4 卷 5 号。
③ 成仿吾：《〈沉沦〉的批评》，转引自郭文友《千秋饮恨——郁达夫年谱长编》，四川人民出版社 1996 年版，第 380 页。
④ 苏雪林：《郁达夫论》，《文艺月刊》第 6 卷第 3 期。

（王以仁）；《未亡人》、《双影》（叶鼎洛）；《前线》、《流亡》（洪灵菲）。其次，他们的小说通过性爱问题使文学触及了启蒙运动的核心——"个人的发见"。他们笔下那些性苦闷的发泄者纠正了"问题小说""问题大于形象"的毛病，使中国小说中第一次出现了现代人的面孔。因此其现代性意义也是巨大的：郁达夫的小说以卑微的语调"说软了"当时青年的心，传达出了多数读者的"悲哀"。① 张资平的小说也借此"抓住艺术上的时代"。②

其他作家所写的众多反映性爱问题的小说，也以笔法娴熟、"个人"表现的丰富确证了性爱问题作为文学现代性内涵的有效性。彭家煌、冯沅君、许钦文、黎锦明、许地山、王鲁彦、杨振声的小说都是很好的例证。尤其是鲁迅先生的《伤逝》更把性爱问题提到了反思现代性哲学的高度，成为中国小说反映性爱问题的一个高峰。

性爱问题对于中国小说现代性的重要意义还在于它促进了中国女性小说现代性的生发。在小说中传达独特的性经验是中国女性作家性别意识觉醒的第一个标志。但是在"问题小说"中，她们更热衷于提出诸如"非战"、"儿童问题"、"教育问题"等，而有意无意地回避性爱问题。这种回避说明她们在投身"主流话语"的时候有意识地压抑了性别自觉意识。只是在"五四"落潮后，她们对性爱体验的自觉传达才显示出她们真正从"逆子"的身边走出，以"逆女"的姿态确立了性别意识。庐隐是最先以并不熟练的文笔书写女性在现代性爱思潮中的真实体验的。《或人的悲哀》（1922）表达的是一个觉醒的女性对她身处的那个充满男性征服意味的社会环境的不满和失望。其后的《海滨故人》、《何处是归程》、《胜利以后》也都展现出类似的独特体验。凌叔华在1925年集中发表了《酒后》、《绣枕》、《吃茶》、《再见》、《花

---

① 沈从文：《论中国创作小说》，《沈从文全集》第 16 卷，北岳文艺出版社 2002 年版，第 207 页。
② 李长之：《张资平恋爱小说的考察》，郜元宝、李书编《李长之批评文集》，珠海出版社 1998 年版，第 225 页。

之寺》、《茶会以后》等篇。她的特点是以温婉的笔调传达出一些被男性光芒笼罩住的知识女性、旧女性的性爱体验。在庐隐、凌叔华以及后来者丁玲（《在黑暗中》，1928）的小说中，中国女性文学"为人与为女"双重自觉的现代性主要表现为对当时操持着现代性爱话语的男性启蒙者的怀疑和失望。

性爱问题对于中国小说现代性的意义不仅表现在其获得与发展中，还表现在性爱问题所蕴涵的内在悖论对小说发展的规范。在 20 世纪 20 年代中国现代性谋划中，性爱问题一出现就带有中国语境所特有的悖论：性爱权利的获得不仅是个人获得自由的问题，它还被认为是社会全面进化的充要条件。这种强调个体生存合法性的有限性要求与强调社会全盘变革的普适性要求之间的罅隙形成了性爱问题中个人与社会（欲望与理性）既相和谐又相矛盾的存在状态。总体来说，在 20 世纪 20 年代前期，性爱问题中个人与社会的关系是处于一种悖论调适的状态。表现在小说中，就是性爱问题在小说中充分显示出其"个人的发见"的政治意义：反旧礼教、追求自由、理性批判、显示女性的性别意识等。而在 1928 年前后，随着革命的实践，性爱问题在前期所具有的那些政治意义已经逐渐被淡化，性爱问题作为个人问题受到普遍质疑。这一转型的内在原因是现代性话语内部各元素的矛盾重新调整：社会全盘变革的充要条件已经被替换为社会制度的变革，或曰阶级革命。这就导致原先作为启蒙理性之一的性爱问题此时要在革命这一理性目前寻求新的合法性。在文学中，这一转型表现为围绕着革命文学发生了小说现代性追求的不同选择。

"革命文学"对革命与恋爱关系的质疑、抛弃是这一转型中最引人注目的现象。张闻天的《旅途》（1924）在涉及革命与恋爱的关系问题时，是服从 20 世纪 20 年代前期悖论调适的理路的。他认为，在追求人的解放和自由的纬度上，革命与现代性爱是同一的：钧凯走向革命就是为了恋爱的实现。但是在 1928 年左右，革命与恋爱的这种同一关系受到怀疑，一种革命对爱情的支配性关系开始确立。蒋光慈的《野祭》（1927）可以看做一个标志：革命文学家陈季侠所忏悔的就是他的爱情选择没有以革命为标准。同时，《野祭》也预示着性爱问题在左翼文学中的命运：恋爱从革命的目的逐渐走向革命的附庸，再走向革命的对立面，左翼文学最终走向了革命的禁欲主义。这是性爱问题中个人与社会（欲望与理性）悖论调适发生了向革命（理性）的决定性偏移。从洪灵菲的《前线》、《流亡》（1928）到华汉的《深入》（1928）、《转换》（1929），再到蒋光慈的《咆哮了的土地》（1931），恋爱作为一种小资产阶级的个人主义逐渐被抛弃、否定。在小说现代性话语内部，革命与恋爱（社会与个人）发生了真正的分裂。

这种分裂与左联的有意识引导有关。丁玲的转变很清楚地显示出革命禁欲主义是如何被引入文学的。丁玲的《在黑暗中》（1928）曾经传达出了女性意识的时代深度。但是从《韦护》开始，中经《1930 春上海》（之一、之二）到《莎菲女士日记第二部》、《水》（1931），她完成了个人写作的自我否定，有意识地走向了革命禁欲主义。在她的转变中，钱杏邨、冯雪峰等左联理论家的有意识的指导起到了很大的作用。所以，《水》甫一发表就被认为是抛弃了革命浪漫谛克的"新小说的萌芽"（冯雪峰语）。革命禁欲主义的出现是性爱问题所蕴涵的悖论与矛盾的激化：普适性的要求压倒了有限性的要求。

虽然在 1928 年左右，与革命文学相区别的有茅盾、叶绍钧、刘呐鸥、施蛰存、沈从文等人的小说，但是这些作家在小说现代性转型这一强大的形势面前都自觉不自觉地接受了它的改造。茅盾虽然反思过失败的大革命与现代性爱的关系（《蚀》，1927—1928；《野蔷薇》，1929）。但他和叶绍钧一样，在革命文学倡导期，是被批判的对象。他们的小说虽然有着与革命文学不同的面貌，但是他们后来都或多或少地改变了自己的叙事，向革命文学的逻辑靠拢：茅盾的《虹》（1929）和叶绍钧的《倪焕之》（1929）都试图从广大的背景上表现小资产阶级知识分子在1919—1927年这段历史时期内由个人主义（包括性爱问题）向集体主义挣扎的历程。这里的挣扎和最终的选择都表现了作家以革命文学的逻辑为规约的自觉选择。刘呐鸥、施蛰存、穆时英则是另一意义上的标本。他们曾经是革命文学的追随者，但是最终都被那"从后面赶上来的，一小时五十公里的急行列车"碾过，"崩坠了""精神的储蓄"，"失去了一切概念，一切信仰"；① 因此当他们描绘都市人扭曲的性心理时也带有"被生活压扁的"、"被生活挤出来的人"变异的味道。②这里的"生活"应该是与那个时代的革命文化有关的。因此革命文学的逻辑以另外一种方式深深印在了他们的都市现代性叙事中。1928年的沈从文虽然也表现出与革命文学和新感觉派划清界限的自觉，既反对革命禁欲主义又反对新感觉派小说的都市现代感，开始在他的《雨后及其他》（1928）、《龙朱》（1928）等小说中以对原始、充满蛮性的性爱方式的迷恋显露出他的"乡下人的理想"，建构他的"人性"的希腊小庙。但是他小说中那些封闭、带有强烈宗法制意味的世外桃源又何尝没有性爱问题在文学现代性中位置变动所带来的痕迹呢？

从上述简略的描述中我们可以看到，性爱问题作为文学现代性话语的重要内涵，在"问题小说"中被提出来，在1922年到1927年间作为一种"现代性追求"被全面展开，到了1928年左右，随着革命文学的兴起，又发生了分流、转型。这其中的变化可以视为20世纪20年代文学现代性在中国语境下的流变。

---

① 穆时英：《白金的女体塑像·自序》，乐齐主编《穆时英小说全集》，中国文联出版公司1996年版，第273页。
② 穆时英：《公墓·自序》，同上书，第149页。

"个人的发见"

——论现代性爱思潮与20世纪20年代小说现代转型之关系

20 世纪 20 年代中国小说现代转型的首要标志是"个人的发见"：如"他"（郁达夫：《沉沦》）、子君（鲁迅：《伤逝》）、苔莉（张资平：《苔莉》）等。他们的出现都与当时现代性爱思潮的兴起有很大的关系。现代性爱思潮的兴起源于 1918 年周作人翻译日本批评家与谢野晶子的《贞操论》。经过 1918—1919 年的"贞操问题讨论"，1921—1925 年《妇女杂志》等媒体对"恋爱结婚论"的不懈讨论、介绍，最终在 20 世纪 20 年代的中国文化界形成了一股强劲的思潮。① 作为 20 世纪 20 年代最具有冲击力的启蒙思潮之一，当时现代性爱思潮的核心是灵肉一致性爱观的传播和接受。这一性爱观所蕴涵的现代性因素，如对性欲望的肯定、对旧道统的否定以及个人主体性诉求等，都深刻地改变了当时新知识分子的深层价值秩序。这不仅表现在他们的身体、欲望、心灵和精神等内在价值尺度的变化上，也表现在他们对"人"的自我想象上；"人"的身份认同从古代的"为君"、"为道"、"为父母"，转向了"为自我"②。

---

① 其他对现代性爱思潮的形成起到重要作用的讨论还有：1922 年和 1923 年发生的"离婚问题"讨论（《妇女杂志》）、1923 年关于"爱情定则"的讨论（《晨报副刊》）、1925 年关于"新性道德"的讨论（《妇女杂志》、《京报副刊》、《现代评论》、《妇女周刊》、《莽原》等）。关于现代性爱思潮的论述可参见张光芒、徐仲佳《性爱思潮与现代中国启蒙的崛起》，《天津社会科学》2005 年第 4 期，另见徐仲佳《性爱问题：1920 年代中国小说的现代性阐释》，社会科学文献出版社 2005 年版。

② 郁达夫：《现代散文导论（下）》，《中国新文学大系导论集》，上海书店 1982 年版，第 205 页。

与此同时，周作人在《人的文学》中把现代性爱视为"人的文学"所要表现的"人的道德"之一。这是性爱问题进入文学现代性之始。随后有郁达夫、张资平、冯沅君、叶灵凤等一大批作家以小说创作回应了这一理论倡导，使得小说借助性爱问题在塑造"人"这一层面实现了现代转型。虽然作者性爱观念的变化不是"人"出现的唯一因素，但却是其中最切实的因素。

一 "我是我自己的"：现代性爱带来个性觉醒

爱情是文学常说常新的主题，但在 20 世纪 20 年代之前的小说中，无论是其爱情本身还是对爱情的叙事都不能视为现代性的。爱情叙事只不过是既有礼教秩序中的一个插曲，它所复制的是礼教秩序。同时，性作为叙述者赏玩的目标，也没有被上升到个人主体性的角度来理解，有关爱情描写的词句被称为"艳语"，叙述者一般以雅驯的文字来遮掩秽亵的立意。因此，性在古典文学作品中虽然间或被立在礼教的对立面，但是它并没有获得人的天赋权利的合法性。

这种情形在 20 世纪 20 年代的小说中发生了变化：首先，当时风行的现代性爱思潮带来了个性的觉醒。这正如子君所说："我是我自己的，他们谁也没有干涉我的权利！"这种个性觉醒首先表现为人的欲望、身体的觉醒。性不再是为了繁衍某种既定的社会秩序才获得存在的合法性，而是作为人的一项自然权利成为其个人主体性自我确证的标尺。这也常常成为小说中"个人的发见"的第一个表征。叶灵凤的《浴》描写的是一个怀春少女对自己日渐成熟的身体的发现：

> 上帝的神迹和他的艺术的手腕在这里显出了！就像将一幅遮断了世上一切的美丽的巨幕拉开了一般，空中突然光亮了起来，镜中显出

了一个晶莹的少女的肉体。这是一朵初开的白玫瑰，于粉白中流露着一层盈盈欲滴的嫩红。那胸前微微隆起的两座象牙的半球，虽是还没有十分圆满，然而已孕蓄着未来的无限的美丽的预兆，已预兆着将来有无数百战不屈的英雄甘心在这上面屈服；那上面细细的两粒浅赭色的小点，这是世上最伟大的天才画家聚精会神的最后的绝笔，是天才最高潮的流露；从这下面展开了两条对称的曲线。这曲线的聚点便是万物的终结，便隐藏着命运的枢纽，一切努力的最后的成功是在这里，一切失败的最初的起源也在这里，这是人类的归宿，这里也是人类的根源……

这种对自己身体的成熟和美的发现完全是由于露莎对性爱的渴望所激发出来的。这一觉醒可视为"人"觉醒的第一步：从礼教的束缚和管制中寻找到了属于自己的身体,意识到身体自足的重要性。这是一种天赋权利的觉醒，它有时是无意识，就像春风一样，即使在与世隔绝的昙花庵中、滴翠岩上也无法阻止它的吹拂（叶灵凤：《昙花庵的春风》、《摩伽的试探》）。从未接触人事的尼姑月谛从金娘——一个自由地享受性爱的寡妇——嘴里得到了性的知识，然后"如同破茧出来的飞蛾般，做醒了一场大梦，才得重见天日"（《昙花庵的春风》）。

　　身体的自足感需求进而使觉醒的"人"体认到主体性的可贵，——这是"人"最重要的现代标志。彭家煌的《节妇》描写了性爱意识如何唤醒了一个深受封建妇女规范熏陶的无知无识的少女。婢女阿银18岁时因为"长得很不错"，成了年已七旬的候补道的玩偶。两年之后，她成了寡妇，又沦为候补道儿子和孙子的玩偶。作者主要是在揭露候补道这样的"官家人家"的荒淫无耻和虚伪，但他同时以很多笔墨写性爱意识在阿银这个备受侮辱和欺凌的少女身上逐渐显现的过程。阿银最初"嫁"给候补道的时候毫无自我意识："顺从惯了的阿银，也很识抬举，用不着别人征求她的同意，她在无声无息中似乎早已首肯。"年老力衰的候补道也没有带给阿银任何快乐，"好像这结婚只使她麻木了。她的身体上虽是起了点变化，她的心灵上却依然是很板滞而宁静的"。这种麻木与阿银的身体没有被唤醒有很大关系。所以当阿银被居心叵测的长子柏年接到北京时，从柏年对她的赏玩（剪发、做旗袍、性挑逗）中逐渐感到了作为人的种种需求，尤其是性的渴求。这被压抑了数千年的性欲望一旦被"鼓动"起来，它的力量是惊人的。它可以使一个无知无识的少女蓦然间获得"人"的感觉：

> 在这种结婚中（指与伯年的乱伦——引者注），阿银还可以说得到了一点好处，可以说是有几分情愿的。她好像渐渐的脱毂了奴婢，开始在作人了。她的心灵上发生了一种油然的生趣，身体上出现了一种天真的活泼，她不再无可无不可了，不再作婢女，亲姆，太婆，寡妇了，在她的生命上感觉着一种不可名状的需求与满足。

无疑，性满足使这个对"人"的概念无丝毫知识的少女逐渐苏醒了，虽然唤醒她的外在动机是丑恶的。

阿银如果没有走出旧家庭，也许她通过性所感受到的生命价值就仅止于此，但是她偏偏生活在 20 世纪 20 年代的中国，还到了当时最开放的上海，遇到了还能够付出些许真情的振黄，因此，她身上所"潜伏的热情"被完全激发出来。她不仅感受到性的"一种不可名状的需求与满足"，而且她借此还感受到作为人本质属性的主体性，有了"人"的身份意识。她意识到自己作为旧性道德牺牲者的苦闷，感受到以前奴隶生活的非人性："阿银于今也爱思虑了，她觉得以前是一池的死水。""人"的现代感也复活了："阿银好像真正做了人了，刺激了，奋发了，强有力了，新鲜了，满足了，她是人间极乐的少妇。"所以，当她被逼着重新要回到那个毫无生气的乡下，过她曾经视为理所当然的节妇生活时，她如子君一样喊出了她的反抗："我不回去，谁管得着我？"从阿银身上，我们看到了性爱所带来的身体、欲望的觉醒与个人主体性获得之间的关联。20世纪20年代小说在揭示"个人的发见"时经常注意到这种关联。从子君（鲁迅的《伤逝》）、保瑛（张资平的《梅岭之春》）到阿毛（丁玲的《阿毛姑娘》），我们都可以发现这一觉醒的历程。

其次，现代性爱本身所蕴涵的自由、平等、自我独立等意识形态从更高层次上促进了"个人的发见"。人的自然属性不等于动物的本能欲望，所以性欲望的发现和满足同样蕴涵着人的类属性，反映着人类社会的意识形态性。这一点正如社会学家所看到的，"性之所以重要有三个原因，第一，性能带来巨大的肉体快乐；第二，性与人的自我有极密切的关系；第三，性与人的自由权利有关，因此它是所有的权利领域都不会忽视的资源，也正是由于性是权力要加以管制的领域，性成为个人自由与权力斗争的前沿"。[①] 在20世纪20年代的小说中，现代性爱的这种意识形态性也在"个人的发见"历程中被突出出来了。

郁达夫《沉沦》中的"他"就是通过这种意识形态性显现出来的"个人"。"他"与尼姑月谛、节妇阿银的不同之处是，性爱是"他"的价值秩序中的固有理念。"他"不是由无意识的性觉醒达到"人"的觉醒，而是由自觉地"求爱"不得而感受到"现代人"的"性的苦闷"。"他"的性苦闷的宣泄是"他"作为现代人自我确证的最重要的社会行为，带有强烈的意识形态性：它把身体的自足、欲望的满足与个人主体性确证等同起来，性苦闷使"他"

[①] 《李银河文集：性的问题·福柯与性》，文化艺术出版社2003年版，第3页。

体验到作为"人"的现实存在的肉体；由肉体的不满足、不幸福反证出身体和它的所有者所处的受压抑地位，从否定层面肯定了性爱作为"人"的现世欲望的合法性。同时，"他"的这种"性苦闷"的宣泄指向了旧的伦理体系，指向了"生的苦闷"，与祖国、民族的贫弱联系在一起。这些联系都强化了"他"的"性苦闷"的意识形态性。"他"决绝的态度、病态的行为的强烈意识形态意味加上郁氏小说的"自叙传"叙述和"孤冷"的色调都恰和了当时青年的需求，因此它们才能"说软了""年青人"的心。① 冯沅君的《卷葹》以及张资平、叶灵凤的性爱小说也都带有这种强烈的与传统相异的意识形态斗争的意味。这也是它们被当时的青年读者所喜爱的重要原因。

因此，我们发现，现代性爱的呼吁为 20 世纪 20 年代小说带来了个性的觉醒：现代性爱给出了性欲望的合法性，也带来了"人"的身体和欲望的觉醒并由此引出了个人主体性的吁求。同时，自由意志、批判理性等现代性理念通过性爱问题灌注在 20 世纪 20 年代小说中，使"人"的形象凸显出来。"五四运动的最大的成功，第一要算'个人'的发见。"这样一个断语由郁达夫给出，我觉得是恰切的。因为郁达夫在 20 世纪 20 年代小说中的最大贡献就是以大胆的性心理自我暴露塑造了"五四"的一代新人。

二 性苦闷的展示、新性道德的建构与旧道统的解构

以礼教为中心的旧道统对个性的压抑，到了五四时期受到了猛烈的冲击。这也是"个人的发见"的重要一环，"个人"正是从旧道统的压抑中脱身而出的。在这一过程中，现代性爱对旧道统的解构作用是巨大的。在 20 世纪 20 年代的小说中，这种解构一方面表现为上述身体自足感所带来的个性觉醒，另一方面则表现为现代性爱所带来的性苦闷的大胆展示以及新性

---

① 沈从文：《论中国创作小说》，《沈从文全集》第 16 卷，北岳文艺出版社 2002 年版，第 207 页。

道德的自觉建构。

第一，性苦闷的大胆展示直接解构了旧道统对于性的禁锢以及文学中性描写的固定程式。以"存天理，灭人欲"为指归的理学在宋以后的社会生活中形成了一种强劲的"性张力"以及与之相应的虚伪空气。① 在正统文学传统中，青年男女对性爱的自由追求被视为洪水猛兽，受到极力排击。虽然在被视为"稗官野史"、"街谈巷议"的小说中性描写也很常见，但其中典型的赏玩意味又使人沦为了性描写的符号，根本谈不到人的主体性问题。相反，传统小说的叙事模式使得性描写在与旧礼教的合谋中形成一种显见的对人性的压抑。因此，周作人认为"人的文学"与中国传统的"非人的文学"的根本区别就是对待性这一人的基本权利的态度。他严厉地批判当时鸳鸯蝴蝶派小说中的性的游戏态度，称之为"恶趣味"②。在创作中，以郁达夫为代表的20世纪20年代小说家们对性爱问题的严肃追问更是以鲜明的文学形象对旧道统所形成的虚伪形成了致命的打击：他们在展示性苦闷时的直率大胆使得服膺旧性道德的士大夫感到"作假的困难"。③

由此我们发现，《沉沦》对变态性心理的大胆自我暴露，其意义并不局限于它揭穿了旧道统的虚伪；更重要的是它把性变态、性苦闷当做一种"人"的现代感来解剖，使得通过性爱问题对人的想象真正归到现代性的题域，直接解构了旧道统及其文学规范。郁达夫最先对性苦闷的展示也许是不自觉的，只是他感觉到的一种"现代人的苦闷"④。但是在《沉沦》出版后，围绕着《沉沦》是否是"不道德的文学"这一问题所展开的论争，却把它

---

① 江晓原：《性张力下的中国人》，上海人民出版社1997年版。
② 周作人：《恶趣味的毒害》，《晨报副刊》1922年10月2日，署名子严。
③ 郭沫若：《论郁达夫》，陈子善、王自立编《郁达夫研究资料》（上），花城出版社、三联书店香港分店1985年版，第84—93页。
④ 郁达夫：《〈沉沦〉自序》，《郁达夫散文》（下），中国广播电视出版社1992年版，第220页。

的解构旧道统的意识形态性标举了出来：周作人正是从"反对'卫道'的立意出发，判定《沉沦》不是什么不道德的，乃是纯粹的文艺作品"①。因此，在 20 世纪 20 年代小说中，性苦闷的展示负载着作家颠覆旧道统的主观愿望。

第二，作家新性道德建构的自觉意识对旧道统起到了更为重要的解构作用。与郁达夫等的性苦闷的大胆展示不同，以张资平、叶灵凤、冯沅君为代表的作家则在他们的作品中显示出一种清晰的新性道德建构意识。他们更倾向于在作品中宣扬并建构一种灵肉一致的新性道德观以与旧的礼教秩序相对抗。在他们的笔下，那些代表着新性道德的人物形象都是可赞美的觉醒的"人"，他们因为有了叙述者的性爱理想灌注而显得乐观自信。张资平的小说可视为其中最有代表性的。② 在《性的屈服者》中，馨儿对"乱伦"爱情（她对名义上的小叔子吉轩的爱）的勇敢追求甚至到了咄咄逼人的地步。她的勇气就来自于以灵肉一致为基础的新性道德："我们间的恋爱既达了最高潮，若不得肉身的交际，那末所谓恋爱也不过是一种苦闷；我们俩只有窒息而死罢了。"同时，这些主人公对性爱追求也被上升到人的类属性高度。《爱之焦点》中的"他"认为，他和 N 姊的恋爱"是我们俩的最神圣的，最纯洁的事业！""我们要替未来的青年男女——不是的，不独未来，是现在和未来——倡个先例！我们的结合能成功，不单是我们的再生，也是一班青年男女的幸福！""他"、馨儿、保瑛（《梅岭之春》）……这些新性道德的服膺者、追求者，被张资平视为这个充满丑恶的世界中最理想的"人"。

在新性道德建构的背景下，张资平小说中经常为人所诟病的乱伦故事就有了新的意义。如果从旧道统解构的角度来看，这些乱伦故事有着周作人

---

① 周作人：《沉沦》，《晨报副刊》1922 年 3 月 26 日；周作人：《郁达夫的书简》，《周作人绝妙小品文》（下），时代文艺出版社 1997 年版，第 492 页。
② 徐仲佳：《新道德的描摹与建构——张资平性爱小说新探》，《中国文学研究》2004 年第 1 期。

所称道的"旧道德上的不道德"的意义：首先，乱伦本身就是对旧的性道德的一种叛逆，一种藐视。《爱之焦点》中的"他"、《苔莉》中的克欧都为了他们的"事业"不惜与整个社会宣战。"他"认为，正是这种在旧道统中被认为是乱伦的爱才更具有神圣性，因此它的成功与否才具有那样深刻的类属性意义。其次，这些乱伦叙事把批判的怒火指向了旧道统。那些乱伦之人正是在旧道统的束缚中往来冲杀的现代人。张资平细微传神地刻画了他们因为受"义理"的束缚而无法获得爱情时的痛苦：他们一方面感受到现代性爱的合理性，另一方面又无法完全摆脱旧的性道德的重压。这双重的挤压带来的悲剧不仅意味着男女主人公没有得到团圆的结局，更大的悲剧是在新旧道德挤压下，他们所服膺的新道德也扭曲、变形。后者给予主人公的痛苦更巨大。克欧与苔莉在得不到社会承认的焦虑中，不仅扭曲了他们原本自然和谐的性爱，使他们只能沉溺于肉欲中；而且还扭曲了他们的精神之爱：克欧责备苔莉没有把处女的贞操给他，他用残忍的做爱来蹂躏她。克欧是否真的那样在意苔莉是否是处女呢？不。他之爱苔莉完全是出于两人灵与肉的相互吸引，因为"相知最久的只有你苔莉一个人"。真诚相爱的人却如此残忍地相互伤害，这是怎样的一种痛苦！张资平在乱伦叙事中把这些人间的真爱撕毁，以燃起读者对造成这一悲剧的旧道统的愤恨之火。

这种新性道德建构意识所塑造的新人在其他作家的小说中也有同样的表现。冯沅君《卷葹》中的男女主人公自觉地做"礼教的叛徒"，他们在旅行的列车中以新性道德的代表者来自命。在叶灵凤的小说中，那些性爱的追寻者也有同样的自信。《女娲氏之遗孽》中的女主人公虽然忍受着作为有夫之妇与莓篏私通的压力，但是她却认为他们的爱情是人生的幸事。为了宣扬性爱的合法性和神圣性，叶灵凤甚至不惜改写宗教故事，把亚德斯佛军爵与修女青柳的私奔当做爱情的神迹来宣示。因此他的"爱的讲座"是："为

了爱而毁坏他的誓言的人有福了,诅咒应该归到那诅咒他的人的身上。"(《爱的讲座》)

与性苦闷的展示相比,新性道德的建构意识对旧道统的解构作用更为切实。后者适应了个人主体性建立后所引起的道德原则的转变,完成了人的深层价值秩序的改造,因此在"个人的发见"过程中也更具有决定性意义。旧道统就是在这些性苦闷的展示和新性道德的建构中失去了它对人的束缚,"人"的形象脱颖而出。

三 "人"的处境:现代性爱的道德两难

从旧道统中解脱出来的"人"并没有踏入他们所向往的黄金世界,而是陷入了善与善的道德两难困境。这与 20 世纪 20 年代的新文化逻辑有着深切的关系。在 20 世纪 20 年代的个性主义思想中,利人与利己是二而一一而二的。"所以我说的人道主义,是从个人做起。要讲人道,爱人类,便须使自己有人的资格,占得人的位置。"① "这种'为我主义',其实是最有价值的利人主义。"② 现代性爱作为"为我主义"的重要体现连接着个人和社会、民族、国家。它的宣扬和实践不仅是一种个人求幸福的行为,更是一种社会进化的手段:"正当的恋爱乃是灵肉合致,复杂而高尚的。这种恋爱是人生的精髓和根本。人人都应该互相靠着这种恋爱感受幸福;在这种恋爱里所感受的幸福便可构成社会的幸福。凡种族的改良、人生的向上进步一定要个人能够感受恋爱的幸福方才可以实现。"③ 因此,现代性爱所塑造的理性、自律的个体同时怀有社会全面进化的乐观情绪。但是,这其中却蕴涵着不可避免的悖论:有限的个体在面对巨大的普世性伦理时,很容易陷入道德两难困境。表现在小说中,当它面对旧性道德时,叙述者有着充

---

① 周作人:《人的文学》,《新青年》第 5 卷第 6 号。
② 胡适:《易卜生主义》,《新青年》第 4 卷第 6 号。
③ 瑟庐:《爱伦凯女士与其思想》,《妇女杂志》1921 年第 2 期。

足的道德信念的支持；但是当它面对现实生活中的人，尤其是面对同样受到传统性道德摧残而更柔弱的女性时，叙述者的道德支持就左支右绌。如果说于质夫（郁达夫：《茫茫夜》、《秋柳》）、克欧的选择主要是在善与恶之间，所以他们都能够决绝地表现出自己的反叛性。那么，鲁迅笔下的涓生（《伤逝》）、张资平笔下的馨儿和静媛（《蔻拉梭》）等所要面对的却是善与善的道德两难。这种两难意味着不存在怎样选择才是最正当的确定答案，或者说，选择的正当性是多重的。

道德两难主要发生在觉醒的"人"身上，因此它更常见于启蒙者。例如在鲁迅先生的《伤逝》中，笼罩全篇的涓生的忏悔显然针对着启蒙者所身处道德两难困境。涓生曾经是子君的启蒙者，是他把子君从旧礼教秩序中唤醒。但是涓生和子君的爱情很快变成了"怀旧谭"。涓生由此陷入选择的两难：处于无爱的婚姻中无异于自杀；而涓生又深知子君离开他，离开他们手造的家的命运，其结局"不过是——连墓碑也没有的坟墓"。面对这样一个艰难的选择，涓生最终以"别的人生要义"为借口说出了自己不爱子君的真相。但事实是，涓生并没有走出自己的生路。在牺牲掉更弱的子君之后，他并没有像他所向往的那样投入新的生活中，他最后又回到他们爱情的起点——"会馆里的被遗忘在偏僻里的破屋"。而子君却"在我所给与的真实——无爱的人间死灭了"。这种结果与涓生的启蒙理性是多么的矛盾！涓生巨大的悔恨正是来自这里：在善与善的两难之中，他选择了牺牲被自己鼓动起来战斗的、远比他要弱小的女性。

如果从 20 世纪 20 年代的新文化逻辑出发，涓生的选择是有其正当性的。无论是最初的和子君结合，还是后来的为了救出自己而说出残酷的事实——在涓生看来，都是利己而又是利人的。例如，涓生最先选择子君的理由就是因为子君那句著名的宣言："我是我自己的，他们谁也没有干涉我的权利！"他从这句宣言里看到的是自己和子君的恋爱在他们之外更为重大的社会意义。那便是"在不远的将来，便要看见辉煌的曙色的"。在涓生那里，他和子君的爱情不仅被理解为一种个人幸福的追求，还被理解为一种改造社会的政治行为。即使在后来，涓生说出他不再爱子君的真相时的理由也是利己又利人的。他虽然想到了向子君说出真相，可能导致子君的死，但是他还是从自己的选择中看到"一闪的光明"："她勇猛地觉醒了，毅然走出这冰冷的家，而且，——毫无怨恨的神色。"他向子君说出真相时也真诚地希望子君"可以毫无挂念地做事"。

但是，个人的生命相对于漫长的社会进化来说实在是太短暂、太脆弱了，子君的死让启蒙者们看到，这种以理性名义作出的选择的后果是可怕的。涓生正是从这一可怕的后果开始对自己启蒙理性的反省，察觉到现代性爱所蕴涵的个人—社会双重进化的文化逻辑的罅隙。他最终明白子君"当时的勇敢和无畏是因为爱"，而不是为了那"辉煌的曙色"。他为自己"没有负着虚伪的重担的勇气，却将真实的重担卸给"子君而感到悔恨。因此涓生最后的选择就别有深意："我要向着新的生路跨进第一步去，我要将真实深深地藏在心的创伤中，默默地前行，用遗忘和说谎做我的前导……"这种选择可以看做当时的启蒙者对"人"所处的道德困境的一种无奈。

张资平显然对现代人的这种道德困境也是熟悉的。不过与鲁迅不同，他更乐于给出一个解决这一两难困境的答案，让他的主人公在这种解决中显示出现代人的智慧和力量。馨儿（《性的屈服者》）的困境是她遇人不淑：她所爱的吉轩没有像克欧一样在最后的关头走向与社会决裂的道路，反而偷偷地与女学生程女士订婚。她明白吉轩并不爱自己，勉强他留在自己身边也是无益："我纵能占有你的身而不能占有你的心，你就每天在我的肩侧也是索然。"在这种情况下，她有至少两种正当性的选择：如果她要报复，可以向社会揭露她和吉轩的关系，吉轩在教育界的名誉就毁了；如果她隐忍下去，吉轩将离她而去，她将面对一个无所可爱的世界。最终她选择了自我牺牲式的隐忍，眼睁睁地看着吉轩和程女士去度蜜月。不过馨儿的隐忍与旧式妇女的顺从是截然不同的。她之所以选择了对她来说牺牲最大的隐忍，是基于这样的考虑：如果她向社会宣布他们的关系以求得社会对吉轩的惩罚，在某种程度上就是重新承认了旧礼教的性规范、性禁忌的合理性，不仅牺牲了自己的爱情理想，还要饶上一个吉轩；而私下里向吉轩摊牌，她也不过得到一个行尸走肉的躯壳，与现在她和明轩的关系没有什么两样。隐忍对她来说虽然充满了痛苦，但是却最符合现代人的道德理性。这一选择与传统女性对负心男子的容忍有着天壤之别。后者是承认父权制的价值标准，而馨儿的选择则隐含着对吸走吉轩的父权制价值标准的反叛和嘲讽："'我所受的苦闷就是用情真挚者应得的报酬么？胜利是终归于虚伪的恋爱者！'馨儿清醒时像发现了一条原理，不住的叹息。"《蔻拉梭》中的静媛所处的道德两难则是另一种情形：一个爱上自己已婚老师的女子如何面对无爱婚姻中无辜的女性？鲁迅在 1919 年选择"只好陪着做一世的牺牲，完结了四千年的旧账"。[①] 静媛的选择则是另一个正当的答案：到一个谁也不认识他们的地方去享受他们的爱情。但是这只是他们两个人所有的桃花源："望你和从前一样的爱师母。我们自有我们的乐土。"静媛的选择同样没有打破无辜女性的世界，但是却实现了自己的爱。这种选择的确是大胆而又富于人性的。

综上所述，现代性爱思潮从个性觉醒、解构旧道统、显示道德两难困境诸方面塑造了 20 世纪 20 年代小说中的"人"的形象，既显示了 20 世纪 20 年代小说现代转型的深度和广度，也揭示了影响这一转型的文化逻辑的内在悖论。因此我们可以说，现代性爱思潮在 20 世纪 20 年代小说的现代转型中起了重要的作用。

---

① 鲁迅：《随感录四十》，《鲁迅全集》第 1 卷，人民文学出版社 1981 年版，第 322 页。

性觉醒与中国现代女性文学的兴起

一 性觉醒与"为人或为女的双重的自觉"

女性"为人或为女的双重的自觉"被认为是女性解放的动力，[①] 也是中国女性文学的现代性内涵。这种"双重的自觉"从哪里来呢？我想它与现代中国的性觉醒有着同步、同构的关系。

所谓性觉醒，是指在现代性爱思潮的影响下，个体对于性权利的自觉。性觉醒打开了中国现代性追求的大门，使五四时期"个人的发见"得到了中国化的土壤，[②] 也使女性这一原本被压抑于历史深处的群体获得了性别意识的自觉，浮出了历史地表。女性解放原是五四新文化运动甚至是晚清维新运动的题中之意。谭嗣同认为，"仁以通为第一义"。"通"包括"中外通"、"上下通"、"男女内外通"、"人我通"。他猛烈抨击三纲五常偏离了"仁"的轨道："数千年来，三纲五伦之惨祸烈毒由是酷焉矣。君以名桎臣，官以名轭民，父以名压子，夫以名困妻；兄弟朋友各挟一名以相抗拒。"在"仁学"背景下，女性解放在"男女内外通"的名义下被提出来。[③] 周作人在《人的文学》（1918）中提到的"辟人荒"也包含着"女人与小儿的发见"。[④] 但

---

① 周作人：《妇女运动与常识》，止庵编《周作人自编文集·谈虎集》，河北教育出版社 2002 年版，第 261 页。

② 徐仲佳：《论〈新青年〉"贞操问题讨论"的现代性意义》。

③ 谭嗣同：《仁学》，加润国选注《中国启蒙思想文库·仁学——谭嗣同集》，辽宁人民出版社 1994 年版，第 7、17、25 页。

④ 周作人：《人的文学》，《新青年》第 5 卷第 6 号。

是，女性的自觉并没有如启蒙者所期望的那样到来。《新青年》也"曾登了半年的广告，征集关于'女子问题'的议论，当初也有过几篇回答，近几月来，却寂然无声了"。[①] 这种寂寞的情形与当时性觉醒的状况有很大关系。在 1918 年之前，虽然性科学知识和现代性爱观在中国新知识界已有零星传播，但并没有带来真正的性觉醒，即使在一些新知识分子那里，他们对"人"、女性的想象也存在很大的混乱，远没有达到对女性的现代认知。更不要说那些还没有浮出历史地表的女性了。

性觉醒的到来与《新青年》对易卜生的介绍和 1918—1919 年的"贞操问题讨论"这两个事件紧密相关。《新青年》当年"大吹大擂"地介绍易卜生，有两点直接推动了中国现代的性觉醒：一是鼓吹个人主义。胡适当年极力推崇易卜生的"主张个人须要充分发达自己的天才性；须要充分发展自己的个性"的"真正纯粹的为我主义"。胡适称赞它"其实是最有价值的利人主义"，是救世的良药；独立自由的人格之于社会国家的重要性被他等同于酒里的酒曲、面包里的酵母和人身上的脑筋。[②] 二是娜拉这个女性形象的出现。当年易卜生的《娜拉》被介绍进中国，使娜拉这个为争取做人的权利而不惜冲出家庭、放弃母亲天职的女性第一次进入中国读者的视野。她作为女性觉醒的典型深刻地影响了那个时代女性的自觉，就如孟悦等人所说："娜拉几乎构成了这代女性的'镜像阶段'……娜拉的形象俨然参与着'五四'女性的主体生成过程。"[③]

如果说对易卜生的介绍给性觉醒提供了理论武器的话，那么几乎同时出现的"贞操问题讨论"则在性道德领域催生了女子性权利的合法性。胡适、周作人、鲁迅等人在讨论中从现代性爱观出发，极力抨击礼教传统"忍

---

① 周作人：《〈贞操论〉译记》，《新青年》第 4 卷第 5 号。
② 胡适：《易卜生主义》，《新青年》第 4 卷第 6 号。
③ 孟悦、戴锦华：《浮出历史地表——现代妇女文学研究》，中国人民大学出版社 2004 年版，第 11 页。

心害理"的贞操观念，指出"贞操是男女相待的一种态度：乃是双方交互的道德，不是偏于女子一方面的"。① 两性性权利、性道德的平等在"贞操问题讨论"中成为一种共识。在对礼教秩序中的贞节观念给个体造成的"切身的痛感"的否定中，新文化的权力体系立下了第一块基石，上面镌刻着个人主义的箴言："我是我自己的，他们谁也没有干涉我的权利"（鲁迅：《伤逝》）。由此，易卜生的介绍和"贞操问题讨论"带来了新知识界对女性作为"人"的认知。这也是性觉醒的第一步：从个人主义出发，女性作为与男性同等性别的权利在性道德领域获得认可。反过来，性觉醒的发生经由人的性人格的变革也带来了更广泛、更深刻的"个人的发见"。虽然参与此次讨论的几乎都是男性知识分子，但这种认可对于女性的自觉仍然起到了极大的推动作用：男性知识分子的性觉醒是女性解放的重要外部条件，它不仅积极鼓吹女性自觉，而且去除了女性性觉醒的外部障碍。

现代文学中女性作为"人"的发现与性觉醒有着密切的关系。在 20 世纪 20 年代初的小说中，男性作家最先"诉说婚姻不自由的苦痛"，表达"当时许多智识青年们的公意"。② 在这公意表达中，出现了女性作为"人"的想象。罗家伦最先在《是爱情还是苦痛？》（1919）中批判了礼教秩序的"有爱情而不得"和"强不爱以为爱"的非人性。同时，在其笔下出现了一个受到新式教育，具有新思想的女性——素瑛。叶绍钧的《两封回信》（1920）中的"伊"在回答求爱者时表示，自己既不想做受人爱护、珍惜的"笼子里的画眉，花盆里的蕙兰"，也不愿意做超人，而只自承"只是和一切人类平等的一个'人'罢了"。另一个更具有代表性的女性——子君，敢于冲破专制家庭的束缚，与整个社会决裂，也是与其性觉醒有密切联系："她当时

① 胡适：《贞操问题》，《新青年》第 5 卷第 1 号。
② 鲁迅：《中国新文学大系·小说二集序》，《鲁迅全集》第 6 卷，人民文学出版社 1981 年版，第 244 页。

的勇敢和无畏是因为爱。"(《伤逝》，1925)女性以人的形象出现在男性作家的作品中与当时性觉醒的关联是显而易见的。鲁迅先生曾经参与过贞操问题的讨论(《我之节烈观》)，罗家伦、叶绍钧则都受到过贞操问题讨论的影响。在《女子人格问题》(1919)中，叶绍钧鼓吹女子应该有独立的人格，要求"女子自身应知道自己是个'人'，所以要把能力充分发展，做凡是'人'当做的事。又应知道'人'但当服从真理。那荒谬的'名分'、'伪道德'便该唾弃他，破坏他"①。

但是，女性作家的性觉醒在其文本中的表现却与男性作家的表现有明显差异。那些被五四新文化运动"震上文坛"的女作家最初有意识地回避现代性爱这一精神资源。她们文本中最初出现的是排斥她们自身以及女性性别经验的"为人生"的话语。例如，冰心更热衷于探讨军阀混战的时局(《去国》)、废兵(《一个兵丁》、《一个军官的笔记》)、新旧家庭的对比(《两个家庭》)、旧家庭专制的危害(《斯人独憔悴》)等社会问题。即使谈到女性的家庭、社会地位低下的问题，她也和更大的社会问题混杂在一起，如《庄鸿的姊姊》中庄鸿的姊姊之失学是因为金融动荡而导致的家庭生活困难；《最后的安息》中惠姑的悲剧是源于残忍的童养媳制度。当然，她也谈论爱，但，她的爱主要是母爱、亲情，并非两性之爱，相反，她以为恋爱是断送女性走上社会的罪魁祸首(《是谁断送了你》)。庐隐也是如此，她写作的开初"是朝着客观的写实主义走"，"那时候向'文艺的园地'跨进第一步的庐隐满身带着'社会运动'的热气"。她写"农民的女儿怎样被土财主巧夺为妾，以至惨死"，"写军阀政府轰打请愿的小学生"，"写纱厂女工"，写"真正为'和平'而殉道的女教士"，写日本帝国主义的奴化教育，而没有写爱

---

① 　叶绍钧：《女子人格问题》，《新潮》第 1 卷第 2 号。

与性。① 冯沅君似乎是一个例外，她最初登上文坛是以"礼教的叛徒"自命的。她的主人公公然反叛礼教秩序，同居一室感受恋爱中性欲的火热。但是，他们却在欲望满足的最后关头停下来了。上述这些情形是否意味着女性作家当时没有性觉醒呢？显然不是。后来的研究者看到了女性叙述者性叙事的谨慎是有意识回避道学家对现代性爱以及新女性的攻击，带有与旧性道德决裂的策略意识，其目标是"为了赢得或保留女性进入时代历史的权利"②。即女性作家们最初对性体验的回避并不是性觉醒的缺失，而是她们的性觉醒不限于生理和欲望层面。为了保证女性作为人的权利得到承认，她们宁可选择压抑性权利的要求。这一叙事策略的内在根源是性觉醒被推到新旧文化冲突的潮头。一旦这一潮头舒缓，性觉醒的性别意识——"为女的自觉"——就会在她们的创作中显现出来。

女性作家真正以"为女的自觉"来叙述女性的性爱体验还是在"五四"落潮之后，即茅盾所说的"庐隐也改变了方向"，"她告诉我们的，只是一句话：感情与理智冲突下的悲观苦闷"③。在这一阶段，女性作家们的性觉醒与其"为女的自觉"的表达显示出同构性：一方面，"为女的自觉"在她们的文本中体现为对现代性爱话语有意识地疏离；另一方面，性觉醒使得女性作家们开始努力地塑造具有自我定义权的女性形象。

当女性作家以"为女的自觉"来审视"恋爱的结婚"这一时代理想时，她们痛苦地发现，男性启蒙者未经彻底检修的性人格所残存的男权意识形态对女性的自觉形成了严苛的压抑。因此，她们自觉疏离现代性爱话语。这首先表现为对现代性爱话语所预约的黄金世界——恋爱的结婚——的幻

---

① 茅盾：《庐隐论》，《茅盾全集》第20卷，人民文学出版社1990年版，第111页。
② 孟悦、戴锦华：《浮出历史地表——现代妇女文学研究》，中国人民大学出版社2004年版，第50页。
③ 茅盾：《庐隐论》，《茅盾全集》第20卷，人民文学出版社1990年版，第111—112页。

灭。虽然庐隐在现实生活中是勇敢追求恋爱自由的新女性，但是在《或人的悲哀》（1922）中，亚侠却对"恋爱的结婚"产生幻灭："人生那里有究竟！一切的事情，都不过像演戏一般，谁不是涂着粉墨，戴着假面具上场呢？……人事是作戏，就是神圣的爱情，也是靠不住的，起初大家十分的爱恋的订婚，后来大家又十分憎恶的离起婚来。一切的事情，都是靠不住的。"这幻灭使《海滨故人》、《丽石的日记》、《胜利以后》、《彷徨》等篇中的主人公陷入了无尽的忧愁与苦闷之中，禁不住喊道："何处是归程？"陈衡哲的《洛绮思的问题》（1924）、凌淑华的《酒后》（1925）和《花之寺》（1925）也表达了类似的主题。女性作家对现代性爱话语疏离还表现为对操持着这一话语的男性产生怀疑。庐隐小说中所表现出来的"感情与理智冲突下的悲观苦闷"主要是源于她对男性的怀疑和失望。这种怀疑与失望是当时女性作家共同的性别体验。凌叔华善于写"世态的一角，高门巨族的精魂"。[①] 她的文风恰如她笔下的女性一样婉顺，于戏剧性的场景中很有节制地传达出对婚姻爱情中的女性的淡淡的忧伤。对于那些浑浑噩噩的沉于旧礼教秩序中的旧式女性，如《绣枕》、《吃茶》、《茶会以后》、《中秋晚》、《太太》、《送车》等篇什中的女主人公，她忧伤的声音中饱含着对主体性泯灭者的叹惋和同情。她对诸如《酒后》、《花之寺》等篇什中那些陷入新式爱情与家庭中的新女性的忧伤则主要指向男性。当《花之寺》中的燕倩在花之寺看到被自己化名骗来的丈夫，她的内心该如何痛苦？而这些痛苦后来都化作了淡淡的一句："算了吧，别'不依'我了。"这其中包含的是一个对男性失望的女性的沉痛和无奈："我就不明白你们男人的思想，为什么同外边女子讲恋爱，就觉得有意思，对自己的夫人讲，便没意思了？"这

---

① 鲁迅：《中国新文学大系·小说二集序》，《鲁迅全集》第 6 卷，人民文学出版社 1981 年版，第 255 页。

种诘问可以看做那个时代觉醒的女性对不配受她们爱情的男性的一种怀疑与愤懑。《酒后》中的永璋也不能理解自己的妻子所提出的"闻一闻"因醉酒而熟睡在她家沙发上的子仪的脸这一"出轨"的要求。在采苕要求自己的性权利的过程中，叙述者把永璋对这一行为的理解置于同一情境之下，同样表达出对男主人公的不平与愤懑：与她的自由意志表达相对的是，她发现她的行为在爱人眼里也许仅仅是一个喜欢在自己丈夫面前撒娇的妻子"酒后"近乎胡闹的恶作剧。采苕最后意兴阑珊的一个重要原因恐怕不是因为害羞，而是她忽然感到自己所要求的权利在这个不能理解自己的男性面前近乎无聊。永璋对采苕的理解在被男性作家丁西林所改编的同名戏剧里，甚至在伟大如鲁迅的眼里不都同样出现了吗？鲁迅对这一爱情"喜剧"不就是这样解读的吗？"即使间有出轨之作，那是为了偶受着文酒之风的吹拂，终于也回复了她的故道了。"①从这一意义上说，《酒后》所传达出来的"为女的自觉"就具有更深的女性文学史价值：对它的误读正凸显出这篇小说"为女的自觉"的深刻性以及男性性觉醒的限度。与凌叔华对男性婉顺的考问不同，丁玲的考问则直接得多。梦珂（《梦珂》）、阿毛（《阿毛姑娘》）、莎菲（《莎菲女士的日记》）、志清（《暑假中》）这些沉在黑暗中的女性努力用现代性爱所给予的眼睛在黑夜中寻找爱时得到的全是巨大的失望。梦珂最终沉沦下去，以男权制的规则游戏着这个可诅咒的黑夜；阿毛则抱着对朦胧闪现的曙光的失望消耗掉自己的生命。而那个个性主义的"绝叫者"莎菲更鲜明地表达出对男权意识形态的绝望。莎菲的要求并不过分，她只想得到一份真正的爱："我总愿意有那么一个人能了解得我清清楚楚的，如若不懂得我，我要那些爱，那些体贴做什么？"但这并不过分的要求在当时

---

① 鲁迅：《中国新文学大系·小说二集序》，《鲁迅全集》第6卷，人民文学出版社1981年版，第255页。

却难以实现。在莎菲周围没有一个男性可以配得上这样的爱：苇弟、云霖、"安徽粗壮的男人"、蕴姊的丈夫、凌吉士，他们只给她带来了失望和幻灭。就如茅盾所说：是那些"她的怯弱的矛盾的灰色的求爱者"让莎菲成为"心灵上负着时代苦闷的创伤的青年女性的叛逆的绝叫者"。①

女性作家的性觉醒深入性别意识层面，除了表现为对现代性爱话语的疏离，还表现为她们试图塑造具有自我定义权的女性形象。所谓女性自我定义权指的是，女性在包括私生活在内的所有领域内确立女性作为判断主体和认知主体的主体性地位。② 女性自我定义权的要求与表达是女性文学产生的标志。早期女性作家们对于"为人的自觉"的追求以及她们对于现代性爱话语的疏离在某种程度上可以视为对这一权利的曲折要求。但是，这些曲折要求并不能表达女性自我定义权的全部内涵，甚至可以被有意无意地忽略。例如，《酒后》的女主人公采苕酒后向丈夫永璋所提出的"出轨"的要求可以看做女性对欲望的自我主张。采苕和子仪是相互爱慕着的。虽然采苕对于子仪的爱慕并不是单纯的异性恋爱，其中掺杂着同情与欣赏，但是她的感情表达仍然符合现代性爱观的原则：她在以"闻"这种很克制的肉体爱的形式向熟睡中的子仪表达自己的爱慕之前，首先征求自己的爱人永璋的意见。这种行为方式本身与男权制意识形态中所强调的丈夫对妻子身体和精神至高无上的占有权有着本质的区别，而是充分尊重爱人的自由意志和爱的权利。当然，作为自觉的女性，她的欲望主张中更体现出女性的自由意志："唔，也因为刚才我愈看他，愈动了我深切的不可制止的怜惜情感，我才觉得不舒服，如果我不能表示出来。""是的，我总不能舒服，如果我不能去 Kiss 他一次。"因此，采苕的行为意味着新女性对自己性权利的第一

---

① 茅盾：《女作家丁玲》，《茅盾全集》第 19 卷，人民文学出版社 1990 年版，第 433 页。
② ［日］江原由美子：《性别是一种装置》，商务印书馆 2005 年版，第 78—79 页。

次主动的要求。我们可以推测,永璋和采苕的结合是合于当时"恋爱的结婚"的理想的。在这个过程中,女性主人公采苕的行为可能被(甚至是注定被)湮没在男性话语操持者的喧嚣之中。她对这场婚姻的态度可能被理解为被动的。但在婚后,尤其是在貌似幸福的婚姻之中,采苕的要求则带有强烈的女性性别自觉的意味。她要求的是性选择的自由。因此,她最终放弃了自己争取来的权利,也许还因为她最终争得了这一权利之后,是否去实行就显得并不十分重要了。

但是,采苕的欲望主张却因为其婉顺的表达而可能被一再误解(无论是故事中的永璋,还是故事外的丁西林、鲁迅)。这种情况就显示出塑造具有自我定义权的女性形象的重要性。莎菲的与众不同之处在于她是中国现代文学史上第一个正面肯定女性自我定义权的女性形象。她既不同于哀怨焦躁的露沙(庐隐:《海滨故人》)、无奈而又悲凉的采苕,也不同于摆脱不掉"逆子"尴尬身份的隽华(冯沅君:《旅行》)。她在男女关系中是一个个性鲜明的判断主体和认知主体。她是自身欲望的主体,始终以自己的欲望(肉体的和精神的)为自己行动的鹄的;同时她也是行动的主体,她的追求、痛苦、幻灭无一不是出于她的自由意志。她不仅时刻左右着爱情事件的节奏、走向,也自主地控制着与苇弟、凌吉士的关系,甚至还控制着他们的行动、欲望。无论是她的灵与肉的搏斗,还是她最终选择"浪费我生命的余剩",我们都可以清楚地在其中看到自由意志的影子。这种独立的判断和认知使得莎菲不再是通常的男性欲望的对象,而是一个拥有自我定义权的女性。当莎菲在日记中写下:"是的,我了解我自己,不过是一个女性十足的女人"时,这个自由选择着、行动着的女性才使中国现代女性文学出现了真正意义上的"为人与为女的双重自觉"。

综上所述,20 世纪 20 年代初期女作家们的性觉醒与其"为人"与"为女"双重自觉具有同步性和同构性的联系。由此,我们有理由把1922年前后,以庐隐《或人的悲哀》为代表的一批书写女性性爱体验的小说看做中国现代女性文学诞生的标志。但也应该看到,这种同步性和同构性并不是完全和谐统一的。当时整个社会的性觉醒程度并不能保证社会以及新文化的话语系统给她们以同时获得双重自觉的条件和空间。

二 性觉醒的限度与中国女性文学发生期的困境

性觉醒带来了女性作家"为人与为女的双重自觉",中国现代女性文学因之得以诞生。但是,性觉醒与女性的双重自觉共同处于现代中国这样一个"三千年未有之变局"中。在这一变局中,性觉醒的历史限度是显而易见的:男性虽然在启蒙的现代性谋划中积极鼓吹妇女解放,但其人格深层的性别无意识并没有得到彻底的检修;女性虽然感受到了为人和为女的双重自觉,但这二者之间有着难以跨越的历史鸿沟,这鸿沟对于缺少物质支持、缺少写作传统的柔弱的新女性来说实在是太沉重了。这一性觉醒的历史限度深刻地形塑着中国现代女性文学:男性未经检修的性人格成为女性写作不可忽略的障碍,它和为人与为女的双重自觉的历史重负一起造成了女性作家写作的两难选择。这种两难选择或者表现为女性作家的身份焦虑,或者表现为文本表达的扭曲。

男权社会的性政治是人类历史上最悠久的统治机制。在持续数千年之久的性政治历程中,男权意识形态深入人类生活的方方面面,不仅成为束缚女性的枷锁,也在男性的性人格深层形成了集体无意识——男权性别无意识。20世纪20年代现代性爱思潮在世界范围内的广泛传播虽然打破了性政治的樊篱,但这并不意味着数千年来的男权统治机制被彻底破坏。在现代中国,其情形尤其不能乐观。"三千年未有之大变局"既是中国文化传统的巨大转型，也是一种急剧的转型。转型的急骤从另一面来看，也意味着转型的不彻底。性觉醒在现代中国虽然与"个人的发见"密切相关，但这种"个人的发见"更多的是被限制在普泛意义上的人，很少对男权性别无意识进行检修。这一点在 20 世纪 20 年代小说中的绝大多数男性叙述者那里表现得很明显。[①] 作家们作为时代氛围敏感的反应者尚且如此，更不要说现实中的男性了。当时，虽然不少接受者热烈地拥护诸如恋爱自由、灵肉一致等性爱观，但真正意义上的性觉醒仍只局限于少数人，绝大多数的国人对于性觉醒的理解还是片面的。那些深受男权意识形态价值观熏染的青年们被"灵肉一致"的恋爱观的曙光照得目眩，在追求"爱情"时常常进退失据：或者把恋爱看做风流韵事，"夸示侪辈"；或者"单方面的乱向人求爱"；或者"未尝选择，一见便爱上"。对此，沈雁冰认为，"最先应该对青年说明的，就是风流韵事的恋爱观是要不得的"。"应该告诉他们，恋爱是人间最庄严的事，决不能掺涉一毫游戏的态度。如果把恋爱成功视作自己方面的胜利，那就是把恋人当作胜利品，是诬蔑对方人格的行为，那就失了恋爱的真谛"。[②] 在这些进退失据的男性那里，性、女性、性叙事、女性的写作仍然不脱男权价值观的羁绊：或被视为赏玩的对象，或成为其抨击的目标。理想的现代意义上的男性爱人首先应该对自身的性别无意识进行反省，祛除其中的男权意识形态。自我否定是痛苦的，尤其是这种否定要深入男权性别无意识时更是如此。所以，注定不会有多少男性达到这样的深度。鲁迅先生是善于审己的，他的自省能够达到无意识的深层，《伤逝》对男权性别无意识的批判就是一个明证。[③] 他在给友人的信中写道："其实呢，异性，我是爱的，

---

① 徐仲佳：《性爱中的女性：20 年代男性小说家的物化想象》。
② 沈雁冰：《青年与恋爱》，《茅盾全集》第 15 卷，人民文学出版社 1987 年版，第 65 页。
③ 徐仲佳：《直面启蒙的伦理陷阱——从涓生的两难看 1920 年代中国启蒙思想的现实困境》。

但我一向不敢，因为我自己明白各种缺点，深恐辱没了对手。"① 鲁迅先生对女性的认知达到了周作人所宣扬的把"对手当作对等的人，自己之半的态度"②。但是，能够对男性性人格做如此检讨的男性在那个时代凤毛麟角。即使在那些呼喊妇女解放的男性启蒙者那里，他们的呼唤也主要在借现代性爱观念以反对礼教秩序，并无意对新话语体系所蕴涵的权力关系尤其是男权性别无意识进行检修。这使得新的话语体系对待女性"为人或为女的双重自觉"持有不同的态度。它所激赏的是"为人"的自觉，而对于"为女的自觉"，显然是漫不经心的。这一系统性缺陷的危害在男性话语操持者那里也许并不显豁，但对于刚刚诞生的女性文学来说却孕育着致命的危险：这意味着中国现代女性文学从一开始就要承受着有缺陷的现代性方案所带来的严重后果：她们的性觉醒表达几乎注定会被误读或扭曲。

另一方面，"为人"与"为女"双重自觉的历史重合性给女性作家带来难以承受的重负。"为人的自觉"与"为女的自觉"在中国现代女性文学诞生期紧密缠绕在一起，就如有研究者认为的那样：与西方的"人的发现"与"女性的发现"间隔200—300年不同，中国女性文学的发轫是同时在人—女人这两个纬度上实现的。③ 这使得女性作家们要时时面临两难选择："为人"与"为女"往往不能得兼。"为人"即争取女性作为人的形象走上历史舞台自然成为女性作家们第一序位的选择，而"为女的自觉"则受到或多或少的压抑。这种历史重负使得她们的写作身份注定是晦暗不明的。女作家们（如冰心、庐隐、冯沅君、凌淑华等）初涉文坛时多为青年学生，女学生这一身份在当时毁誉参半，其一举一动均受到社会的关注。在这种情形下，女

---

① 鲁迅：《致韦素园》（1929年3月22日），《鲁迅全集》第11卷，人民文学出版社1981年版，第660页。

② 周作人：《情诗》，钟叔河编《周作人文类编·本色》，湖南文艺出版社1998年版，第725页。

③ 刘思谦：《中国女性文学的现代性》，《文艺研究》1998年第1期。

作家们的写作面临着"为人"还是"为女"的身份焦虑。冰心的《"破坏与建设时代"的女学生》（1919）一文很能够看出当时女学生的尴尬处境。在冰心看来，她的前辈们因为"她们的'目的'、'思想'、'行动'，都是完全地模仿欧美女学生'模范表式'，便也竭力地图谋'参政选举'、'男女开放'，推翻中国妇女的旧道德，抉破中国礼法的藩篱"而"闹出种种可怜可笑的事实，大受旧社会的鄙夷唾骂"，因此，她希望她们这一辈的女学生能够"渐渐的从空谈趋到实际；她们的'言论'，'行为'渐渐的从放纵趋到规则；她们的'态度'渐渐的从浮嚣趋到稳健"。为此，她希望女学生们"节制"服饰，不去那些刺激神经、扰乱思想的"剧场"、"游艺园"，"避去那些'好高骛远'、'不适国情'的言论"，"要挑那'实用的'、'稳健的'如'家庭卫生'、'人生常识'、'妇女职业'这种的题目，去开导那些未得着知识的社会妇女"，甚至为了避免"引起社会的误会心"，女学生也没有必要多参与"男女'团体'和'个人'的交际"。冰心之所以以一种禁欲主义的态度要求自己的同性，很大的原因就在于她们的举止关系重大：

> 我们已经得了社会的注意，我们已经跳上舞台，台下站着无数的人，目不转睛的看我们进行的结果。台后也有无数的青年女子，提心吊胆，静悄悄的等候。只要我们唱了凯歌，得了台下欢噪如雷的鼓掌，她们便一齐进入光明。假如我们再失败了……那些台下的观者，那些台后的等候者，她们的"感触"如何，"判断"如何，"决心"如何，我们也可以自己想象出来的。①

---

① 冰心：《"破坏与建设时代"的女学生》，《冰心全集》第1卷，海峡文艺出版社1994年版，第6—10页。

既然她们的举止牵扯到了整个女性觉醒的声誉和命运，她们的身份焦虑就是可以理解的了。其写作也不得不谨慎。这也就不难理解为什么在冰心的笔下，所谓的爱多为母爱、亲情之爱，却独独缺少两性之爱。同样的，冯沅君的《旅行》中的"我"和"他"在两情相悦至浓的时刻克制情欲，却非要说感受到了"最高的灵魂的表现"的感动，是"纯洁的爱情的表现"，也是这种女性写作身份焦虑的具体表现。这身份焦虑就如鲁迅先生所说："实在是五四运动之后，将毅然和传统战斗，而又怕敢毅然和传统战斗"的两难中所出现的"缠绵悱恻之情"。[①] 因此，中国第一代女性作家们初上文坛时，为了获得表达"为人的自觉"的权利，有意识地回避性经验既是一种文学叙事的策略，也是现实情境所迫的不得已而为之的两难选择。后来的研究者把《旅行》中的对于性的回避解读为"男性中心文化痕迹"[②]，虽不无道理，却忽视了第一代女性作家所处时代的性觉醒的历史限度。实际上，当年初上文坛的女作家也只能以这种姿态来获得写作的权利，至于是否可以以此来推断她们还是受到男性中心文化的约束，我以为并不必然如此。

性觉醒的历史限度还通过女性作家们的生命体验曲折地影响到女性书写的方式。本来，20 世纪 20 年代的女性作家和她们的先辈一样，无可避免地会陷入弗吉尼亚·伍尔夫所说的女性写作困境：男权制意识形态对它的鄙视、贬低、淡漠甚至仇恨以及女性写作传统的缺乏（这里包括自由而完整的表达、表达的工具、完整的文学意象等）。在这样的困境下，她的写作必然不是"平心静气"的，"她的书一定都是畸形，歪扭的"。[③] 20 世纪 20 年

---

① 鲁迅：《中国新文学大系·小说二集序》，《鲁迅全集》第 6 卷，人民文学出版社 1981 年版，第 244—245 页。

② 孟悦、戴锦华：《浮出历史地表——现代妇女文学研究》，中国人民大学出版社 2004 年版，第 54 页。

③ ［英］弗吉尼亚·伍尔夫：《自己的一间屋子》，王还译，生活·读书·新知三联书店 1992年版。

代中国的性觉醒的历史限度更加重了女性的书写最初的畸形和歪扭。如上文所述，女性作家们在其文本中表达了对性人格未经彻底检修的男性的不满。但是，一方面她们的写作本身也是新文化运动的产物，她们不能不顾忌到男性启蒙者作为同盟者的地位，这就使得她们对男性的不满不能顺畅地表达出来。另一方面，"个人的发见"还是远未完成的思想革命目标，因此，女性作家的"为女的自觉"只能从"为人的自觉"的叙事的缝隙中曲折地流露出来。这样，她们的文本常常出现双重文本的现象：其显性文本常常是表达着时代共鸣的主题——"为人的自觉"，而"为女的自觉"的主题则被有意识地隐藏到隐性文本中。例如在《酒后》中，叙述者的女性立场就深潜于小说的隐性文本中，它被小说显性文本中男女主人公争执的戏剧性所掩盖。陈顺馨注意到它的"双重视点"："小说……表现两个不同的视点（丈夫欣赏妻子，与妻子欣赏客人）之间产生的感情交流和冲突。"由于对小说中丈夫视点的男权制意识形态的价值观挖掘不够，所以，她没有把这种不同视点的性别意义透彻地揭示出来。她认为，"凌叔华笔下的丈夫也是感情主导的，他理性上绝对信任妻子，但在感情上，他表现出一般男人对女人独占的欲望，内心矛盾由此产生。不过，他对男人的嫉忌心有一定的反省能力"。[①] 这种解读忽视了叙述者在叙述中设置不同视点的性别张力。叙述者之所以要设置性别的双重视点，我想并不是要把永璋设置成一个感情主导来表现他的内心矛盾。也许叙述者的意味是在揭示作为自觉的女性在现代性爱浪潮中的尴尬地位，同时揭露男性启蒙话语的虚妄。在小说的叙述进程中，我们可以持续听到男女两位主人公各自不同的声音在两个文本中的交错：永璋在志得意满地表达着对采苕的欣赏，而采苕作为拥有自我定义权的女性在述说自己的欲望。在欲望的表达过程中，采苕作为

---

① 陈顺馨：《两性写作比较与女性在本文命运的转变——从凌叔华的〈酒后〉到丁西林的〈酒后〉》，《上海文论》1991 年第 3 期。

欲望主体的言说一再被现代性爱话语的男性操持者所打断、淹没。在小说的开头，采苕的视点落在醉酒的、不幸的客人身上，怕他冷，叹息他的不幸；而永璋作为客人的知心朋友，对子仪今天的表现却视而不见，完全沉浸在对妻子的欣赏之中，即使在采苕的一再提醒之下也是这样。他完全以志得意满的享受者的眼光欣赏着作为他人生成功标志的妻子。采苕的美在他的眼里完全是物化的：桃花，牡丹，菊花，梅花，蛾眉，柳叶，新月，虽然永璋最终感叹任何一种物都无法比拟采苕的美，但是在他眼里，采苕还是没有逃脱物化的命运。只不过只有"天仙"的美可以与他的志得意满相配。"我现在赞美大自然打发这样一个仙子下凡，让我供奉亲近，我诚心供奉还来不及，那里敢开玩笑。"在这里，永璋很容易让我们想起出现在《莎菲女士的日记》中的凌吉士。虽然他们口头上可能把现代性爱的理念弄得很纯熟，但在他们内心里，女性仍然是他们的俘获物。永璋的这种男权中心意识太强烈了，采苕的一再提醒甚至她语调中压抑着的对这种物化欣赏的厌烦也没有让他从这种享受中清醒过来。在得意忘形之中，他以男性统治者通常的方式来奖赏这个给他带来"荣耀和幸福"的尤物："哦，大后天便是新年，我可以孝敬你一点什么东西？你给我这许多的荣耀和幸福……亲爱的，快告诉我，你想要一样什么东西？不要顾惜钱。你想要的东西，花钱我是最高兴的。"这种嘴脸更能够说明，永璋所关心的是什么，所欣赏的是什么。有一点是肯定的，采苕作为妻子显然从来没有被当做主体，尤其是当做欲望的主体来看待。声音完全被淹没、被忽视的采苕只好绝望地在这样屈辱的语境下提出自己的要求："我什么也不要，我只要你答应我一样东西……只要一秒钟。"此时，原本急切地想表现绅士大度的永璋显出了统治者的嘴脸：他先是怀疑采苕要求的真实性，在得到肯定的答复之后，他断然收回了自己的许诺："真的？那怎么行？……你今晚也喝醉了罢？"甚至在采苕向他表达了这一要求是出于自己的自由意志的要求时，他仍然不能理解这种要求的意义："永璋面上现出很为难的态度，仍含笑答道：'采苕，你另想一个要求可以吗？我不能答应你……'"从永璋的回答中，我们可以感觉到他的笑意里的勉强和被压抑的厌烦。因此我们不能把下面一段话看做永璋"对男人的嫉忌心有一定的反省能力"：

> 亲爱的，你真是喝醉了。夫妻的爱和朋友的爱是不同的呀！可是，我也不明白为什么我很喜欢你同我一样的爱我的朋友，却不能允许你去和他接吻。

从采苕清楚地表达出自己的要求的那一刻起，永璋就以酒后的胡闹来理解采苕的要求。因此，永璋最后的同意，在他看来是一个有绅士风度的丈夫对爱胡闹的妻子的一种纵容，根本就没有达到采苕所要求作为女性自我定义权表达的高度。正是由于这一原因，采苕在最终争到了表达自己爱的权利的一刹那感到了幻灭："一会儿她脸上热退了，心内亦猛然停止了强密的跳。"采苕最终放弃自己的权利绝不仅是所谓的女性天然羞怯导致的退缩，而是一种从希望到失望再到绝望的幻灭。这种对黄金世界尤其是对男性的幻灭感在凌叔华的《再见》、《花之寺》、《说有这么一回事》、《等》等篇什中也可以发现。而且在后者中，叙述者和她的女主人公一样，都已经失去了对男性再去陈述自己欲望的耐心，只是在温婉的叙事中显出一种无奈而又淡淡的嘲讽。但是，这微弱的抗议、嘲讽、无奈都很容易地就被接受者轻轻地忽略了。

　　采取双重文本是女性作家在表达"为女的自觉"时不得不接受性觉醒的历史限度形塑的妥协结果。这并不是五四时代才有的孤例。实际上，当一种文学规范压抑着写作的个性时，这种妥协式的双重文本就会出现。在杨沫的《青春之歌》（1958）中，带有作者个人体验的爱情叙事与知识分子改造的时代叙事形成了显与隐的两个文本。[①]《青春之歌》的爱情叙事虽然没有体现出多少"为女的自觉"，甚至还带有明显迎合男权意识形态的姿态，但是它的双重文本的出现可以从一个侧面显示出 20 世纪 50 年代一体化文学体制下，禁欲主义文学规范如何让作家把个人的体验式写作压缩进隐性文本中。杨沫的例证可以让我们倒推当年性觉醒的历史限度是如何把女性的"为女的自觉"压入隐形文本之中，从而形塑中国现代女性文学的。从这个意义上说，丁玲的《在黑暗中》的篇什在中国现代女性文学史的重要贡献还在于其摆脱了初期女性写作的"为人"与"为女"两难的双重叙述而代之以强调女性自我定义权为特征的纯粹的女性叙事。在《在黑暗中》诸篇中，女性"为人的自觉"已经是不需要讨论的前提，叙述者所关注的是女性作为不同于男性的女人的体验的传达。"为女的自觉"不再被迫隐藏到隐性文本中，而是毫无顾忌地呼喊出来："我不过是一个女性十足的女人。"当然，丁玲的写作也不能彻底摆脱性觉醒的历史限度的形塑：没有一个合格的爱人，莎菲只能诅咒自己的求爱行动，"悄悄的活下来，悄悄的死去"。如有不甘，那只能选择另一种自我否定：舍弃"为女的自觉"。丁玲在 1931 年和 1942 年先后两次呼应着代表男权意识形态的主流话语的召唤，否定了女性自我定义权的表达就显示出性觉醒的历史限度对中国现代女性文学强大的形塑力。

---

① 孙先科：《〈青春之歌〉的版本、续集与江华形象的再评价》，《河南大学学报》2005 年第 2 期。

欲望与理性悖论的调适①

——论中国现代文学的"革命+恋爱"思潮

欲望与理性的悖论是现代性知识学内在矛盾的显现。在前现代社会，欲望在理性面前不具备合法性，因而欲望与理性之间是二元的和对立的。文艺复兴为欲望合法性的获得开辟了道路，包括性欲望在内的世俗欲望逐渐被宣布为人的天然权利，成为现代性理性之一种。现代性爱思潮的勃兴正是这种性欲望合法性张扬的直接结果。但是，历史的具体发展不可能同时使得现代性的多重合法性得到完全实现，因此，在现代性话语内部因素的冲撞中，性欲望常常被压抑下去而形成悖论。性欲望被压抑的原因是多方面的：在知识学层面，是人的有限实践无法实现现代性所预设的绝对无限的普遍的善。在人类认识史层面，理性对欲望的长久压抑决定着人们在理性与欲望之间的抉择。而在 20 世纪 20 年代的革命文学中，这一悖论则表现出处身于东方与西方、传统与现代双重"现代焦虑"中的具体历史实践的特殊性：革命与恋爱的纠缠交错。当时小说中风行的"革命＋恋爱"的公式所反映的就是试图对欲望与理性悖论进行调适的努力。然而由于种种主客观的复杂根源，悖论调适的结果却是"悖论的终结"，最终走向革命的禁欲主义。

---

① 本文系与张光芒先生合作。

一 继承与改造：从"恋爱"到"革命"的偏移

欲望与理性悖论既然是现代性内在矛盾的体现，对它的调适就应该是现代性追求的必然要求。在 20 世纪 20 年代的绝大部分小说中，都有这种在欲望与理性之间积极进行调适的努力。这种调适以革命文学的兴起为界，理性的内容有所区别：在此之前，理性的内容是泛化的，举凡是现代性的要求都可以被称为理性。其调适的逻辑是个人欲望与社会进化的和谐，个人的就是社会的。这一点可以从胡适称颂"救出自己"的"为我主义"是"最有价值的利人主义"① 和周作人把人道主义解释为"个人主义的人间本位主义"② 等谠论中窥见一斑。因此，当涓生听到子君说出"我是我自己的，他们谁也没有干涉我的权利！"时，他所感受到的不仅是子君的个人爱情诉求，更重要的还是从子君的决绝中所幻化出的女性觉醒的"曙色"。

在革命文学中，理性的内容被明确地表述为阶级革命，即为推翻现存的专制统治及其经济基础，建立苏联模式的社会主义制度为目标而进行的激烈的社会革命。当然，在 20 世纪 20 年代前期，社会主义革命的全盘性解决方案也曾经吸引了许多新知识分子的目光，后来出现在革命文学中的无产阶级革命诉求在 20 世纪 20 年代前期同样被视为实现现代性爱的一个必要条件。例如，周作人就曾经把性问题解决希望寄托在社会主义革命上。③ 但是"五卅运动"尤其是大革命开始之后，社会主义革命从空想转变为现实的政治实践，这种调适就不再像此前理论设想的那样简单。随着现实斗争对文学的功利性要求，个人的欲望逐渐被包容于、附属于阶级革命的目标中。"革命＋恋爱"的小说公式就出现在这一欲望与理性悖论调适的转型期，它既继承了 20 世纪 20 年代前期的悖论调适理路，又对其进行了改造。

---

① 胡适：《易卜生主义》，《新青年》第 4 卷第 6 号。
② 周作人：《人的文学》，《新青年》第 5 卷第 6 号。
③ 周作人：《随感录三十四》，《新青年》第 5 卷第 4 号。

在革命文学的萌芽期，革命与恋爱是相辅相成的。此时，欲望与理性悖论调适的内在理路还是 20 世纪 20 年代前期所特有的个人欲望与社会进化的和谐互动。革命的必要是因为旧礼教统治的社会没有提供个人性欲望的合理满足。因此通常的小说叙述模式是个人主体性在恋爱中受阻导致主人公走向革命，它可以被称为"为恋爱而革命"。这一理路在张闻天早期的小说《旅途》（1924）中有鲜明的体现。虽然此作在技巧上十分幼稚，但它却比较早地涉及了恋爱与革命的关系这一题材。[①] 此作典型地体现了 20 世纪 20 年代前期"为恋爱而革命"的调适逻辑：钧凯由恋爱而革命的原因是他所追求的恋爱不见容于社会，因此他要以革命的手段来改造这个社会。这一点也表现在小说中革命与恋爱的叙述比重上。革命的比重远远要小于恋爱，而且革命是由于恋爱的失败而生发出来的。在前半部分中，"革命"只是作为叙述者的一个模糊的想法出现过一两次，淹没在叙述者爱情痛苦的宣泄中。"革命"作为一个问题再次被提出来是在钧凯听到了玛格莱在"美国这种一切以金钱为标准的社会中"的爱情悲剧之后，他终于觉悟到：

> 革命，革命，是的，先把中国革起命来，然后革全世界的命。俄罗斯既经倡导于先，中国当然应该继之于后。中国那样的社会，除了革命还有第二个方法去补救吗？它破坏了蕴青的幸福，破坏了他自己的幸福，与同他们俩相似的无数的青年人的幸福：光阴过的这样快，这种幸福一度破坏之后，以后永远不会来了。

这种理路就是要通过推翻现存社会制度的革命来实现全部个体的幸福。但是这种观念在当时还有着很深的无政府主义思潮痕迹。革命的先验性还没

---

① 程中原在 1980 年就已经注意到张闻天的这篇小说在处理恋爱与革命关系上的特点。参见《张闻天同志早期的文学活动》，《新文学史料》1980 年第 3 期。

有被突出出来，它甚至只是恋爱的附庸，只是转移失恋情绪的一个发泄口。这种情形在当时是有代表性的，那时的文学青年在遇到类似情形时，常常会作出这样的选择。

在革命文学的高潮期（1928—1930），《旅途》中所传达的"为恋爱而革命"的理路在一些作家那里被有意无意地继承着。《旅途》中因失恋而走向革命的模式被许多"革命＋恋爱"的小说叙事所接受（一个重要表现是作家们的叙述重心常常在恋爱一方面，对革命的描写则十分粗疏），早期的悖论调适理路在一些作家尤其是一些党外作家那里还可以看到。叶永蓁的《小小十年》（1929）就是以作者的个人经历为蓝本，描写了一个青年如何从苦求个人幸福不得而走向革命的，革命还是个人解放的延伸。在这部小说中，至少有两点是继承了20世纪20年代早期的悖论调适理路：其一，现代性爱观的传达。"我"与茵茵的相爱是"因为我的爱人也是'人'，'人'要完全有自己独立的意志的"。从"我"对爱情悲剧的反省中可以看到，恋爱在"我"这里既是人的自由意志的体现，更是具有自由意志的双方的自由结合。其二，恋爱的合法性并没有依附在革命上，二者是相辅相成的。革命就是为了要推翻压抑"人"的自由意志的各种制度。因此，革命不仅不鄙弃爱情，还是保证真正爱情实现的必由之路。爱情也并不妨碍革命，相反，它是革命的原动力和助推剂。"……若是茵茵和我恋爱的成功，使茵茵也可以负担起革命的工作，那末，我恋爱着茵茵，就是把革命扩大了，我决不会再有为了恋爱而妨碍革命的事情出现，使我再作革命的罪人。"在这里，革命的优先性已经有所表露，但这种优先性还不足以压倒恋爱。也正是在这一点上，《小小十年》中的革命与恋爱的相辅相成与后来茅盾所总结的"革命×恋爱"的公式是有区别的。当然，在《小小十年》中，由恋爱而革命的理路带有青年知识分子所特有的浪漫想象，其中缺少必要的现实基础，而且作者技巧上的不成熟使得这种缺陷更加明显。正如鲁迅先生所说，尽管"从本身的婚姻不自由而渡到伟大的社会改革"，"在这里，是屹然站着一个个人主义者，遥望着集团主义的大纛"，"但我没有发见其间的桥梁"。①

但是，这种"为了恋爱而革命"的调适理路在革命文学倡兴之后，被革命文学家按照革命的实践要求而有意识地改造。众所周知，在1928年到1930年间，后来被称为"革命＋恋爱"的公式在当时的小说中被大量复制。这其中更为重要的变化是，《旅途》中内涵尚模糊的"革命"被明确定义为阶级革命，革命以先验的正当性在这次调适中逐渐占据了主导地位。欲望与理性悖论的调适理路已经不是由个人的完满到社会的进化，而是认为阶级革命必然带来个人的自由和完满。在这一理路中，革命与恋爱的地位发生了决定性的变化：恋爱的合法性逐渐依附于革命。正如茅盾后来所看到的，当时出现最多的是那些"'革命与恋爱'的小说"，"这些小说里的主人公，干革命，同时又闹恋爱；作者借这主人公的'现身说法'，指出了'恋爱'会妨碍'革命'，于是归结为'为了革命而牺牲恋爱'的宗旨"。即使在那些试图重新调适欲望与理性悖论的选择中，如"革命"×"恋爱"的公式的小说中，恋爱也很难得到与革命同等的地位，何况后面一种模式的小说在当时还是很少的。②

这种偏向于革命的调适理路之所以会风行，除了王德威所认为的"革命与恋爱根本是20世纪20年代末期中国小说叙事之所以存在的理由"，"表现他们布局的欲望（desire for plot）"之外，③更重要的原因还在于，革命所预约给人们的对当时腐烂混乱的社会制度的总体性变革目标强烈地吸

---

① 鲁迅：《小小十年·小引》，上海春潮书局1929年版，第1—2页。
② 茅盾：《"革命"与"恋爱"的公式》，《茅盾全集》第20卷，人民文学出版社1990年版，第337页。
③ 王德威：《革命加恋爱》，《现代中国小说十讲》，复旦大学出版社2003年版，第54—55页。

引着中国的新知识分子。在他们看来，革命是当时中国走向新生的唯一正确选择。他们同时相信革命成功后，像恋爱这样一些个人的幸福感会自然而然地得到满足。正如胡也频的遗稿《同居》（1930）中所幻想的：革命成功后，婚姻制度也必然发生"革命"，每一个人都可以"自由地和一个'同志'跑到县苏维埃去签字，便合适的同居起来"。因此，那些曾经醉心于个性解放的文学家们才心甘情愿的放弃个人主义，而转向集团主义诉求。从这一角度，我们也可以解释为什么当时有那么多并不曾有过革命经验的作者也加入这一公式的复制中。当然，商业利益的驱动也是一个重要原因，但是我想，对20世纪20年代早期欲望与理性悖论调适理路的改造性继承应该是更重要的。恋爱正是在这种改造性继承中失去了合法性。在这种情形下，像《小小十年》这种"革命的描写，完全淹没在恋爱的大海里面"的小说当然不会令那时的革命文学理论家们满意。他们的理由"就是他不曾说明恋爱问题的解决，必然的也是非和社会问题的解决合致不可"。①

因此，革命对恋爱的规定性在当时并不是作家们偶然的选择，而是欲望与理性悖论调适在新的时代要求下的自然偏移。当然这种偏移也与政党意识形态的需要有很大的关系。洪灵菲的《前线》（1928）、《流亡》（1928），蒋光慈的《野祭》（1927）、《冲出云围的月亮》（1930），胡也频的《到莫斯科去》（1929）、《光明在我们前面》（1930），华汉（阳翰笙）的《地泉》（1930）、《两个女性》（1930）等都从不同角度表达了这一理路：虽然霍之远（洪灵菲《前线》）认识到革命与恋爱"两者都一样有不死的价值"，但是恋爱必须在不影响革命的情况下才有其合法性。这篇小说在表现革命与恋爱的关系时尽管提出了多种可能性，但恋爱对革命的附属最终成为叙述者的选择：林妙蝉与褚珉秋最后是"手携着手在唱着革命歌"，和革命者霍之远一起被

---

① 沈端先：《"小小十年"》，《拓荒者》第1卷第1期。

捕的。而在《光明在我们前面》（胡也频）中，革命者刘希坚徘徊在革命与恋爱之间，其原因有二：一是担心恋爱妨碍革命（他常常为自己在革命工作中忍不住要想起白华而自责）；另一个是，白华的无政府主义立场阻碍了他们之间爱情的进展。当白华在实际斗争中认识了自己的错误，自觉地接受了共产主义的指导，投身到"五卅运动"的反帝洪流中去的时候，他们的爱情才得到了圆满。

这种调适理路的偏移早在革命文学的早期（1927—1928）就已经在革命文学的作品和理论中被确立起来。被称为"中国文坛上的第一部""真能代表时代的恋爱小说"①的《野祭》就从否定性的角度传达了革命对爱情的规约。陈季侠以革命文学家的名声获得了向往革命的房东女儿章淑君的爱慕，但是陈季侠却以貌取人，不喜欢不漂亮的章淑君，反而喜欢思想浅薄、意志薄弱、"不关心外事"的郑玉弦。在随后到来的革命风暴中，章淑君忍受着失恋的痛苦投身革命，而郑玉弦则被反革命的白色恐怖吓破了胆，躲了起来，并以"情性不合"为理由离开了陈季侠，而章淑君则因为参加革命被惨杀。在强烈的对比之下，陈季侠终于明白只有建立在共同的革命目标上的爱情才是真正的爱情。这部小说传达了这样的革命文学逻辑：革命是这个时代的试金石，一切活动的价值必须以是否有利于革命来判定其合法性，恋爱也不例外。后来，钱杏邨站在普罗文学的立场上肯定它的时候，也是从这样一种理路出发的："我们可以在全书里找出真正的婚姻的条件不是在相貌的问题，是和爱伦凯所主张的人格的合抱的主张是一样的。今后的婚姻的第一个重大的条件便是人格的合抱，便是思想的一致。这一个扼要的意义，作者是为我们解答了。"② 钱杏邨的解读虽然还操持着 20 世纪

---

① 钱杏邨：《"野祭"》，《太阳月刊》1928 年 2 月号。

② 同上。

20 年代现代性爱观的话语，但是其中的内涵却已经有所变化：他所称扬的"人格的抱合"、"思想的一致"已经被赋予了新的时代内容——革命。他对"失恋了应该走向革命"这一早期悖论调适理路的肯定也以革命为最终的判定标尺："失恋了，苦闷了，那么你就把你的注意的对象移动，把个人的转为群众的，以完成你的事业。可是不要误会，我们不是说革命是失恋人的唯一的出路，就是不失恋吧，革命也是比恋爱要重要的。"①

钱杏邨的批评标准在当时是有代表性的。从他的批评中，可以证明欲望与理性悖论的调适理路已经发生了决定性偏移。从革命文学萌芽期的为了恋爱而革命的调适到后来的"革命＋恋爱"公式中革命对恋爱包容、决定的调适，这其中反射的是文学现实功利性的增强。从此，现代性爱作为个人主体性的体现的功能逐渐萎缩，作为革命促进工具的功能逐渐增强，革命的优势开始确立。这种变化过程，我们从当时一些非革命文学倡导者的小说中也可以看到。这个时代有许多 20 世纪 20 年代初期就已经成名的小说家开始创作反映新知识分子从"五四"到"五卅"再到"大革命"心路历程的小说。在这些小说中，几乎都揭示了新知识分子从个人主义走向革命这一结果。在这种揭示中，主人公往往从对个人主义的否定中走向"群的解放"。例如叶圣陶的《倪焕之》、茅盾的《虹》等。这种殊途同归说明，欲望与理性悖论调适的向革命的偏移并不是偶然的、唯一的。这种以革命对个人主义的压抑为代价的偏移，虽有其历史合理性，但是也已经预伏着危机。

二　走向革命禁欲主义：以丁玲为例证的作家转变

随着革命文学观的日趋"左"转，革命文学早期革命与恋爱调适的努力逐渐被"生活的组织化"的文学观所鄙弃。阶级革命对个体性爱的压制

---

① 钱杏邨：《"野祭"》，《太阳月刊》1928 年 2 月号。

几乎占据了其后的"革命＋恋爱"的叙事，直至走向革命的禁欲主义。这种革命禁欲主义首先是从理论倡导开始的。其中影响最大的理论是当时苏联波格丹诺夫的"普遍组织科学"和"拉普"文学观中的庸俗社会学倾向。这些理论认为文学艺术能够组织社会经验，组织生活。钱杏邨在《怎样研究新兴文学》（1930）中指出："新兴阶级的艺术，也可以说新兴阶级的文学，要把组织生活的一件事，作为'意识活动'的最基本的事。"① 沈端先在批评《小小十年》时，彭康在批判"堕落的享乐主义者"郁达夫的"大众文艺"时都使用了这一艺术标准。从中我们看到，年轻的革命文学理论家们试图通过文学来使"感情组织化"，即把人的感情组织到"政治解放的方向"。这是革命禁欲主义的一个重要理论来源。同时，我们也会发现，中国现代革命文学中禁欲主义倾向的出现与拉普批判理倍情斯基的《英雄的诞生》中的性欲描写、提倡辩证唯物主义的写实主义有着很大的关系。②

为什么现实的革命要压抑人的性欲望呢？为什么它不能像早期的革命想象那样与恋爱相辅相成或者至少是包容着对方？其中的原因除了由于中国现代化进程的特殊性之外，更重要的原因还是革命者担心性欲望所蕴涵的快感满足可能会损害革命的进行。在"十月革命"胜利后的俄国曾经流行过一种关于性的"杯水主义"，当时的革命导师列宁对此忧心忡忡，因为对性生活的过分兴奋，会"造成青年人健康和体力的亏损"。因此，性欲望的强调"在革命时代"会被看成是"非常有害的"。③ 这也正是 20 世纪 30年代初期文坛舆论所强调的一个核心问题。1930 年，围绕着蒋光慈的《冲出云围的月亮》和《丽莎的哀怨》所展开的论争使得革命禁欲主义话语权

---

① 钱杏邨：《怎样研究新兴文学》，《阿英全集》第 5 卷，安徽教育出版社 2003 年版，第 4 页。

② 陈建华：《20 世纪中俄文学关系》，学林出版社 1998 年版，第 126—129 页；黄达：《最近的苏联文学》，《文学导报》第 1 卷第 8 期（1931 年 11 月 15 日）。

③ ［苏］蔡特金：《列宁印象记》，生活·读书·新知三联书店 1979 年版，第 66、70 页。

日渐巩固起来。当时左翼批评者对这两部小说褒贬不一，但主流的意见是否定性的，其理由主要是"关于曼英的浪漫行动，在转变以后批判得不很充分"，斗争的气氛由此被严重"削弱"。① 女主人公的浪漫行动与斗争气氛被严重削弱被联系起来的这一事实说明，革命禁欲主义已经作为标准蕴涵在批评中，这一点即使在当时肯定性批评中也可以看出来："现代是革命的时代，现代的性道德应该怎样呢？……我们的道德是完全服从着普罗列塔利亚特阶级斗争的利益。……即于革命有利益的东西是道德的，于革命有害的是不道德的，不得不克服的东西！"而"不宽大地对待性的抑制与露骨的性的本能，和以同志的态度对待喜欢的女人——这是在性的关系上最高的共产主义的典型"。② 这是冯宪章借格利米约夫斯基的小说《苏维埃大学生生活》对革命时代的性道德观的界定。以此为准绳，作者认为李尚志对曼英的爱情还是有可贵之处的，原因即在于他对女性的"同志的态度"。

尽管冯宪章的性道德观已经被置于革命利益的统帅之下，但仍是引起了一些更为激进的文学理论家的批评。华汉认为他的观点充满了"主观的观念论"。在华汉看来，"革命失败后，动摇幻灭以后的小资产阶级之重向革命战线归来，并非是以革命的爱人为前提，它的条件应该是：第一是全国经济的大破产和统治阶级的统治危机的深入，第二是全国工农贫民以及下层的小资产阶级的生活的痛苦之加深，第三是革命形势的复兴，工农斗争的扩大和深入。""幻灭动摇以后的小资产阶级，在这样的历史条件之下，受了这些条件的推动，没有出路可走，于是，又才只好毅然决然的转变到革命方面去。"这才是"我们的战士的归来的最客观的历史条件"。③ 华汉的

---

① 钱杏邨：《创作月评（1930年1月）》，《拓荒者》第1卷第2期（1930年2月10日）。
② 冯宪章："丽莎的哀怨"与"冲出云围的月亮"》，《拓荒者》第1卷第3期（1930年3月10日）。
③ 华汉：《读了冯宪章的批评以后》，《拓荒者》第1卷第4、5期合刊。

批评标准几乎是当时"左"倾冒险政策对形势错误估计的翻版,也是当时"拉普"所提倡的"辩证唯物创作方法"的显现,这种方法要求作家们"写本质"现实。在这种现实主义观念的要求下,显然只能描写所谓体现"历史发展方向"的现实,而对于历史中活动着的个人的情感自然要进行"扬弃"。于是,恋爱即使是与革命发展方向一致,也因为不体现历史发展的方向而被"扬弃"掉。这种禁欲主义要求在1931年11月左联的决议——《中国无产阶级革命文学的新任务》中被明确地标示出来。这个决议要求"作家必须成为一个唯物的辩证法论者",在题材上,要求"作家必须注意中国现实生活中广大的题材,尤其是那些最能完成目前新任务的题材"。因此"现在必须将那些'身边琐事'的,小资产智识分子式的'革命的兴奋与幻灭','恋爱与革命的冲突'之类等等定型的观念的虚伪的题材抛去"。①

随着革命的禁欲主义要求在理论家、作家间的蔓延,许多左翼作家开始自觉地在自己的创作中践履。曾经开"革命 + 恋爱"风气之先的蒋光慈,他最后一部长篇小说《咆哮了的土地》(1930—1931)中的小资产阶级知识分子李杰最终战胜了自己的情欲,成为一个坚强的革命战士。在这个时刻克己的革命者身上,甚至连偶尔回忆过去的情史也成为不可容忍的罪过。他不仅为了工作压抑住了对毛姑的爱,甚至还牺牲掉了自己的最后一点亲情,不顾惜卧病在床的老母亲和"不知世事的小妹妹",下令烧掉了李家老楼。而冯铿在她的遗稿《红的日记》(1930)中,甚至要劝告"妇女部的干事","第一件事"是"不要给男同志们眨眼睛",因为这会"妨碍战斗的进展"。

在那些转变了的作家中,最能够体现革命禁欲主义在左翼文学话语中的进程的是丁玲的转变。1928年,丁玲的《莎菲女士的日记》曾经以其鲜明

①《中国无产阶级革命文学的新任务——1931年11月中国左翼作家联盟执行委员会的决议》,《文学导报》第1卷第8期(1931年11月15日)。

的女性意识震动新文坛。在莎菲受到一些评论家与读者的热烈欢迎的同时，革命文学的理论家以新兴的"马克思唯物辩证法"来评价丁玲《韦护》之前的创作，不满于其中"世纪末的病态"，尤其是她小说中女主人公"她们都是为感情所支配的人物，在最后，都是感情战胜了理智，事实征服了理想，命运打败了创造"。因此，在他们看来，丁玲"对于文学本身的认识，仅止于'表现'，没有更进一步的捉到文学的社会的意义"。①

丁玲正是在这种代表着理性的批评的裹挟之下开始了向革命文学所要求的方向的转变。这种转变并不是突变，而是有迹可循的。从《韦护》(1930)开始，丁玲在自己的作品中表现出趋向革命的要求，她表现那时敏感多情的革命者，刻画他们的革命与恋爱的冲突。由于审美定势的影响，她这时与同时代其他革命文学作家表现出一种极其细微的差异，即在某种程度上，她还是站在莎菲式的个性主义角度来看待这一冲突的。丽嘉对爱情的理解仍然是莎菲式的，她摆脱了所有庸俗的追求者爱上了有着诗人气质的革命者韦护正说明了这一点。韦护是莎菲求之而不得的男性，因此丽嘉与韦护的结合是真正"动心销魂的爱情"，他们甚至不能忍受一时的分离。但是这种浓烈的爱与韦护的革命生活形成了矛盾。一面是他深爱的丽嘉，一面是他理性要求他为之献身的革命事业，他的信仰。

> 若是在以前，当他惊服和骄恃自己的才情的时候，便遇着丽嘉，那是一无遗恨和阻隔的了。而现在呢，他在比他生命还坚实的意志里，渗入了一些别的东西，这是与他原来的个性不相调和的，也就是与丽嘉的爱情不相调和的。他怠惰了，逸乐了，他对他的信仰，有了不可饶恕的不忠实；而他对丽嘉呢，也一样地不忠实了。

---

① 钱杏邨：《"在黑暗中"——关于丁玲创作的考察》，《海风周报》第 1 期（1929 年 1 月 1 日）。

韦护的困境与鲁迅笔下的涓生的困境在某种程度上是相似的，都是善与善的道德两难处境。但与涓生不同的是，韦护还深深地爱着丽嘉，而且从主观上说丽嘉并不阻碍他的革命事业。他所感受到的冲突是欲望满足与革命事业之间的矛盾，也是真正意义上的欲望与理性的冲突。革命禁欲主义对性欲望满足所带来的倦怠感、精力消失的焦虑在韦护身上都表现出来。韦护为此而不安，最终接受了理性的召唤，悄悄地离开丽嘉投身到革命中去了。这种选择实际上是当时多数革命者理性选择的形象体现。在这场欲望与革命的冲突中，叙述者一直没有放弃欲望作为现代人主体性体现的尊严。因此韦护与丽嘉的爱情悲剧也是一个真正的现代性话语冲突的悲剧。当丽嘉从失去爱情后的疯狂中清醒过来选择事业时，她的内心充满着对这个男权社会价值观的无奈："唉，什么爱情！一切都过去了！好，我现在一切都听凭你。我们好好做点事业出来吧，只是我要慢慢地来撑持呵！唉！我这颗迷乱的心！"革命禁欲主义就是在这种叙述者的游移中逐渐确立起自己的地位。然而，叙述者在让主人公接受这样一种禁欲主义的结果时，显然也是充满了痛苦的，丽嘉那颗"迷乱的心"又何尝不是作家主体内心迷乱的表现呢。

丽嘉的失败是有着时代意义的失败，它代表着在那个日益"左"倾的年代，在现代性话语内部的欲望与理性悖论的调适中，女性与欲望的双重失败：莎菲曾经苦苦寻求"一个人能了解得我清清楚楚的"而不得，只好"在无人认识的地方，浪费我生命的余剩"，"悄悄地活下来，悄悄地死去"。而丽嘉终于从无数庸俗的求爱者中找到了值得她去爱的韦护，但是他却最终被更具有吸引力的革命所吸走。革命在此时对于新知识分子来说已经不是20世纪20年代初期那模糊混沌的现代人的自我实现理性，它以现代性的全盘性变革的黄金世界诱惑着苦苦追求现代性的人们。这是一个巨大的旋涡，不仅是欲望、女性，而且连男性、个体都会被它吞噬掉。丽嘉最后压抑住心的"迷乱"，投身革命，象征着欲望、女性的被革命理性的吞噬。

但在当时，丽嘉的失败尤其是她最终投向革命的行为被文坛主流声音解读为"革命的信念"克服了"爱情的留恋""这一概念的胜利"。批评者从正反两个方面对《韦护》评价表达了当时批评界所持有的革命禁欲主义标准对作家的期望和规约。一方面，《韦护》因表现了"很正确的概念"被视为丁玲突破自我走向革命的标志，是"她的飞速发展的进展"。另一方面，其中显现出来的对革命与恋爱的游移被当做一种"缺陷"："至于反映在创作里的她的缺陷，简单的说，那就是这一部长篇依旧是一部恋爱小说，与革命并没有怎样深切的关联。"这说明她"仍旧是用着小资产阶级智识分子的浪漫革命家的气氛，来描写离开了斗争的 Romance 的事件"。因此，如果她希望成为一个"前卫的作家"，就非克服这种错误的倾向不可。[①] 在当时，丁玲本人大概也认同了这一理解。当她写完《一九三〇春上海》（之一）时，就表现出对自己前期作品否定性的怀疑，也不满意于那些褒扬她作品中所表现出来的主体性的批评："这没有抓住中心，没有给读者一种正确的认识，和给作者有意的帮助。"[②] 此时的丁玲近乎一个迷失了方向的旅人，以恳求甚至是乞求的口吻要求那些秉持着"正确的认识"的读者和批评者给自己以指导。这对于一个有着自觉的女性意识的作家来说是致命的，她开始怀疑自己的早期作品会给读者带来不好的影响，这表明她已经有意识地要否定莎菲那种大胆而狂热的性爱追求以及这种追求所蕴涵的个体主体性。同时她还要求自己的作品能够跟得上时代的要求，说到底就是要适应现实革命的要求。在《一九三〇春上海》（之一）中，丁玲已经通过若泉之口表达

---

① 钱杏邨：《丁玲》，《阿英全集》第 2 卷，安徽教育出版社 2003 年版，第 388—389 页。

② 丁玲：《一个人的诞生·自序》（1931 年 5 月 15 日），《丁玲全集》第 9 卷，河北人民出版社 2003 年版，第 9—10 页。

出这种对自己的怀疑。到 1931 年，丁玲又进一步否定了自己包括《韦护》在内的全部恋爱题材的创作，比如把丽嘉视为"一个虚无思想甚深的女人"，认为"采取革命与恋爱交错的故事，是一个唯一的缺点，现在是不适宜的了"。由此，丁玲明确表示"以后决不再写恋爱的事情"①，并切实地写出了一系列"不关此类的事情的作品"，像《一天》、《某夜》、《田家冲》、《水》、《给我爱的》、《莎菲日记第二部》等。

当丁玲由此走进左翼主流文学话语时，革命禁欲主义也被极为典型地体现出来。正如她在《给我爱的》这首献给男性革命者的恋歌中所说："只有一种信仰，固定着我们大家的心，／所有的时间和心神都分配在一个目标里的各种事上了。"爱情已经被莎菲视为是非理性的，为了压抑住这种非理性的爱，革命者需要"让汗水濡湿了我全身，／也一天比一天瘦了起来"，革命者的"精神，却更显得年轻"。似乎是为了"挽回"《莎菲女士的日记》给予青年读者的不良影响，丁玲在未完稿《莎菲日记第二部》中试图对莎菲式的个人主义进行清算。但是像莎菲这样一个有着强烈的女性主体意识，强烈地渴望着爱与被爱的现代人如何能够轻易地审判自己，克服自己？我们可以从她 5 月 5 日的日记中看到她的办法：禁欲。

> 我起得很早。……我过去有一个坏习惯，便是当睡醒了的时候还舍不得起身，总要多躺一会儿，为的好想事。我确是一个喜欢幻想的人。现在我不准我这样了。因为想事会头昏，而且我不愿意去做一些无味的想象了。所以我总是一醒来，便跳下床……我学会了洗冷水，当然是因为没有热水给我洗，不过我也愿意习惯用冷水，我想这样身体更可以锻炼得好些。

---

① 丁玲：《我的自白——在光华大学的讲演（1931 年 5 月）》，袁良骏编《丁玲研究资料》，天津人民出版社 1982 年版，第 98—101 页。

莎菲这种禁欲的选择（早起、洗冷水浴）正是《给我爱的》一诗的形象化翻版。当丁玲以1931年的水灾为背景描写因挣扎在死亡线上而奋起抗争的农民群象的小说《水》发表之后，很快就得到了肯定与鼓励，并被视为"新的小说的一点萌芽"①。冯雪峰高度赞扬了《水》作为"作者真正严厉的实行着自己清算的过程"的意义。他从丁玲的转变历程中看到了知识分子作家"脱胎换骨"的必要性和可能性。因为丁玲在写《梦珂》、《莎菲女士的日记》、《阿毛姑娘》的时期，在思想上尚是"有着坏的倾向的作家"，"那倾向的本质可以说是个人主义的无政府性加流浪汉的知识阶级加资产阶级颓废的和享乐而成的混合物"。而"从《梦珂》到《田家冲》的中间，已不仅只被动地反映着社会思潮的发动，并且明显地反映着作者自己的觉悟，悲哀，努力，新生的了"。"在《田家冲》和《水》之间，是一段宝贵斗争过程，是一段明明在社会的斗争和文艺理论上的斗争的激烈尖锐之下，在自己的对于革命的更深一层的理解之下，作者真正严厉的实行着自己清算的过程。那结果是使她在《水》里面能够着眼到大众自己的力量及其出路。"因此他把丁玲的转变视为知识分子作家转变的典型，是左翼文学理论建设的成果。并且由此确证了左翼文学理论的正确性，即只要作家的世界观发生了变化，站到了无产阶级的立场上，运用唯物辩证法的创作方法就一定能够创造出无产阶级的艺术。

这不仅说明了作家的自己清算，并非消极的事，而是积极的任务；尤其说明了现在我们所有的作家却还是很不纯粹的，一切布尔乔亚的艺术的影响，一切同路人的，观望的……罗曼蒂克的，机会主义的等等性质，现在统统却还在阻碍我们的作家的新的作品的诞生。②

① 何丹仁（冯雪峰）：《关于新的小说的诞生》，《北斗》第2卷第1期（1932年1月20日）。
② 同上。

1933 年，茅盾概括性地指出《水》的重大意义即在于"不论在丁玲个人，或文坛全体，这都表示了过去的'革命与恋爱'的公式已经被清算！"①上述价值评判标准得到了进一步巩固。

至此，现代性内部的欲望与理性悖论的调适发生了决定性的位移，革命以无可置疑的优势取得了历史地位。随着 1932 年评论界对"革命的罗曼蒂克"大规模的清算，在"左翼"文学话语的范畴内，"革命＋禁欲"获得了无可取代的话语霸权，20 世纪 20 年代一以贯之的现代性爱的合法性已经不复存在。

---

① 茅盾：《女作家丁玲》，《茅盾全集》第 19 卷，人民文学出版社 1990 年版，第 436—437 页。

中国都市文学的现代性问题：性观念与市民形象的塑造
——以鸳鸯蝴蝶派与新感觉派小说为例

　　都市化是现代化进程中的一个必然结果。作为一个现代问题，人的生存环境都市化必然导致人的深层价值秩序的转变。性观念的转变是其中的重要标志，它不仅改变了现实生活中"人"的面貌，也直接改变了叙述者所塑造的"人"的形象。因此都市文学的现代性在很大程度上呈现于小说市民形象的塑造上。在现代文学发轫期，大多数小说强调的是性爱问题的意识形态性：以个人主体性反抗旧道统的压抑，其中的英雄主要是精英知识分子，而非特色鲜明的市民。在一直被认为是都市文学代表的鸳鸯蝴蝶派和新感觉派的小说中，市民形象与其性观念有着很大的关系：鸳鸯蝴蝶派作家游移的性道德与新旧交替的市民形象、新感觉派作家体现现代商业规则的性观念与优游于现代都市中的新市民形象。这其中的差别是中国都市文学现代性问题在性这一领域的独特反映。

一　鸳鸯蝴蝶派：游移的性道德与半新不旧的小市民

　　近来许多研究者注意探究鸳鸯蝴蝶派的现代性，认为它的消闲、游戏的文学观、商品化的操作模式、不同以往的叙事模式等都体现着文学的现代性。但这些发掘很少深入创作主体的深层价值秩序中去寻找其现代性的根源。鸳鸯蝴蝶派作家的性观念与其所塑造的市民形象之间是否有着属于现代性题域的关系呢？

在此有必要首先清理一下鸳鸯蝴蝶派作家性观念的现代性问题。鸳鸯蝴蝶派是一个内涵和外延都比较含混的名称，最泛的指称包括了从民初到1949年非"现代文学"的几乎所有通俗作家。也有人持与此迥异的观点，认为"鸳鸯蝴蝶派""应该只指民国初年以徐振亚《玉梨魂》为代表的骈文小说潮"，反对把骈文小说潮之外的小说家也归为这一流派。① 笔者认为把在《礼拜六》、《红杂志》、《红玫瑰》、《半月》、《快活》、《星期》等杂志上发表言情小说的作家，不以其是否发表骈文小说而归为一类还是有依据的。其依据之一就是他们性观念上的游移性。

鸳鸯蝴蝶派的言情小说远承晚明"以情抗理"的文学观念，反对宋明理学的"存天理，灭人欲"，抨击"父母之命，媒妁之言"的传统婚姻理念；近继晚清"新小说"的叙事规范，以"发乎情，止乎礼"的性叙事规范来自律，对当时进入中国的西方性自由、性解放的观念产生怀疑。晚清"新小说"家所言之情多是广义上的情感之情，对于男女之间的私情则抱着审慎甚至拒绝的态度，更不要说是"欲"了。在吴趼人看来，所谓言情应该言"与生俱来"之情，而不应该写男女之间的"痴"，否则就是在"写魔"，是"笔端罪过"（《恨海》第一回，1906）。1907年寅半生（钟骏文）在《读迦因小传两译本书后》中更清楚地说："情者，欲之媒也；欲者，情之蠹也。"由此，他肯定蟠溪子的半截译本"知有情而不知有欲"，而否定林纾的全译本"知有情而实在乎欲"。② 这一写情规范在鸳鸯蝴蝶派的言情小说中部分地被超越了，后者对儿女之情表现出极大的兴趣。但是晚清"写情小说"的一些精神实质，例如用情不逾矩的审慎态度仍然束缚着他们，其严格区分情与性的叙事观念也被全盘接受下来。进入20世纪20年代后，随着现代性爱

① 赵孝萱：《"鸳鸯蝴蝶派"新论》，兰州大学出版社2004年版，第1—32、25—147页。

② 寅半生：《读迦因小传两译本书后》，黄霖、韩同文编《中国历代小说论著选》（下编），江西人民出版社1990年版，第179—180页。原刊于《新小说》第2卷第5期（1905年）。

观的传播和接受，小说中出现了一代新人。作为一种应激反应，鸳鸯蝴蝶派性观念的游移性表现得更为明显：他们的言情叙事更突出从传统小说继承来的教化、劝惩功能，日趋守旧。1915 年恽铁樵主编的《小说月报》准备把"言情小说淘汰净尽"的理由就是担心它对青年人产生坏的影响。他反对在"举世失其信仰中心"的中国单纯言儿女之情，而应该像西方一样"要以不背政教为宗旨"。"是故言夫妇，可以敦风俗，正人心"。① 1918 年以后，伴随着新文化运动的先驱者对鸳鸯蝴蝶派的批判，鸳鸯蝴蝶派更坚定了这种理念。李定夷希望当时教育部的通俗教育会能够以积极的方法，"务令此后出版之小说，皆足收挽回人心世道之功"。而他所提出的"积极的方法"也不过是："演讲礼教，以端读者趋向"。② 因此，他们一面宣扬："发乎情，止乎礼义，亦圣人之所谆谆为嘱者也。"一面对当时甚嚣尘上的"恋爱结婚论"充满怀疑："今之社会，既盛倡恋爱自由之说，而男女社交，复主公开，苟一不慎则前途非常危险。"把当时的新文学作家视为"昧先哲之格言，而肆意兽性之描写，则恋爱文学之罪人也"。③

由此我们可以看到鸳鸯蝴蝶派性观念左右支绌的现代性意义：他们既不满于旧道统对个性的极端压抑，又对现代性爱所造成的人的深层价值秩序的破坏感到忧虑。这种在新与旧的性道德之间的游移不定使得他们的小说并不瞩目于同时代的现代小说所关注的个性觉醒，而更倾向于对小说教化和劝惩的功利性诉求。因此，在他们的小说中，"人"的形象还很模糊，频频出现的却是转型时代半新不旧的小市民。所谓半新不旧，主要是指这些小市民已经感受到旧道统对人压抑的痛苦，他们大抵受过不同程度的新式

---

① 恽铁樵：《论言情小说撰不如译》，《小说月报》第 6 卷第 7 号（1915 年）。
② 李定夷：《改良小说刍议》，《小说新报》第 5 卷第 1 号，转引自袁进主编《艺海探幽》，东方出版中心 1997 年版，第 35—37 页。
③ 俞瘦云：《文学与恋爱》，《半月》第 2 卷第 6 号（1922 年）。

教育，也常常以新派人物自命，但是他们所受的教育并不足以使他们对新思潮有彻底的了解，特别是现代性爱观，因为涉及人的深层价值秩序，要对其有一个全面清晰的认识更是困难，因此他们常常无法为自己的爱情事件找到充足的立法根基，而陷入愁天恨海之中。在1919年的贞操问题讨论中，蓝志先对贞操的认识颇能够代表这一批小市民的意见。蓝志先认为，爱情因为与人的性欲相关，带有很大的盲目性和随意性，因此需要外部的道德律令的约束。① 这一点与胡适、周作人所提倡的贞操观念的差别反映恰是当时精英知识分子与普通市民在性观念上的差别：在性爱问题中，是个人立法还是外在权威立法。鸳鸯蝴蝶派显然倾向于后者。

与新文学中出现的那些主动借助现代性爱来实现个性觉醒的"人"的形象不同，鸳鸯蝴蝶派小说中的市民常常被逼入新旧文化的夹缝中，他们感受着时代转型、新旧道德交锋所带来的价值秩序失衡的痛苦，而又不属于新旧道德的任何一极，进退失据，最终退回故道。严独鹤的《团圆等待中秋节》的绛珠是一个立志守节的女性："老实说，我也并不是拘泥于旧礼教，更非随波逐流，讲什么新道德。论旧礼教，订婚未嫁，本可适他人，谈不到守贞两字；讲新道德，离婚结婚，更可自由，越发不成问题了。我如今既非矫情，也非钓誉，只是个行乎心之所安。"这种守节的选择表面上看似乎是在新旧文化冲突中更可取的温和选择。但是如果把这种选择放到鸳鸯蝴蝶派以及整个20世纪20年代的文化语境中来考察，他们的新旧调和的态度还是令人起疑的。20世纪20年代最可宝贵的"个性"，也就是现代性爱所蕴涵的个人主体性被他们当做一种性欲望的非理性的自由释放排斥掉。他们担心现代性爱会混淆了恋爱与淫乱的界限。所以，他们的"心之所安"常常在某种程度上又回到了旧礼教的故道。缺乏对现代性爱蕴涵的个人主

---

① 　蓝志先：《蓝志先答胡适书》，《新青年》第6卷第4号。

体性的全面理解也就成为他们爱情悲剧的主因。这种病因在刘梦石（秦瘦鸥：《恋之梦》）这个靠着自己的努力逐渐爬上来的小市民的爱情事件中表现得更为明显。他的"恋之梦"虽然也受到了恋爱自由之风的吹拂，但是他对恋爱自由的理解还是模糊的，并不包含现代性爱所特有的个人主体性诉求，因此他们对于旧道统的压抑是无奈的：要么把爱情命运的改变付之父母的宽宏，要么在外在的压力面前随波逐流。爱情在他们那里没有显示出个性解放的政治意义。他们最终顺着惯性回到了历史潜意识的故道：刘梦石不忍违背母命而把婚约的解除依赖于母亲的慈悲之心。汤伊玲虽然深爱着刘梦石，但她无力反对父亲的权威，最终无奈地接受了与自己并不爱的周先生订婚的家庭意志。

这些小市民在无力反抗时就只能自我悲叹。在新旧性道德间摇摆的他们所能做的只是以善于用情来自傲、自赏。因此用情专一就成为鸳鸯蝴蝶派小说家所最欣赏的市民形象的标志。"哀情巨子"周瘦鹃在他自己颇为得意的《留声机片》（1921）中塑造的"中华民国的情场失意人"——"情劫生"就是这样一个善于用情者的形象。叙述者的叙事意图显然不在突出情劫生与林倩玉爱情的政治意义，他更感兴趣的是情劫生在情场失意之后，对自己失意的赏玩、自虐。与此相关，叙述者也赞颂爱情的坚贞与纯洁，但却弃绝了肉体之爱。所以他们所用之情不是那种经由性欲望的觉醒而来的现代性爱，而是摆脱了"情之蠹"的纯情。那些善于用情者常常是对大观园情种的刻意模仿。因此，肉体（尤其是女性的肉体）纯洁与否，甚至是肉体的欲念存在与否常常成为鸳鸯蝴蝶派小说家评价人物的一个重要标准。《留声机片》中的林倩玉之所以值得情劫生用情是因为："伊原打定主意，把自己分做两部：肉体是不值钱的，便给伊礼法上的丈夫，心灵和灵魂却保留着，给伊的意中人。"即使林倩玉这样想，也最终被叙述者谋杀：她在"我负他"的自谴中终于也发疯而死。林倩玉最终被叙述者谋杀与她的没能够为自己的爱人守住肉体的贞操有很大关系。这种拙劣的纯情表演实际上否定了"身体的幸福感"的现代原则，因此这样的主人公总是与现代人有着很大的心理距离。这种半新不旧的市民形象在鸳鸯蝴蝶派的小说中比比皆是：《贫富与爱情》（徐冷波）（1922）、《情价》（周瘦鹃，1922）、《我的新婚》（张舍我：《快活》第 14 期）、《残酷的消遣》（严芙孙，1923）、《漂泊的落英》（汪放庵，1926）、《女性的玩物》（徐卓呆，1928）、《脚之爱情》（何海鸣，1930）等。

现在一些研究者也注意到鸳鸯蝴蝶派小说的教化意识。赵孝萱提出，《礼拜六》的言情小说深具社会意识与时代关怀。[①] 但是，鸳鸯蝴蝶派的社会意识和时代关怀从他们游移的性观念来看其实是性不净观的一种不自觉的显现。当然，我们发露鸳鸯蝴蝶派小说的新旧交替性，并不是要一笔抹杀它的成就。鸳鸯蝴蝶派的小说还是有着独特的文学史和现代学意义的。他们的这种徘徊在中西价值观念之间游移的性观念，是现代性在 20 世纪 20 年代中国展开时，那些老中国儿女所最可能出现的情形。众所周知，现代性在中国这个独特的语境中展开存在着传统与现代、中与西的双重冲突，而且后者是中国语境中特有的纬度。鸳鸯蝴蝶派的意义就在于，它提供了一个与新文化运动所提出的性爱问题进行比较的可能。如果我们把新文学作家对现代性爱的无条件接受看做现代性对中国传统的一种"断根"选择的话，那么鸳鸯蝴蝶派则是一种对中国传统的"留根"或"续根"。这种选择的意义在我们既往的现代性叙事中没有被彰显出来，但是它是不容忽视的：鸳鸯蝴蝶派的性选择与新文学作家的性选择相映成趣才是 20 世纪 20 年代中国人在中西、古今的现代性境遇中独特的选择。

二 新感觉派：徘徊在诗意与庸俗之间的新市民

鸳鸯蝴蝶派的作品在某种程度上与初期的新文学作品一样，从总体上

---

① 赵孝萱：《"鸳鸯蝴蝶派"新论》，兰州大学出版社 2004 年版，第 125—147 页。

都很难让人把它们视为纯粹的现代都市文学，因为它们的感知方式、人物塑造都与现代都市生活有着不小的隔膜。作为都市文学的现代性，它们仅表现在与传统相异这一点上，并没有传达出更多的现代性要求。中国纯粹意义上的都市现代文学出现在1928年：这一年出现了一个适应着上海都市商业文化氛围的流派——新感觉派。新感觉派的小说接受了当时风行于日本的新感觉主义的影响，注意传达都市的现代感。能够表达现代都市感的，除了新颖的叙事模式，例如印象叠加、心理分析、象征主义及意识流、电影切割法等等之外，就是现代都市崭新的性爱关系以及与这种性爱关系紧密相连的市民形象。刘呐鸥的《都市风景线》，施蛰存的《梅雨之夕》，穆时英的《公墓》、《白金的女体塑像》、《圣处女的感情》等集都注目于现代都市市民的性心理与性选择。

刘呐鸥也许是最早热衷于表现都市生活规则对性爱关系改变的一位新感觉派作家。这种改变正如他的小说中的主人公所说："现时什么一切都可当作商品规定价值的"（《礼仪与卫生》），性也不例外。《礼仪与卫生》中对可琼垂涎三尺的商人普吕业先生直截了当地向可琼丈夫启明表达对她的爱慕，甚至试图以自己价值"数拾万两"的"古董店"来与启明交换数年"艳福"。启明显然也认同这种观念。而可琼在与情人幽会之前以"礼仪和卫生"的理由把自己的妹妹介绍给丈夫，显然也隐含着等价交换的商业原则。《游戏》中的"她"没有嫁给自己所爱的步青，而是选择了能够带给她"六汽缸的，意国制的一九二八年式的野游车"的男子，同样体现了性的商品化特征：追求商品利益的最大化。

性关系的商业化，其最鲜明的特色是"轻快简明性"。启明认为像绿弟这样的"卖笑妇""非从头改造不可"，其原因就是"她们对于一切的交接很不简明便捷。她们好像故意拿许多朦胧的人情和仪式来涂上了她们的职业。没有时下的轻快简明性"。《游戏》中的"她"在选择离开自己真正喜欢的步青，嫁给能够带给她"野游车"的中年男子之前，心情是十分轻松的，没有任何内疚和痛苦。她甚至还宽慰他："忘记了吧！我们愉快地相爱，愉快地分别了不好吗？"《风景》中两个素不相识的男女仅仅因为互相欣赏，就在各自的生活中穿插了一次情感的宣泄。这种直接表达自己欲望的方式甚至有了一种都市生活熏陶出来的优雅。就像燃青在接受"她"的邀请时候所说的："——夫人直线地请我，我只好直线地从命是了。我觉得这像是我的义务。"

从刘呐鸥的小说中我们可以看到，都市文化已经极大地改变了人的身体幸福感的感受方式：情感与性已经被分开，在商品经济规律下，既然一切都可以交换，那么性的关系就应该简洁一些。这种商业化的特征使得20世纪20年代初期小说中与性爱问题有关的启蒙的神圣性、严肃性受到挑战，而旧道统的性价值观念更是消失得无影无踪。这样的情形也鲜明地表现在穆时英和施蛰存的小说中。在穆时英的《被当作消遣品的男子》、《墨绿衫的小姐》、《CRAVEN "A"》、《黑牡丹》、《PIERROT》、《骆驼·尼采主义者与女人》等小说中，性的这种商业性、简洁性成为那些"卷在生活的激流里""叫生活压扁了的人"的一根救命稻草（《黑牡丹》）。而施蛰存的《梅雨之夕》、《巴黎大戏院》、《薄暮的舞女》等则从无意识层面分析了都市中被压抑着的一群的性心理，虽然没有像刘呐鸥、穆时英那样鲜明地描写都市商业规则对人的性选择的规范，但是他的这些作品却从更深的层次揭示了这种规范对性的改变。

由这种充满都市商品气息的性爱关系所确立的市民形象已经不是刚刚从旧伦理体系中醒来的"人之子"，更不是鸳鸯蝴蝶派小说中的那些文化夹缝中半新不旧的自苦者，而是接受了商业文化规范、优游于现代都市，甚至是接受都市物质异化的现代都市人。这一点甚至体现在他们的外貌上："看了那男孩式的断发和那欧化的痕迹明显的短裾的衣衫，谁都知道她是近代都会的所产，然而她那个理智的直线的鼻子和那对敏活而不容易受惊的眼睛就是都会里也是不易找到的。"而她的声音是"一种响亮的金属声音"（《风景》）。所有这些都与"她"的"自由和大胆的表现"的"天性"相统一。《游戏》中的女主人公也是一个"近代的产物"，也有"理智的前额"、"随风飘动的短发"、"瘦小而隆直的希腊式的鼻子"。其他如《流》中的晓瑛、《两个时间的不感症者》中周旋于多个男子之间的女子、《方程式》中的密司脱Y等，都是这样的都市时髦人物。同时，从穆时英的CRAVEN"A"女郎、那个把男子当做消遣品的，"有着一个蛇的身子、猫的脑袋，温柔和危险的混合物"的都市女孩蓉子的身上也可以清晰地辨认出这种只属于现代都市的时髦性。

新感觉派身处普罗文学高唱入云的时代，他们的文学观深受其影响。他们对都市的生活方式并不是专在赞美它，而是要从"资本主义社会的腐烂期的不健全的生活"中"露着这些对于明日的社会，将来新途径的暗示"。①他们对于这种都市商业文化所熏陶出的崭新的性关系也是意在批判的。这一点穆时英说的最直截了当："上海。造在地狱上面的天堂。"（《上海的狐步舞》）但是这种批判性在对都市现代感的追求中发生了变异，在某种程度上，新感觉派作家表现出对这一崭新性观念的肯定、欣赏。穆时英的《黑牡丹》中那个化身花妖，以自己的身体在"带些隐士风"的圣五那里求得暂时休息的舞娘的玩世不恭被叙述者肯定地认为是"世界上又少了一个被生活压扁了的人咧"。《风景》中的一对男女在自然界中表现自己的欲望虽然有着对抗都市社会异化的意味："她"在大自然中像一只"放出笼外的小鸟"，显示出她的"强健"；燃青也从乡间清新的空气中"勃然觉得全身爽

---

① 刘呐鸥：《〈色情文化〉译者题记》，《新文艺》创刊号（1929年9月），转引自《刘呐鸥小说全编》，学林出版社1997年版，第211页。

快起来"。但吊诡的是，这种反叛的根源却来自于都市性观念的直截了当。

这种矛盾的文学观念表现在人物塑造上就是小说叙述者对处于这种异化中的人充满了同情，怀有一种感同身受的忧郁。例如刘呐鸥对《礼仪与卫生》中的可琼与白然姐妹、穆时英对 CRAVEN "A" 女郎和蓉子都是这样。从这种同情中，我们甚至看到了叙述者所刻意发掘的都市新型性关系的"诗意"。在《热情之骨》中，比也尔眼里那些充满诗意想象的东方恋爱在这个转型时代显出了脱离时空的虚妄。而叙述者对卖花女玲玉的欣赏则提示着他对新的爱情关系的理解和同情：人们可以直截了当地向自己的爱人提出要求，包括肉体和金钱。正如玲玉所说，"我本来是不受管束的女人，想说就说，那种不能把自己的思想随时随刻表示出来的人们是我所不能理解的"。玲玉在刘呐鸥的笔下是一个宁肯向才认识时间不长的爱人开口也绝不向自己曾经为爱情而决裂的家庭求乞的现代女性。玲玉对比也尔幻灭的批评证明了这一点："你每开口就像诗人一样地做诗，但是你所要求的那种诗，在这个时代是什么地方都找不到的。诗的内容已经变换了。即使有诗在你的眼前，恐怕你也看不出吧。"玲玉所说的诗意就是一种在都市商品文化的异化之下所显露出的一点人与人之间的真意，一种对爱情的追索。玲玉之所以敢于与家庭决裂，爱上自己的家庭教师，是因为"他却是勇敢奋斗的青年"，"虽说一半是为了他的美貌，但是大部是为了他的美丽的精神"。因此在别人看来与她的高贵出身不相配的卖花也因为爱而有了新的"滋味"和"意义"："自己要糊口的自己赚，至少比住在那壮美的房屋，穿好衣，吃好饭是更有意思的。"玲玉更反问比也尔："但是在这一切抽象的东西，如正义，道德的价值都可以用金钱买的经济时代，你叫我不要拿贞操向自己所心许的人换点紧急要用的钱来用吗？"这种诗意是商业社会的标准产物。《礼仪与卫生》中的可琼是这样的；《游戏》中那对邂逅的男女也是这样的。而这样一种理解都市生活诗意的女性显然不是一心要寻找东方诗意女性的比也尔所能够体味的。因此，比也尔看完信之后"便像吞下了铁钉一样地忧郁起来"。

这里，我们可以看到新感觉派性观念独特的现代性意义：都市的现代人所感受到的性爱已经不是充满田园想象的爱情牧歌，而是与这个时代的都市生活紧密相连的。其中的诗意也是从田园牧歌的理想出发所不能理解的。的确是这样。同时代的沈从文就无法理解普罗文学和新感觉派作品中的诗意。他极力反对它们，而试图在自己的文本中建构湘西的人性世界。

都市人的这种身体幸福感与 20 世纪 20 年代初期刚刚从古典道德原则中脱身出来的"人"的身体幸福感是有同有异的。他们的共同之处是二者都属于现代感，都对旧道统产生了解构。但是二者之间的差距也是十分明显的。20 世纪 20 年代初期新文学作家小说中所出现的性爱问题大体属于"人的发现"，其对旧道统的解构是自觉的。而新感觉派小说中所出现的性爱问题属于成熟的都市社会所特有的"人的异化"，即人的关系为商品所异化。其对旧道统的解构是不自觉的，这种解构甚至不是它的主要目标。在西方文化史中，这样两种现代感的出现有数百年的时间间隔，但是在 20 世纪 20 年代的中国，其时间差不足十年！这种被浓缩的差距是与中国不平衡的"现代性追求"相适应的。

解放的力量
——论新时期前期小说中的爱情

"新时期文学"这一名词的最初出现应该是在 1978 年。① 在某种程度上，它是"五四"启蒙主义文学传统的复归。在后来被称为"新人本主义和新启蒙主义"的文学精神的感召下，② "人"的重新发现成为这一段文学史中意义最重大的一个事件。历史惊人地相似。就如 20 世纪 20 年代初期，在"人"的重新发现、重新定位的过程中，爱情又一次成为促使人从蒙昧中走出来的解放力量。

文学在粉碎"四人帮"、开创新时期的过程中曾经起过一定的舆论作用。但是，包括像"四五"诗歌运动这样轰动一时的事件也都证明：新时期之前的文学还囿于"文学从属于政治"、"文学服务于政治"之类僵化文学观念的强大惯性作用之下。对政策、路线的图解才是文学的主要兴趣点，而不是"人"。1977 年，复刊后的《人民文学》的一位编辑在他的工作笔记中记下了这样一段话："现在写路线斗争题材的短篇小说还明显地带有'三突出'痕迹……（它们）仅转换攻击矛头，正反面人物调位置，说话还是原

---

① 据刘锡诚考证，新时期文学出现在 1978 年有两个标志：第一，1978 年 5 月 27 日召开的第三届中国文联全委会第三次扩大会议，其决议《中国文联第三次扩大会议决议》第一次使用了"新时期文艺工作"这样的词语，从而宣告了"新时期文艺"的正式诞生。第二，1978 年 12 月，周扬在广东省文学创作座谈会上的讲话《关于社会主义新时期文学艺术问题》一文也使用了"社会主义新时期文学"这一比较规范化的专有词语并对其进行了理论上的阐释。参见刘锡诚《在文坛边缘上——编辑手记》，河南大学出版社 2004 年版，第 181—183 页。

② 董健：《新时期小说的美学特征·序》，黄政枢《新时期小说的美学特征》，南京大学出版社 1991 年版，第 3 页。

先的腔调,内容换上最时髦的议论。"新中国成立后的历次文学—政治运动的经验教训历历在目,1977年2月提出的"两个凡是"也旨在承续"文革",因此当时大多数创作还没有摆脱"文革"文学的僵化模式,而这已经引起了一些敏感的文学工作者的反感。①

同年晚些时候发表的刘心武的《班主任》,在形式上也没有发生什么重大变革。但它能够被认为是新时期文学的发轫之作,却要归功于它在某种程度上回归了"五四""人的文学"的主题。这篇并不高明的小说在"文革"之后第一次振聋发聩地喊出了"救救被'四人帮'坑害了的孩子"的呼喊。虽然这一呼喊带有那个时代特有的蹒跚和踟蹰,但是它在一定程度上接近了鲁迅在《狂人日记》中的"救救孩子"的立意。

今天,我们重读这篇小说会发现一个具有文学史意义的现象:在描写"文革"给孩子们带来的精神创伤的时候,刘心武自觉不自觉地把他的笔指向了"文革"文化专制主义所带来的禁欲主义后果。谢惠敏和宋宝琦这一对"好孩子"和"坏孩子"的精神创伤都表现为性蒙昧。尤其是那个"单纯而真诚"的团支部书记谢惠敏所展示出来的性蒙昧更加触目惊心:炎热的夏天她还穿着长袖衬衫;穿带褶子的短裙也被她看做"沾染了资产阶级作风";因为《牛虻》中有恋爱的插图,她就判定其为"黄书"。这种性蒙昧的出现与文化上的专制主义紧密相关,谢惠敏正是因为"她单纯地崇信一切用铅字新排印出来的东西",才会对人类的文明如此无知,更不要说去"认识你自己"。这些纯洁的孩子们身上所表现出来的性蒙昧显示出"文革"文化专制主义对人性戕害的深度:这种戕害不仅是在信仰层面,也不仅限于伦理层面,它一直深入人性的最深层——性意识。这种深度的戕害使得人的基本要求、具体本质以及所有潜能和可能性都被铲除殆尽,人成为机器、工具、传声筒,

---

① 刘锡诚:《在文坛边缘上——编辑手记》,河南大学出版社2004年版,第8页。

不再是人类活动的目的。在这一意义上,《班主任》所揭示的"伤痕"触及了文化专制主义权力运作的逻辑。这使得它在其后"人"的重新发现的过程中起着重要的作用。当然,刘心武也许当时并没有意识到他对性蒙昧揭示的全部政治意义。他的主要意图是揭批"四人帮",应和党的"第十一次路线斗争"。这从他对石红的形象塑造以及小说中充斥着的时代语言中可以得到证明。我们不应该对《班主任》的历史作用做脱离实际的夸大,但是,它无意之间所显示的性(爱情)在新时期文学中所具有的解放作用却是确实的。

由于"文革"文学强烈的禁欲主义色彩,作为一种反动,爱情作为文学领域应和"第十一次路线斗争"的重要题材,在新时期文学的最初几年中被当做一个重要的社会问题来表现。这也使得此时小说中的爱情表现更像是时论:爱情的社会性意义被突出出来。刘心武的《爱情的位置》(1978)居然可以像学术论文那样一本正经地探讨爱情在社会生活中的位置而获得广大读者、听众(刊载小说的《十月》在发售之前,广播电台已经提前播送这篇小说)的共鸣。这种文本"召唤结构"与接受者的"阅读期待视野"的高度重合说明,爱情作为一种解放力量在当时的确成为时代的"共名"。在这一"共名"的影响下,多数小说中爱情描写的意义主要是在控诉"四人帮"(主要矛头还不是指向"文革")给人们精神上造成的巨大创伤。在《伤痕》(卢新华,1978)中,"四人帮"的血统论给王晓华的"伤痕"不仅是亲情的,还有爱情的:她在主动与母亲划清界限之后又不得不放弃苏小林的爱情。《抱玉岩》(祝兴义,1978)、《姻缘》(孔捷生,1978)、《墓场与鲜花》(肖平,1978)等小说都是如此设置爱情作为社会性问题的意义,以致在新时期文学最初两三年里,这一逻辑几乎成为一种固定的"伤痕 + 爱情"的模式。①

---

① 王纪人:《评几篇中篇小说的爱情描写》,《文艺报》(月刊)1982年第3期。

在其后被称为"反思文学"、"改革文学"等显赫一时的文学类型中,我们发现,爱情的悲欢离合与小说主人公的遭际也紧密相连。例如,在《天云山传奇》(鲁彦周,1979)中,围绕着罗群22年人生坎坷经历的是宋薇、冯晴岚、周瑜贞这三个女性所贡献出来的爱情。而在《乔厂长上任记》(蒋子龙,1979)中,对爱情的猎取也是乔光朴"铁腕"的表现。在他的理念里,爱情不能成为事业的牵绊。因此,为了排除因为他和童贞之间的爱情所带来的流言飞语,他突然在党委会上宣布他和童贞已经结婚。《月食》(李国文,1980)、《蝴蝶》(王蒙,1980)、《土壤》(汪浙成、温小钰,1980)、《沙海的绿荫》(朱春雨,1980)……类似的小说可以继续列举下去。这种普遍存在的爱情与小说所要表现的社会问题的纠葛说明,作家们比较敏锐地察觉到爱情具有一种天然的解放力量。当然,1978年开始的以真理标准讨论为主要内容的思想解放运动则是新时期小说冲破题材禁区的重要外部力量。在文学内部与外部多重因素的共同作用之下,新时期文学从性(爱情)这一领域打破了"十七年"以来文学领域中树立起的各种各样的禁区。

但是,爱情与社会问题的纠葛在打破题材禁区的同时,也使得爱情的文学表现时时受制于这种纠葛。爱情与社会问题在当时小说中的关系是:爱情承载着小说所要表现的社会问题,社会问题的性质决定着小说中的爱情表现。这一点就如当时的评论者在评价《被爱情遗忘的角落》(张弦,1980)时所说的:"它的丰富内涵,几乎全在爱情之外。"① 作家和批评家所注意的大多是小说中爱情描写的社会意义,希望文学中的爱情描写"表现时代的声音",把握"沸腾的现实斗争"和"时代的脉搏",承担"社会主义文艺的社会职责"。② 因此"为写爱情而写爱情"就成为当时文学界所极力反

---

① 李清泉:《一九八○年得奖短篇小说的一瞥》,《文艺报》(半月刊)1981年第8期。
② 魏易:《一个严肃的问题——有感于文艺作品中的爱情描写》,《文艺报》(半月刊)1981年第23期。

对的，这种情况常常被看做脱离现实主义原则的。一些试图从本能层面描写爱情的小说成为此时批评家们的靶子。这样的作品常常被认为"趣味低下，格调不高"、与民族的审美心理不相容。① 这种限制实际上是权力对爱情文学表现的一种监视和规范。文学之外的沉重社会负荷也就成为小说中爱情表现的一个羁绊。

不过爱情的解放力量是强大的。一些强烈要求回归五四新文学启蒙主义传统的"归来作家"以及一些"中十八、十九世纪西方小说的毒太深了"的作家往往自觉不自觉地在创作中冲破这些羁绊。② 这是由于性（爱情）蕴涵着人类追求自由的政治性内容，是"个人的发见"的要素。关于这一点社会学家的解释是富有启发性的："性之所以重要有三个原因，第一，性能带来巨大的肉体快乐；第二，性与人的自我有极密切的关系；第三，性与人的自由权利有关，因此它是所有的权利领域都不会忽视的资源，也正是由于性是权力要加以管制的领域，性成为个人自由与权力斗争的前沿。"③ 当性（爱情）重新作为"个人的发见"的要素回到文学之中时，其所蕴涵的政治性意义常常会溢出那些人为设置的禁区。正是因为上述原因，新时期前期小说也时有把性（爱情）当做人的本质力量的实质内容来表现的作品。

这一时期最不应该被人们忘记的是张洁的《爱，是不能忘记的》（1980）。它以饱含着诗意和忧伤的笔为我们描写了一种能够互相"占有""全部情感"

---

① 韩江：《〈作品与争鸣〉编辑部召开爱情题材作品讨论会》，《文艺报》（半月刊）1981 年第 23 期；另见韩志君《文艺作品爱情描写的几个问题》，《文艺理论研究》（季刊）1982 年第 4 期，童心《如何正确对待电影艺术中的爱情描写》，《文艺报》（半月刊）1981 年第 24 期。

② 在《文艺报》编辑部于 1979 年在京召开的文学作品如何更好地反映新时期的社会矛盾问题的座谈会上，诗人公刘说："突破禁区，意味着作家从蒙昧状态中解放出来。"（见刘锡诚《在文坛边缘上——编辑手记》，河南大学出版社 2004 年版，第 358 页）在《文艺报》编辑部 1980 年 3 月 15 日召开的一次农村题材小说创作座谈会上，林斤澜说："这三年文艺创作上最好的一点，就是把笔墨放到了人的悲欢离合上，去写人了。"（见刘锡诚《在文坛边缘上——编辑手记》，第 402 页）张洁则在《我的船》一文中自承是"中十八、十九世纪西方小说的毒太深了"。而她的《爱，是不能忘记的》（1980）正是新时期一篇具有开拓性的小说（《文艺报》（半月刊）1981 年第 15 期）。

③ 《李银河文集：性的问题·福柯与性》，文化艺术出版社 2003 年版，第 3 页。

的"镂骨铭心的爱情"。它也为我们塑造了三个不肯放弃爱情理想的"痛苦的理想主义者"。这篇小说对那长留天地之间、"绵绵无绝期"的遗恨的叹惋使我们有理由认为，与同时代的大多数作家相比，张洁更像一千多年前写《长恨歌》的白居易一样，是"深于诗，多于情者也"（陈鸿：《长恨歌传》）。虽然这部小说中也有一些关于爱情的议论涉及社会问题，也把钟雨的爱情悲剧多多少少归结为社会原因，但作者的主要意图还是在赞颂那种脱离了"法律和道义"的爱情。钟雨那"镂骨铭心"的非功利性的爱情正是人的本质力量的体现。从钟雨的爱情中，我们看到张洁"对种种尚未实现的理想的渴求：愿生活更加像人们所向往的那个样子"。[①]"别管人家的闲事吧，让我们耐心地等待着，等着那呼唤我们的人，即使等不到也不要糊里糊涂地结婚！"小说这一显明的表现作者意图的感叹，在当时正是"呼唤"着"人"的自由权利，特别是情感自由的权利。从这一意义上说，《爱，是不能忘记的》最能够代表新时期文学中爱情对于"人"的重新发现的重要意义。爱情在这里代表的是"人之尊严、权利、价值观"，[②]也是那时张洁对于文学的期望。

让爱情溢出它所承载的社会问题而显示出它的自由本质的还有这样一些小说：《被爱情遗忘的角落》（张弦，1980）、《在没有航标的河流上》（叶蔚林，1980）、《蒲柳人家》（刘绍棠，1980）等。张弦以敏锐的理性赋予了《被爱情遗忘的角落》鲜明的批判精神。在这种批判精神之外，张弦对小豹子和存妮的那在"被爱情遗忘的角落"里自然萌发的爱情给予了充分的肯定。小说对小豹子和存妮在仓库中由于情欲自然勃发而燃烧起来的爱情的描写恐怕是新时期文学中比较早出现的直接描写性爱的场景。这种直接的性爱描写冲决着那些防范爱情的文学规范。而叶蔚林也在与"文革"的文化专制主义的荒谬性的对比中塑造出一个崇尚自由、充满野性，与大自然

---

① 张洁：《我的船》，《文艺报》（半月刊）1981 年第 15 期。
② 张洁、刘慧英：《关于"女性文学"的对话》，《文艺评论》1990 年第 5 期。

相和谐的放排工盘老五。盘老五与他在《蓝蓝的木兰溪》（1979）中所塑造的同样野性不拘的赵双环一样，有着强烈的隐喻性。正像赵双环对粗暴地以政权的权威干涉情感自由来树立典型的盘金贵的抗议："我是人，不是畜生。"他们对自由、对性（爱情）的渴望是对文化专制主义统治逻辑下对人性压抑的抗议，也是对人性中包括性欲望在内的一些自然本质的肯定。而刘绍棠则在叙述革命神话的同时，展示了一段燕赵大地那带有古风、自由无拘的民间爱情童话。周檎与望日莲、郑整儿与荷妞、柳罐斗与云遮月，他们爱情故事中所蕴涵的燕赵大地上那种既中规中矩又自然无拘的性爱生活准则尤其使人心动。无论是张洁对爱情理想的叹惋，还是张弦、叶蔚林对自然人性与文化专制主义关系的隐喻，或者刘绍棠的民间爱情童话，这些小说都在很大意义上（甚至是决定性的）促使新时期文学中觉醒了的"人"走向人性的完美与丰盈。

另一方面，任何创作都不可能完全摆脱既定的历史条件。上面提到的这些小说在冲决性（爱情）描写的底线时即使再小心翼翼，也无法彻底摆脱权力的监视。有一种倾向可以说明这种监视的无处不在：爱情常常被作家过分地理想化，以致有点虚无缥缈起来。这种理想化的爱情表现不仅表现为爱情的无性化，也表现为作家对它易逝性的叹惋。张洁把那"镂骨铭心的爱情"寄托于"天国"，刘绍棠则沉浸在自造的民间童话中，汪曾祺也只能把它寄托于"四十三年前的梦"。这也说明了权力监视结构的复合性及其强大的力量：一方面是批评家作为监视力量的正面规范，另一方面则是作家与读者的自觉适应时代"共名"规范的软性监视。这多重、复合性的权力监视形成了一个挣不脱、砸不烂的"千层锦套头"。在它面前，性（爱情）永远只能是带着镣铐的解放力量。当然，在整个人类历史上，性（爱情）没有不受到权力监视的时候。这是人类自由的宿命。

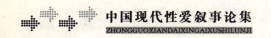
性描写的意义论纲：从新时期到世纪末

一 新时期：解放的力量

"文化大革命"的文化专制在文学方面的表现，除了创作方法上的伪现实主义、话语方式的"新话"形式之外，在表现内容上呈现为强烈的禁欲主义色彩。人被高度抽象化为阶级斗争的符号，爱（不仅是性爱，包括一切非阶级性的爱）作为"资产阶级、修正主义"的"破烂"被逐出了文学的视野。

1977 年，伴随着整个政治文化领域的拨乱反正，文学也开始复苏。人的重新发现成为文学复苏的主要标志。在这一过程中，爱情叙事充当了最初也是最重要的解放力量。刘心武的《班主任》在揭批"四人帮"的罪恶时，不经意间触及了文化专制主义对人性的深层戕害。在谢惠敏和宋宝琦身上，惊人相似的性蒙昧是这种精神创伤的集中体现。因此，当刘心武喊出"救救被'四人帮'坑害了的孩子"的时候，实际上意味着爱情作为人的情感与理性的结合物已经开启了重新发现"人"的路径。其后，刘心武的《爱情的位置》（1978）居然可以像社会学论文那样一本正经地探讨爱情在社会生活中的位置而获得广大读者、听众（刊载小说的《十月》在发售之前，广播电台已经提前播送这篇小说）的共鸣。这种文本"召唤结构"与接受者的"阅读期待视野"的高度重合说明，爱情作为一种解放力量在当时的确成为时代的"共名"。

当然，这最初的几步是蹒跚而踟蹰的。《爱情的位置》在艺术上和价值取向上仍然带有一体化时代的鲜明特点：主题先行的创作理念表现为强烈的政论性超表述，而革命对爱情的规定则使得爱情无法获得独立的价值。孟小羽敢于怀疑"四人帮"的禁欲主义说教，但却不敢仅凭着爱情来确定自己行动的价值。当她在外在权威（冯姨，一位老革命者）的指引和命名下获得爱情合法性时，我们有理由认为，这一代的"思考者"注定是跛行者，他们不敢主动地"成为你自己"，不敢自己"别择"，他们并不比谢惠敏走得更远！

随着1978年底真理标准问题讨论的开展，一次新的思想解放运动才真正打破了爱情叙事的禁区。1979年底，《北京文艺》发表了张洁的《爱，是不能忘记的》。张洁在这部小说中呼唤着的爱已经与《爱情的位置》中那作为革命奴婢的爱情有着本质性的差别。这是一种"镂骨铭心"的爱，它的基础是"强大的精神力量"和热烈的情感。革命虽然还对这种"镂骨铭心"的爱有着重要的影响，但是爱情已经获得了独立的价值。钟雨那个写着"爱，是不能忘记"的笔记本就是爱情的这种独立价值的最好诠释。作为唯物主义者，钟雨甚至违背自己的信仰，渴望着与自己的爱人在天国相会："我们将永远在一起。再也不会分离。再也不必怕影响另一人的生活而割舍我们自己。"基于钟雨爱情的镂骨铭心的悲剧性，张洁在小说中呼吁："别管人家的闲事吧，让我们耐心地等待着，等着那呼唤我们的人，即使等不到也不要糊里糊涂地结婚！"显然，这与此前的某些"伤痕＋爱情"、此后的某些"改革＋爱情"式的模式化小说有着很大的不同。爱情与情感的独立价值被作者极力地突出出来。

作者的这种意图在随后的争论中被进一步放大到社会学的层面。《爱，是不能忘记的》发表之后，很快在《文艺报》、《北京文艺》、《光明日报》、《文汇增刊》、《雨花》等刊物上引起争论。在这次争论中，李希凡、曾镇南、肖林等人从社会学的层面对《爱，是不能忘记的》进行了否定。李希凡对张洁在小说中对现行法律、道德秩序的怀疑和否定表示了明确的反感。他认为，人们如果不幸陷入了钟雨那样的困境中，"还是倾听一下这样的'道德'呼唤，而割舍我们的那种爱情'呼唤'吧！"或者，这"两位有了'幸福'或不幸福家庭的男女主人公"应该"结成知音、知心者"，不必在"爱情上这样互相痛苦地'占有'"。① 肖林更是从"作家是社会的教员"的基点出发，提醒作家们要"警惕和剔除小资产阶级思想和情调的浸染"。② 但是，当时占据主流的意见却是对小说中所表现出来的情感自由的肯定。黄秋耘首先大胆肯定了《爱，是不能忘记的》意义：它表达的是人们对"按照自己的理想和意愿去安排自己的生活"这一最基本愿望。③ 其后，林治泉也以杂文式的笔法深刻地剖析了李希凡观点的根源："问题在于感情！是的，感情。"④

这次争论最终成为新时期文学中人性复归的一次重要事件。虽然李希凡、肖林、曾镇南等批评者试图维护旧道德的权威，压抑人们对心灵、情感自由的吁求，但是在当时更为猛烈和强大的人的觉醒要求下，他们的努力没有起作用。相反，在论争中占据上风的意见恰是对《爱，是不能忘记的》的呼应、对李希凡们的反驳。这表明，爱情在当时已经开始摆脱新中国成立之后文化一体化制度所带来的禁欲主义束缚。因此，这篇小说的真正主题并不是社会学意义上的婚姻与爱情问题，而"写的是人，人的心灵"，它呼唤人的精神自由驰骋，试图让被文化专制主义压扁了的灵魂恢复其不断升华、不断突破的本性。⑤ 这次论争的结果表现在文学创作上就是，爱情作

---

① 李希凡：《"倘若真有所谓天国……"——阅读琐记》，《文艺报》1980 年第 5 期。

② 肖林：《试谈〈爱，是不能忘记的〉的格调问题》，《光明日报》1980 年 5 月 14 日。

③ 黄秋耘：《关于张洁作品的断想》，《文艺报》1980 年第 1 期。

④ 林治泉：《发乎情与止乎礼义》，《雨花》1980 年第 9 期。

⑤ 王蒙：《〈北京文艺〉短篇小说序选·序》（1979 年 12 月），《王蒙文存》第 22 卷，人民文学出版社 2003 年版，第 203 页。

为一种人性的解放力量浩浩荡荡地汇入了当时人的重新发现的文学叙事中。不仅在控诉"四人帮"（主要矛头还不是指向"文革"）在人们精神上造成巨大创伤的伤痕文学中，爱情的被摧残成为"文革"文化专制的重要表征（即最初的"伤痕＋爱情"的模式），[①] 而且这种力量也延续到后来的"爱情＋改革"、"爱情＋反思"的模式中。大量的模式化写作从一个方面说明，作家们比较敏锐地察觉到爱情的天然的解放力量。

当然，在人刚刚苏醒的时代，旧时代的痕迹不可能被抹得一干二净。长期的禁欲主义文艺观念，使得此时爱情叙事仍然带有性污秽论的影子。爱情虽然被视为解放的力量，但与爱情紧密相关的性却被小心翼翼地排斥在外。即使在像《被爱情遗忘的角落》（张弦，1980）、《在没有航标的河流上》（叶蔚林，1980）、《蒲柳人家》（刘绍棠，1980）这样在性描写上有所突破的作品中，性描写也无法摆脱作家和批评家们的超我的监视。当时一位评论者在评价《被爱情遗忘的角落》时说："它的丰富内涵，几乎全在爱情之外。"[②] 在具有划时代意义的《爱，是不能忘记的》中，钟雨那镂骨铭心的爱情也把性排斥在外。张洁也许是为了让这个爱情事件的道德禁忌少一点，在小说中，她极力渲染钟雨与老干部之间交往的纯洁性。他们相爱得如此热烈，却"连手也没有握过一次"。林治泉当时就敏锐地看到了这部小说在性观念上的男权意识形态的痕迹。在他看来，张洁是拿着"发乎情，止乎礼"的竹杖在探路。她小说中男女主人公那"战战兢兢、不敢越出雷池半步"的相爱是"几千年来的封建樊篱"约束的表现。这是令人齿寒的。[③]

但即使作家们如此小心翼翼，仍不时受到主流意识形态的打击。1981年7月，邓小平在与主管中央宣传部门的王任重谈话时，谈到了要以批评

---

① 王纪人：《评几篇中篇小说的爱情描写》，《文艺报》1982年第3期。
② 李清泉：《一九八〇年得奖短篇小说的一瞥》，《文艺报》1981年第8期。
③ 林治泉：《发乎情与止乎礼义》，《雨花》1980年第9期。

和自我批评的方式反对文艺界的资产阶级自由化倾向。同年8月，中央宣传部根据中共中央书记处的决定，在北京召开了全国思想战线问题座谈会。新时期文艺界第一次反对资产阶级自由化的运动由此展开。在这次运动中，当时文艺界对爱情的描写被认为存在着一些"不真实、不健康、不高尚"的问题。这些问题主要表现在：

> 有的作者把爱情强调到绝对化的地步，说什么不写爱情就不成其为文艺；有的作者热衷于编造三角或多角恋爱、异国男女恋爱的离奇情节；有的把爱情与社会主义的道德标准对立起来，把爱情与现实生活的基础对立起来；有的热衷于表现男女之间那些庸俗的低级趣味；有的甚至充斥着猥亵的色情描写……这就反映出有些作家、艺术家、演员和导演，对革命与爱情、爱情与社会主义事业的关系，以及用什么艺术手段吸引广大观众，存在着一些糊涂的，相当不健康的思想情绪。①

在随后的文艺界的讨论中，专家们把这些问题更进一步总结为"滥"、"低"②、"浅"③、"直"④。

根据邓小平的谈话，这次反资产阶级自由化运动对爱情描写的规训是："应和社会生活联系起来，表现我们的时代精神，要有更高的道德情操和精

---

① 《认真讨论一下文艺创作中表现爱情的问题》，《人民日报》1981年11月4日。

② 《提高社会责任感正确描写爱情——〈作品与争鸣〉编辑部召开座谈会讨论文艺创作如何表现爱情》，《人民日报》1981年11月11日。

③ 《禁区·闹区·文明区——〈作品与争鸣〉编辑部召开座谈会讨论文艺创作如何表现爱情》，《光明日报》1981年11月26日。

④ 《〈作品与争鸣〉编辑部召开爱情题材作品讨论会》，《文艺报》1981年第23期。

神境界，反对萎靡颓废和低级庸俗趣味。"① 表现在批评界，批评家们希望爱情描写"表现时代的声音"，把握"沸腾的现实斗争"和"时代的脉搏"，承担"社会主义文艺的社会职责"。②"为写爱情而写爱情"是被极力反对的，这样的作品常常会被看做是脱离现实主义原则的，是"趣味低下，格调不高"、与民族审美心理不相容的。③

在随后的三次反对资产阶级自由化的运动中，性描写作为资产阶级自由化的表现也不断地受到类似的规训。

二　变革的时代：性的非理性色彩的政治喻义

其实，新时期文学中的爱情叙事受制于之前的禁欲主义文艺政策，性描写在总体上基本没有达到《沉沦》（郁达夫，1921）那样大胆和直露的程度。文艺政策虽然在 1979 年就已经摆脱了文艺为政治服务的束缚，但长久以来的禁欲主义文艺政策惯性，使得批评家和作家在对待性描写方面都十分谨慎。1985 年之前，文学中的性描写都受到作家们自觉的检查，没有多少"越轨"之处。这种状况到 1985 年才发生重要的变化。这种变化的契机是 1984 年底中央文艺政策的再次调整：创作自由被重新提倡。而 1984—1986 年这个短暂的时期正是被知识分子津津乐道为"八十年代"的文学黄金时期，这是一个变革的时代。

1984 年，中国作家协会第四次会议在北京召开。时为中央书记处书记的胡启立在会上作了题为《在中国作家协会第四次会员代表大会上的祝词》

---

①　周巍峙：《关于目前文化艺术工作的一些情况和问题》，《文艺报》1981 年第 19 期（1981 年 10 月 22 日）。周当时是文化部代部长，该文是其 1981 年 9 月 7 日在第五届全国人大常委会第二十次会议上的汇报的删节本。

②　魏易：《一个严肃的问题——有感于文艺作品中的爱情描写》，《文艺报》1981 年第 23 期。

③　韩江：《〈作品与争鸣〉编辑部召开爱情题材作品讨论会》，《文艺报》1981 年第 23 期。另见韩志君《文艺作品爱情描写的几个问题》，《文艺理论研究》1982 年第 4 期；童心《如何正确对待电影艺术中的爱情描写》，《文艺报》1981 年第 24 期。

的讲话。他代表中共中央书记处首先对共产党以前文艺政策上的"左"倾作法做了检讨:"在一个相当长的时期,干涉太多,帽子太多,行政命令太多。"然后,他用三段文字阐述了作家创作自由的问题。他指出:"……创作必须是自由的。这就是说,作家必须用自己的头脑来思维,有选择题材、主题和艺术表现方法的充分自由,有抒发自己的感情、激情和表达自己的、思想的充分自由,这样才能写出真正有感染力的能够起教育作用的作品。"他同时还规定了文学创作的底线:"在文学创作中出现的失误和问题,只要不违犯法律,都只能经过文艺评论即批评、讨论和争论来解决,必须保证被批评的作家在政治上不受歧视,不因此受到处分或其他组织处理。"① 这种写作的自由几乎是自 1949 年以来最大程度的。

在这一"恩赐"而来的创作自由(张贤亮语)的鼓舞下,性描写突破了此前禁欲主义文艺政策的惯性,开始展示性作为人之本能的力量。最初引起轰动的是张贤亮的《男人的一半是女人》(1985)和王安忆的《小城之恋》(1986)。这两部小说一是写禁欲时代对人类性本能的戕害;一是抽空了时代内涵,专门探讨人类性欲望的本质属性。

张贤亮作为一个经历过"反右"和"文革"时代的敏感者,对当代文化界禁欲主义政策对人性的戕害有着深刻的理解。对现实政治的强烈热情又使张贤亮自觉地把这一代人的性心理戕害与对当代政治反思结合起来。这是这部小说最有文学史意义的成功之处,也是张贤亮自觉追求的目标。用小说中的一段话可以说明张贤亮对性与政治生活联系的认识:"政治的激情和情欲的冲动很相似,都是体内的内分泌。它刺激起人投身进去:勇敢、坚定、进取、占有、在献身中获得满足与愉快。"因此,小说对章永璘性能力盛衰的描写就带有强烈的政治性寓意:章永璘的性能力与他的政治生命紧密联

---

① 胡启立:《在中国作家协会第四次会员代表大会上的祝词》,《文艺研究》1985 年第 3 期。

系在一起：他二十多年的劳改生涯阉割了他的性能力；在他被社会所接纳之后，即在洪水来临之际，"上下级关系打乱了，公社与农场的界线也取消了"的情境下，他首先获得了现实政治的认同和肯定，然后才恢复了性能力；章永璘恢复性能力之后，整个人都发生了巨大的变化，他重新获得了作为人的情感与力量，就像他的坐骑大青马所感受的："你的鞭子是有力的；你的髋肌是有力的。你的血液里羼进了原始的野性，你更接近于动物，所以你进化了。"与此同时，他在家里的地位也发生了巨大的变化，"自我从'半个人'变成一个完整的人，不再是'废人'以后，一股火同时也在我胸中熊熊地燃烧起来"。他开始作为家庭的主宰出现。这种性能力的重新获得在章永璘这里意味着作为人的身份的重新拥有。最终，他离开了刚刚建立起来的家庭投身到一场未知的政治运动中去也是这种知识分子自我发现的一个主要标志。章永璘的道路显示了作者在描写性心理方面的良苦用心：他一方面试图通过主人公性心理的变化来展示现实政治异化人性的可怕景象，另一方面则通过章永璘的新生传达了知识分子重新参与公共领域的乐观情绪。

与《男人的一半是女人》中所寄寓的性的政治性寓意不同，王安忆在《小城之恋》中有意识地疏离"文革"这个特定的文化语境，其目的是想超越政治性的思考，把生命—欲望的关系在一个比较纯粹的环境中突出出来。①

---

① 陈思和在《根在那里根在自身——读青年作家王安忆的新作〈小城之恋〉》一文中说：《小城之恋》"作为一种实验性的剖析，作者故意淡化了故事的全部背景、年代、以及各种人事环境，甚至也故意选取了两个未受到文明教育影响的男女主人公，使她解剖刀下面的典型，呈露出生命的原始态"。"王安忆的进步就在于她摒除了一切外界的可以供作借口的原因，将人的生命状态原本地托现出来"（《上海青少年研究》1986年第11期）。吴亮在《爱的结局与出路——〈荒山之恋〉、〈小城之恋〉、〈锦绣谷之恋〉的基本线索》（《上海文学》1987年第4期）一文中也提到作者对社会背景的有意识的隐淡。徐成淼的《透过眩目的涟漪——再读〈小城之恋〉》[《贵州民族学院学报（社会科学版）》1987年第3期] 也发表了同样的看法："如果略去小说中对1976年所发生的政治事件的电报式的交代（其实这交代也是游离于情节与结构之外的），我们几乎无法判断故事所发生的具体年代和社会环境。为了对人的性心理进行更为精确的考察，作品甚至连男女主人公的姓名都予以略去；使这一对青春期男女，更接近于自然人或曰生物人，因此也就可能具有更强的典型意义和代表性。人性就这样被尽力抽象了，排除了所有能够被排除的枝蔓，纯粹的原本意义上的'人'便脱颖而出。"

为此，《小城之恋》的男女主人公都是没有名字的，他们生存的那个苏北小城也似乎是"文革"时代的桃花源，根本感受不到时代动荡的风云。有人说，《小城之恋》的"最深刻的动机之一就是对性心理的揭示"。作家试图"揭示人与文明之间的矛盾"。① 陈思和则认为，《小城之恋》是在科学的祭坛上，寻找"人的生命之根，人的来历与遗传"。王安忆"赤裸裸地撕开了人类生命走向成熟的真相"。"她第一次把读者的眼光引向他们自身，让他们看到了生命的种种骚动和喧嚣，究竟来自何处？"② 王安忆的创作的确有这样的动机。在1985年底的一次谈话中，她谈到对人性的认识：在工业化、城市化的环境下，"人物的行为，日益失去了古典主义的伟大气概。但在平凡的人性中，却仍有着光辉的庄严的因素，而有时却隐在平庸卑微的外表之下"。③《小城之恋》中的"他"和"她"就是这样承载着作家人性思考的平庸、卑微的形象。他们在情欲陷阱中的苦苦挣扎正是作者对作为类本质的性欲望思考的形象化。

《男人的一半是女人》、《小城之恋》在当代文学史上的意义是重大的。虽然在此之前，新时期文学中的爱情描写也时刻关注着其政治性意义，但是还没有谁像1985年的张贤亮这样深入性心理的深层来窥探性的政治意义。而《小城之恋》则几乎是最早把性置于一个纯粹的语境中来探索人的性本能。这两部小说在几乎同时选择进入性心理、性本能这一带有强烈非理性色彩的领域，说明此时作家们对人性的探索已经开始脱离之前禁欲主义文艺政策的束缚，进入一个相对自由的写作状态。

几乎与此同时，一批后来被称为先锋作家的小说家登上了文坛。像马原、苏童、余华、格非、孙甘露、残雪、北村等人，当年都是血气方刚的

---

① 龙迪勇：《寻找意义——对〈小城之恋〉及其批评的再批评》，《当代文坛》1995年第5期。
② 陈思和：《根在那里根在自身》。
③ 《作家十人谈》，《瞭望》周刊1985年11月3日。

青年。也许是出于青年特有的破坏与创造的冲动，他们以叛逆式的话语方式对旧有的文学传统做了一次重大的颠覆。破碎、戏拟、反讽、变形、怪诞、互文性、元叙述甚至词典化写作、狂欢化写作等极端形式使他们完成了"对现实主义美学""最直接"的反动。

作为一种带有强烈反叛性的文学，先锋小说在自觉对宏大叙事进行颠覆的同时，性成为他们表现自己与当时主流文学异己性的主要载体。在他们的性叙事中，这种异己性主要表现为：性更多地回到了人的本能层面得以表现。这似乎与《小城之恋》有异曲同工之处。但先锋作家的特异之处在于他们在刻意展现那种去道德化的、阴暗的、非理性的性的方面走得更远。当时，先锋作家们通常采用以下三种方式来对性进行去道德化：第一，尽可能地弱化性的历史性。性作为人类文明积淀的成果带有鲜明的历史性。因此新时期文学在向五四文学传统的复归时，强调性（爱情）的历史进步性、合理性就成为常见的手段。而余华们在有意识地展示先锋小说家的身份时故意模糊性的这种历史性，以此表现出与主流文学的相异性。第二，尽可能地弱化性的社会性。性是人类关系中最基本的一种，它包含人类复杂的关系形式。性的意识形态性主要是源于这种关系形式。但是在先锋小说中我们可以看到，围绕着性的人际关系的社会性被大大简化了。这种简化与作家们刻意模糊性的历史性是出于同样的目的，以致先锋小说常常出现性的平面化的后现代特色。第三，作为前两者的必然结果，小说中的性常常沦为一种纯粹本能力量。这一本能力量又被上升为一种本质力量，成为他们小说解释世界的有力工具。这一点正如《难逃劫数》（余华）中所说的："这盲目的欲念其实代表了命运的意志。命运在他做出选择之前就已经为他安排好了一切，他只能在命运指定的轨道里行走。"这实际上在表达另外一种与理性主义历史观截然相反的历史观，非理性的性本能代替了理性的位置和作用，成为历史的主要推动力。这种新历史主义的观念成为当时先锋小说家们叛逆性的一个表征。

先锋作家们比他们的前辈们走得更远的地方在于他们不同于后者的意识形态性。张贤亮们所有的那种强烈的入世精神在先锋作家身上几乎被洗刷得一干二净。余华们更注重一种几乎没有中国传统的人文精神的建构，这又使得他们也不同于其外来老师。就如张清华所说，1980年代的中国先锋文学不同于法国新小说思潮对作家先验的社会寓意与深度的拆除，"它更致力于在'寓言式'的叙述中设置关于文化和人性的种种'深度'的寓意"。①此时的先锋小说无论是其形式上的叛逆还是阴暗、暴虐的性描写都在某种程度上对中国当代文学传统进行颠覆。先锋小说更热衷于把性作为人被压抑的本能而具有的阴暗与非理性作为它们所要表达的"深度"寓意的隐喻意象。通过这些令常人难以忍受的意象来抵达那些被延续了几十年的"现实主义美学"所层层掩盖住的中国当代人生存的真相。因此，先锋小说频繁出现的具有暴力特征的隐喻意象并不是如《小城之恋》那样，在一个纯粹的环境中探索人类本性的可能性，而是试图通过这些隐喻来最大限度地触及当代中国人的精神创伤。②

由此，在中国当代文学中，这些先锋作家的探索使得性的非理性意义几乎被推向了另一个不为人所注意的深度。也许有人会把它们与弗洛伊德的精神分析学说在1980年代中期前后在中国的重新出现联系起来，但是我倒更愿意相信，这是国人的精神创伤在作家们敏感的神经上的反映。

---

① 张清华：《中国当代先锋文学思潮论》，江苏文艺出版社1997年版，第129—130页。
② 杨小滨：《历史与修辞》，敦煌文艺出版社1999年版，第31—47、147—196页。

三 世纪末：享乐主义的符号

进入 1990 年代，中国社会发生了巨大的变化：1980 年代愈挫愈奋的精英意识在商业文化的冲击下很快就溃不成军，布不成阵了。虽然在 1993 年曾经发生过轰动一时的人文精神大讨论，但那一年真正吸引人们眼球的是贾平凹的长篇小说《废都》的出版。不管《废都》中的颓废意识是作秀还是知识分子们心灵的真实写照，都不能掩饰人文精神大讨论的苍白：在一个流行文化开始占据主动的时刻，任何为启蒙痛心疾首的招魂都可能被流行文化所戏仿。这是商品经济时代精英文化宿命般的尴尬处境："对于知识分子来说，一九九三年是一个致命的年头。他们曾经拥有的知识在这一时刻已经全盘崩溃和失效，这因此导致了所谓'失语症'。与此相伴随的是大众文化／大众传媒洪水一般地涌起，迅速填满了表意空间。大众文化／大众传媒取代'历史'成为现实的一种充分表象。"而《废都》的商业化出世方式首次强烈地反映出流行文化强大的话语黏附力和整合性。"在全球一体化的背景之下，权力、精英和大众文化从来没有像今天这样亲密无间地结合在一起。"在流行文化强大的话语黏附力面前，精英文化很快溃败下来，不由自主地被纳入流行文化的运作逻辑中去。曾经是"社会教员"的作家们悄然地把精英的面孔改造为流行文化所需要的伪个性化的"精品"，"实现了与大众文化的'同流合污'"。① 这种变化的深刻使得像余华们那样叛逆式的建构也被消解于无形。

在与流行文化同流合污的过程中，文学中的性描写发生了自 1949 年以后最为巨大的变异。它所承载的各种意义几乎都被彻底地从文本中删除，性描写如同其他流行元素一样被流行文化所收编。性被打造成眼球经济的享乐主义符号。以《废都》为例，贾平凹虽然强调《废都》所写的并不是

---

① 旷新年：《作为文化想象的"大众"》，《读书》1997 年第 2 期。

客观意义上的知识分子的心迹，而是他自己的切身体验："文坛上常有'生命体验'一说，这本书于我不仅是个生命体验的问题，已是一段生命。"①他在不同的场合给它以很高的自评，把它称为是"唯一能安妥我破碎了的灵魂的"②，一本"止心慌"的书。③《废都》出版之后，也不断有评论者为其中过界的性描写寻找意义。例如，王富仁先生认为，"废都意识""作为一个体现一种文化环境的精神特征的意象⋯⋯"是深陷于"废都"中的身历者所描绘的精神死亡，是"为这片沼泽地别上一枚胜利的勋章"。④温儒敏先生则认为，《废都》描绘了"大陆转型期的民情习俗"，是"一卷'清明上河图'"。⑤它是"对当前都市生活中异常广泛的社会现象毫无讳饰的真实描写"，"对一个当代文化人的人生悲剧和精神悲剧的深刻描写"。⑥对于《废都》在贾平凹文学创作上的地位，多数肯定者认为，它是贾平凹文学创作上的转折点，也是他创作的巅峰之作。⑦但无可否认的是，《废都》中的性描写即使不是贾平凹主动为迎合市场而故弄玄虚，也已经被流行文化所绑架。

流行文化的运作逻辑一方面培育着受众的阅读期待，一方面又雕塑着作家们的性描写。《废都》取得的商业成功为后来的小说写作提供了最好范本。从1993年以后，我们会发现小说在性描写方面越界似乎已经到了司空见惯的地步。就如同时代的研究者所注意到的，那些紧跟着《废都》步武而来的晚生代作家们以更加敏锐和决绝的姿态把《废都》所开创的文化消费

① 《贾平凹答记者问》，肖夏林编《〈废都〉废谁》，学苑出版社1993年版，第26—27页。
② 贾平凹：《废都》，北京出版社1993年版，第527页。
③ 《贾平凹答记者问》，肖夏林编《〈废都〉废谁》，第26—27页。
④ 王富仁：《〈废都〉漫议》，肖夏林编《〈废都〉废谁》，第204—205页。
⑤ 温儒敏：《剖析现代人的文化困扰》，肖夏林编《〈废都〉废谁》，第219页。
⑥ 曾镇南：《〈废都〉简评》，肖夏林编《〈废都〉废谁》，第159—160页。
⑦ 王富仁：《〈废都〉漫议》，胡瀚霖：《平平淡淡才是真——简论贾平凹〈废都〉及"废都现象"》，赵世民：《〈废都〉之废》等，均见《〈废都〉废谁》。

主义的欲望法则发挥到了极致。他们不仅不再像他们的先辈一样把性看做人类的类本质、人类的生命力的体现，甚至有意识地要把性的爱情意义彻底掏空，"留下的只有性——一种带着原始状态的性技术性操作的演示，甚至性变态者丑陋的感官刺激，情感的力度已不复存在，性的娱乐职能被升华到前所未有的高度，而在性的背后所蕴藏的那些复杂性和深度感消失了，话语成为性传奇、性冒险、性征服的大汇展"。按照洪治纲等的分析，晚生代作家们的这种选择有多重原因：第一，1993年以后文学精英意识的溃退（尤其是当这种精英意识越来越被视为是一种笑谈的时候）使得他们失去了创作上的形而上的追求目标；第二，后现代主义的思潮在解除现代人的焦虑情绪的同时，也使得性描写的意义探究变得无关紧要；第三，文化消费的需求使得性描写有意识地迎合着读者的需求，审美让位于俗性。[①] 这些原因在解释晚生代作家们叙事中的欲望法则时具有很大的有效性。

但我们也应该看到，这种欲望叙事法则并不是只有否定性的意义，更重要的是，并不是所有的作家都彻底地放弃了性描写的意义探究。即使是从流行文化本身来说，性描写的同质化倾向也不可能是完全的。对此，我们没有必要太悲观。流行文化也是一把双刃剑，它在与主流意识形态合谋的过程中，也不可避免地会对主流意识形态进行改造，至少会扩大其中的缝隙。因此，我们回望20世纪90年代以来的文学创作，会惊喜地发现：流行文化在制造满足市场需要的欲望叙事消费品的同时，也可能给作家们带来个性展现的空间。一个最鲜明的例子是1993—1996年出现的王小波。作为20世纪90年代最有影响的作家，王小波还有一个身份是值得注意的，他是这个年代为数不多的自由作家。王小波的自由作家身份使得他首先要考虑作品的销路，为此，他宣称："所谓文学，在我看来就是：先把文章写好看

---

① 洪治纲、凤群：《欲望的舞蹈——晚生代作家论之三》，《文艺评论》1996年第4期。

了再说，别的就管他妈的。"① 他的作品也存在着大量的性描写，我们不能完全排除这些性描写的市场取向。但在他的作品中，性并不是媚俗的手段，大多情况下，他是以性为媒介对人的生存状态进行反思和回顾，或者借助性描写来自由自在地打击一本正经的叙事传统。② 他的代表作《黄金时代》通过王二和陈清扬自由无羁的性爱反衬了"文革"那个禁欲主义时代的荒诞和无聊。与大多数晚生代小说相似，王小波在他的小说中对性的描写也是大胆的。比如，毫无顾忌地写了王二勃起的性器以及他和陈清扬的性交历程。不过，稍加比较，我们就能够看出王小波与一般晚生代小说家在写性上的主要区别：王小波在写性时，虽然大胆，但他的态度是严肃的。性描写的意义在王小波的小说中被抬高到小说本质层面。性描写不仅承载着王小波对当代中国人生存状态的思考，还承载着他在话语层面上对既往"假正经"的性叙事的反叛。关于前者，王小波说："所谓严肃作品，在我看来应该是虽然写到了性，但不以写性为目的的作品。"

> 事实上性在中国人生活里也是很重要的事，我们享受性生活的态度和外国人没有什么不同。在这个方面没必要装神弄鬼。既然它重要，自然就要讨论。严肃的文学不能回避它，社会学和人类学要研究它，艺术电影要表现它；这是为了科学和艺术的缘故，然而社会要在这方面限制它，于是，问题就不再是性环境，而是知识环境的问题了。③

关于后者，就如王小波在《关于格调》一文中所说，真正的色情文学是对"假

---

① 王小波：《沉默的大多数》，《王小波全集》第一卷，云南人民出版社 2006 年版，第 11 页。
② 王小波：《从〈黄金时代〉谈小说艺术》，《王小波全集》第二卷，云南人民出版社 2006 年版，第 63 页。
③ 王小波：《摆脱童稚状态》，《王小波全集》第二卷，第 26 页。

正经"的社会环境和性心理的反击。虽然王小波认为自己还写不出真正的色情文学，但他所自得的黑色幽默与大胆无忌的性描写显然也带有明显的对"假正经"的社会环境和性心理反击的意图。①

另外一些并不太极端的例子则出现在一些获得意外的商业成功的作品之中。卫慧在《上海宝贝》、《蝴蝶的尖叫》、《像卫慧那样疯狂》等小说中以对女性性经验这类私密体验毫无遮拦的展示引来了评论者的非议。多数评论者把卫慧等人（与卫慧类似的女性作家还有棉棉、九丹以及更晚近的木子美等）的"对身体、肉欲的沉迷"，视为"一种'围绕着本身自旋的纯粹的和空泛'的消费时代的青春迷狂"。② 卫慧们的身体写作方式被与流行文化的运作逻辑联系在一起。的确，流行文化对晚生代、70后、80后作家性描写的塑造作用是无可回避的事实。不过在卫慧等人身上，流行文化对性描写的塑造有时也会溢出边界，无意中揭示当代都市人生活的真实体验。即以引人非议的《上海宝贝》为例，在那个被精心打造的消费符号——"我"的身体及其私密性的体验——背后也有都市人特有的荒诞和无奈。"我放弃了修饰和说谎的技巧，我想把自己的生活以百分之百的原来面貌推到公众视线面前。不需要过多的勇气，只需要顺从那股暗中潜行的力量，只要快感可言就行了。""不要扮天真，也不要扮酷。我以这种方式发现自己的真实存在，克服对孤独、贫穷、死亡和其他可能出现的糟糕事的恐惧。""……我一直认为写作与身体有着隐秘的关系。"③"我"的这些话里，总有一些是出于作家真实的体验，也含有部分的真理性的东西。这里包含着一个当代都市人对自我与写作之关系的认识。

因此，对于20世纪末流行文化笼罩下的性描写我们没有必要太过悲观。

① 王小波：《关于格调》，《王小波全集》第二卷，第83页。
② 李虹：《70后女性写作：消费时代的性——身体话语》，《文艺评论》2005年第4期。
③ 卫慧：《上海宝贝》，春风文艺出版社1999年版，第167页。

虽然我们应该对性描写的商品属性抱有极大的警惕，警惕伪个性化掩盖下的模式化和公式化。但是，流行文化也会给性描写的个性化带来真正的机遇。关键是，我们的作家如何把他们的真实体验以合适的方式呈现出来。

理性的消隐

——当下爱情小说的后现代状况

爱情曾经被许为人类最圣洁的情感，爱情主题也经常被推为文学艺术永恒的主题。然而进入 20 世纪 90 年代以后，伴随着巨大的经济变动，人的思想意识发生了翻天覆地的变化，爱情的理想光环也渐渐消隐。当下的爱情小说承续着 20 世纪 80 年代先锋文学的探索精神，反映着社会意识中的情爱观的变化，呈现出一种零碎化、日常化的后现代状况。

爱情作为一种文学传统进入新文学始自新文学的发轫期。作为现代性话语的一个组成部分，从一进入新文学起，她就带上了沉重的枷锁。如罗家伦的《是爱情还是苦痛》，这篇爱情小说立意不在展示爱情中人的情感，而是要提出这样一个社会问题：在旧伦理体系下的包办婚姻中，男女之间到底是爱情还是痛苦。在以后的文学进程中，就像文学本身一样，她也背负着许多沉重的负荷。在 20 世纪的绝大多数时间中，爱情是一种这样或那样的工具，常常为一种绝对的理性服务。有人曾经总结出爱情小说的各种模式并这样总结过新中国 50 年的爱情小说："中国的作家们，从不写疏离于社会之外的、缺少时代表征性的爱情。"爱情文学这种"与社会进程的同步性"，还表现在每一个时期，爱情小说都保持着"思想主题的前沿性"。① 这种沉重负荷的结果之一就是爱情在社会的大变动中迅速地褪去了曾经照耀

---

① 朱青：《当代爱情小说的历时性研究》，《理论与创作》1999 年第 2 期。

过许多辈人的理想光辉，进入了一种反理性、反崇高的后现代的状况。

一　爱情理性的消解

爱情在中国文学传统中可以说源远流长，无数的爱情成为我们的文学经典。但是，我们现在所面对的爱情传统却已完全不同于那种高唱着"上邪！我欲与君相知，长命无绝衰"的生命激情。爱情，在 20 世纪的中国，作为现代性神话的一部分受到了绝对化理性的侵蚀。在现代性的中心主义和整体主义的原则下，爱情被理性地改造着。现代性所塑造的爱情理性与革命、民族、国家这些现代性话语有着割舍不开的联系。因此在既往的爱情小说中，爱情这一纯粹私人性的事物常常要由公德来评判。爱情的忠贞成为评判一个人道德品质的标准之一，在既往的爱情话语中，爱情的忠贞与否意味着一个人对革命事业的忠诚程度。为了服从以革命为代表的现代性理性，人的正常的爱情要求常常被压抑着。这种长时间的压抑，在人的精神上造成的创伤是触目惊心的。当下的爱情小说"事后性"地展现着这种理性改造在人的爱情体验中造成的持久的精神创伤。

首先是非理性因素泛滥。爱情的物质基础是人类的性欲望。性欲，这一人类最基本的欲望，不论人类如何进化都不可能完全摆脱其中的动物性。这就决定了爱情不可能完全忽视非理性的因素。而 20 世纪的现代性理性是如此的强大，渗透进国人生命的各个方面。作为理性的奴隶，人无法自由自在地展现其内在本性。人的欲望受到强烈的压抑和克制。最明显的例子可能就是在 20 世纪的爱情传统中，精神的恋爱总是显得比肉体之爱更高尚，一些没有了性的爱恋常常还会被当做最真挚的爱情来赞颂。从冯沅君的《旅行》到张洁的《爱，是不能忘记的》，虽然时代不同，但是作者借精神恋爱的高蹈来抵御世俗的用心则一。同时，爱情第一次与道德如此紧密地联系在一起。道德实际上就是现代性理性的化身，它时刻监督着爱情中的非理性因素，不容许任何有悖于理性的形象和内容存在。当爱情与道德挂钩时，为了突出道德的理性，爱情中的非理性因素就被忽视。当下爱情小说的写作则特意彰显爱情，确切地说是性的非理性。没有人再否定性在爱情中的地位，对性的肯定甚至使人有性泛滥的忧虑。性，这一20世纪爱情中曾经被理性改造得服服帖帖的野马，一旦脱了理性的羁绊便如狂飙席卷着当下的小说。虽然没有精确的统计，但可以肯定地说，当下的小说中80%以上的不管什么样的题材都要拉上性。同时，以理性面目出现的道德受到普遍怀疑和嘲弄，爱情的忠贞成了上个世纪的童话，不忠反而成了婚姻的常态。从高官到平民百姓，从知识分子到普通农妇都有可能毫无顾忌地背叛婚姻："不过到忆宁结婚的1997年，整个社会对婚外恋已经见怪不怪了，失去正常的判断力了。忠贞成了可笑的名词，处处留情仿佛已是大势所趋。"（《白围脖》）

这种情形一方面与我们的现实生活有很大的关系，性从来没有像现在这样在我们的生活中泛滥。另一方面这也是对以往理性对性这一物质基础忽视的反动，虽然这种反动的非理性色彩太强烈。但矫枉过正是变革时代最常见的策略，况且这种反动的强烈也从一个侧面反映出反动之前的压抑有多大。因此当下爱情小说中非理性的泛滥常常是作家们有意为之，意在彰显出既往的爱情在理性的面纱下所掩盖的非理性的一面。20世纪的爱情中，理性对欲望的压抑，现代性理性对爱情的塑造，使得现实中的人格无一例外地具有两面性，尤其在权力和道德权威面前，这种两面性表演得更加淋漓尽致。我们的生活中太多这种"满口仁义道德，一肚子男盗女娼"的人。更可悲的是，许多身受其害的人常常是道德权威的最坚定的卫道士，道德警察遍地皆是。正如《第四者》（邓芳）中所说的那样："姨妈这代人，神经基本上都受过些损伤，都留有后遗症。最轻的也是过敏性脑炎，报纸上的只言片语都会在他们头脑里引发出近乎偏执的倾向性和想象力。"《白围脖》(鲁敏)中的母亲十几年来受尽了道德警察的气,但她丝毫不觉悟,自觉当上了道德警察,十几年来一直谴责丈夫的背叛。她时刻检查着女儿的感情,并最终揭破了女儿的婚外情。而且这位母亲的残忍还以母爱面目出现,更揭示了理性在人的精神上造成的巨创。

张者走得更远。在《跳舞》中,他一层层揭去了法学权威蓝其文义正词严的面纱。在蓝其文的眼里,存在的一切必须"合法"。他反对上大三的女儿蓝娜的爱情,用亲情和权威拆散他们;在校园里,公开训斥拥吻的恋人。但在蓝娜毕业与恋人分手后他又极力要他们和好,他的理由就是此时分手恰恰证明"蓝娜胡搞"的传言是真实的。蓝娜与好友刘唱因跳"纯舞"被公安机关拘留,为了使自己的行为"合法",他残忍地声称不认识女儿的好友刘唱,致使她被遣送原籍,最终被逼疯。同时,他不惜编造女儿自杀的谎言,假惺惺地辞职。

张者毫不犹豫地嘲弄着蓝教授的"合法","合法"即合乎理性。因此"合法"正是整个现代性话语的核心所在。为了使自己的行为"合法",人们相率而为伪。这种理性话语的非理性表现正是现代性话语自身悖论的外化。当下的作家们感受到这种悖谬,他们的策略之一就是通过凸显当下性生活中的非理性来展示既往的爱情理性在人们的生命体验中所造成的精神创伤。当然作家们对这一悖谬的表现如果仅仅停留在揭示伤痛的阶段,则这种感受还是十分浅薄的;更深一步的感受应该是对这种悖谬的"穿透",比如对既往爱情的戏拟与反讽。

二　爱情话语的消解

现代性的中心主义、整体主义使得绝对化的理性不仅贯穿于日常生活的行为规范中,而且规范着我们的话语系统。因此杨小滨先生认为:"现代性首先应当理解为一种话语模式，它强行规定了客体的意义。"[①] 他认为这种"现代性"一方面表现为对历史理性的迷恋，一方面表现为对再现理性的迷恋。前者是对"历史秩序的整饬力"的确信，后者则是写作主体对"语言绝对控制权"的迷恋。[②] 因此，这种现代性的双重理性迷恋也必然规定了中国现代文学中的爱情小说。在既往的爱情小说中，不仅叙述的客体向它的接受者灌输着现代性的历史理性，而且小说作者对语言的绝对控制的自信，使得小说的叙事也自觉地服从于作者对历史理性的迷恋，爱情在 20 世纪的中国正是通过这双重的理性话语迷恋展示其令人目眩的色彩。在自觉与不自觉之间，爱情话语在接受者的话语层面形成了更巨大、更隐蔽的精神创伤。当下爱情小说不仅在叙述客体层面"事后性"地展现从现代性那里获得的精神创伤，而且通过对过去的爱情叙事话语的"戏拟"，在话语层面对渗透在爱情里的现代性话语系统进行了彻底的揭示和颠覆。

在既往的爱情小说中，现代性话语的中心词——革命严格规范着爱情，爱情话语就是革命话语的翻版。忠贞的爱情常常与坚定的革命信念相得益彰，理想的爱情就是建立在共同的革命信念中，共同为革命事业前赴后继，革命伴侣就成为人生的最佳选择。当下的作家们对这种渗透在爱情里的革命话语有着深切的自觉。他们常常有意地对"理想爱情"进行戏拟。这种戏拟是一种真正的"穿透"。《葛定国同志的夕阳红》（项小米）中，离休干部葛定国离婚——结婚——再离婚的"夕阳红"戏拟的就是这种革命伴侣的理想爱情。葛定国同志离休以后，以革命工作中的坚决果断宣泄了几十年来情感的压抑：坚决地与老戴同志离婚，出其不意地与段桂花同志结婚。葛定国其实还爱着他的前妻——老戴同志。他们的恩怨起自在位时的情感压抑。在位时每次遇到情感纠纷，葛定国都退避三舍。因为情感的危机可

---

① 杨小滨：《历史与修辞》，敦煌文艺出版社 1999 年版，第 11 页。
② 同上书，第 4 页。

能直接影响他的政治前途。这种日甚一日的压抑到葛定国离休时爆发出来。因此葛定国同志的"夕阳红"行为可以看做对既往的爱情话语的坚决反叛。但是，这种话语已经化为葛定国同志生命的一部分。因此他的反抗行为仍然没有摆脱革命话语的笼罩。无论是与老戴同志离婚时的坚决，还是最终与段桂花同志结婚时的出其不意，葛定国同志都表现出了强烈的策略意识。策略意识正是现代性侵蚀爱情所造成的精神创伤之一。因此葛定国同志的"夕阳红"只能是一种"跪着的造反"。我们也可以说渗透着理性的爱情话语也是作者生命的一部分，在小说的结尾，葛定国反省了自己的"夕阳红"："人一辈子，净瞎折腾，折腾以前总觉得折腾折腾才好，非得等折腾过了，才知道还是不折腾的好。"之后同自己的女儿一起追忆过去的美好生活；规规矩矩地返回他曾经反叛过的话语系统。作者对葛定国同志的"夕阳红"的展示呈现了爱情宏大叙事所造成的精神创伤，但是作者的主观却并没有完全穿透这种宏大叙事所造成的精神创伤。这个反省式的"光明尾巴"，在很大程度上消解了这篇小说戏拟的效果，使得这篇小说只能称得上是半部好小说。这其中的原因是作者对造成葛定国情感创伤的深层话语暴力体味得不够。作者最后对葛定国同志的"夕阳红"报以深深的同情。这种同情使得本来是对理想爱情的一次戏拟成为爱情宏大叙事暴力的新同谋。这种暴力同谋导致了葛定国的"夕阳红"不可避免地仍然是悲剧，他还是没有脱离造成他情感悲剧的现代性话语体系。可以这样认为，作者感受到了既往爱情话语的非理性在人的情感体验上所造成的精神创伤，也试图展现这一创伤。但现代性神话的巨大魅力阻碍了作者对造成这一创伤的、潜藏在无意识深处的现代性元话语暴力的体认。戏拟半路夭折，最终掉入现代性话语的陷阱之中。

宋潇凌的《燃烧的是什么鸟》表现出了对现代性话语暴力真正的敏感。

这篇小说的叙述是对既往爱情话语的彻底的毁形、瓦解。同样是对理想爱情的戏拟，《燃烧的是什么鸟》首先用强烈的反讽展示着作者对爱情话语所受的现代性元话语的侵蚀的敏感。柳翘翘是在既往爱情话语中塑造成长起来的。这种塑造使得柳翘翘陶醉在毫无理智的爱情里。仅仅一次邂逅，她就爱上了风流潇洒的小混混陈世雷。为了"爱情"，她不惜与母亲反目，不惜为他贪污公款。当她发现陈世雷不过是一个花花公子时，她责问他的背叛，招来的却是一顿暴打。陈世雷的理由是"我""不是处女"，还追问谁曾与"我"发生过性关系，扬言要去杀掉他们。相信缘分，理智缺失，是现代性话语贬低爱情中的非理性基础的策略之一。由此使其压抑爱情以符合理性的要求合法化。柳翘翘正是在这种话语体系中迷失了人的本性。柳翘翘终于"在天上看见深渊"，发现爱情只不过是一个她虚幻的天堂中的一个深渊：

> 是什么让她彻底地归顺于这个男人？匍匐在他的脚下，驯服并面露阿谀的笑容？
>
> 是什么呢？起先她按照习惯（当然是大伙的习惯，也就成了她的习惯）把这一切归结于发生了爱情。是啊，除了伟大的爱情，还有什么能让人如此地失去理智？没有，肯定没有。但是……她知道这是在撒谎，爱是一种很靠不住的东西。曾经她以为这个人是她的爱，其实，他们都不是。
>
> 于是她继续清算自己，终于发现口口声声挂在嘴皮上的爱从来都是礼品盒的外包装，而肉体的欲望才是真正的内核。

至此现代性所规定的爱情话语的魅力在柳翘翘眼里消失殆尽。但话语的力量在于并不是你看清楚了它，就意味着你有能力摆脱它。柳翘翘"在天上看见深渊"，当她试图从深渊中挣脱出来时，她才发现与所谓爱情相连的还有一个更为巨大的阴影。她根本无力反抗它。现实中掌握她命运的陈世雷不过是它扭曲的变形。它掌握着她——一个女人的所有的命运，连她最后的逃脱都是它的"恩赐"：陈世雷发现了一个更好的猎物——滕医生。这个巨大的阴影就是侵蚀爱情话语的现代性元话语——父权权威的宏大叙事。柳翘翘的逃亡过程就是现代性元话语的祛魅过程。元话语的辉煌形式在柳翘翘的逃亡过程中被有意地降用。当柳翘翘得知陈世雷与她的主治大夫滕医生的私情时，她这样叙述："我听见自己的声音颤抖，含泪带血，这声音极像《白毛女》里大春与喜儿山洞相遇一场，无语凝噎，千言万语化作两行热泪。"她的感受是："我的苦日子就要熬出头了，日思夜盼，黎明前的那一束微光总算要穿破白色恐怖了。"元话语中的盼解放，在这里被置于女主人公的爱情逃亡的语境中。而且女主人公所急切想逃出的恰恰是元话语所施与的爱情理想。这种元话语的有意降用带来强烈的反讽意味。这种反讽意在彰显元话语的罅隙，揭示元话语的辉煌形式与现实效果之间不可调和的张力。

现代性话语在建立自己的整体性、理性化的体系时，同时预约给每一个成员一个玫瑰色的前景。使得系统中每一个个体都沉浸于这个玫瑰色的梦想中，不自觉地把那些压抑自我的话语体系当做自己的话语。因此现代性的总体化、理性化的社会文化体系对人的压抑和统摄是一种深入无意识层面的精神创伤。面对如此广泛的话语暴力，任何个体的反抗都是徒劳的。只有这种向内的谵妄、清醒的愚妄的反讽才是最有力量的。这种基于对现代性话语的荒诞性敏锐感受的反讽的运用，正是对现代人既存在于荒谬中又意识到荒谬性的尴尬境地的正视。

向内的谵妄、清醒的愚妄同时威胁着中国作家一向自信的再现理性。在这篇小说中，伴随着柳翘翘的成长（也就是她对既往爱情话语由信仰到逐渐怀疑再到彻底唾弃），柳翘翘（小说的叙述者）对自己的叙述也由自信到怀疑直至鄙弃。在小说的开头，柳翘翘的叙述是坚决而自信的，"我敢说"、"我保证"时常出现。伴随着柳翘翘对爱情话语的怀疑，她对自己的叙述也产生了怀疑。她反思了自己对既往爱情话语的迷信，在确信"这种审视""有利于柳翘翘的成长"的同时，又反问自己："难道这种审视本身就是靠得住的吗？我不知道，我很难说清楚。"在小说的结尾部分，柳翘翘对自己为逃脱爱情而虚伪的叙述已经充满了鄙夷："我张开嘴，看见一团破败的羽毛，裹着一声怪异的呜咽飞出来"、"一个我完全不熟悉的声音含混地说"。这种有意识的毁形、瓦解表明的是现代性元话语中再现理性的破产。现代性在爱情话语中的最后一块基石也动摇了，爱情的宏大叙事所构筑的严肃的、温情脉脉的形象也轰然坍塌。

三　多元的价值趋向

理性消解的结果是爱情的价值趋向多元化。从以往的绝对主义转向相对主义，从理性主义转向非理性主义，从服从于现代性理性宏大叙事的坚忍转向享乐主义和幸福主义，从一元论和独断论转向多元论和自由论。个性化和多样化成为当下爱情小说价值趋向的主要特点。女性主义的、网络虚拟的；老少恋、师生恋、婚外情；同性恋；各种各样的情爱都获得了展示自己存在的权利。虽然现代性的理性权威在某些作家和读者中还起着作用，但是无论批评界还是普通读者，那种社会性的，动辄以现代性的整体主义、中心主义来评判某一作品的情爱价值趋向的狂热想象已经很少出现。文学的接受者对"乱花渐欲迷人眼"的情爱价值趋向已经见怪不怪了。这种社会氛围是当下爱情小说走向后现代状况的最主要的原因。

伴随着爱情理性的消解，一些边缘化的价值观念开始走进当下的爱情小说。女性主义的情爱观对我们已经不再陌生。爱情在男权社会里，是预约给女性的一味麻醉剂。它常常使得女性心安理得地接受男权社会里的种种屈辱。池莉在《看麦娘》中表示了对男性主宰世界的理性的怀疑。爱情这一曾经被许多女性视为生命中最宝贵的情感，一旦失去了现代性话语所赋予的玫瑰色的光环，就只剩下赤裸裸的欲望的猥琐。于世杰在这篇小说中，被现实社会的拜物教塑造得只剩下对金钱和自身的欲念，对此以外的任何东西，他都已经付不出一丝真情。因此爱情的存在已经被彻底否定：

> 婚姻是我人生的船，可我是一条鱼。船有它的航道，码头和目的地，鱼没有。鱼的全部意义就是从这片水域游到那片水域。鱼可以尾随船，也可以游离开去。我就是这么感觉的。在必要的时候，我必须游离开去。

那种能够让世间男女生死以之的情感，在她的世界里已完全祛魅："婚姻爱情这个东西，你越是认真越是失败。"女性对男人的要求已经降低到只要能够"把你逗笑"就可以了。

与男女情感的猥琐、自私、乏味相对的是，女性之间情谊的纯洁、丰富。女性之间通过互相"倾诉"得来的是对世界、人生独特的看法。这种独特的看法使得"我"能够在这个失去了理性的世界获得足够的自信。上官瑞芳虽然已经失去了这个世界所谓的理性，但是她每次给予"我"的都是一些"耐人寻味的道理和感慨"，一些"只有我们两人领会到了，却无法用语言表达的东西"。"我和上官瑞芳，我们是自己的老师与密友，是自己的生活的创造者、启发者和铭记者"。池莉把这种同性之间的情谊看做女性的本能，抬高到超然于现存理性的地位。这是对现代性的菲勒斯中心主义、整体性的理性一种否定，对现存世界男权理性的怀疑的直接结果。

与女性主义者对现代性话语所塑造的爱情的否定策略不同，另一些作家试图以情感的虚拟性来显示情感中非理性的合理。网络使得我们这个世界变成为"地球村"，人与人之间的距离越来越小。在网络的虚拟性里，人与人之间的心理距离接近于无，人的情感可以无拘无束地在人生的虚拟中释放。风行的网恋证明了人与人是多么地渴望摆脱理性的束缚。这种虚拟性可以使每个人脱下现实的盔甲，收起道德的假面，暂时忘记现代性理性所造成的精神创伤。《比北京更好的爱情在上海》（邢汶）中的"我"和胡英豪在互联网上经营"不可能的爱情"，虚拟的空间很快使两个陌生人之间建立了信任并产生了真正的爱情。他们刻意"和脆弱单薄，和流行的网恋事件划清界限"。"我只能把自己的真情保留在虚拟的空间中"。"我"肯定的是虚拟空间带给我的情感的自由。这种自由就是摆脱了现实世界中任何对情感的理性束缚的自由。因此当现实中的理性一表现出要侵犯这种自由的倾向时（胡英豪告诉"我"，她马上要从加拿大返回中国与"我"相见），"我"就落荒而逃。

享乐主义和幸福主义也是伴随着现代性理性的消解而来的一种价值趋向。随着理性对性的监视的逐步减弱，性开始堂而皇之地进入我们的公共领域。虽然各色的纵欲可能成为一些道德警察的口实，但我们不应该因此而向后转。毕竟那些对性爱新的理解，只有在祛魅的社会环境中才有可能出现。正如《跳舞》中蓝娜的理解：

　　　　生殖器是用来做爱、生殖、排泄的，没有任何美感，它只是工具。我只会用它来感受，去奉献，去承受一个男人对我的爱，同时表达我对一个男人的爱。我也会做爱，但做爱的对象一定是我爱的人。

这是一种崭新的性爱观。它真正摆脱了现代性所塑造的爱情理性的束缚。脱离了理性的沉重负荷。我们不必如一些道德家，担心性一旦失去曾经束缚过它的理性会陷入无序的泛滥。只要我们对人性、对人有信心，我们就有理由相信性爱会如它的原初意义一样，成为性与爱的和谐，成为人的动物性欲望与人的文化积淀的完美结合。

下 编

作家作品论

性爱中的女性：20世纪20年代男性小说家的物化想象

20世纪20年代的小说可以称为"人的文学"。作为现代转型的标志之一，"人"的形象的出现是20世纪20年代小说的一个突出特色，其中尤以那些觉醒的女性形象引人注目。女性的觉醒首先与性爱问题在当时文化中的凸显有着重要的关联。《伤逝》中的子君喊出了"我是我自己的，他们谁也没有干涉我的权利"时，她的"勇敢和无畏是因为爱"。在当时，现代性爱所蕴涵的个人主体性成为现代人的标尺之一，这是女性作为"人"的形象出现的最重要原因之一。对于男性作家来说，由于性别的局限，他们小说中的女性形象还无法完全脱离物化想象的窠臼。作为"我们文化中最普遍的思想意识、最基本的权力概念"，[①] 父权制的性支配意识在我们的文化深处形成了一种顽固的"性别无意识"。虽然在20世纪20年代的"个人发现"和"恋爱结婚论"的浪潮中，这种深层价值秩序中的性别无意识曾经被反省，但是因为其积淀的深厚，它不会轻易地被铲除掉。从下面的分析中，我们可以看到，对性别无意识的反省程度，直接决定着男性作家的女性想象的面貌。

一 "女子本位"：易性想象中的"风雅盟主"

在"五四""辟人荒"的历程中，"女性的发现"被视为一个重要的方面。出于对父权制偏枯性道德的厌恶和反叛，周作人曾经希望以女性为两性生

---

① ［美］凯特·米利特：《性政治》，宋文伟译，江苏人民出版社2000年版，第34页。

活的核心，"两性关系应是女子本位的"①。他认为，现存的变态道德"显然以男系的威权造成之，其为祸害何可胜言"②，"而"女子'被看作是没有性欲的'"③。"现代的大谬误是在一切以男子为标准……甚至关于性的事情也以男子观点为依据，赞扬女性之被动性，而以有些女子性心理上的事实为有失尊严，连女子自己也都不肯承认了。其实，女子在这种屈服于男性标准下的性生活之损害决不下于经济方面的束缚"。④ 因此他希望："将来如由女性在作风雅的盟主（Elegance Arbiter），不但两性问题可以协和，一切也都好了。"周作人女性思想的可贵之处是在他并没有像其他思想者那样以男性的标准来要求男女平等，也不是着意消除男女差异，使两性趋同。他更注重女性作为"自己之半"的主体性。在那个鼓吹阶级斗争的时代，他"只希望她能引导我们激刺我们，并不是专去报复，是教我们怎样正当地去爱与死"。⑤ 同时，他也反对父权制意识形态中把女性视为恶魔或圣母的成见。他认为女性还应该有做母亲之外的性爱的要求："她的性的要求不是为种族的继续，乃专在个人的欲乐，与普通娼妓之以经济关系为主的全不相同。"⑥ 这种基于"个人的欲乐"的性爱追求是当时以"个人的发见"为旨归的性革命对父权制意识形态的最深刻反叛。

周作人对男性性别无意识的反省是 20 世纪 20 年代性爱思潮的历史标高。这种"女子本位"的性观念在张资平和茅盾的部分小说中有所反映。在张资平的小说中，代表着新性道德的常常是女主人公，她们比男性更能表现出觉醒的"人"对性爱的渴望。在与旧性道德决裂，投向现代性爱的

---

① 周作人：《结婚的爱》，钟叔河编《周作人文类编·上下身》，湖南文艺出版社 1998 年版，第 20 页。
② 周作人：《关于贞女》，同上书，第 493 页。
③ 周作人：《结婚的爱》，同上书，第 19 页。
④ 周作人：《北沟沿通信》，同上书，第 103 页。
⑤ 周作人：《新中国的女子》，同上书，第 329—331 页。
⑥ 周作人：《北沟沿通信》，同上书，第 103 页。

理想时，女性也比男性更加坚决。正如苔莉对犹豫不决的克欧的讽刺："你们男人思想到底比女人长远，男人的名利欲就比女人大。无论如何重大的事物都不能叫男人牺牲他们的名利！我们女人就不然，女人所要求的，在名利之上还有更重大的东西。"（《苔莉》）

张资平把新性道德的内涵灌注在女主人公身上，意味着他对男性的"性别无意识"有着足够的警醒。馨儿（《性的屈服者》）、苔莉（《苔莉》）、静媛（《蔻拉梭》）等都负载着张资平的新性道德。她们不仅把对现代性爱的追求看做现代人主体性自我确证的一个手段，而且她们还要承担着在那个传统向现代转型时代父权制传统给予新性道德服膺者的历史重担。例如，苔莉与克欧的爱情是属于旧礼教秩序最难以容忍的乱伦。构成他们爱情阻力的主要有两个方面：旧礼教秩序和克欧的男权意识。苔莉作为现代性爱的体现者要承受这两方面的压力。乱伦的压力，即社会对他们爱情的压力——对苔莉来说并不成为问题，苔莉对此充满了鄙视与不屑。对她来说，压力主要是来自性爱的另一方——克欧心理深层的"性别无意识"。克欧一方面感到他们的爱情是正当的，另一方面他又无法像苔莉一样完全忘情于社会生活，他时时担心着他们的爱情可能对他的社会生活形成毁灭性的打击。因此在克欧身上，父权制意识形态时时表现出来：克欧在爱情与自己的社会地位之间犹豫不决；他常常把苔莉看做自己堕落的原因；他在爱情与社会地位之间动摇时，常常以性虐待的方式对待苔莉，来对抗自己巨大的心理压力的行为，等等。这些都隐隐地显现出父权制意识形态的厌女症倾向——视女性为祸水，把对女性的性虐待看做对女性的惩罚。

张资平把克欧身上的这些表现看做病态的表现（虽然在张资平看来，这些病态表现的更重要的原因是旧礼教的社会秩序），并且把它视为他们爱情的重要阻力之一。这说明张资平对父权制的意识形态是持批判态度的。苔莉所要忍受的痛苦也因此是身心双重的。对她来说,来自爱人克欧的蹂躏对她的伤害有时甚至是致命的。但是她都忍受下来了,而且最终引导着自己的爱人走向追求现代性爱理想,与现社会决裂的道路。克欧最终选择与社会决裂的道路固然与他的健康日益恶化有相当的关系,但是更重要的是来自苔莉的爱情召唤和引导。叙述者担心读者不能清楚地认识克欧与苔莉殉情的意义,在小说的结尾处以苔莉遗书的形式对这一爱情悲剧的意义给予总结:

> ——严格的说来,我实未尝负人,实我所遇非人耳。男性的专爱在女性是比性命还要重要的。一次再次求男性的专爱失败了的我,到后来得识克欧。他虽然不是我的理想中的男性,但我终指导了他沿着我的理想的轨道上走了。并且我是再次受了男性的蹂躏。而他是个纯洁的童贞,他为我的牺牲不可谓不大了。他为我牺牲了青春时代,牺牲了有为的将来,牺牲了他的未婚妻,牺牲了他的性命,跟着也牺牲了他的父母!那么,在这样高贵的代价之下,我也该为他死了!社会对我若还要加以残酷的恶评,那我们虽死也要咒诅社会的。

> ——由积极的方面说来,为国,为家,为社会的方面说起来,克欧是要受"无能和不肖"的批评吧。不过就他的牺牲的精神方面说,他已经很伟大了!由你们对女性不负责任的人看来恐怕是望尘不及的伟大吧!

在这一段类似于总结的叙述中,实际上传达着两种叙事声音:作为现代性爱理想代表者苔莉的声音;叙述者站在历史标高处对这一爱情悲剧评判的声音。前者充满着对阻碍他们爱情的旧礼教的愤恨,同时对这转型期的男性充满失望:苔莉的真心一再地被虚伪的男性所伤害,即使最终沿着她所理想的现代性爱的道路走下去的克欧也不是她理想中的男性。后者，除了有与苔莉相同的愤恨和失望之外，还有一种对男性的"性别无意识"的反思：在国家、社会与爱情的对立中，男性的"性别无意识"是否能够使他们沿着现代性爱的道路走下去？叙述者通过苔莉的叙述也在提醒我们：如果没有苔莉的"指导"，克欧会如何对待这一爱情事件？叙述者显然对克欧是不自信的，所以他最终选择以苔莉来做现代性爱的代表，实际上也就是周作人所提倡的"由女性在作风雅的盟主"。苔莉（还有馨儿、静媛）几乎就是周作人所说的，"教我们怎样正当地去爱与死"的女性。她们在与旧礼教的性规范、性禁忌的对峙中，丝毫没有男性"性别无意识"所带来的猥琐与犹疑，她们决绝地与旧的性规范、性禁忌决裂，弃之如敝屣。张资平的小说中不止一次出现这样的"风雅的盟主"，使我们有理由推断张资平是一个对男性"性别无意识"有自觉意识的作家。

茅盾以小说家的面目出现在文坛的时候，由于国共两党分裂，苦闷再一次成为新知识分子们的流行病。从国民革命的大潮中被冲刷下来的茅盾，隐居在上海的家中。经验了人生的他，在风雨如晦的时代更注重从"迷乱灰色的人生内发一星微光"①。在茅盾早期的小说中，他一方面深刻反省着转型时代男性的性别无意识，一方面把"一星微光"奉与了经由现代性爱而觉醒了的新女性。

虽然茅盾在《从牯岭到东京》一文中明确地否认《幻灭》"是描写恋爱与革命之冲突"，但是茅盾在《蚀》中所反省的恰是大革命失败与现代性爱的关系。他在彷徨与苦闷的叙述中，一再把同情给予了那些服膺现代性爱的新女性（静女士、孙舞阳、章秋柳）：她们"也不是革命女子，然而也不是浅薄的浪漫的女子。如果读者并不觉得她们可爱可同情，那便是作者描

---

① 茅盾：《从牯岭到东京》，王运熙编《中国文论选·现代卷（上）》，江苏文艺出版社1996年版，第626页。

写的失败"①。她们对于茅盾来说是可爱可同情的，主要原因是她们身上蕴涵着作者本人对现代性爱的理解。从小说的叙事声音来看，叙述者对她们所体现的性爱思想是认同的，即使她们有时以人生的游戏者的面目出现，也是这样。《动摇》中的孙舞阳和《追求》中的章秋柳都是这样的例子。孙舞阳这个被称为"公妻榜样"的革命女性在革命队伍中游戏着那些浅薄的革命者。但是，在她表面的颓废下面还深藏着一颗现代人不安定的灵魂，正如叙述者借方罗兰的眼睛所提示读者的："他自以为对于孙舞阳的观察又进了一层，这位很惹人议论的女士，世故很深，思想很彻底，心里有把握；浮躁，轻率，浪漫，只是她的表面；她有一颗细腻温柔的心，有一个洁白高超的灵魂。"当方罗兰向她示爱时，她的回答则说明了她对现代性爱这一现代性伦理道德的理解：她不希望自己的行为伤害另一个无辜的女性——方罗兰的妻子。正是她，代表了大革命的参加者所缺少的现代性爱的理想。她又是一个"教我们怎样正当地去爱与死"的女性！

茅盾对男性的"性别无意识"也有着清醒的认识。从动摇的方罗兰到革命中心武汉的腐朽堕落都有着茅盾对那个时代男性的"性别无意识"的警惕。写于1928年的《创造》更清晰地反映出茅盾对男性尤其是男性新知识分子身上的"性别无意识"进行反省的意识。君实无法在现实中寻找到一个理想的女性，于是他试图把妻子娴娴"改造"成这样的女性。从这一过程中，我们可以看到：男性新知识分子所要创造的新女性，不过是父权制意识形态中男性期待的翻版：首先她不应该有自己的主体性，"他最爱的是以他的思想为思想以他的行动为行动的夫人"。其次，她还应该是他欣赏的对象，有"优美细腻的常态"，同时又可以"只穿了件 vest（一种'长及膝弯的贴身背心'——引者注）""坐在银铃山瀑布旁边大光石头上"，以增加男性的

---

① 茅盾：《从牯岭到东京》，王运熙编《中国文论选·现代卷（上）》，江苏文艺出版社1996年版，第628—629页。

感官享受。如此，就"很可以证明你的（被）创造是完成了，我的理想是实现了"。至多在无伤大雅的地方表现出一点任性，来增加夫妻间的"美趣"。如果这个被创造品不幸有了自己的主体意识，他就会感到失败的痛苦。君实的创造失败了，因为"在这有形的娴娴之外，还有一个无形的娴娴——她的灵魂，已经不是他现在所能接触了"，但是他并没有意识到失败的原因，他反而抱怨："你变成了你自己，不是我所按照理想创造成的你了。……你破坏了你自己！也把我的理想破坏了！"从叙述者对君实的嘲讽中，我们可以看到茅盾一方面在赞美娴娴这样的"风雅的盟主"，一方面对男性身上的性别无意识进行反省。

同年写成的《诗与散文》也有着同样的意图，他把那些对自己的性别无意识毫无察觉的男性新知识分子置于丑类的位置，而使桂奶奶这样一个觉醒的女性成为感情的胜利者。青年丙曾经以现代性爱的观念诱惑房东家年轻美丽的寡媳——桂奶奶。当他厌倦了桂奶奶，想抛弃她以向自己的表妹求爱时，就把桂奶奶称为"平凡丑恶的散文"，把表妹视为"诗"。但是，最终他也没有逃脱"诗"与"散文"的嘲弄。在茅盾的叙事中，青年丙并不是叙事的中心，叙事重心在觉醒了的桂奶奶身上，而桂奶奶就是隐含作者女性思想的代言人：

你们男子，把娇羞，幽娴，柔媚，诸如此类一派的话，奉承了女子，说这是妇女的美德，然而实在这是你们用的香饵；我们女子，天生的弱点是喜欢恭维，不知不觉吞了你们的香饵，便甘心受你们的宰割。
……
你，聪明的人儿，引诱我的时候，惟恐我不淫荡，惟恐我怕羞，惟恐我有一些你们男子所称为妇人的美德；但是你，既然厌倦了我的时候，你又惟恐我不怕羞，不幽娴柔媚，惟恐我缠住了你不放手，你，刚才竟说我是淫荡了！不羞，淫荡，我也承认，我也毫没羞怯；这都是你教给我的！你教我知道青春快乐的权利是神圣的，我已经遵从了你的教训；这已成为我的新偶像。在这新偶像还没破坏以前，我一定缠住了你，我永不放手！

这一段话几乎就是一篇女性主义宣言。它批判的矛头所指向的就是男性启蒙者深层自我的性别无意识。而发出这声音的桂奶奶则是一个真正的经由现代性爱觉醒的新女性。从这一意义上，我们可以理解为什么茅盾一再声称，桂奶奶才是小说真正的主人公。当时有人怀疑《诗与散文》太"肉感，或者以为是单纯地描写了性欲，近乎诱惑"。茅盾的辩白正可以说明他的上述立意："如果说《创造》描写的主点是想说明受过新思潮冲激的娴娴不能再被拉回来徘徊于中庸之道，那么，《诗与散文》中的桂奶奶在打破了传统思想的束缚以后，也应该是鄙弃'贞静'了。和娴娴一样，桂奶奶也是个刚毅的女性；只要环境转变，这样的女子是能够革命的。"由此，我们可以看到茅盾在这些"刚毅的女性"身上所投射的理想光辉，她们都是"热爱人生"的①。

所以，茅盾与张资平一样，在反省男性的性别无意识的同时，也把他的同情和赞美赋予了那些经由现代性爱而觉醒的女性。

二 "厌女症"：性别无意识中的女妖与圣母

在20世纪20年代的小说中，并不是大多数作家都像茅盾、张资平一样对性别无意识有着自觉的，小说文本中更多的是叙述者人格深层的性别无意识不自觉地显现，其具体表征就是厌女症的大量存在。厌女症是女性

① 茅盾：《写在〈野蔷薇〉的前面》，《野蔷薇》，开明出版社 1994 年版，第4页。

主义批评常见的术语，意谓父权制意识形态笼罩下的文学作品通常把女性描绘成天使或怪物的模式化形象。它是"男性敌意的主要载体"，"在男权制社会的所有艺术形式中，厌女文学宣传男性敌意最直截了当，其目的是强化男女两性各自的地位"。① 我们以这一术语检视 20 世纪 20 年代小说主要是基于这样的理由：在 20 世纪 20 年代中国文化中，"为人与为女的双重自觉"的提倡已经注意到女性作为现代人主体性存在的问题；启蒙者的这种现代性表达已经深入性人格的深度，提出新的性道德应该以"女子本位"。而且对于现代文化的建构来说，人格的变革尤其是性人格的变革就不是节外生枝。因此，这种检视应该不算是苛责古人。

厌女症在 20 世纪 20 年代男性作家的小说中是一种普遍性的存在。这种倾向有显豁与潜隐之分。在表现性爱问题最有代表性的郁达夫小说中则最集中地表现了这一症状。

郁达夫的小说在 20 世纪 20 年代前期主要是以一种对性苦闷颓废式的大胆显示出其个性，这也是他的小说现代性的主要表现。郁达夫虽然也把"现代人的苦闷"的原因归结于现存社会制度的腐朽，甚至上升到民族主义的高度，但是他对性爱问题的颓废态度更经常地是出于对灵肉能否一致的困惑。性在郁达夫的小说中总是偏枯的：或者是无爱之性，或者是无性之爱，从来不曾有过哪怕短暂的灵肉和谐的性爱。在妓院里的质夫和海棠（《茫茫夜》、《秋柳》）自不必说，王介成和谢月英（《迷羊》）、郑秀岳和吴一粟（《她是一个弱女子》）这些曾经"自由"的性伙伴之间的灵与肉也从来没有和谐交融的可能。即使他经常为人称道的后期升华模式的性爱小说也没有摆脱性的偏枯。它只是从无爱的性的极端走向了无性的爱这一极端。这里实际上包含着父权制意识形态的性丑、性污秽思想。因此郁达夫小说中的女性

---

① ［美］凯特·米利特：《性政治》，宋文伟译，江苏人民出版社 2000 年版，第 53 页。

形象就十分令人担忧。

实际上，在郁达夫小说中，女性形象的确被扭曲了。女性要么被想象成天使，要么被想象成怪物（荡妇、恶魔）。无论是作为圣母还是作为荡妇，女性都不是作为"人"存在于男性的心中。圣母是拯救者，荡妇是引诱男性的恶魔。《南迁》中的伊人"因为去年被一个日本妇人欺骗了一场，所以精神肉体，都变得落水鸡一样"。《迷羊》中的谢月英、《清冷的午后》中的小天王、《她是一个弱女子》中的郑秀岳、李文卿则都带有这种荡妇的影子。与荡妇相对的是他笔下的圣母。《迟桂花》中的莲儿是最主要的代表，郁先生因为受她肉体的诱惑而起了邪心，是她"永久的小孩子的天性"净化了他的欲情："幸亏是你的那颗纯洁的心，那颗同高山上的深雪似的心，却救了我出了这一个险。"但是，对天使的赞颂并不是对女性的赞美，而是一种男性的自恋，"是将男性自身最优秀的特点投射到理想化的女子身上，过高地估计了她"①。所以，男性叙述者笔下的天使型的女性也并不是女性真实形象的显现，她实际上是男性价值观念的投射，常常是男性叙述者自恋的对象。例证之一是郁达夫小说中天使形象常常被叙述者引为同道：《秋柳》中的碧桃、荷珠，《她是一个弱女子》中的冯世芬，《南迁》中的O，《迟桂花》中的莲。

男性自恋在女性形象上的投射除了表现为天使对沉溺肉欲的男主人公的救赎，也更鲜明地表现在自命为启蒙者的男主人公对沉沦女性的救赎。例如《茫茫夜》、《秋柳》中落魄的于质夫对同样落魄的妓女海棠的救赎。除了"同是天涯沦落人"的同病相怜，这种救赎主要是救赎者居高临下的施舍，甚至还有欢场上恩客对妓女的残忍："老子原是仗义轻财的好汉，海棠！你也不必自伤孤冷，明天我替你去贴一张广告，招些有钱的老爷来对你罢了！"从这些言语中我们不难发现恩客对妓女施舍、赏玩的声音。如果再看一下

①　[美] 凯特·米利特：《性政治》，宋文伟译，江苏人民出版社 2000 年版，第251页。

于质夫选择"不好看"、"年纪大一点"、"客少"的海棠的心态，我们会更清楚地看到这个救赎者的内心。是的，于质夫对海棠的救赎与其说是他作为一个人文主义者对一个屈辱的妓女的救赎，不如说是一个"人生战场的失败者"的男性对自己似是而非的信念的赏玩，一种试图在更弱者身上寻找胜利感的残忍。因此我想说于质夫和那些普通的嫖客没有多少本质上的区别！甚至不如普通嫖客来得纯粹。海棠，或者说女性在于质夫的眼里只是一个被救赎的符号，一个他者。这就是为什么于质夫一直未发现睡在海棠里屋的孩子原来是海棠的：他并不关心海棠的内心，他在意的是自己是否能在自己的仗义轻财中找到作为救赎者的感觉，来发泄在社会上所受的屈辱。

如果追根溯源的话，除了传统文化中的名士风流以及厌女症的影响外，我们还可以从郁达夫所受的外来思想的影响中找到厌女症的源泉。我们都知道对郁达夫影响颇大的西方作家和思想家中有弗洛伊德和卢梭，这两个思想家在女权主义者看来，都是有着强烈厌女症的。而在女性主义者看来另一个"最具天赋、最狂热的性政治家"——劳伦斯也是郁达夫所激赏的西方作家①。由此，我们可以看到郁达夫的厌女症倾向绝不是偶然的和无意的。

---

① 凯特·米利特在《性政治》一书中以专章分析了劳伦斯小说的性政治意义。"虽然劳伦斯一再声称他崇高而必须完成的使命是将性行为从有悖于人性的禁锢中解放出来，是将描写这种禁锢的小说中的色情的假正经的委婉语清除掉，但他实际上完成了另一种事业——'阴茎意识'——的狂热鼓吹者。这就远不是宣传这部小说（指《查泰莱夫人的情人》——引者注）时所标榜的'肉体的复活'、'纯朴的爱情'或其他类似口号的问题了，而是要将男性的优势转化为一种神秘的宗教，让他传播到全世界里，并且很可能将它制度化。这是最令人难以忍受的性政治形式，而劳伦斯则是最具天赋、最狂热的性政治家。"（《性政治》，第323页）郁达夫在1934年也曾经撰文介绍劳伦斯的《查泰莱夫人的情人》，巧合的是，郁达夫对这部小说的赞颂之辞与凯特·米利特的批判之辞针锋相对。例如郁达夫认为"梅洛斯（《查泰莱夫人的情人》中的男主人公——引者注）的婚姻的失败，就因为他对于女人，对于性，有特异的见解和特别的要求的缘故"；再如，郁达夫对劳伦斯要将"小说中色情的假正经的委婉语清除掉"的努力也大加赞赏："尤其要使人佩服的，是他用字句的巧妙。所有的俗字，所有的男女人身上各部分的名词，他都写了进去，但能使读者不觉得猥亵，不感到他是在故意挑拨劣情"；对于《查泰莱夫人的情人》中的性描写，郁达夫认为："他所写的一场的性交，都觉得是自然得很。"（见《读劳伦斯的小说——〈却泰莱夫人的爱人〉》，《郁达夫文集》第6卷，第216—222页。）我们是否可以这样认为，郁达夫对劳伦斯的激赏是因为二人对性政治怀有同样的热情和价值观？

在郁达夫后期的小说中，这种厌女症变成了对富有性魅力的女性的一种嫉妒和深深的恐惧，甚至是赤裸裸的诅咒，她们被想象成吃人的女妖。我们以《迷羊》（1928）和《她是一个弱女子》（1932）为例来探讨这种变化。《迷羊》中的男性主人公王介成本来是一个衣食无忧，忘情于山水的隐士，一次邂逅打破了他的平静。他第一次见到谢月英就"一时风魔了理性"。在谢月英性的诱惑下，王介成抛下了 A 城优裕的生活与她私奔，去过肉的生活。他们的私奔生活在叙述者看来，是一只迷路羔羊的无理性盲动。虽然王介成在精神、肉体、金钱上付出很多，但依然没有拴住谢月英的心。王介成为满足她的各种欲望身心俱疲，最终被搞得虚弱不堪。谢月英最后却抛下身心疲惫、走投无路的王介成独自离去。在叙述者的聚焦下，谢月英是一个永不餍足的怪物：虚伪、愚蠢，渴望各种刺激。她的性诱惑对王介成来说是致命的："我的身体，在这半个月中间，眼见得消瘦了下去，并且因为性欲亢进的结果，持久力也没有了。"小说中离散之前的关于王介成和谢月英身体状况的对比能够传达出叙述者对性及女性的认识：一面是王介成日渐虚弱的身体，一面是谢月英的身体"自从离开 A 地以后，愈长愈觉得丰肥鲜艳起来了"，"一只小肥羊似的"，"她的肉体，好像在嘲弄我的衰弱似的"。在这样的叙事中，谢月英不就是一个吸人精血的狐狸精么？王介成岂不是蒲松龄《画皮》中的王生么？当然这还是一个有良心的狐狸精，因为她最终还是自己离开了王介成，没有致其死命。小说的这一主题在有着元小说因素的《后叙》中被进一步强化。第一人称叙述者达夫以见证者的身份交代了"迷羊"王介成在离开谢月英后皈依"一个比我们更伟大的牧人"，在皈依之后，终于把迷路的心升华到艺术的历程。所以这篇小说会被写成王介成听从了牧师的宣谕之后的忏悔录。这正是男性厌女症文学中最典型的讽喻体。

如果说《迷羊》还是一种讽喻，那么《她是一个弱女子》则是叙述者对女性的性欲望的诅咒。在叙述者看来，女性的性欲望对于男性来说是致命的诱惑——曾经与李文卿交接的老斋夫的儿子不久就得"弱症死掉了"，与郑秀岳结婚的吴一粟也很快得了"梦遗的病症"——是应该被诅咒的。李文卿被妖魔化是这种诅咒的最鲜明的标志。李文卿是一个女双性恋者，她代表着女性永不满足的性欲望。在郁达夫的笔下，她是一个吃人的魔王。她"长得又高又大"，"狮子鼻"，"鳖鱼大嘴"，"狐臭"，"一层同沙皮似的皮肤，两只很松很宽向下倒垂的奶奶，腋下几根短毛，在这短毛里凝结在那里的一块黏液"。"她的脸上，满洒着一层红黑的雀斑，面部之大，可以比得过平常的长得魁梧的中年男子"。她的性欲望强烈得可怕。她不仅在学校中凭借自己的金钱诱惑意志不坚的女学生，而且还同自己的老师、父亲乱伦。在她的引诱下，原本天使一般的郑秀岳也堕落了，她最终没有按照革命者冯世芬的指引走向革命，反而在李文卿物质和肉体的双重诱惑之下堕落进"肉体的现实的乐园"。在这条堕落的路上，郑秀岳不仅爱金钱，而且几乎学会了李文卿全套的本领。她不仅使吴一粟这个"女性崇拜的理想主义者"因为她无休止的性的索取而奄奄一息，而且她还在吴一粟贫病交加的时候主动勾引自己旧情人李得中和张康。郑秀岳最终拒绝了冯世芬的革命指引，意味着她拒绝了代表理性的男性的援救。对于这样一个执迷不悟的狐狸精，唯一的出路就是如张康所说的："你这娼妇，总有一天要被人打死！我今天不解决你，这样下去，总有一个人来解决你的。"张康的愤恨并不简单的是一个被郑秀岳欺骗的无耻男性的愤恨，它也是叙述者的诅咒。结果张康一语成谶，在"一·二八"事变中，郑秀岳惨死在日本人的刀下。郑秀岳的死状十分恐怖："在五六个都是一样的赤身露体，血肉淋漓的青年妇女尸体之中，那女工却认出了双目和嘴，都还张着，下体青肿得特别厉害，胸前的一只右奶已被割去了的郑秀岳的尸身。"

郑秀岳终于死了，而且是以一个女性最屈辱的方式死去。对她身体尤其是具有性魅力的部分的残害、割裂表达着男性叙述者对女性性欲望极度的恐惧与诅咒。因此，郑秀岳的死是满含着"政治含义"的。凯特·米利特在《性政治》中从性政治的角度分析了 D.H. 劳伦斯小说中的性宗教化的方式就是以"杀人来实现自己的最高境界"。① 郁达夫的小说中还没有出现像劳伦斯小说中那样明显和成体系的男性性宗教建构意识，但是在无意识层面，它却传达出了一个父权制维护者的恐惧和行为方式。这并不是纯粹的偶然和暗合，其中也有叙述者主动的效仿：郑秀岳最后死于侵略者的性器和刀下的叙事有着父权制意识形态的性政治策略的意味。其实对郑秀岳这个拒绝了代表理性的男性革命者引导的性欲望的堕落者的谋杀早已经存在于小说的文本中。"一·二八"事变和日本人的残暴只不过给这一谋杀披上了一件民族主义的遮羞布，掩盖住了叙述者（也就是谋杀者）的性政治意图。把那些游离于父权制意识形态之外的女人交给"野蛮人"或者"敌人"去宰割是男性中心主义叙事策略的一贯伎俩。这样不仅可以保证自己"洁白如鸽子"（周作人语），还可以把叙事者的性别歧视掩盖在对"野蛮人"或"敌人"的控诉和敌忾中。所以当我们后来的解读者把郑秀岳的死归结为日本帝国主义的残暴和她自身的依附性时，我们实际上不自觉地陷入了叙述者的性政治叙事策略的陷阱。当然，这里并不是为日本帝国主义开脱，毕竟他们一样是残暴无耻的父权制意识形态的代表者。

郁达夫在 20 世纪 20 年代是一个有榜样意义的作家，在他影响下的作家的作品中，厌女症以各种各样的形态表现出来。例如王以仁、倪贻德、周全平、严良才、陈翔鹤、林如稷、白采、陶晶孙、滕固的作品都不同程度地表现

---

① ［美］凯特·米利特：《性政治》，宋文伟译，江苏人民出版社 2000 年版，第 391 页。

着厌女症。不仅如此，20 世纪 20 年代其他作家也有这种倾向，例如革命文学浪潮中的洪灵菲、蒋光慈、华汉等作家的作品都把女性作为革命理性的对立物贬到非理性的次性地位。这说明，作家人格深层的性别无意识并没有得到彻底的检修，这种情况深深地影响了中国现代小说中女性作为"人"的现象出现的几率。

总括起来说，张资平、茅盾和郁达夫的正反例证可以证明作家对性别无意识的自觉与否，直接决定着他们作品中女性形象的面貌。20 世纪 20 年代小说中厌女症的普遍性提示我们，由于父权制意识形态强大和持久的影响力，除非叙述者对"男性性别无意识"有着清醒的认识和反思，否则没有哪个叙述者能够脱离厌女症的笼罩。而且这种"性别无意识"已经深深地扎根于我们文化的潜意识，所以对它的检讨注定是一个遥远而艰巨的任务。

思想革命的利器

——论周作人的性爱思想

李欧梵认为，在1917—1927年，爱情是青年生活的中心点。"浪漫的爱情"在妇女解放运动中打下了"特殊的印记"。同时，他把胡适称为这场运动的"教父"。[①] 笔者认为，如果一定要给20世纪20年代以现代性爱观为核心的爱情追求寻找一位精神教父的话，最合适的应该是周作人，虽然对于这一称号，反对任何形式迷信的周作人也许并不愿接受。

周作人与同时代其他思想者最大的不同点，是他自始至终以其系统的性爱思想推进性道德的革命并以此作为其思想革命的第一要务。周作人在总结自己的工作时曾说，"半生写文字，计数近千万……出入新潮中，意思终一贯"。[②] 我想，在他所自许的一以贯之的"意思"中，性道德的革命应该是最重要的组成部分。他在《八十自寿诗》中就明确地说："对话有时装鬼脸，谐谈犹喜撒胡荽。"诗中自注"谐谈犹喜撒胡荽"句曰："古时出语不端谨，宋时人称为撒园荽。"《八十自寿诗说明》中又详细注曰："出语不端谨，古时称撒园荽，因俗信播芫荽时须口作猥亵语，种始繁衍云。"[③] 周作人一生都对性道德革命有着感情。他的主要工作就是试图在中国这个礼教气氛浓

---

① 李欧梵：《追求现代性（1895—1927）》，《现代性的追求》，生活·读书·新知三联书店2000年版，第207—208页。

② 周作人：《丙戌丁亥杂诗三十首·文字》，《周作人诗全编笺注》王仲三笺注，学林出版社1996年版，第117页。

③ 周作人：《八十自寿诗·八十自寿诗说明》，同上书，第287—288页。

厚的国度里播下现代性爱的种子。

一　性爱思想的构成：科学、艺术与人性的糅合

周作人的性爱思想在他工作中的地位是如此显豁，自然会被研究者注意到。同时代的人一方面把周作人视为"自由思想者"[①]，一方面也把他称为"中国的蔼利斯"，认为"健全性道德提倡"是他思想革命工作的重要方面。[②] 后来的研究者也注意到了这一点。唐弢先生说，他"印象深的是他（指周作人——引者注）介绍了卡本特和蔼理斯，而我认为在中国这样封建势力浓重的社会里，为妇女和孩子说话，这的确是周作人对新文化运动一个巨大的贡献"。[③] 在新时期众多的研究中，钱理群、舒芜两先生对周作人的性爱思想阐发较多。其中钱理群先生的《性心理研究与自然人性的追求》着重发掘周作人如何"自觉地运用生物学、文化人类学、道德史、性心理等学科的知识去认识'人'，第一次揭开了蒙在'人'身上的种种神秘面纱，使得中国人民有可能把对人自身的认识建筑在现代科学的基础上"。[④] 而舒芜先生的《妇女的发现——周作人的妇女观》则重在阐述周作人如何从性道德革命的角度入手对女性的发现。钱、舒两位先生在阐述周作人性爱思想的时候都注重开掘其中作为知识的性科学与性心理学的文化意义。我认为，周作人"自然人性的追求"并不仅限于科学知识的传达，他的性爱思想是由三部分组成的：科学的性知识，艺术的趣味和人性的内涵。这三者是相辅相成的。这种构成形式与海弗劳克·埃利斯（通译蔼理斯）的性心理学研究有很大关系。周作人在总结自己的思想时一再提到蔼理斯的性爱思想对

---

① 康嗣群：《周作人先生》，程光炜编《周作人评说 80 年》，中国华侨出版社 2000 年版，第 98 页。

② 苏雪林：《周作人先生研究》，同上书，第 71 页。

③ 唐弢：《关于周作人》，同上书，第 176 页。

④ 钱理群：《性心理研究与自然人性的追求》，同上书，第 475 页。

他的巨大影响，① 称之为"是我所最佩服的一个思想家"，"其最大著作总要算是那六册的《性的心理研究》。……在我个人总可以确说，要比各种经典集合起来所给的更多"。他不仅把蔼理斯《性的心理研究》第六卷跋文末尾的两节话视为"一种很好的人生观"，同时也希望自己能够像蔼理斯一样成为人类道德进步的光明使者。②

科学的性知识是周作人性爱思想的基础。周作人所提倡性的"净观"主要是指对性的科学认识。早在1913年周作人就翻译了英国教育家戈斯德的《民种改良之教育》，提倡对儿童施以适当的性教育并视其为"问学之基"："性欲教育之问题……但当以庄言，表此真理，使其对于造化，起渊穆之思，则其于身心之益大矣。他日问学之基，亦肇于此。"③ "我相信人们去求全面美善的生活，首在自知一切，生物学的性知识于儿童实为必要"。"我们的理想是人人都有适当的性知识，理解，对于性行为只视为一种自然要求的表现，没有什么神秘或污秽，那么闺阃自无不可以谈之理。"④ 显然，他也是把科学的性知识的传播视为实行人的生活的基础。

对科学的性知识的迷恋来源于周作人作为启蒙者的理性清明，也来源于他的"伦理自然化"的思想革命目标。周作人认为中国的礼教思想是由"性的迷信造成的"。⑤ 因此科学的性知识对国人来说，是打破性的迷信的重要手段。"凡是关于两性间的旧道德禁戒几乎什九可以求出迷信的原义来。要破除这种迷信与礼教，非去求助于科学知识不可，法律可以废除这些表面

---

① 参见《瓜豆集·鬼怒川事件》、《瓜豆集·东京的书店》、《苦口甘口·我的杂学》。

② 周作人：《蔼理斯的话》，《晨报副刊》1924年2月23日。

③ 周作人：《民种改良之教育》，陈子善、张铁荣编《周作人集外文（上）》，海南国际新闻出版中心1995年版，第131页。

④ 周作人：《答张嵩年先生书》，黄开发《知堂书信》，华夏出版社1994年版。

⑤ 周作人：《读〈性的崇拜〉》，钟叔河编《周作人文类编·上下身》，湖南文艺出版社1998年版，第98页。

的形迹，但只有科学之光才能灭它内中的根株。"① 在 1920 年代的中国，科学的权威在一部分新知识分子中已经建立起来，它被普遍地看做救赎还沉浸在中世纪黑暗里的中国人的精神良药。这种科学的现代性（即在于科学自称的现代理性身份和科学世界观，它是由现代进步主义所支撑起来的现代性神话）也因此成为中国现代性话语系统的核心观念之一。周作人选择科学来做性爱的护符，也是出于对现代性话语系统建构的自觉。

但是周作人与一般迷信科学的"唯科学主义"者不同的是，他还要以艺术和人性来调节科学的性知识。"中国人落在礼教与迷信的两重网里，（虽然讲到底这二者都出萨满教，其实还是一个。）永久跳不出来，如不赶紧加入科学的光与艺术的香去救治一下，极少解脱的希望。"② 所谓艺术的香，即是艺术的趣味。周作人把蔼理斯视为思想家，除了他的《性的心理研究》所表现出来的"精密的研究"，还因为他的思想"能贯通艺术与科学两者而融和之，所以能够理解一切，没有偏倚之弊"。③ 在谈到性的艺术趣味时，他首先注重的是态度的严肃。他之否定"礼拜六"派，主要是因为其"对于中国国民的毒害是趣味的恶化"。④ 他批评徐卓呆的《牛前泼水》是"性的游戏主义"，是根本思想的"可叹的堕落"。⑤ 其次，他注重的是性表现的自由、率真以及反抗性。例如他对表现爱情的山歌、小调的赞赏就因为它们"反抗礼教，要求自由，具有革命的气息，诚实率直，即是生命力的所在"，与淫秽作品的"躲在礼教后的一种不必要的玩弄"截然不同。⑥ 显然，

① 周作人：《读〈性的崇拜〉》，钟叔河编《周作人文类编·上下身》，《妇女问题与东方文明等》，湖南文艺出版社 1998 年版，第 346 页。
② 周作人：《再谈〈香园〉》，《周作人文类编·上下身》，湖南文艺出版社 1998 年版，第 96—97 页。
③ 周作人：《猥亵论》，同上书，第 143 页。
④ 周作人：《恶趣味的毒害》，陈子善、张铁荣编《周作人集外文（上）》，海南国际新闻出版中心 1995 年版，第 451—452 页。
⑤ 周作人：《读〈笑〉第三期》，同上书，第 457—458 页。
⑥ 周作人：《恋爱与淫荡》，《周作人文类编·上下身》，第 535 页。

在周作人看来,艺术的美与趣味主要是用以承载科学的性知识的。在他看来,要拔除中国人思想里"根深蒂固的迷信",除了有"健全的智识",还要"加上高尚的趣味,养成纯净的思想"。① 他"希望中国性道德的整饬,也就不希望训条的增加,只希望知识的解放与趣味的修养",希望"科学之光与艺术之空气"侵入青年的心里,"造成一种新的两性观念"。② 他甚至梦想"将来的更文明的社会里的关于性的事情,将暂离开了尚脱不掉迷信色彩之道德与法律的管辖,而改由微敏的美感或趣味所指挥"。③

当然,周作人并不是要性完全地摆脱道德与法律的管辖,他只是不希望性受迷信的法律与道德的辖制。他在思想革命与文学革命中鼓呼的恰恰是新的两性观念和性道德。虽然他认为科学的性知识和高尚的艺术趣味可以救中国人出"礼教与迷信的两重网",但是在周作人的性爱理想中,最重要的却是人性的内涵。所谓"伦理自然化"更有顺乎人性的意思。他所幻想的"文明的世界"是"这样的一个境地,在那里人生之不必要的牺牲与冲突尽可能地减少下去"。④ 他曾经借用蔼理斯的一句话来说明人性如何使人"参透了人情物理,知识变了智慧":"大家似乎忘记了一件事,便是最通行的性交方式大抵也难以称为美的(Aesthetic)罢。他们不知道,在两性的关系上,那些科学的或是美学的冰冷的抽象的看法是全不适合的,假如没有调和以人情。"⑤ 这用以调和科学与美学的人情中的"人"是他思想革命的目标——具有自由意志的人。1918 年周作人在"辟人荒"时,发现的是灵肉一致的人,即"以动物的生活为生存的基础,而其内面生活,却渐与动物相远,终能达到高尚和平的境地","排斥改正"了"兽性的余留"、"古

---

① 周作人:《时运的说明》,《周作人文类编·上下身》,第 178 页。
② 周作人:《狗抓地毯》,《语丝》第 3 期,1924 年 12 月 1 日,署名开明。
③ 周作人:《裸体游行考订》,《语丝》第 128 期,1927 年 4 月 23 日。
④ 周作人:《抱犊谷通信》,《周作人文类编·上下身》,第 346 页。
⑤ 周作人:《性的心理》,《周作人文类编·上下身》,第 164 页。

代礼法"的人，也即"兽性与神性，合起来便只是人性"。在此基础上，"真实的爱与两性的生活，也须有灵肉二重的一致"。①灵肉一致是现代性爱观区别于古代的性爱观的核心，它祛除性的蒙昧、迷信和游戏的态度，它承认性欲望作为人的合理欲望的合理性，但不同于礼法制度下的视性行为为"风月"的纵欲，也不同于道学家的虚伪和端淑的禁欲，按照周作人的说法，他"空想中以为应当如此的礼"，即是"生活之艺术"，"即大胆而微妙地混合禁欲与纵欲"。②上述观念可以认为是"伦理自然化"的完整解释。这里能够"大胆而微妙地混合禁欲与纵欲"的"灵"显然是新发现的"人"的自由意志。所谓自由意志即是人的自律性，胡适在1918年曾经说过，"发展个人的个性，需要有两个条件。第一，须使个人有自由意志。第二，须使个人担干系，负责任"。③周作人也是这种"纯粹的为我主义"鼓吹者，他在《人的文学》中说，"我说的人道主义，是从个人做起。要讲人道，爱人类，便须使自己有人的资格，占得人的位置"。而日本思想家与谢野晶子的《贞操论》的影响使周作人性爱思想中的这种自由主义原则更加显豁。在《贞操论》中，与谢野晶子的结论是振聋发聩的："对于贞操，不当他是道德；只是一种趣味，一种信仰，一种洁癖……既然是趣味信仰洁癖，所以没有强迫他人的性质。"她对道德的期许"是一种新自制律"，即基于个人自由意志的自制。④周作人当时是以向"衰弱的病人，或久住在暗地里的人"介绍"日光和空气"的激情来翻译这篇文章的。他"确信这篇文（指《贞操论》——引者注）中，纯是健全的思想"。⑤因此，在周作人那里，自由意志成了判别人的性行为的一个标尺：只要是这种性行为体现了他／她的自由意志，就是合理

---

① 周作人：《人的文学》，《新青年》第5卷第6号，1918年12月。
② 周作人：《礼的问题》，《知堂书信》，第53—54页。
③ 胡适：《易卜生主义》，《新青年》第4卷第6号，1918年6月。
④ ［日］与谢野晶子：《贞操论》，周作人译，《新青年》第4卷第5号，1918年5月。
⑤ 周作人：《〈贞操论〉译记》，《新青年》第4卷第5号，1918年5月15日。

的。所以在 1918—1919 年发生在《新青年》杂志上的"贞操问题的讨论"中，周作人和胡适等人并不是一味地反对守节。周作人的论述也许最能说明他们所理解的现代性爱关于贞操的真谛："一个人如有身心的自由，以自由别择，与人结了爱，遇着生死的别离，发生自己牺牲的行为，这原是可以称道的事。但须全然出于自由意志，与被专制的因袭礼法逼成的动作，不能并为一谈。"[①] 但是这种基于自由意志的性爱选择，在当时的中国无异空谷足音。因此他愤激地把这一性道德称为"上等人"的福音，他所谓的上等人是指那些"有稳健的常识，周遍的理解，独立的判断和完全的责任的人"，即具有自由意志的人。[②]

也正是基于自由意志的出发点，周作人把性爱视为"天下最私的事，一切由自己负责"，反对道学家们把"很平常的一件结婚，却大惊小怪的发出许多正人心挽颓风的话"，把一些事关私德的恋爱事件上升为事关风化。"据我想来，除了个人的食息以外，两性的关系是天下最私的事，一切当由自己负责，与第三者了无交涉，即使如何变态，如不构成犯罪，社会上别无顾问之必要。"[③]"我以为除却没人格的放纵之外，性的过失是可饶恕的"。[④]因此他一方面痛斥那些"对于事不干己的恋爱事件都抱有一种猛烈的憎恨"的人和那些"实行禁欲的或放纵的生活的人特别要干涉'风化'"的行为都是"蛮性的遗留"；[⑤]揭破"那些自以为毫无过失，洁白如鸽子，以攻击别人为天职的人们"的虚伪。[⑥]一方面反对把"两性关系看得太神秘太重大，听到一点话便摇笔铺叙，记的津津有味"的风化新闻。他甚至"不希望新

---

① 周作人：《人的文学》，《新青年》第 5 卷第 6 号，1918 年 12 月。
② 周作人：《蔼理斯与福来尔》译记，《周作人集外文（上）》，第 698 页。
③ 周作人：《读报的经验》，《谈虎集》上海书店影印 1987 年版，第 461 页。
④ 周作人：《夏夜梦七·考试》，《周作人集外文（上）》，第 442 页。
⑤ 周作人：《狗抓地毯》，《周作人文类编·上下身》，第 33 页。
⑥ 周作人：《一封反对新文化的信》，《晨报副刊》1924 年 5 月 16 日。

闻记者去力斥守节之愚而盛称幽会之雅",认为"这也是极谬的"。^① 他在谈论时人的恋爱事件时,也时刻把握着这一度。他认为当年众口烁烁的北大"情书风波"纯系私事,赞同江绍原"这种事用不着校长过问,也用不着社会公断"的观点。^② 他的朋友王品青跳楼自杀,当时有人臆测他的死是因失恋发狂而致。周作人则认为"得恋失恋都是极平常的事……但这与旁人可以说是无关,与社会自然更是无涉,别无大惊小怪的必要"。他谈论它是因为王品青是他的朋友,但也仅止于"叹息","却非为他申冤,也不是加以非难,只是对死者表示同情与悼惜罢了。至于这件事(失恋——引者)的详细以及曲直"他"不想讨论",表现出了对死者的尊重,也与热衷于谈论别人私事的"萨满教的风化的迷信"划清了界限。^③

不过周作人作为一个"自由思想者",他所鼓吹的"个人主义"是和当时启蒙的现实目标——社会进步联系在一起的。正如他所说:"我是人类之一,我要幸福,须得先使人类幸福了,才有我份;若更进一层,那就是说我即是人类。所以这个人与人类的两重的特色,不特不相冲突,而且反是相成的。"^④ 因此,周作人的性爱思想并没有止于个人道德的圆满,它也指向了当时启蒙的主战场——思想革命。当他宣扬无论是科学的性知识还是艺术的趣味都要建立在人的自由意志上时,实际上也是试图从性道德的改革入手去"辟人荒"。从这个角度来理解,才能明白为什么他一面把性视为:"天下最私的事,一切由自己负责",一面却总是把"天下最私的事"与人类的生活联系起来;为什么他一面反对道学家的说教,一面自己还"编集了数

① 周作人:《读报的经验》,《谈虎集》,上海书店影印 1987 年版,第 461 页。
② 周作人:《一封反对新文化的信》,《晨报副刊》1924 年 5 月 16 日。
③ 周作人:《关于失恋》,《语丝》第 4 卷第 5 期,1927 年 12 月。
④ 周作人:《新文学的要求》,杨扬编《周作人批评文集》,珠海出版社 1998 年版,第 45 页。

卷说教集"，"非意识地想建设起自己所信的新的道德来"。^① 当然，作为一个自由主义思想者，他在以性道德改革的角度进入思想革命时他的原则立场是坚定的：他既反对恋爱的无条件论，^② 也反对禁欲的独身主义，即使以革命、事业为借口。^③

二 思想革命中批判的武器

如果说性爱思想中科学、艺术与自由意志相糅合的形式是周作人所追求的"伦理自然化"的话，那么他把性爱思想运用到思想革命中，充分发挥其所蕴涵的批判作用则是其"道义事功化"的最好表现。周作人曾把儿童、妇女、人的发现"并称为三大发现"，^④ 这也应该看做他参与思想革命的主要目标。关于妇女的发现，舒芜先生已经从性道德革命的角度给以详细的阐释，在此不再赘述。此处所要强调的是周作人系统、健全的性爱思想在他所参与的思想革命中（即人的发现过程中）所起到的独特的批判作用。这使得他有别于同时代的思想者。

周作人进入思想革命的路径是很特别的，是"从妖精打架上想出道德来"，^⑤ 因此，现代性爱思想成为他参与思想革命的主要批判武器。他以现代性爱思想判断出现在社会上的各种各样的文化现象，发露形形色色的复古倾向。早在 1904 年的《论不宜以花字为女子之代名词》一文中，他就从"人"的主体性要求出发，表达了对当时女子地位的不满。1907 年的《坊淫奇策》则从淫盗产生的社会原因出发抨击私有制，鼓吹"人人各各遂其饮食男女之欲，则淫盗之恶息"。其后，在其"辟人荒"的时代，周作人的这

---

① 周作人：《雨天的书·自序二》，中国文联出版公司 1993 年版，第 3 页。
② 周作人：《无条件的爱情》，《周作人集外文（上）》，第 509 页。
③ 周作人：《是一种办法》，《周作人集外文（上）》，第 671—672 页。
④ 周作人：《〈蒙氏教育法〉序》，《周作人集外文（下）》，第 274 页。
⑤ 周作人：《性心理学》，《周作人文类编·上下身》，第 1 页。

一思想路径更加显豁。他认为，"两性间的纠葛，是与宇宙终始的难问题"。①
在《人的文学》（1918）中，指出"人的文学，当以人的道德为本"时，他
所列举的人的道德的第一项就是关于"两性的爱"的。再如他最为人所称
道的"妇女的发现"，他也是在承认"妇女问题的实际只有两件事，即经济
的解放与性的解放"的前提下，进而"相信在文明世界里这性的解放实是
必要，虽比经济的激发或者要更难也未可知，性道德愈宽大，性生活也愈
健全，而人类关于这方面的意见却也最顽固不易变动，这种理想就又不免
近于昼梦"。② 到了大革命风起云涌的时代，他更清楚地把性道德的改革作
为"文明之征信"、思想革命的重要方面："一民族的文明程度之高下，即
可以道德律的宽严简繁测定之，而性道德之解放与否尤足为标准"；③"男女
的思想行为的变化与性择有很大关系"。④ 即使晚年屈身事敌，在那些期期
艾艾的文章中，他仍然希望"性的研究"这一"新文明的曙光"有"晒进中国"
的一天⑤。新中国成立以后，在他写给国内报刊的文章中，他对新政权示好
也多为妇女／性的问题而发。如《新妇女》（1949）、《贞节牌坊》（1950）、《恋
爱与淫荡》（1950）、《花柳病问题》（1950）、《嫖客态度》（1950）、《婚姻法
与女干部》（1951）、《妓院问题》（1951）等都是。⑥

　　历来论者在论及周作人性爱思想时多称道其提倡净观和主张严肃的态
度。⑦ 笔者认为这还不能算是其中的主要内容，而应该把它看做周作人参与
思想革命的一种带有强烈批判性的策略。这种策略所针对的总是社会中的

① 　周作人：《关于谁是牺牲的问题》，《晨报副刊》1923 年 3 月 28 日，署名作人。
② 　周作人：《北沟沿通信》，《知堂书信》，第 114 页。
③ 　周作人：《论做鸡蛋糕》，《新女性》第 8 号，1926 年 7 月 20 日。
④ 　周作人：《新中国的女子》，《语丝》第 73 期，1926 年 4 月 5 日。
⑤ 　周作人：《女学一席话》（1940 年），《周作人文类编·上下身》，第 374 页。
⑥ 　以上文章均见钟叔河编《周作人文类编·上下身》，湖南文艺出版社 1998 年版。
⑦ 　持这种观点的有：苏雪林《周作人先生研究》、钱理群《性心理研究与自然人性的追求》（见
程光炜编《周作人评说 80 年》，中国华侨出版社 2000 年版）、舒芜《女性的发现——周作人的妇女观》
（见舒芜《回归五四》，辽宁教育出版社 1999 年版）。

种种复古活动。周作人的性净观是针对传统中的萨满教思想的遗留。萨满教的性不净观宣扬的是性迷信，提倡禁欲，表现出对人的本能欲求的厌恶。周作人正是从《欲海回狂》中搜求到了以佛教为代表的性不净观的迷信老根才有意识地把性的不净思想看做"是两性关系的最大的敌"，声称"我是极力反对'不净观'的"。"现在的性教育的正宗却是'净观'，正是'不净观'的反面"①。周作人主张在谈论性的时候要有严肃的态度则是针对着旧伦理中的纵欲倾向。在中国旧的伦理规范中，有禁欲与纵欲这两种相反相成的倾向。一方面是对人的合理欲望的压抑，一方面则视性交为"风月"，视狎妓、偷情为风流韵事。他在为汪静之的《蕙的风》辩护时特别指出，这本诗集被指为不道德，就是因为当时"社会上还流行着半开化时代的不自然的意见，以为性爱只是消遣的娱乐而非生活的经历，所以富有年老的人尽可耽溺，若是少年的男女在文字上质直的表示本怀，便算是犯了道德的律"②。他批评礼拜六派的恶趣味时，着力抨击其"把人生当作游戏，玩弄，笑谑"的态度。他认为，当时的中国"所需要的便是一服兴奋剂，无论乐观也罢，悲观也罢，革命文学也罢，颓废派也罢，总之要使人把人生看得极严肃，饮食男女以及起居作息都要迫切的做去"。③

从这一批判策略出发，与各种"假道学"、"伪君子"斗争就成为他的主要活动和兴奋点：

> 我所顶看不入眼而顶想批评的，是那些假道学，伪君子，第一种人满脑子都是"两性衔接之机械缔构"（原语系疑古玄同所造，今用无卯总长呈执政文中语代之，较为雅洁而意义恰合），又复和以巫医的野

---

① 周作人：《读〈欲海回狂〉》，《晨报副刊》1924 年 2 月 16 日，署名荆生。
② 周作人：《情诗》，《周作人批评文集》，第 96 页。
③ 周作人：《恶趣味的毒害》，《晨报副刊》1922 年 10 月 2 日。

蛮思想，提了神秘的风化这二字咒语，行种种的罪恶，固然可憎极了，第二种人表面都是绅士，但是他们的行为是——说谎，反复，卑劣……尤其是没有人气，因为他是野蛮之更堕落了。①

李洪宽曾经编过周作人的关于性的文章，以《性爱的新文化》（山西人民出版社 1992 年版）为题共收文章 76 篇，其中 80% 以上的篇目是指向当时形形色色的性的复古思想的，带有强烈的批判锋芒：《一封反对新文化的信》针对北大教师的"情书"风波；《论女裤》针对教育联合会关于女学生衣裤"袖必齐腕，裙必及胫"的决议中所表现出来的"怕肘膝的蛊惑力"的"老牌野蛮思想"；《沟沿通信》则揭露了华林发表《情波记》的虚伪与险恶用心："所不惜牺牲者却只是'崔氏'之运命幸福。"他从"四川督办为要维持风化，把一犯奸的学生枪毙，以昭炯戒"；"湖南省长因为求雨，半月多不回公馆去，即'不同太太睡觉'"两件事上，推论出"最讲礼教的川湘督长的思想完全是野蛮的"，"京城里'君师主义'的诸位"也"都是一窟窿的狸子"，并进而指出："中国……国民的思想全是萨满教的思想"。② 他尤其善于从假道学的各种性的鬼把戏中看出他们的卑劣，无情地揭破了假道学的庄严面纱。他尖锐地指出"古人之重礼教，或者还有别的理由，但最大的是由于性意识的过强与克制力之过薄……道学家的品行多是不纯洁的，也是极好的例证"，道学家的"极端的禁欲主义，即是变态的放纵"。③ 他十分讨厌"压根儿没有一点理性与风致"的，代表着"买办流氓与妓女的文化"的"上海气"："上海气之可厌，在关于性的问题上最明了地可以看出。他的毛病不在猥亵而在其严正。"他搜出了"上海气"的犬儒玩世的老根："所以由

① 周作人：《我最》，《周作人集外文（上）》，第 763 页。
② 周作人：《萨满教的礼教思想》，《语丝》第 44 期，1925 年 9 月 14 日，署名增明。
③ 周作人：《"重来"》，《谈虎集》，上海书店影印 1987 年版，第 111 页。

上海气的人们看来，女人是娱乐的器具，而女根是丑恶不祥的东西，而性交又是男子的享乐的权利，而在女人则又成为污辱的供献。关于性的迷信及其所谓道德都是传统的，所以一切新的性知识道德以至新的女性无不是他们嘲笑之的。"他从上海气的"崇信圣道，维持礼教"的面纱下面看出，"他们实在是反穿皮马褂的道学家，圣道会中人"，是"中国固有的'恶化'"，"这也是复古精神之一"。①

周作人以这种独特的视角观察着发生在他周围的各种各样的文化事件，常常得出不同寻常而又十分敏锐的结论。例如，他对当年喧嚣一时的"性博士"张竞生判断就是最好的例子之一。在1927年之前，周作人对张竞生的评价总体上是肯定的。他对由张竞生引发的发生在《晨报副刊》上的"爱情定则的讨论"积极回应，称赞"爱情定则这些辩论，虽然有人或者以为非绅士态度，我却觉得是很好的"。② 他还把张竞生在《爱情的定则与陈淑君女士事的研究》所表达的观点与与谢野晶子的论文集《爱的创作》中的"养爱"之道相提并论。虽然他并不欣赏张竞生的某些观点和文词，但还是引为同道。1924年5月张竞生的《美的人生观》作为北京大学的讲义印刷出版之后，周作人很快就在《沟沿通信之二》（1924年8月25日）中评述了它。虽然他认为书中的一些观点，如"内食法"、"神交法"、"情玩"等，"未免太玄学"、"悠谬"，但还是在总体上予以了肯定："总之张先生这部书很值得一读，里边含有不少很好的意思。"他甚至略显夸张地称赞："张先生的著作上所最可佩服的是他的大胆，在中国这病理的道学社会里尚提美的衣食住以至娱乐等的旗帜，大声叱咤，这是何等痛快的事。"迟至1926年9月19日、30日他还发表文章就南开学校禁止学生看"淫书"并"办公文给京津警察厅，要求禁止《性史》（张竞生所编）、《情书一束》等五种'淫书'"

---

① 周作人：《上海气》，《谈龙集》，上海书店影印1987年版，第9页。
② 周作人：《读报的经验》，《谈虎集》，第454—455页。

一事给张竞生、章衣萍以声援。但当张竞生编的《新文化》于1927年1月1日出版之后，周作人对张竞生的评价发生了巨大的变化。这种变化的原因是由于张竞生"在《新文化》的第一期上大力提倡什么'性部呼吸，引道士的静坐，丹田以及其友某君能用阳具喝烧酒为证'"。周作人依据这"里边充满着乌烟瘴气的思想"，指出张竞生"自己也变了禁忌家"，他已由具有"破坏性"的"反礼教精神"斗士变"成了一个道士"。周作人因此预言"张竞生博士的性学会在民国十六年元旦恐怕就要倒霉起头了"，"我猜想张博士不久也会称女子为'鼎器'罢"。①当张竞生因妻子褚女士离开自己，而在《新文化》上登载广告，痛骂褚女士，并用心险恶地指褚女士为CP党时，周作人几乎义愤填膺。他在1927年3月25日的《语丝》上发表了叶正亚的关于张褚离婚始末、揭露张氏丑陋面目的来信并加按语。在按语中，周作人把张竞生的广告与三年前发表在《晶报》上华林的《情波记》相提并论，指出："张先生自己同《情波记》的著者一样，是一个思想错乱，行为横暴，信奉旧礼教的男子"，张竞生的"爱之欲其生，恶之欲其死：这正是旧日男子的常态"。这种考量人物标准的确有其独到之处，它很容易透过冠冕堂皇的时代语言寻找出话语操持者思想上的病根。这一标准的内容，正如周作人所说：（不管他们表面上如何冠冕堂皇）"只要看他关于女人或佛教的意见，如通顺无疵，才可以算作甄别及格"②。

周作人不仅以这种标准来考量时人，也用以来判断当时的社会运动，尤其是对风起云涌的大革命，他考量出的结果同样是特异的。周作人早年在认识到性道德革命的重要性的同时，也注意到要从根本上解决这一问题非要具有相应的外部条件——社会制度的大变革——不可。他在《随感录三十四》（1918年）中，把经济制度的改革，私有制的摈弃视为社会改造的

① 周作人：《时运的说明》，《周作人集外文（下）》，第199—201页。
② 周作人：《性心理学》，《周作人文类编·上下身》，第1页。

根本出路。一直到 1926 年，他还在"反赤"声急的北京声称："我相信现在稍有知识的人（非所谓知识阶级）当无不赞成共产主义"，"总之在吸着现代空气的人们里，除了凭藉武力财力占有特权，想维持现状的少数以外，大抵都是赞成共产主义者"。在"讲到手段"时，他认为蔡元培主张的互助论是"太理想的了"，自己曾经服膺过的日本的新村也"有点迂远"，只有"阶级争斗已是千真万确"，"不容我们有什么赞成或反对的余地"。①

但是，当大革命真正开始改变社会生活时，周作人却对这一他曾经寄予极大希望的革命失望了。周作人恐怕还不是鲁迅先生所说的那些种"碰死在自己所讴歌希望的现实上的"的"有革命以前的幻想或理想的革命诗人"。他的失望是因为从他独特的标准看去，大革命虽然"粉碎了这类诗人的幻想或理想"，恐怕也难免"布告上的空谈"之讥。②且看周作人对大革命的观察：1926 年 12 月当时的革命策源地——广东省政府发布了一份骈文做的解放婢女的布告。周作人敏锐地探察出其中的复古气味。"中国人似乎有一个老脾气，凡是一切告示批判之与女人有关者总是须得用四六文写，这才算合式，或是风流"，"现在那个赤化的广东也逃不出这个定例"。由此他得出自己的结论："我可以相信他们五年内不会共产，虽然公妻不敢保证。"他把此文与"讨赤"联帅孙连芳的对天刺血的誓电置于同一篇文章中，以其特有的嬉笑怒骂讽刺道："讨赤的朋友们恐怕听了要吃一惊"，"同时又想对联帅致词曰：您放心罢！他们赤党还在那里做骈文，可见是并不十分恶化。"③随着观察的深入，周作人对所谓国民革命更加失望。几个月后，他借题发挥指出，"在中国，有产与无产这两阶级俨然存在，但是，说也奇怪，这只是经济状况之不同，其思想却是统一的，即都是怀抱着同一的资产阶

---

① 周作人：《外行的按语》，《谈虎集》，第 261—266 页。
② 鲁迅：《在钟楼上》，《鲁迅全集》第四卷，人民文学出版社 1981 年版，第 36 页。
③ 周作人：《妙文·闲话集成三十四》，《周作人集外文（下）》，第 169—170 页。

级思想"。其证据就是他们"思想上却毫无改变，还是信奉夫为妻纲，把女人当作私有的一种器具，那实在与道学家相去无几"，"例如偏重女性贞操，纳妾蓄婢，宿娼等之公认及讴歌，都是明证"。① 不久，他又找到了一个现实的证据：福州市党部妇女运动委员会发出了一个布告，要求"凡妇女十六岁以上五十岁以下者，出门一律穿裙"；"劳动妇女因工作关系准其不必穿裙，惟须衣长及膝"；"凡属娼妓，概不许穿裙，以示区别"。周作人指出，这个布告也是源于性的崇拜和占有欲的维护礼教的行为。周作人不禁感叹："我读了这一节信，不禁深切地感到现在中国还是有产阶级道德跋扈的时代，即使是在三民主义高唱入云的什么地方。这个证据便在现代中国人对于裙与娼妓的观念之一致，无论他们是三民或四民主义的信徒。"在比较了北方讨赤地区和日人的出于同样心理的行为之后，周作人认为"南北中日的人意见都是一样"②。因此他才在"群众还是现在最时新的偶像"的时候，斥那种"真心做社会改造的人无一不有一种单纯的对于群众的信仰"的现象为"谬误"，同时声明"我是不相信群众的，群众就只是暴君与顺民的平均罢了"。但周作人又清醒地认识到"妇女问题的解决似乎现在还不能不归在大的问题里，而且这又不能脱了群众运动的范围，所以我实在有点茫然了"。周作人最终把革命中出现的"谬误"和复古倾向归结于"一切以男子为标准，即妇女运动也逃不出这个圈子"。因此周作人认为："女子在这种屈服于男性标准下的性生活之损害决不下于经济方面的束缚"，"在文明世界里这性的解放实是必要，虽比经济的解放或者要更难也未可知"。③

对现实的失望导致了一种虚无主义思想在周作人头脑中逐渐占据上风，他在提倡性道德革命时常常表现出矛盾和犹疑。早在 1925 年，周作人就对

① 周作人：《文学谈》，《语丝》第 138 期，1927 年 7 月 2 日。
② 周作人：《穿裙与不穿裙·随感录五》，《周作人集外文（下）》，第 231—232 页。
③ 周作人：《北沟沿通信》，《知堂书信》，第 114 页。

自己鼓吹思想革命效果表现出怀疑:"我们发表些关于两性伦理的意见也只是自己要说,难道就希冀能够于最近的或最远的将来发生什么效力?"他一方面提倡现代性爱道德,"拨草寻蛇地向道学家寻事",一方面如其所许的:"如法国的拉勃来(Rabelais,今译拉伯雷)那样只是到'要被火烤了为止',未必有殉道的决心"①。他赞赏拉伯雷,不仅因为他"有伤风化"、"得罪名教",还因为"他不是狂信的殉道者,也异于冷酷的清教徒。他笑着,闹着,披着猥亵的衣,出入于礼法之阵,终于没有损伤,实在是他的本领"。因此在"现在假道学的空气浓厚极了"的中国,周作人认为自己的提倡新的性道德,反对假道学也应该避免被"火烤"。② 后来他还在不同场合,或劝提倡新的性道德的友人"千万不要一下子就被'烤'得如翠鸟牌香烟";或向友人申说自己虽"极愿"提倡新的性道德,但"只主张到快要被烤了为止"。

正是这种怕被"火烤"的心态使得周作人的思想在1928年底发生了转变。1928年周作人居住的北京易帜、北伐胜利,随后出现了一系列的复古事件:国民政府规定孔子纪念日、专制主义的思维方式日见高涨,甚至连五四运动的先驱蔡元培都主张停止"青运"③。这些现象使周作人发现自己的思想"是已经过了时的所谓自由主义","现在的趋势似乎是不归墨(Mussolini)则归列(Lenin),无论谁是革命谁是不革命,总之是正宗与专制姘合的办法,与神圣裁判官一鼻孔出气的。但是,这总是与文明相远,与妖术和反妖术倒相近一点罢"。④ 出于这样的判断,他选择了"闭户读书"。后人对他的这一选择多有不屑、指斥,但这的确是周作人自身思想合乎逻辑的发展,

---

① 周作人:《与友人论性道德书》,《语丝》第26期,1925年5月11日,署名开明。
② 周作人:《净观》,《周作人文类编·上下身》,第49—50页。
③ 《周作人致江绍原信》(1928年11月30日),《知堂书信》,第157页。
④ 周作人:《关于妖术》,《永日集》,第105—109页。

自有其道理在。何况他的"闭户读书"并非真的两耳不闻窗外事。他的《闭户读书论》(1928 年 11 月)虽曰要在这"不甚适宜于说话的""危险的时期""闭门读书",但他庄谐杂出说出的理由却无一不是在批判当时各式各样的复古倾向:国民党的残酷杀戮,蔡元培等的倒退,国民政府的提倡读经。最后他直认当时的复古倾向的出现"正是不学之过"。而且就是在这闭户读书时期他也没有忘记自己的思想革命。他先后写出《杀奸》(1928)、《娼妇礼赞》(1929 年 3 月 25 日)、《〈性教育的示儿编〉序》(1929 年 8 月 3 日)、《拥护达生编》(1930 年 6 月 16 日)、《穷裤》(1932 年 11 月 1 日)、《性的心理》(1933 年 8 月 18 日)、《性的知识》(1933 年 11 月 1 日)、《缢女图考释》(1933 年 11 月 16 日)、《男化女》(1934 年 5 月 7 日)、《关于捉同性恋爱》(1934 年 12 月 27 日)等多篇文章,这些文章都不忘以性为武器的思想革命的使命。甚至此时他文章中逐渐占据优势的、被后人看做他散文重要特色的"平和冲淡"也仍然带有反抗的意思在里面。在《〈燕知草〉跋》中,他明白地说明了他提倡平和冲淡的小品文原意:"实在我只想说明,文学是不革命,然而原来是反抗的。"因此当年有人称他的散文平和冲淡时,他声称:"平淡,这是我所最缺少的,虽然也原是我的理想,而事实上绝没有能够做到一分毫,盖凡理想本来即其所最缺少而不能做到者也。""朋友们称之曰平淡或赐以称许或嘲骂,原是随意,但都不很对,盖不佞以为自己的文章的好处或不好处全不在此也"。关于自己文章的好处,他夫子自道:"看自己的文章,假如这里边有一点好处,我想只可以说在于未能平淡闲适处,即其文字多是道德的。"[1]

---

[1]　周作人:《自己的文章》,《青年界》第 10 卷第 3 号,1936 年 10 月。

结论

首先，周作人始终坚持的性道德改革在现代中国的启蒙运动中有着独特意义。它所倡导的性人格改造是中国启蒙运动不容忽视的重要一翼。

历史一再证明，一个新的社会的到来，不是靠一次政权的更迭，几次政治制度的试验，甚至也不是靠仅仅改变经济制度所能实现的。一个新社会的建成，还需要一代新人的出现。正如弗洛姆所总结的："只有在建设新社会的过程中形成了一代新人，或简单地说，现在占统治地位的人性格结构发生了根本的变化，一个新的社会才能建成。"① 而性人格恰恰是人的性格结构中最深层、最隐秘，也是最难以被触动被改造的层面。只有人的性人格也得到了改造，一代新人才能够真正出现。正是基于这样的理由，马克思把"男人对妇女的关系"视为"人对人的直接的、自然的、必然的关系"，"从这种关系就可以判断人的整个文化教养程度，从这种关系的性质就可以看出，人在何种程度上对自己来说成为并把自身理解为类的存在物、人"。"这种关系表明人的自然行为在何种程度上成为人的行为，或者：人的本质在何种程度上对人来说成为自然的本质，他的人的本性在何种程度上对他来说成为自然。"② 激进的女性主义者也出于同样的理由才把性关系的变革视为实现彻底的社会变革的必由之路。③

在中国旧伦理体系中，性，是一种生殖繁衍的工具。它不仅是种的繁衍工具，还繁衍着封建伦理秩序。因此，性道德革命在五四新文化运动中的意义就不仅是我们通常所理解的反传统而已。作为"伦理的革命"，它从更深的层次也就是从试图改造人的性人格的层次改造着国民性，颠覆着礼教

---

① ［美］E.弗洛姆：《占有与生存》，生活、读书、新知三联书店1989年版，第11页。

② ［德］卡尔·马克思：《1844年经济学哲学手稿》，人民出版社2000年版，第80页。

③ 参见［美］凯特·米利特《性政治》宋文伟译，江苏人民出版社2000年版，第28—29页；李银河主编《妇女最漫长的革命——当代西方女权主义理论精选》，生活·读书·新知三联书店1997年版，第31页。

对"人"的束缚。通过性关系这一人类最基本的关系的改造来实现社会的改造也正显示出周作人思想革命的独特的深度。尤其在像中国这样一个被礼教传统统治了千余年的国家里，尤其在1928年以后民族—国家的革命话语逐渐侵蚀着中国现代性追求的全盘谋划的时候，它的意义就显得更加重要。

其次，周作人从性道德革命的角度对现代中国社会运动的观察以及观察结果所导致的思想由激昂到消沉的变化从一个侧面显示出中国现代性追求的结构性偏颇。

舒芜先生曾经分析过周作人文化心态上的矛盾，认为在周作人身上，"18世纪的头脑和20世纪的感觉兼具"。"所谓18世纪的头脑，就是启蒙主义者的宁静理智的头脑"，相信人性本来美善，相信理性，对人生和历史抱有乐观的态度。所谓20世纪的感觉则是现实给予周作人的现代人的痛苦意识。舒芜先生把周作人的现代意识归结为：认为"人生无目的无意义"；"绝望的历史观"；"世界荒诞的感觉"。"他最典型地显现为一个'生错了时代的人'"。① 笔者认为，产生这种矛盾文化心态的原因恐怕不能简单地归结为个人，因为很明显的，在那个大变动的时代，有着这样矛盾心态的不是一小部分文化人，而是一大批。这其中应该还有属于时代文化选择的结构性原因在里面。

以大革命为例，大革命的兴起为知识分子展开过一幅全盘变革中国社会积弱的"黄金世界"的蓝图。革命所预约给人们的对当时腐烂混乱的社会制度的总体性变革目标强烈地吸引着知识分子。在他们看来，革命是当时中国走向新生的唯一正确选择。他们同时相信革命成功后，像恋爱这样一些个人的幸福感会自然而然地得到满足。正如胡也频的遗稿《同居》（1930）

---

① 舒芜：《理性的清朗与现实的阴暗——周作人的文化心态》，《回归五四》，辽宁教育出版社1999年版，第380—419页。

中所幻想的：革命成功后，婚姻制度也必然发生"革命"，每一个人都可以"自由地和一个'同志'跑到县苏维埃去签字，便合适的同居起来"。因此，那些曾经醉心于个性解放的新文化运动的先驱们如吴稚晖、蔡元培、郭沫若等也都像后来那些复制着"革命＋恋爱"小说的青年作家们一样罗曼蒂克起来：心甘情愿地放弃个人主义诉求，而转向集团主义诉求。甚至清醒如鲁迅、周作人者也向往起革命来了。但是，在 20 世纪 20 年代的中国，这种全盘性变革几乎是一个奢望，不仅没有合适的经济基础，而且迫在眉睫的民族危亡使得民族国家的革命话语成为历史的优先，其他一切的话语元素都毫无例外地被边缘化。虽然民族国家的革命话语也可能兼容性爱现代性话语，但中国的大革命带有很大的特殊性，最终这种兼容并没有出现。反而是现实的革命需要压抑了性爱的合理性，甚至陷入革命禁欲主义的泥潭，一如大家所熟知的"革命＋恋爱"的小说公式所显示的那样。面对这种历史情势，面对性道德革命的失败，周作人以历史循环论来预测革命的"命运"就不足为奇了："几年前我有过一句不很乐观的话，便是说历史的用处并非如巴枯宁所说，叫我们以前事为鉴戒，不要再这样；乃是在于告诉我们，现在又要这样了。"① 他的消沉、愤世嫉俗也就可以被理解为是一种"时代病"。

而这种"时代病"揭示着当时以革命为代表的现代性追求的结构性缺陷：没有性道德革命相伴随的革命注定会失败。过去我们根据物质决定意识论认为，随着经济的、政治的革命到来，人的旧性格结构会自然而然地发生变化以适应新时代的变化，把社会的所有变革都寄希望于经济制度的变革上。历史证明，这有点天真。茅盾在大革命失败之后的《蚀》中，反思了这种大革命的内在缺失：没有以性革命对人的基本性格结构的改造，无论

---

① 周作人：《命运（闲话拾遗十八）》，《周作人集外文（下）》，第 208 页。

怎样高涨的革命都有可能失败于革命的对象在人的性格深层所塑造出"无物之阵"。① 周作人在大革命时期的"'僵尸'复活、故鬼'重来'的恐惧"也正源于此。因此，周作人的这一思想被研究者视为"具有一种历史的深刻性，是周作人思想遗产中最具有生命力的部分"②："原来，中国妇女的解放确实不是那么容易的事。现在回过头去看周作人的话，不能不佩服他在五六十年前已经说得那么多，那么好。"③

从这一意义上，当我们读到周作人下面这段话的时候，在他消沉的背后应该有更多让我们沉思的东西出现：1926 年多数新文化运动先驱正把注意力投向阶级斗争和群众运动，独有他还在坚守着新文化运动的这块阵地。他在揭露了当时西北边防督办张之江、内阁总理贾德耀、临时执政段祺瑞、临时执政府秘书长章士钊等的礼教复古丑剧之后感叹："我想起以前《新青年》里的《非君师主义》，不禁有隔世之感。这一年来有这些礼教反动运动，却绝少反抗的呼声，似乎大家经了这十年的混战，已都疲劳极了，在盖沟内睡好觉，忘记了外面的敌人。"④

这是一个失群战士的悲鸣！

---

① 徐仲佳：《性爱的现代性与文明的再造——茅盾早期性爱思想浅探》。
② 钱理群：《动荡时代人生路的追寻与困惑——周作人、鲁迅人生哲学的比较》，《周作人评说80 年》，第 461 页。
③ 舒芜：《女性的发现——周作人的妇女观》，《回归五四》，第 494 页。
④ 周作人：《整顿学风文件》，《语丝》第 71 期，1926 年 3 月 22 日，署名岂明。

文明的再造

——茅盾早期性爱思想浅探

20 世纪 20 年代前半期是中国现代思想最活跃的时期，旧的伦理体系尤其是旧伦理体系中的性道德受到了前所未有的怀疑和攻击。在对传统怀疑和攻击的同时，新文化运动的先驱们还表现出强烈的再造文明的冲动。从 1918 年的贞操观讨论开始到 1925 年的新性道德讨论止，知识分子尤其是新文化运动的精英们试图通过鼓吹新性道德观的性革命来再造文明，达到社会的根本改造。其中，茅盾的性爱思想是极有代表性的。茅盾早期性爱思想的核心是灵肉一致的现代性爱观。他对现代性爱观的鼓吹就是着眼于它是中国社会根本改革所最切要的。

一　茅盾早期性爱思想的主要内容

灵肉一致是茅盾早期性爱思想的核心。灵肉一致是现代性爱观的中心原则，20 世纪 20 年代初期，在席卷世界的性爱浪潮中被普遍奉为圭臬。它伴随着资本主义生产关系的出现而出现。虽然这种理念即使在资本主义社会的统治阶级内部，常常也只是存在于"纸面上，在道德理论上以及在诗歌的描写上"①。但正是这种纸面上的，道德理论上的以及诗歌描写上的现代"人"的曙光通过我们那些新文化运动的先驱们照亮了还沉浸在"吃"与"被

---

①　恩格斯：《家庭私有制与国家的起源》，《马克思恩格斯选集》第 4 卷上，人民出版社 1972 年版，第 77 页。

吃"的无意识中的老大帝国。1918 年的贞操观讨论就已经显露出了现代性爱观的端倪：贞操是"一个'人'对别一个'人'的一种态度"。① 这里的"人"已带有新文化先驱们的梦想："我们所信的人类正当生活，便是这灵肉一致的生活。"② 茅盾的性爱思想就是在这样的背景下，呼应着五四时期"人的发现"而形成的。与同时代的其他先驱们一样，他首先把目光对准旧伦理体系中的偏枯的贞操观，呼吁建立一种两性平等的性道德。

在中国旧的伦理道德体系中，作为女性行为规范的三从四德把女性塑造成男性的附属品。正是认识到"中国妇女的被屈服，完全是因道德上的失败，古来偏枯的道德教条已经把妇女束得极紧"③，茅盾认为"创造新道德，男女共守的新道德，才是'人'的办法"，④ 旧性道德的偏枯主要表现在对女性节烈的苛求，因此要"创造新道德"首先要打破旧的贞操观。在茅盾眼里："大概中国的贞操观念是世界上最特别的一种贞操观念了……中国的贞操主义就是吃人的主义。"因此他明确提出："在中国宣传女子解放的福音，第一步应该打倒贞操观念这魔障，光景是一定的事，用不到怀疑的。可是我们要明白：我们这里说的不问三七二十一第一步要先打破的，是中国历来相传的贞操观念"；⑤ 为此，1920—1925 年他先后发表了《男女社交公开问题管见》、《世界两大系的妇人运动和中国的妇人运动》、《〈爱情与结婚〉译者按》、《我们该怎样预备了去谈妇女解放问题》、《恋爱与贞操的关系》、《恋爱与贞洁》、《离婚与道德问题》、《新性道德的唯物史观》等多篇文章。在这些文章中，茅盾积极鼓吹男女平等的贞操观。

---

① 胡适：《贞操问题》，《新青年》第 5 卷第 1 号。
② 周作人：《人的文学》，《新青年》第 5 卷第 6 号。
③ 茅盾：《世界两大系的妇人运动和中国的妇人运动》，《茅盾全集》第 14 卷，人民文学出版社 1987 年版，第 121 页。
④ 茅盾：《我们该怎样预备了去谈妇女解放问题》，《茅盾全集》第 14 卷，第 128 页。
⑤ 茅盾：《恋爱与贞操的关系》，《茅盾全集》第 14 卷，第 250—251 页。

"打倒贞操观念这魔障"并不是不要道德的约束。1920 年在为当时的妇女运动开出的药方中,他特意强调讨论"男女平等的新道德":"我以为新道德的创立,尤为紧要,在中国尤为紧要中的紧要。爱伦凯(Ellen Key)说:新道德便是贞操的新定义,所谓贞操,是指灵魂和知觉的和谐,男女性的关系而出于此外的,便没有道德上的价值。"① 新的贞操应该是灵肉一致的,新贞操等于新道德。由此可见,茅盾在阐述现代性爱观时有明显的道德建构意识。在这篇文章里,他认为新道德的建构是妇女运动的中心一环。

在他的性爱思想中,贞操观是建立在男女双方的灵肉一致的恋爱基础上。正如当时惯常的用法,灵肉一致的性爱被称作恋爱:

> 我的意见以为若要决定贞操究竟应有不应有,先须研究恋爱的性质。男女恋爱的关系,究竟仅是肉体的物质呢?还是灵魂的精神。我们固然不便跟了那些空想的神秘诗人那样的说法,决定男女的恋爱完全是属于灵的精神东西,和肉体一毫无涉;但我们却也觉得男女的恋爱,真正的恋爱,至少应有精神的结合。我们固然也否认那主张精神恋爱,以为肉体接触完全是兽性的可丑,这些不近人情的偏论;但我们却也承认男女间恋爱的关系确是由肉体的而进化到灵魂的。所谓恋爱,一定是灵肉一致的。仅有肉的结合而没有灵的结合,这不是恋爱。但对于那以恋爱必先由精神而及肉体的说头,却也不能赞成。因为这与恋爱进化方式不符!恋爱的进化方式,显然是由肉体的而进于灵魂的,个人的恋爱当然不能作为例外。

"所以贞操与恋爱的关系,一而二,二而一,并不分彼此。有恋爱时,贞操

---

① 茅盾:《世界两大系的妇人运动和中国的妇人运动》,《茅盾全集》第 14 卷,第 120 页。

不守自在；无恋爱了，虽有贞操以为制裁，然而这种灵肉异致的恋爱，在我看来，双方都是不贞已极的。"① 在茅盾的性爱思想中，性爱（即他所谓恋爱）中性爱双方的灵与肉的交融是同等重要的，毫无轩轾。这其中既排除了单纯要求精神恋爱的性不净观所带来的枯涩，也摈弃了借恋爱之名行纵情肉欲的昏乱。这二者曾是骤然迎进现代性爱观曙光的老大帝国的旧儿女们最常见的"眩晕症"。这显示出茅盾对现代性爱观理解的清晰。清醒的道德建构意识又使他特别注意现代性爱观在中国的展开。例如他性爱思想中的下面两个方面，都是当时性爱思潮中的两个重大的问题。

其一，离婚自由。这是与他的贞操观相联系的。离婚的权利，自从一夫一妻制确立以后就被从女性那里剥夺了。只是到了现代性爱观出现以后，"不以相互的性爱和夫妻真正自由同意为基础的任何婚姻都是不道德的"② 观念深入人心，离婚自由被作为婚姻自由的一部分，女性才有可能收回本该属于她们的权利。但是在 20 世纪 20 年代初期的中国，离婚对女性来说还是一场灾难。这种灾难不仅表现在女性离婚后谋生的艰难，还表现在社会心理对离婚女性的责难。只要看看鲁迅先生的《离婚》，我们就会对女性收回这一权利的艰难性有充分的认识。在茅盾那里，贞操既然是和恋爱紧密联系在一起的，那么当恋爱消失以后，男女之间的贞操自然消解，"无恋爱了，虽有贞操以为制裁，然而这种灵肉异致的恋爱，在我看来，双方都是不贞已极的"。因此离婚的自由就成为新性道德的题内之义："因为我们信奉恋爱教，确信结婚生活必须立在双方互爱的基础上，无恋爱而维持结婚生活，是谓兽性的纵欲，是谓丧失双方的人格！"③ "所以恋爱神圣与离婚

---

① 茅盾：《恋爱与贞操的关系》，《茅盾全集》第 14 卷，第 253—254 页。
② 恩格斯：《家庭私有制与国家的起源》，《马克思恩格斯选集》第 4 卷上，第 77 页。
③ 茅盾：《读〈对于郑振埚君婚姻史的批评〉以后》，《茅盾全集》第 15 卷，人民文学出版社 1987 年版，第 38 页。

自由实在是新性道德的两翼：因为要保持恋爱神圣，同时便不能不采取离婚自由；而在此两性关系正在变化过渡的时代，采取离婚自由便所以实现恋爱神圣。"①

其二，恋爱神圣。在中国旧的伦理规范中有禁欲与纵欲这两种相反相成的倾向。一方面是正统思想中对人的合理欲望的压抑，一方面则视性交为"风月"，视狎妓、偷情为风流韵事。茅盾在鼓吹灵肉一致的恋爱，在反对正统思想的禁欲观念的同时，极力反对把恋爱视为风流韵事的倾向。当时，现代的性爱观念的曙光刚刚照进我们这个"老大帝国"，那些深受旧伦理规范熏染的青年们被"灵肉一致"的恋爱观的曙光照得目眩，在追求"爱情"时常常进退失据。或者把恋爱看做风流韵事，"夸示侪辈"；或者"单方面的乱向人求爱"；或者"未尝选择，一见便爱上"。对青年的这种种倾向，茅盾认为"最先应该对青年说明的，就是风流韵事的恋爱观是要不得的"。"应该告诉他们，恋爱是人间最庄严的事，决不能掺涉一毫游戏的态度。如果把恋爱成功视作自己方面的胜利，那就是把恋人当作胜利品，是诬蔑对方人格的行为，那就失了恋爱的真谛"。② 茅盾之所以强调恋爱的神圣是因为在他眼里，"恋爱神圣与离婚自由实在是新性道德的两翼"。

二 茅盾早期性爱思想的源流

在茅盾的早期思想中，有一点是贯穿始终的，即以社会的根本改造自任。这种以天下为己任的抱负最早是来自茅盾的父亲的影响，茅盾的父亲早年即以天下为己任，积极学习声光电化。在他早逝前的遗嘱中还以第二次变法维新勉勖两个儿子。在父亲的影响下，茅盾12岁时就放言："大丈夫当以天下为己任。"③ 这种以天下为己任的责任感也贯穿在茅盾的早期性爱思

---

① 茅盾：《新性道德的唯物史观》，《茅盾全集》第15卷，第263页。
② 茅盾：《青年与恋爱》，《茅盾全集》第15卷，第65页。
③ 茅盾：《我走过的道路》（上），人民文学出版社1981年版，第68页。

想中。上面陈述的是茅盾早期性爱思想的主流。在他的早期思想中，他的性爱思想是有变化的，可以约略分为两个阶段。

茅盾很早就表现出对人类性关系的浓厚兴趣，13 岁的时候他就看过《野叟曝言》。就在同年，在一次作文作业——《汉武帝杀钩弋夫人论》中，他就认为汉武帝借害怕自己死后钩弋夫人"骄蹇淫乱自恣"，杀死自己宠妃钩弋夫人"抑何忍耶"。① 这些虽谈不上什么性爱思想，但从他对汉武帝的指摘已可看出一些他早期性爱思想的端倪。

1919 年，在一篇文章中他宣称"这婚姻问题是我最喜欢研究的"。② 这时茅盾对婚姻问题的研究兴趣已带有强烈的社会改造的自觉。这是他性爱思想的第一阶段："欲求进步"，"各人牺牲一点自己'恋爱'的幸福"。③ 茅盾这里所提倡的牺牲即承认父母已包办的婚姻，排斥灵肉一致的"自由恋爱"："我是不信有纯粹的恋爱，也不信纯粹的恋爱有永久性。""所以结婚不应以恋爱为要素"。在这里茅盾所说的恋爱是指建立在性的吸引上的爱（在该文附注中，茅盾指出："此篇所有'恋爱'指性的恋爱"）。他甚至呼吁："父母前定的婚，除因特种情形（如确知该女性情乖戾或伊父母不良或因其他主见上之歧异等等）外，皆可以勉强不毁。"茅盾之所以要承认旧礼教所造成的既成事实，是因为他抱着一种牺牲的决心："结婚到底为什么？我敢抄 BernardShaw 的话道：'在产生超人'。"他首先想到的是解除婚约对女性的伤害比对男性的益处要大得多。

> 我们解了父母定的婚约了，在男子固然可以另想法；但是女子如何？我不要伊，别人要伊么？……恐怕有些固执的女子，反要误会意思，

---

① 茅盾：《汉武帝杀钩弋夫人论》，《茅盾全集》第 14 卷，第 403 页。
② 茅盾：《一个问题的商榷》，《茅盾全集》第 14 卷，第 57 页。
③ 同上书，第 62 页。

弄出性命交关的事来呢！这岂不是为好反成恶么？所以我们要进一层想，该女子不社交无知识，是个可怜虫，我娶了她来，便可以引伊到社会上，使伊有知识，做个"人"！这岂不是比单单解约，独善其身好得多么？

同自己并不爱的女性结婚在茅盾看来是在"援手救自己的妹妹"，是一种"欲求进步"的牺牲。① 这种通过"各人牺牲自己一点'恋爱'的幸福"来达到拯救尚陷于"被吃"的无意识中的女性，或者仅仅因为不忍心女性因自己的为求得"人"的权利决绝行为受到伤害，而陷男女两性于痛苦的深渊的行为在 20 世纪 20 年代前后的新文化先驱们那里十分常见。鲁迅先生曾经为了"血液究竟干净，声音究竟醒而且真"，与自己并不爱的朱安女士结婚，"只好陪着做一世的牺牲，完结了四千年的旧账"。② 茅盾先生也是这种主张的实践者，他与夫人孔德沚结婚之前互相并不了解，结婚之后，茅盾就如他后来在文章中所说，教她读书写字，终于使其成为一个真正的"人"。他们以自己的婚姻为牺牲带有强烈的殉道色彩。

进化论的"历史中间物"意识是他们殉道的逻辑基础，这种以牺牲自我来谋求社会进化的行为逻辑在 20 世纪 20 年代的新文化先驱们的头脑里普遍地存在着。进化论的思想，经过严复所译赫胥黎的《天演论》进入中国。几经改造，在新文化运动的先驱们那里，人的进化已经成为改造老大帝国的利器："是故将生存两间，角逐列国是务，其首在立人。人立而后凡事举。"③ 陈独秀面对着 1915 年的混乱政象，认为近年的"伪共和"，"伪立宪"的局面，"以其于多数国民之思想人格无变更，与多数国民之利害休戚无切身直

---

① 茅盾：《一个问题的商榷》，《茅盾全集》第 14 卷，第 57—62 页。
② 鲁迅：《随感录·四十》，《鲁迅全集》第 1 卷，人民文学出版社 1981 年版，第 325 页。
③ 鲁迅：《文化偏至论》，《鲁迅全集》第 1 卷，第 58—59 页。

观感"。① 以此要求"自负为一九一六年之男女青年，其各奋斗以脱此附属品之地位，以恢复独立自主之人格！"② 新文化运动中的"改造国民性"就是要通过社会的粒子——个人的进化达到社会根本改造的目的。

20世纪20年代初风起云涌的妇女解放运动以及新性道德的提倡都是这种进化论的逻辑推演的结果。男人对女人的压迫是人类历史中最悠久、最深重的一种奴役。妇女的解放才是人类的彻底解放，也是社会进化最有效的途径。茅盾妇女解放思想的出发点就是明证："为什么我们要提倡妇女解放？为人道主义么？不是！为平平女子的气么？自然也不是！我敢说我们提倡妇女解放的目的，就为的是从社会进化着想！"③ 这种社会进化的妇女解放思想最终导致了茅盾性爱思想的变化。因为承认旧礼教的婚姻毕竟不是"人的办法"，"牺牲"也并不必然地有益于社会的进步。如何以新的性道德代替旧的偏枯的性道德就成为茅盾最关注的问题。

1920年茅盾接受了爱伦凯的恋爱结婚论，爱伦凯的恋爱道德论成为茅盾早期性爱思想第二阶段的主要内容之一。爱伦凯（1849—1926），瑞典女权运动家，教育理论家。她的主要思想是母性论、儿童教育论、恋爱道德论。白水纪子认为是茅盾在中国最初正式介绍爱伦凯的思想。④ 但是茅盾对爱伦凯的接受主要是她的恋爱道德论。茅盾在《妇女杂志》第6卷第3号（1920年3月5日）发表的他对爱伦凯的《爱情与结婚》的节译却只"提取原书中讨论结婚目的，爱情本质诸段连缀成之"。茅盾对《爱情与结婚》的截取并非无意为之，他注重的是"伊是极反对现在的偏于男权的道德"，而

---

① 陈独秀：《吾人最后之觉悟》，《独秀文存》，安徽人民出版社1996年版，第40页。
② 陈独秀：《一九一六年》，《独秀文存》，第35页。
③ 茅盾：《妇女解放问题的建设方面》，《茅盾全集》第14卷，第95页。
④ ［日］白水纪子：《〈妇女杂志〉所展开的新性道德论》，吴俊编《东洋文论》，浙江人民出版社1998年版。

且爱伦凯的灵肉一致的贞操观"和我们中国的情形，有多大的影响"。① 即他对爱伦凯的恋爱结婚论的接受是基于它可以对中国产生极大的影响。因此他一反一年前自己的"父母前定的婚，除因特种情形外，皆可以勉强不毁"的论调。而倾向于爱伦凯的"关于结婚道德的法典，要有恋爱，才可算得道德。倘若没有恋爱，即使经过法律的结婚手续，也是不道德"。② 因此茅盾思想上的这一转变还是基于他的社会改革的自觉。

在接受爱伦凯的恋爱道德论的同时，茅盾接受了共产主义信念作为自己的信仰，积极投身求民族解放的社会活动中。与"道德的改革，家制的改革"、"改造国民性"相比，当时的中国最需要的是民族的独立。道德的改革再切要，在一个制度腐朽的国家里也只能流于空谈。正如历史所证明的，经济制度的变革，政治制度的更迭是造成一个新社会的主要手段，也最容易改变人们的生活和思想意识。因此像茅盾这样的鼓吹"个性解放"、"信奉恋爱教"的先驱最终投入"大革命"的洪流中就是顺理成章的了。在具体的社会活动和鼓吹"道德的改革"这两者之中茅盾并没有多少偏废，《新性道德的唯物史观》就写于他革命工作繁忙的1924年。即使在轰轰烈烈的大革命中，茅盾对以"家庭性解放"为中心的"道德的改革"仍然没有忘怀。在最激烈的政治革命中，他也时时关注革命者的性革命。1926年秋，革命中的"新女性"以及革命者之间的一次爱情纠葛就曾激起茅盾描写革命中的女性的欲望。只是因为随后来到的大革命才没有写成③。因此，以"家庭性解放"为中心的"道德的改革"④ 与政治制度的改革应该相辅相成是茅盾性爱思想第二阶段的另一个主要内容。在他看来，只有这两种革命同时完成，

① 茅盾：《〈爱情与结婚〉译者按》，《茅盾全集》第14卷，第131—132页。
② 瑟庐：《爱伦凯女士与其思想》，《妇女杂志》第7卷第2号。
③ 茅盾：《我走过的道路》，第315页。
④ 茅盾：《世界两大系的妇人运动和中国的妇人运动》，《茅盾全集》第14卷，第123页。

才是真正彻底的革命。这也正是茅盾高出同时代其他思想先驱之处。

通过性关系这一人类最基本的关系的改造来实现社会的改造从一个侧面反映了新文化先驱们社会改革的深度：只有再造文明才有可能实现社会的根本改造。在中国旧伦理体系中，性是一种生殖繁衍的工具，不仅是种的繁衍工具，还繁衍着封建伦理秩序。基于性革命的文明再造是彻底的社会改造的一种可能。一个新的社会到来，不是仅靠一次政权的更迭，几次政治制度的试验，甚至也不是靠仅仅改变经济制度所能实现的，虽然经济制度的改变是促使这一改变实现的最基本的要件。一个新社会的建成，还需要一代新人的出现。正如弗洛姆所总结的："只有在建设新社会的过程中形成了一代新人，或简单地说，现在占统治地位的人性格结构发生了根本的变化，一个新的社会才能建成"。① 这一点与20世纪20年代先驱们的"改造国民性"不谋而合。"改造国民性"就是试图改造人的性格结构的深层。提倡新性道德，改变人们的性观念也是"改造国民性"的重要一环。如果说政治制度的革命解决的是物质生产的生产关系，那么"改造国民性"解决的就是精神生产的生产关系。性观念的改变把这种精神生产的生产关系的改革深入人的无意识层面。茅盾的可贵之处是他始终把以"家庭性解放"为中心的"道德的改革"与政治制度的改革联系在一起。因此当1927年大革命失败以后，茅盾对大革命的反思能够达到一种异样的深度。

三 以《蚀》三部曲为例

《蚀》三部曲是茅盾作为小说家的处女作。这部长篇奠定了茅盾先生作为小说家在中国现代文学史上的地位。夏志清先生认为正是这部小说使得茅盾先生"脱颖而出，大露锋芒"。但是夏先生同时认为"《蚀》的文字稍

---

① 弗洛姆：《占有与生存》，生活·读书·新知三联书店1989年版，第11页。

显秾艳，趣味有时流于低级"。① 夏先生的评价代表了一种倾向，即在承认《蚀》在反映时代真实性的同时，对其中的性描写持保留或否定的态度。在我看来，《蚀》中的性描写却有另一种深意在。《蚀》中描写了两种截然不同的性的"恶"：一种是以"革命"的名义所行的性泛滥、性残暴，一种是革命青年的性苦闷。《蚀》就是通过这两种性"恶"，反思了大革命的失败。大革命的失败并不仅是因为反革命势力的强大，其主要原因是来自大革命本身的缺陷：政治制度的改革和以"家庭性解放"为中心的"道德的改革"的脱节。

革命意味着人的解放，蒙昧的祛除。在 20 世纪 20 年代的中国，革命至少应该包含着把人从旧的伦理体系的蒙昧中解放出来。但是在《蚀》中，在革命的名义下贩卖的却是封建主义的私货：裙带、荒淫、贪婪。革命在大多数所谓"革命家"那里只是一个饭碗，他们所有的只是空虚烦闷。更令人可悲的是原本属于革命的题内之义的新性道德的提倡，也借着革命的名义成为旧礼教中纵欲的新护符。即使在革命的高潮期，在革命的中心武汉，"一方面是紧张的革命空气，一方面却又有普遍的疲倦和烦闷"。"'要恋爱'成了流行病，人们疯狂地寻觅肉的享乐，新奇的性欲刺激"。在远离革命中心的偏远县城各种性的丑恶更是借着革命的面目纷纷登场。劣绅胡国光为了满足自己的淫欲，借解放妇女的名义，把一个"解放妇女保管所"变成一个公开的淫窟。南乡的农民的革命要求竟是"公妻"："明明有个共产党，则产之必共，当无疑义，妻也是产，则妻之竟不必公，在质朴的农民看来，就是不合理，就是骗人。"没有祛除性蒙昧虽然不是大革命失败的主要原因，但性蒙昧的猖獗却从一个侧面反映出革命的不彻底：革命并没有以全新的现代意识改造革命者本身。大革命鼓动起了千百万受压迫的工农大众，

① 夏志清：《中国现代小说史》，转引自《中国当代文学研究资料·茅盾专集》第二卷（上），福建人民出版社 1985 年版，第 738、745 页。

教育他们要为本阶级的解放而斗争，但并没有同时以现代人学的思想改造他们深层的性格结构。这种性格的深层结构是由旧伦理道德所塑造的，它的存在的隐蔽使它很容易复制旧的伦理体系，各种旧的制度。鲁迅先生所痛恨的"无物之阵"就是这种最不易改造的由旧伦理体系所塑造的深层性格结构。这也就是为什么把革命与性残暴等同的不仅是像胡国光那样的投机的劣绅，还包括那些革命的主力军——广大的农民，受压迫最深的妇女，甚至还有那些革命的领导阶级。虽然大革命激起了千百万受压迫的工农大众的革命狂热，事实也证明他们一旦投入革命就会爆发出惊人的力量。但是这是怎样的一种革命呢？南乡农民的革命要求很容易让人想到阿Q的革命。这种革命在新文化运动的先驱者看来，不过是一种奴才式的破坏，是不足取的。茅盾在《蚀》中对这些以"革命"的名义所行的性暴行的描写意在揭示：单纯的制度变革并不足以彻底地完成中国的革命任务。中国的革命应该是性革命与政治的革命齐头并进，相辅相成。如果认为随着经济的、政治的革命到来，人的旧性格结构会自然而然地发生变化以适应新时代的变化，那就有点天真。没有以性革命为代表的彻底的文明改造以改变旧伦理体系所塑造的人的基本性格结构，无论怎样高涨的革命都有可能失败于革命的对象在人的深层性格结构所塑造出的"无物之阵"。在这个意义上，《蚀》对大革命失败的反思很容易使我们想起《阿Q正传》对辛亥革命失败的反思。

《蚀》中还描写了时代青年，尤其是"新女性"在大革命中的性苦闷，从另一个侧面反思了大革命的失败：革命并不是个性主义的浪漫想象。《蚀》中的青年男女尤其是"新女性"，是呼吸着"五四"个性解放空气成长起来的。她们之所以被称为"新女性"是因为她们感应着20世纪20年代的性爱思潮，服膺着灵肉一致的现代性爱观。如慧、静、孙舞阳、章秋柳，甚至还有那个最后为了肚子里的烈士遗腹子不得不去出卖肉体的王诗陶。她们代表着茅盾的性爱理想。她们的性爱追求也代表着那个时代的高度,但它们无一不是以悲剧收场,她们之中很少有人曾经得到过哪怕最短暂的现代性爱。《幻灭》中的慧一出场就已经受到了深深的伤害:"恋爱?我不曾梦见恋爱,我也不曾见过世上有真正的恋爱!"静"对于两性关系,一向是躲在庄严,圣洁,温柔的锦幛后面,绝不曾挑开这锦幛的一角,看看里面是什么东西;她并且是不愿挑开,不敢挑开"。慧女士为她挑开了这"锦帐"的一角后,她几乎重复了慧的悲剧。她很快就发现自己所献身的人竟是"一个轻薄的女性猎逐者!""一个无耻的卖身暗探!"《动摇》和《追求》中的人物在性爱上的命运并不比静和慧的命运好多少,至少静还享受过短暂的性爱(她与强猛)。而在后两者中,却连这样短暂的性爱也不曾出现过。在大革命这一本应该是中国近代以来最彻底的革命中,他们这些有可能成为最坚决的革命者的时代青年却失败得如此彻底:甚至连自杀这一"最低限度的追求——也是失败了的"。他们的悲剧并不是个人悲剧,而是社会悲剧、时代悲剧。他们的性爱理想是那个时代的标高,但历史并没有在那个时代给予他们实现这种理想的充分条件。静的幻灭代表着《蚀》中所反映的普遍的时代情绪:个性主义的追求在丑陋的现实中处处碰壁;被时代的洪流所裹挟,却被自身的浪漫想象所遮蔽,无法穿透历史的迷雾。对革命的幻灭是她们自暴自弃的直接原因,这幻灭有他们发现革命,本身的缺陷,还有他们自身的弱点。静的第一次幻灭来自恋爱的失败,抱素的卑劣打破了她对恋爱神圣的浪漫想象。她悲叹:"命运的巨网,罩在你的周围,一切挣扎都是徒然的。"为了战胜这种幻灭感,她卷入时代的革命洪流,投身于革命,试图用人生的责任感来充实自己的生命。然而革命也很快使她对革命的浪漫想象破灭。革命不仅是旧伦理道德的新护符,而且革命还无情地夺走了她梦寐以求的灵肉一致的爱。

孙舞阳们虽然是茅盾心中的理想女性，而且茅盾也把她们的性爱悲剧放在时代悲剧的基础上来展现她们的幻灭、苦闷，并付出了自己所有的理解、同情。在她们身上甚至有茅盾自己的影子："我承认这极端悲观的基调是我自己的。"① 但是茅盾还是无情地解剖她们的弱点：他们的个性追求并没有成为革命的动力，作为性革命的斗士，她们代表着时代的高度，但在汹涌的社会革命浪潮中她们却显得十分幼稚可笑。个性主义的浪漫想象反而遮蔽了他们对革命真理的理解。她们对所投身的政治革命并没有清晰的革命理念。静投身革命是为了摆脱被欺骗的苦闷："这个在恋爱场中失败的人儿，现在转移了视线，满心想在'社会服务'上得到应得的安慰，享受应享的生活乐趣了。"孙舞阳甚至把最浅露的披着革命伪装的纵欲也当做了个性解放的先声：她在"三八"妇女节大会上，把南乡农民"多者分其妻"、"拥护野男人！打倒封建老公！"的要求很郑重地称之为"妇女觉醒的春雷"，"婢妾解放的先驱"，并且又惋惜于城里的妇女运动反而无声无臭，有落后的现象"。茅盾先生在《蚀》中反思了这些被历史大潮甩出轨道的"人"的粒子本身的弱点。他们虽然不是真正的荒淫者，但也不是真正的革命者。他们对中国社会所需要的革命十分隔膜，对革命充满着个性解放的浪漫想象。这些革命者的浅薄幼稚是大革命失败的另一个必然：既然革命者本身对革命的认识都如此的模糊、幼稚，革命怎么可能成功？这一种反思与对政治制度革命的缺陷的反思相映成辉。性革命与政治革命是相辅相成的：没有性革命的政治革命是一种不彻底的革命；性革命不与政治革命紧密相连也只能流于空想。这正是茅盾先生的深刻之处。我想《蚀》是否就意味着性革命与政治革命的双重不圆满？

---

① 茅盾：《从牯岭到东京》，《茅盾全集》第 19 卷，人民文学出版社 1987 年版，第 180 页。

　　茅盾的性爱思想在今天也还有它的现实意义。今天各种各样的纵欲主义沉渣泛起。这种现实提示我们：经济、政治体制的改革并不等于人的深层的性格结构的改变，人的旧性格结构不会自然而然地发生变化以适应新时代的变化。即使我们意识到改变人们的思想意识的重要性，而把这种改变仅仅局限于使其适应于新社会的经济、政治制度也是远远不够的。新中国成立以后的历次政治运动、社会主义教育不也是试图从人的性格结构的改造出发来达到改造社会的目的么？遗憾的是从20世纪30年代初期开始的民族危机打断了新文化运动的性革命的进程，使得新中国对人的性格改造重视的是共产主义的觉悟,排斥性的这一人类的基本关系的改造。性的蒙昧、性道德的偏枯并没有随着社会主义的到来而自动消失。以至于现在我们还需要从头补课。因此茅盾在《蚀》中的反思并没有过时。

新道德的描摹与建构

——张资平性爱小说新探

　　张资平试图在他的性爱小说中建构一种崭新的性道德。他认为："性欲支配人类生活的力很强，若把它一概抹杀，万难把人类的真相描写出来。"①因此性成为张资平切入人生的一个独特的角度。他一再为我们重复着乱伦的故事、爱情的悲剧，其实就是在昭示旧的性道德的不合理性，急切地想在人间建立一种新的性道德。他曾经说过：

　　　　道德绝不是固定不变的。过去有过去的道德，现在有现在的道德。未来也当然会生出一种未来的道德来。自然主义文学的确描写了很多和过去的道德及现在的道德不能并立的人生，但对未来将成立的道德却给了不少的助力。把人生的暗面赤裸裸的写出来，纵令和过去或现今的道德相反，但是读者加以考究，由考究的结果可以产生出新道德来。②

　　这一段话虽然是在论述自然主义文学，但未尝不可以看做张资平自己的文学观。

　　张资平性爱小说中所描绘的性道德是基于灵肉一致的现代性道德。他的性爱小说的一大贡献是打破了新文学中性的禁忌，郁达夫的《沉沦》虽

---

　　① 张资平：《文艺史概要》，时中合作书社 1925 年版，第 78 页。
　　② 张资平：《文艺史概要》，第 89 页。

是新文学中打破性禁忌的第一颗重磅炸弹，但是其中描写的多是男性主人公的变态性心理，只能对旧的伦理体系构成破坏作用，却不足以建设一种新的性道德。张资平的性爱小说大胆的描写恋爱中的青年男女的性爱心理，第一次把自然的、基于灵肉一致的性爱作为人生的一个重要追求。性，不再是丑陋的、污秽的、令人难以启齿的。自然合理的性爱在他的主人公那里成为人之为人的一种本质。张资平笔下理想的性爱是一种现代意义上的性爱。恩格斯在《家庭、私有制和国家的起源》一书中阐释了现代性爱观的内容：

> 现代的性爱，同单纯的性欲，同古代的爱，是根本不同的。第一，它是以所爱者的互爱为前提的；在这方面，妇女处于同男子平等的地位，而在古代爱的时代，决不是一向都征求妇女同意的。第二，性爱常常达到这样强烈和持久的程度，如果不能结合和彼此分离，对双方来说即使不是一个最大的不幸，也是一个大不幸；仅仅为了能彼此结合，双方甘冒很大的风险，直至拿生命孤注一掷，而这种事情在古代充其量只是在通奸的场合才会发生。最后，对于性交关系的评价，产生了一种新的道德标准，不仅要问：它是结婚的还是私通的，而且要问：是不是由于爱情，由于相互的爱而发生的？①

男女双方在性行为中的平等、精神的爱与肉体的爱的同一、性与爱的不可分是现代性爱观的核心内容。张资平在他的性爱小说中一直贯穿这样一种灵肉一致的道德观。这种道德观在当时是一种崭新的意识，许多同时代的作家都不同程度地接触过，但没有谁能像张资平这样执著。

---

① ［德］恩格斯：《家庭、私有制和国家的起源》，《马克思恩格斯选集》第4卷（上），人民出版社1972年版，第73页。

一

他的性爱小说首先批判了性与爱的分离的不自然的性交。在现代性爱观中性与爱应该水乳交融，无爱的性、无性的爱都是违背现代性爱道德的。金钱、名誉、义理，不论以何种堂皇的名义，只要割裂了性交双方的性与爱便是不道德的。《最后的幸福》中的美瑛在追求幸福的途中，因为金钱、性欲、生活的诱惑与压迫，先后选择了几次性的对象，没有一次是幸福的选择。她先是为了金钱的诱惑与大自己十几岁，被酒、色、财掏空了身体的表哥凌士雄结婚。对金钱的欲望虽然满足了，但是作为人的基本生命欲求——性，却无法满足。她又以自己的金钱和美色诱惑妹夫黄广勋，这次她虽然得了性的满足，但是这种满足并不是灵肉和谐的满足。她赔上了金钱和情感仍然无法得到黄广勋的真心，无法阻止他的背叛。黄广勋一面与她做爱一面思念着妻子和孩子。当她提出与他一起逃到海外时，黄广勋怯懦了。他根本就是把她当做自己的性伴侣，从来没有付出过真爱。美瑛仓皇地逃离家乡，由于生活所迫又嫁给了以前的另一个追求者——做走私生意的杨松卿。杨松卿同样对她没有真爱，只当她是性欲的发泄对象，还把致命的性病传染给她。在她生命垂危，对生活绝望的时候她才看到她追逐了一生，为之付出了青春和生命的真正的幸福的幻影。带给她这一幻影的是儿时的玩伴——牧牛儿阿根。只有阿根才是她理想的爱人，他对她的爱不单是因为她的肉体，更不是因为金钱："他又说，他希望她能够马上变成一个穷人——和乞丐一样的穷人，他就把挣来的钱全数给她，使她感激到向自己流泪。他又说，他希望她一刻就成一个老丑的妇人，没有人想娶她，自己就搂抱着她接吻。"然而此时，美瑛却无法给真爱自己的人任何爱的表示，除了带给她痛苦的金钱。这是怎样的一种人间的悲剧！张资平借美瑛的悲剧昭示读者：真正的幸福与名利、诱惑无关，它首先是两颗心的接近。美瑛在她未嫁之先曾经受过阿根的求爱，但她看不起身无分文的阿根，与幸福擦肩而过。她饱尝了名利、诱惑等带来的痛苦之后，才有可能理解幸福的内涵：性除了与爱紧密相连，都是罪恶和痛苦。

在张资平后期的性爱小说中，对性与爱分离的性交的批判增加了更多的社会批判的内容，因而更加尖锐。《恋爱错综》批判了资产阶级家庭中没有爱的性；《北极圈里的王国》则对秽芜王国里公行的权钱、权色交易大加鞭挞：秽芜国从上到下无一不沉浸在权力、金钱、肉欲的"变态的官能的享乐"中。性是秽芜国中一切社会生活的润滑剂，秽芜国的上层统治者更是荒淫无耻：国王可以不顾廉耻地与任何他喜欢的女性做爱；上层官员争相到裸体舞会上猎艳；贵为太后也到裸体舞会上寻欢。秽芜国是张资平对当时中国的一种影射，包含着张资平的失意和不满。但它对性与爱分离的丑恶的批判还是张资平一贯的精神，蕴涵着张资平对灵肉一致的性道德的焦虑。

在批判性与爱分离的性交的罪恶的同时，张资平在他的性爱小说中歌颂灵肉一致的性爱，并奉之为人生的圭臬。这种灵肉一致的性爱中，精神的爱（灵）与肉体的爱（肉）居于同等的地位，不可偏废。正如苔莉所说："纯洁的恋爱是骗中学生的话，所谓恋爱是双方的相互的同情和肉感构成的。"（《苔莉》）张资平的性爱小说中从来不隐讳恋爱双方性的吸引，"黛色的修眉，巨黑的瞳子，苹果色的双颊，有曲线美的红唇"，以及男性"有筋肉美的臂膀"常常是两性相互欣赏的美。不仅如此，性的满足更被宣称为人的一种基本合理的要求。美瑛嫁给性能力欠缺的表兄凌士雄以后，"结婚快满半年了，她还没有享受到她平日所渴望的强烈的性的安慰。正在盛年的女性不能得相当满足的性的生活，所谓生存是全无意义的了"。（《最后的幸福》）婚内性的不满足是美瑛诱惑黄广勋的一个原因。在这个理由下，美瑛诱惑黄广勋就有了令人同情的一面。张资平在他的小说中细微传神地刻画了恋爱双方因为受"义理"的束缚，无法获得与他们的爱相伴的性时的痛苦。《苔莉》中克欧与苔莉在突破"义理"的束缚享受他们合理的性爱以前犹疑、延宕的痛苦占了小说的大部分。《蔻拉梭》中的静媛为了排遣对自己的先生文如欲爱不能的痛苦，不惜扭曲自己，莫名其妙地爱上虚伪的基督教徒宗礼江，并匆忙地献身给他，结果受尽了痛苦。在《恋爱错综》中张资平更借骆师孔之口教训挣扎在"义理"之中欲爱不能的刘昌化："活的女性是不能当作一个偶像去崇拜的，她一样的有恋爱，一样的有情欲。"张资平在此否定了无性的爱。但与否定无爱的性相比，他的笔调是温婉的。他更多时候是从造成这种欲爱不能的悲剧的社会原因入手，抨击制造悲剧的整个社会制度。或者以主人公陷入无性的爱时的痛苦反证灵肉一致的性爱的合理性。

但是张资平对性的肯定，并不是盲目的。在张资平的性爱小说里，合乎道德的性必须建立在性爱双方的互爱的基础之上。即必须首先有双方精神上的交流，"肉身的交际"才是合乎道德的。馨儿因为遭了明轩的暗算失身于他，无法与自己的爱人吉轩结婚。但她一直把吉轩当做自己的爱人。她的逻辑就是自然的合乎道德的性爱应该是灵肉一致的。"我睡在你哥哥的腕上时是完全一副死尸。他也只当我是他的发泄性欲的工具，何曾有爱。"

你（吉轩）是我的爱人，你是我精神上的丈夫！吉哥，我没有做精神上对你不住的事，我的心时常都是跟向你那边去的，我的心的鼓动是和你的同振幅，同波长。……我对你的精神的贞操是很纯洁的！吉哥，你对我的精神的爱的要求，我问心无愧！你对我的肉身的要求，则我此身尚在，我可以自由处分，不算你的罪过，也不算我的罪过。我们间的恋爱既达了最高潮，若不得肉身的交际，那末所谓恋爱也不

过是一种苦闷；我们俩只有窒息而死罢了。(《性的屈服者》)

馨儿的这一番爱的表白有着张资平建构新道德的意味。张资平把这种灵肉一致的性爱称为"自然的"恋爱。他小说中的主人公对此也有着充分的自信和清醒的认识："她的信里说，他和她的相爱，照理是很自然而神圣的。"(《梅岭之春》)他们自觉地把这种性爱当作自然的、神圣的，甚至把他们对这种合乎人性的性爱的追求上升到类的高度。《爱之焦点》中的"他"认为他和N姊的恋爱"是我们俩的最神圣的，最纯洁的事业！""我们要替未来的青年男女——不是的，不独未来，是现在和未来——倡个先例！我们的结合能成功，不单是我们的再生，也是一班青年男女的幸福！""他"、馨儿、保瑛……都承载着新道德，他们作为新道德的服膺者，在张资平的眼中是这个充满丑恶的世界中的理想的"人"。张资平把他的所有的同情都倾注于这些恋爱的理想主义者，他诅咒所有使他们失败的势力。

性与爱的分离是当时社会生活中的一个普遍现象。多数作家都在展示封建包办婚姻给青年人造成的巨大痛苦，或者讨论娜拉走后怎样，试图从改革性的社会环境来解决现代性爱的问题。张资平则从性爱的内部入手，指出现代性爱的实质是灵肉一致。应该说张资平所切入的这一角度是迥异于同时代的大部分作家的。他在小说中具体形象地阐述了灵肉一致性爱观的全部内涵，这在同时代的小说中是绝无仅有的。同时代的其他小说在涉及性爱时常常无法摆脱既往性道德体系规定的性角色的规范，总是带着一条毛茸茸的尾巴。或者热衷于如郁达夫在《沉沦》中所表现出来的刚刚脱离旧性道德的束缚的男权主义者的龌龊痛苦的表现，或者如庐隐、冯沅君等刚刚踏入社会主流文化圈的女作家讨好男权意识，有意无意地回避性。没有人像张资平一样，如此集中地描摹纯粹的灵肉一致的现代性爱。从这个意义上说，张资平性爱小说中对现代性爱观的描摹直接影响了之后的叶灵凤、丁玲、张爱玲等对性爱的书写。

二

张资平认为"本来现实的世界上恶的面积比较的广，善的面积是很狭小的"。① 因此他清楚地意识到要在现存的社会实践新道德必然引起旧道德强烈的反抗，新旧道德的激战不可避免。他的理想的人物在这个"恶的面积比较广"的社会中要实践他们所服膺的新道德，乱"既存性道德"之伦是题中之意。因此他们也不会有好命运的，他的恋爱事件很少有得了喜剧的结局的。

张资平之所以常常摹写乱伦的故事，除了用以吸引读者以外，笔者以为更重要的原因是他自觉地把他所描摹的新的性道德与既存的旧的性道德对立起来，以此来否定既存的旧的性道德。乱伦本身就是对既存的性道德的一种对抗，一种叛逆，一种藐视。《爱之焦点》中的"他"与 N 姊是远房的堂兄妹，对于他们的相爱，"他"认为是"最神圣的，最纯洁的事业"。他把"死守旧道的"M 称作"旧樊笼里的囚徒"；把不承认他们神圣恋爱的教徒称为"徒洁杯盘外面的伪善者"，"专为自己隐恶扬善的假道学先生"，"愚众"。为了他们的"事业"，他不惜与整个社会宣战。"他"认为正是这种在旧的性道德体系下被认为是乱伦的爱才更具有其神圣性，因此它的成功与否才具有那样深刻的社会意义："我们的结合能成功，不单是我们的再生，也是一般青年男女的幸福！"

这些乱伦故事常常有多层意蕴。表层是旧的性道德体系所认为的十恶不赦的乱伦：保瑛与吉叔父是叔父与侄女关系；苔莉与克欧是叔嫂；静媛与文如是师生，而且文如是有妇之夫；紫芸是刘昌化的妻妹（《恋爱错综》）；

① 张资平：《文艺史概要》，时中合作书社 1925 年版，第 66 页。

瑞英与阿昺是名义上的姐弟（《上帝的儿女们》）。但是这些令假道学先生恐惧的乱伦在深层却恰恰承载着真正合乎人性的崭新的性道德。"乱伦"乱的是既存道德之伦，它是张资平向旧道德进攻的武器。为了增加"乱伦"故事的力量，张资平在设计这些乱伦的故事时，按照现代性科学来廓清乱伦双方的血缘关系。《爱之焦点》中的"他"和 N 姊的祖父们是同胞兄弟，而且"他的祖父是庶出，她的祖父是嫡出的"。保瑛和吉叔父的血缘关系更远："段翁和吉叔的血缘关系不是'嫡堂'，'从堂'这些简单的名词可以表明的了。他们的血缘关系是'他们的祖父们是共祖父的兄弟——嫡堂兄弟'。"（《梅岭之春》）他们的血缘关系即使在今天也没什么可指摘的。

　　一般人理解的乱伦故事里，男女双方常常因为压抑不住的欲火才无视伦理道德的束缚，性与爱常常并不同步，或者根本没有爱。但是张资平的乱伦故事恰恰相反，男女主人公的情感热烈到如此强烈的程度："如果不得肉身的交际，我们只有窒息而死罢了。"旧的性道德的束缚只足以增加恋爱双方的痛苦，在他的小说中恋爱的双方经常陷入这种痛苦之中。因此冲破旧的性道德的束缚不是什么伤风败俗的事，而是争得做人的权利，实践新道德的勇敢行为。除非在小说中为了揭露性与爱分离的罪恶，他的性爱小说中的乱伦男女的性总是与爱紧密地联系在一起。《恋爱错综》中描写了紫芸结婚前后两种性质不同的乱伦。结婚之前她疯狂地爱上了姐夫刘昌化。她开始极力逃避否认这种爱，当她面临永久失去这份感情时，她主动地向自己的爱人献上了她的爱：

　　　　"紫芸妹，你真的不再离开我么？"

　　　　他俩的视线相碰着了。

　　　　"……"她虽然没有回答，但她的眼色像在说，"是真的，我永远在你的身边，不再离开你了"。

她只在暗暗的耽尝给他体重压抑着的快感。他看见她给情热燃烧着的脸上闪着羞怯的处女的表情。由她身上发散出来的一种像麻醉剂般的香气。这重新刺激了他的感觉。

"紫芸妹"

他再颤声地叫了她一声。他俩再次接吻了。同时他伸出左手抚摸着她的胸部问她，

"你愿意和我一同堕落到地狱里去么？"

"……"她的燃烧着情焰的双眼凝视着他，好像在说，"就会是堕落到地狱里去也不要紧"。

她的脸上没有刚才那样的羞怯的表情了，只剩下狂热的真挚的表情。

这与《金瓶梅》里的偷情是多么的不同！与紫芸结婚后种种的偷情也丝毫没有共同点。这里没有丝毫的勉强，没有矫饰，没有变态。这里也有性的狂热，但是这种狂热是在爱的引导下。它是恩格斯所赞赏的那种现代的性，是男女双方平等的"互爱"，灵与肉一同炽热燃烧的爱，它是美的！

张资平还描写了紫芸被迫嫁给自己所不爱的梁辣腕后的其他几次乱伦。这些乱伦不再像她结婚前与刘昌化的那次出于不可抑制的爱，而纯粹是追求性欲的满足。这样的乱伦成为张资平批判的对象，没有丝毫的美感。因此张资平对此不再作正面的描写，只是侧面的一点。

在张资平的乱伦故事中，男女双方常常挣扎在新旧道德的夹缝中。他们一方面感受到现代性爱的合理性，另一方面又无法完全摆脱旧的性爱道德的重压。这双重的挤压带来了无数的悲剧。悲剧不仅意味着男女主人公

没有得到团圆的结局，更大的悲剧是人物在新旧道德挤压下的抉择和痛苦。这种痛苦不仅是相爱双方面对旧的伦理道德和合理的性爱时的犹疑、延宕，这种延宕已经带给他们绝大的痛苦。而且是在旧道德的压制下他们所服膺的新道德也受到扭曲、变形。后者给予主人公的痛苦更巨大。克欧和苔莉享受到了灵肉一致的性爱后，他们又为得不到社会的承认而痛苦。人是社会的人，得不到社会的承认的焦虑扭曲了克欧与苔莉原本自然和谐的性爱。"他们俩在爱欲的海中沉溺了两个多月了，他有时惊醒过来时，忙把头伸出到水面来时，觉得四周都是渺渺茫茫的，不单不见一个人，一艘船，连一片陆地都看不见。她觉得自己的前途只有黑暗。非在沉溺下去死在这海里不可了。"他们理想中自然和谐的性爱不是这样的，但是社会既存的旧的性道德不可能允许他们这种叛逆的乱伦者生存。他们只能在有限的时空里极力地沉溺于肉欲中。欲爱不能的焦虑不仅扭曲了他们的肉体的爱，还扭曲了他们的精神上的爱。克欧面对的社会的责难是如此强大，迫使他时常把造成痛苦的缘由归于苔莉。他责备她没有把处女的贞操给他，他用残忍的做爱来蹂躏她。"'你的处女美怎么先给他夺去了呢？'他再恨恨的骑在她的身上乱捶她。"克欧是否真的那样在意苔莉是否是处女呢？不。他之爱苔莉完全是出于两人灵与肉的相互吸引，因为"相知最久的只有你苔莉一个人"。真诚相爱的人却如此残忍地相互伤害，这是怎样的一种痛苦！张资平在这里把批判的矛头直接指向了承载旧的性道德的社会。这个社会充满了虚伪、狡诈，遍地是残忍和丑恶。正如克欧所认为的："社会上本不少抱着三妻四妾的人，但没有人批评他们半句。假定自己和苔莉一个人对一个人的恋爱成立时，那我们就马上变为万目所视，万手所指的罪人了。"它允许鼠窃狗偷的没有爱的性，却无法容忍灵肉一致的真爱；是它造成了人间许多因爱而来的痛苦。张资平把这些人间的真爱撕毁，以燃起读者对这个残忍的社会、非人性的旧道德的愤恨之火，痛惜那些被毁灭的爱的英雄，认识基于灵肉一致的新性道德的人性内容。他的小说中的人物也自觉地把他们所追求的与既存的性道德对立起来。为了实现自己的爱的理想，他们甚至不惜与社会决裂。

> 我们可以离开 N 县，离开 T 省，离开祖国，把我们的天地扩大，到没有人知道我们的来历，没有人非难我们的结合，没有人妨碍我们的恋爱的地方去！什么是爱乡，什么是爱国！什么是立身成名！什么是战死沙场！什么是马革裹尸！都是一片空话，一听了令人肉麻的空话！……我还是回到我们固有的满植着恋爱之花的园中去和她赤裸裸的臂揽着臂跳舞吧！（《苔莉》）

这种决裂的幻想在张资平的小说中不时地出现。保瑛、美瑛、馨儿、《爱之焦点》中的"他"都曾经对自己的爱人提出过这样的要求。这种私奔式的决裂虽然有作家看不到出路的悲观，但它至少表明了张资平对社会既存的旧的性道德的不妥协。

张资平性爱小说中的乱伦故事的讲述，总有一个看不见的理性在规范着，使它合乎他所描摹的新性道德。社会是男性中心的社会，男性是社会公义的承载者，在新旧道德的激战中，男性比女性要承载更多的压力，因此在这场激战中张资平笔下的女性常常比男性更主动。这种主动隐含着新道德的成分，因此是作者的倾向性所在。有的批评者就此非难他"张资平氏先前是三角恋爱小说家，并且看见女的性欲，比男人还要熬不住，她来找男人，贱人呀贱人，该吃苦"。[①] "我也觉得张氏的小说关于性的问题，总是女子性

---

① 鲁迅：《张资平氏的"小说学"》，《鲁迅全集》第 4 卷，人民文学出版社 1981 年版，第 230 页。

欲比男子强，性的饥渴比男子甚，他们向男子追逐，其热烈竟似一团野火，似乎太不自然，太不真实。"① 且不说女性的性欲是否就应该比男性的弱，至少见到女性在性爱中主动就不舒服，这本身就是一种典型的男权中心的思维方式。而且张资平笔下的女性主人公作为新道德的承载者，她们的主动不是完全正当的吗？馨儿是主动的，因为她以为"我们间的恋爱既达了最高潮，若不得肉身的交际，那末所谓恋爱也不过是一种苦闷"。静媛是主动的，因为她自信"只有我和先生间的爱是最纯正的恋爱！"苔莉是主动的，因为她相信"所谓的恋爱是双方的相互的同情和肉感构成的"。因此这些女性的主动一方面是基于张资平对新道德的热望，一方面基于张资平对包括旧的性道德在内的所有既存社会制度的痛恨。张资平把更多的情感倾注到他的女性主人公身上。她们常常展示出人性的美。这种美不仅因为她们实践了新的道德，她们的美更是基于她们现代"人"的完整人格。静媛喊着："我不该人工改削我自然的恋爱以求适合于现代社会的规则的！……只有我和先生间的爱是最纯正的恋爱。"决心追求自己的真爱，实行为社会所不容的乱伦时，还考虑到自己的行为可能伤害的另一个无辜的女性，要求文如："望你和以前一样的爱师母。我们自有我们的乐土。"（《蔻拉梭》）这是一种真正的不受名利束缚的，"各向心之所安"的爱！静媛在此所表现出来的人性的力量，意在向读者申明这些新道德的服膺者还是完整意义上的"人"。他们所要求的灵肉一致不仅限于性，而且是更广阔意义上的精神与肉体的完整统一。张资平在小说中这最后一笔，足以说明他对静媛这个人物，以及她的叛逆行为的肯定和喜爱。这些美丽的女主人公也常常成为男性的救赎者。克欧发现自己爱上苔莉后，因为囿于旧的性道德，一直不敢追求这份爱。是苔莉的主动和鼓励引导着他一步一步按着新的性道德的指引勇敢

① 苏雪林：《多角恋爱小说家张资平》，《苏雪林文集》第 3 卷，安徽文艺出版社 1996 年版，第 314 页。

地爱，背叛社会，决绝地殉情，最后完成爱的历程。

三

张资平的性爱小说在当时曾经受到许多青年读者的喜爱，他们常常把它压在枕下，或送给爱人。他的短篇小说集《爱之焦点》1923 年 11 月至 1935 年 4 月间出版了 17 版；《苔莉》、《最后的幸福》也在短短的数年间分别出版过十几版。张资平的性爱小说受人欢迎的原因，批评家李长之曾这样归纳过："我们承认，张资平是抓住艺术上的时代的，因为：像。""他握住了现代的一面，却有着相当的成功，也就是因为这，才有了他广大的读者。这一面是什么呢？这就是中国现代青年的婚姻问题。他抓住了这一方面的时代，适合了一般读者的口味。"① 李长之先生的确指出了张资平小说受人欢迎的主要原因：同时代读者的共鸣。但是张资平对新的性道德的描摹、建构还有更深刻的社会心理原因。性的解放思潮一直伴随着中国的现代化转型，其间不断地从西方"窃火"，经过五四新文化运动的洗礼，在 20 世纪 20 年代的初期灵肉一致的现代性爱观已经在思想界成为一种共识。张资平在他的小说中极力地描摹、建构这种新的性道德，正是他作为一个受过西方现代思想熏陶的先进知识分子对时代的一种积极的回应。从这个意义上说张资平的文学思想是承续着"五四"精神的。

按照历史学家唐德刚先生的观点，从 1840 年开始，中国进入历史上"第二次政治社会制度大转型"，② 是由传统的郡县制向现代社会的转化。这次转型是在外力的强迫下进行的，因此对传统的怀疑、对西方近代文明的近乎盲目地崇拜，使旧的伦理道德体系发生动摇。早在 1833 年，俞正燮就著

---

① 李长之：《张资平恋爱小说考察》，郜元宝、李书编《李长之批评文集》，珠海出版社 1998 年版，第 225—226 页。

② ［美］唐德刚：《晚清七十年》，岳麓书社 1999 年版，第 7 页。

文反对针对妇女的片面的贞操观，强调旧史中："是女再嫁，与男再娶者等"，[①]最早提出了男女平等的贞操观。他的观点直接影响了后来的周作人的性爱思想。维新变法的鼓吹者之一谭嗣同从"倡导强国保种，以与欧洲列强争胜"的工具理性出发提出："多开考察淫学之馆，广布阐明淫理之书。使人皆悉其所以然。"[②] 谭嗣同提倡以现代的性科学来改变国人对性的神秘感、不洁感，虽然没有涉及伦理层面的礼教道德体制，但它客观上有助于现代的性爱观的传入。新文化运动是中国现代化转型的一个重要转折点，它的功绩在于对封建的"道"的颠覆，以及"个人的发现"。现代性爱观的建立正是基于此，从此开始了一场以现代性爱观为核心的性爱启蒙运动，它虽然在现代思想史上并不怎么显豁，但却绵延了近二十年，给中国社会留下了深刻的印痕。《新青年》从第 4 卷第 5 期开始连续发表了周作人译的《贞操论》（与谢野晶子）、胡适的《贞操问题》、唐俟的《我之节烈观》，讨论贞操问题。他们的共识是片面的贞操是"不合人情，不合天理的罪恶"。贞操是平等的，是"一个'人'对别一个'人'的一种态度"。[③] 这种共识的逻辑基础是"五四"对"个人的发现"，正是这种对个性的高扬使得从晚清以来笼罩于工具理性之下的性解放思潮顺利地导入以灵肉一致的现代性爱观为核心的现代性爱启蒙思潮。到了五四运动的后期，现代性爱观逐渐形成一种社会的共识。"在现在思想界里，结婚只有恋爱可以做根据，已经没有人敢说不是了"[④]；"正当的恋爱，乃是灵肉合致，复杂而高尚的"[⑤]；"灵肉一致的恋爱是恋爱的最进步"[⑥]。1925 年，性爱启蒙出现了一个高潮，1 月，《妇女杂志》出版了

---

① 俞正燮：《节妇说》，《癸巳类稿》，辽宁教育出版社 2001 年版，第 441 页。
② 谭嗣同：《仁学》，《谭嗣同全集》（增订本），中华书局 1981 年版，第 304 页。
③ 胡适：《贞操问题》，《新青年》第 5 卷第 1 号。
④ 周建人：《恋爱的意义与价值》，《妇女杂志》1922 年第 2 期。
⑤ 瑟庐：《爱伦凯女士与其思想》，《妇女杂志》1921 年第 2 期。
⑥ 凤子：《恋爱自由解答客问第二》，《妇女杂志》1922 年第 8 期。

一期"新性道德号"，集中发表了 18 篇论新性道德的论文、译文。章锡琛、周建人、沈雁冰、周作人等都有文章，一时影响颇大。5 月，北大哲学教授张竞生的《美的人生观》由北京大学印刷课印刷出版，在此之前，该书的内容张竞生已经在北大讲授了一年。这本书在当时影响很大，一年内就出了三版，到 1927 年共出了七版。12 月，张竞生又出版了《美的社会组织法》。在这两本书中，张竞生建构了一个以美为中心的乌托邦。在这个乌托邦中，灵肉一致的性爱在其中占有重要的地位，甚至主张全部推倒既存的性道德体制，"而代为'情人制'"，"情人制当然以情爱为男女结合的根本条件"。①张资平性爱小说也正是在这个时期成熟起来。1922—1926 年，他先后创作了《爱之焦点》、《梅岭之春》、《性的屈服者》、《晒禾滩的月夜》、《约伯之泪》、《蔻拉梭》、《苔莉》、《最后的幸福》。在这些作品中，张资平对以现代性爱观为中心的新道德进行了全方位的描摹、阐释。在他的作品中，相爱的双方表现出的个性的自觉、青年男女对灵肉一致的爱情的渴望、对这种合乎人性的性爱欲求而不得的苦闷、这种性爱在现存的道德体系的挤压下的变形、失败，以及由此产生的对现存整个社会制度的怀疑、诅咒，都契合那个时代的精神，特别是那些受到现代文明洗礼而又在现实社会中处处碰壁的青年的精神。这个时期也正是张资平最辉煌的时期。

性爱启蒙的理论支柱都是精英们从西方窃来的"火"，日本是他们"窃火"的中转站。这一点从当时对性道德的介绍中就可以看出来。日本从明治维新开始向西方学习，在学习的过程中，西方的个人主义思潮开始在思想界和文学界发展起来，直接影响了整个社会的恋爱观。表现人的自然情欲的文学作品在明治末期大正初年的文学中成为一个中心内容。而这一段正是张资平留学日本的时期（1912—1922）。张资平是在明治四十五年（1912 年）

---

① 张竞生：《美的社会组织法》，《张竞生文集》（上），广州出版社 1998 年版，第 151 页。

到的日本，此时正是日本"自然主义文学运动最盛的时期"。① 当时日本社会的性解放思潮影响了张资平的人生观，这是毋庸置疑的。我们无法读到张资平的《蓬岛十年》，不能确切的指出张资平所受的影响。但是，通过与他同时留学日本的郁达夫的回忆我们也许可以揣摩一二：

> 两性解放的新时代，早就在东京的上流社会——尤其是智识阶级，学生群众——里到来了。当时的名女优像衣川孔雀，森川律子辈的妖艳的照相，化装之前的半裸体的照相，妇女画报上的淑女名姝的记载，东京闻人的姬妾的艳闻等等，凡足以挑动青年心理的一切对象与事件，在这一个世纪末的过渡时代里，来得特别的多，特别的杂。伊孛生的问题剧，爱伦凯的恋爱与结婚，自然主义派文人的丑恶暴露论，富于刺激性的社会主义的两性观，凡这些问题，一时竟如潮水似的杀到东京，而我这一个灵魂洁白，生性孤傲，感情脆弱，主意不坚的异乡游子，便成了这洪潮上的泡沫，两重三重地受到了推挤，涡旋，淹没，与消沉。②

除了其中的个人感受外，这段回忆所涉及的当时东京的社会现实应该是张资平也生活其间，因此它不可能不影响同是处于性苦闷期的张资平。张资平后来回忆自己的创作时也强调了日本当时的两性解放思潮对他从事文艺创作的影响："我有真正的文学认识还是在廿四五岁前后数年间的日本高等学校时代。在青年期的声誉欲、智识欲、和情欲的混合点上面的产物，即是我们的文学创作。"③ 同时，日本自然主义的"彻底尊重事实，以自己的经验为中心来观察现实，从而把真实的东西暴露出来，不要掩盖丑事"④ 的

---

① ［日］吉田精一：《现代日本文学史》，齐干译，上海人民出版社 1976 年版，第 55 页。
② 郁达夫：《雪夜》，《郁达夫自叙》，团结出版社 1996 年版，第 58 页。
③ 张资平：《我的创作经过》，《张资平自传》，江苏文艺出版社 1998 年版，第 235 页。
④ ［日］吉田精一：《现代日本文学史》，齐干译，第 58 页。

写实性和"把自己的内心世界小说化"的写作手法深深影响了张资平的性爱小说创作。张资平在他那个时代常常被称作自然主义小说家，他以小说这种"其入人也深"的形式"抓住时代"是自觉的。他认为"能最深刻的代表时代精神的是文艺，又能够造新的时代精神的也是文艺"。① 在这个充满丑恶的世界上，"透视人生的邪恶部分而向之洒同情之泪，并为之尽力搜寻在暗中微微的发光的善美的部分，总想发见出一点有人生意义的分子来。……这种态度最少在近日是最适合于当代的现实的"。② 张资平的文艺观中可以明显看出日本的自然主义文学观对他的影响。影响张资平性爱小说创作的不仅限于自然主义的文学，还有同时代的其他作家和流派。张资平曾经说过他的小说受谷崎润一郎的影响。谷崎是大正初期唯美派的代表作家之一，他的作品也是关注性，并以价值的颠倒为乐。③ 因此张资平一生创作执著于性道德的描摹与建构与他的日本留学生涯有着很大的关系。可以这样说：正是蓬岛十年的留学生活奠定了他对新道德的信念，以及他的以性这一独特的角度切入人生的文学观。

尤其应该注意的，郁达夫回忆中所涉及的影响东京社会文化的几个因素："伊孛生的问题剧，爱伦凯的恋爱与结婚，自然主义派文人的丑恶暴露论，富于刺激性的社会主义的两性观"，同时或不久以后在中国也引起了很大的反响。可以说20世纪20年代性爱启蒙思潮的高涨与上述四个因素有很大的关系。因此张资平接受现代性爱观并不迟于同时代的文化精英，张资平与他们的不同之处在于他始终未放弃对新道德的"痴情"。张资平自称是一颗"脱了轨道的星球"，虽然他曾自称要"转换方向向前进"。但他转换方向后仍然念念不忘"性"，他始终无法完全融入"革命文学"中去，无

---

① 张资平：《文艺史概要》，第49页。
② 同上书，第60页。
③ 张资平：《我的创作经过》，《张资平自传》，第235页。

法忘记新道德对他的吸引。因此当 20 世纪 20 年代末期社会文化发生剧烈的变动之后，张资平对新道德的"痴迷"，在呼喊血与火的时代声音中就显得落伍了，他之所以受革命文学家的攻击就是在情理之中了。但并不能就此断定张资平的性爱小说所表现的内容不再具有时代性。实际上某一时代的时代性由许多不同的特性组成，张资平性爱小说中对新道德的描摹与建构仍然是这一时代的时代性的一个方面。正如李长之对 1932 年的社会心理的判断："现在社会上最轰动人耳目的事是什么？并不是国联，并不是日本，乃是李石岑和童女士的事件呵，许钦文和陶思瑾的事件呵，王维钧和朱淑德的事件呵……"① 即使在那个民族生死存亡系于一发的时刻，人们还是关注着"性"这一人的基本欲求。张资平的性爱小说被冷落，问题并不在其是否脱离时代，而是在他后期的性爱小说中常常充满了对现实人事关系明枪暗箭的自我发泄。这种发泄常常破坏了小说的叙述平衡，是对读者极大的不尊重，破坏了文学的美感。当然这是另一个问题。

对于张资平性爱小说的时代意义也不能估计得过高。毕竟 20 世纪二三十年代只是现代性爱启蒙的第一个高涨期，其间又夹杂着许多复杂的、重大的社会变动。虽然性爱启蒙在这一阶段搞得十分热闹，但它与历史的理性还有很大的差距。在向现代化的转型中，面对内忧外患的现实，中国首先要解决的是建立一个统一的民族国家。性的解放相对而言，毕竟要隔膜得多。它最终只是在一部分知识精英中被关注，没有被提到历史的议事日程上来。1923 年，伴随着那场有名的"科学与人生观"的论战，在《晨报副刊》上还发生了一场"爱情定则"的讨论。4 月 29 日，张竞生发表了《"爱情定则"与陈淑君女士事的研究》一文为毁婚另嫁给自己姐夫的陈女士辩护，由此引发了一场历时两个月的大讨论。这场讨论从某种程度上是一场

---

① 　李长之：《张资平恋爱小说考察》，《李长之批评文集》，第 230 页。

新旧道德的交锋，参加这场讨论的大多是京津两地的大学生。从讨论的文字中我们可以看到，旧的性道德还束缚着青年人。正如编辑孙伏园所说："里面有大半是代表旧礼教说话。可见现在青年并不用功读书，也不用心思想，所凭籍的只是从街头巷尾听来的一般人的传统见解。"① 这场讨论从一个侧面反映出性爱启蒙的艰巨性，观念的改变并不是一朝一夕的事。因此张资平性爱小说的众多读者中，我想能够真正读懂他的新道德的为数并不会很多。社会的期待视野与张资平的主观愿望并不能很好地契合。难怪张资平抱怨读者对他的误读：

> 要你们——平日只是"哥呀"、"妹呀"、"珍重呀"、"努力呀"地叫的俗不可耐的青年男女们——读我的小说，才说是几角恋爱小说。你要知道威廉·布莱克（William Blake）所绘的热烈的在拥抱着的两性的画面，是表现上帝和心的接触，但是卑俗的观者对它会发生猥亵之念。你们就是和那个卑俗的观者相类似的人物了。（《青春的悲哀》）

这种误读是历史的无奈，任何理性都不会在现实中被全方位地接受，何况在实用理性占绝对地位的现代历史中。

---

① 孙伏园：《爱情原则的讨论》，《晨报附刊》1923 年 5 月 13 日。

他者及其性政治叙事策略

——论郁达夫的女性书写

郁达夫的小说以其自我暴露的大胆与清新、真率的情调奠定了中国现代抒情小说的范型。他所塑造的零余者也是中国现代小说史上最动人的"个人"形象之一。零余者,不同于早于此出现的"狂人","他"不是以强大的理性力量振聋发聩,而是以感性的热狂"说软了"当时的青年读者(沈从文语)。这种感性的狂热一方面源于郁达夫自叙传叙事方式,在"他"的身上凝聚着郁达夫的个人体验;另一方面,也源于"他"所抒发的当时青年人所共同感受到的"生的苦闷"与"性的苦闷"。不过如果我们细心一点就会发现,在"他"的身旁几乎没有一个与"他"完全相配的女性形象出现。这反映出郁达夫女性观念的某种欠缺。关于郁达夫的女性观,历来莫衷一是。有人喻之为"一位著名的女性崇拜家(Feminist)"①,也有人斥其为蹂躏女性的"包了人皮的走兽"。②通观郁达夫的小说,他虽然也写了众多的女性,这之中有妓女,有酒店的侍女,烟厂的女工,流落江湖的女优,有守寡寄食的少妇,也有处于不同地位、有着不同追求的布尔乔亚少女,但是这众多的女性都是作为他者出现的。与"他"相比,她们没有自由意志,缺少自我定义权,因此,也不能称为"人"。在郁氏小说中,那些最初醒来的人

---

① 黄得时:《郁达夫先生评传》,转引自王自立、陈子善编《郁达夫研究资料》(下),天津人民出版社 1982 年版,第 443 页。

② 《王映霞自传》,江苏文艺出版社 1996 年版,第 193 页。

之子身边，女性作为人的身份付诸阙如，她们仍然沉"在黑暗中"。①

一 "他者"的塑造：从同情到诅咒

郁达夫小说中的女性大多数是依傍着一个敏感多情、耿介、自傲而又自卑的零余者出现的。这种出现方式表明在郁达夫的意识中，女性就是他者（the other），她们只有与男性联结在一起才有意义。

关于郁达夫小说中女性的他者状态，早在十余年前就有研究者讨论过。孟悦林在他的系列文章中令人信服地谈到，郁达夫对女性的赞美基本上是从男性中心视角投射出来，其功利性目标指向满足男性的需求。"他所提供的男性文本中的女性形象，打上了深深的父权制标记，显示着男性的自私与功利。"② 作为他者，她们首先是男性的欲望对象，被叙述者简化为性符号。《沉沦》中与"他"相对的女性都没有名字，没有情感，当然也谈不到什么自由意志。"那一双雪样的乳峰！""那一双肥白的大腿！""这全身的曲线！"这几乎就是她们的全部。《南迁》中的女主人梳洗时"总把上身的衣裳脱得精光，把她的乳头胸口露出来"。《空虚》中那个夜半闯进质夫卧室的少女也有嫩白的颊、让人眼睛冒火的"腰部和臀部的曲线"。《过去》中的老二"那双肥嫩晰白，脚尖很细，后跟很厚的肉脚"竟能引动李白时的食欲。《迷羊》中的谢月英也有"丰肥的肉体"和"能够使凡有情的动物都会风魔麻醉的红艳的甜唇"，甚至像《春风沉醉的晚上》中的陈二妹、《迟桂花》中的莲这些让叙述者情欲净化的女性也无法摆脱被性符号化的命运。除此之外，在郁氏小说中作为他者的女性还常常被物化为男性精神生活的工具。她们或者作为颓废的男性主人公的天使，给予他以同情、安慰、理解、

---

① 丁玲的第一部短篇小说集名为《在黑暗中》（1928 年），这个题目显示了她对那个时代女性命运的一种洞见。

② 孟悦朴（林）：《男权大厦的结构者与解构者——郁达夫小说中的女性和男性解读》，《文艺争鸣》1993 年第 6 期。

友谊，使他从欲望的深渊挣脱出来，如《迟桂花》中的莲；或者作为被猎获物证明着男性的存在价值，如《碧浪湖的秋夜》中的月上证明着厉鹗的名士价值；或者作为男性暴君的忠顺奴隶，承受着男性的失败，如《茑萝行》中"我的女人"、《薄奠》中那个畏缩在墙角的车夫之妻，作为懦弱、失败的男性最后的出气筒，唯一能够证明男性威权的工具而存在。

孟悦林对郁达夫小说中女性的他者生存状态有一系列卓识，[①] 但他同时又认为，郁达夫小说中对女性的辱骂是"一时气话"，不同于叔本华和卢梭对女性的仇视。[②]"郁达夫很少在他的小说中贬斥女性，更没有象诅咒妖女的封建文人那样视女性为祸水。……郁达夫作品中女性形象带有男性价值标准所评判的女妖型特点，是出于主人公在爱的需求的失败面前的自卑、恐惧与绝望。"[③] 他甚至把郁氏小说中的弱男子形象所"表现出最可怜、最需要同情、慰藉的姿态，而不是启蒙者解放者的气概"视为"是一种以消极的方式表现出的（男女）平等意识"，是"对男性英雄的神话，对男性启蒙、解放女性的济世角色是无情的嘲讽和彻底的逃避"。[④]

这一判断是值得细究的。且不说"女性祸水论"一直存在于郁达夫的思想中，如早年的"弟看世界女人，都恶魔之变态，此后关于女色一途，当绝念矣"。[⑤] 晚年的"女子太能干，有时也会成祸水"[⑥]，等等不一而足。退一步说，即使郁氏小说中的弱男子形象真的在某种程度上解构着男权大厦，

---

① 孟悦林的系列文章分别是：《感伤的行旅——郁达夫的女性观》，《中国现代文学研究丛刊》1994 年第 4 期；《男权大厦的结构者与解构者——郁达夫小说中的女性和男性解读》，《文艺争鸣》1993 年第 6 期。

② 孟悦林：《感伤的行旅——郁达夫的女性观》，《中国现代文学研究丛刊》1994 年第 4 期。

③ 孟悦朴（林）：《男权大厦的结构者与解构者——郁达夫小说中的女性和男性解读》，《文艺争鸣》1993 年第 6 期。

④ 孟悦林：《感伤的行旅——郁达夫的女性观》，《中国现代文学研究丛刊》1994 年第 4 期。

⑤ 《致陈碧岑》(1916)，《郁达夫文集》第 9 卷，花城出版社、香港三联书店 1984 年版，第 319 页。

⑥ 郁达夫 1936 年 3 月 7 日日记，转引自郭文友《千秋饮恨——郁达夫年谱长编》，四川人民出版社 1996 年版，第 1371 页。

我们也有必要追问：零余者的孱弱是否一定是女性解放的福音？一个偶尔在女性身上感受到"同是天涯沦落人"的落魄者难道真的是女性获得自我定义权的同盟军？"他"真的能够瓦解几千年来存在于人类心理深处的男权意识形态吗？事实上，如果我们把郁达夫的小说排列起来，看其对女性的叙述，就会发现孟悦林的判断太过乐观。在郁氏的小说中，其叙述者的男权意识形态不仅从来没有被检讨过，而且其对女性还有一个从同情到恐惧，最终赤裸裸地跳出来进行诅咒的变本加厉的变化过程。

在《迷羊》之前，郁达夫的小说的确表现出对女性的同情。不过正如孟悦林所发现的，这些同情也显示着男性作家特有的自私自利：一是，他在表现对女性的同情时，常常下意识地表现出对女性的歧视——郁达夫总是按照女性的社会角色派定她们的性角色。"满足男主人公肉欲渴望的对象全部是妓女、戏子这种被旧社会所不齿的女性角色。而能给男主人公以精神慰藉，引发他爱的激情的，又全部是'良家妇女'，是'干干净净'的女人。"二是，叙述者付出同情更多的是为了满足懦弱自卑的男性主人公的自我需要。[①] "可怜那鲁钝的海棠，也是同我一样，貌又不美，又不能媚人，所以落得清苦得很。唉，侬未成名君未嫁，可怜俱是不如人。……海棠海棠，我以后就替你出力罢，我觉得非常爱你了。"类似《秋柳》中的这种超乎寻常的男性自恋感在郁氏小说中比比皆是。

从《迷羊》开始，郁氏小说对女性连这样的同情也放弃了。不同于此前的小说，《迷羊》是一个典型的男权讽喻文本。王介成的遭遇很容易让人联想起《画皮》（《聊斋志异》）中的王生遇鬼：王介成在遇到谢月英之前的生活是郁达夫所一心向往的仙人生活。他每月有二百元的干薪，不愁衣食；

---

① 孟悦林：《感伤的行旅——郁达夫的女性观》，《中国现代文学研究丛刊》1994年第4期。

每日悠游，与山水相亲；没有女人的诱惑。① 邂逅谢月英之后，他就开始成为一只迷途的羔羊：他"一时风魔了理性"，行动受到谢月英的"催眠暗示"，"正和受了狐狸精迷的病人一样，自家一点儿主张也没有了"。最终在谢月英的诱惑下，王介成抛下了 A 城优裕的生活与她私奔，去过肉的生活。王介成与谢月英的私奔不仅令他失去了神仙般的生活，而且使他受到了致命的伤害："我的身体，在这半个月中间，眼见得消瘦了下去，并且因为性欲亢进的结果，持久力也没有了。"与王介成日渐虚弱的身体相对的是谢月英的身体，"自从离开 A 地以后，愈长愈觉得丰肥鲜艳起来了"，"一只小肥羊似的"，"她的肉体，好象在嘲弄我的衰弱似的"。很显然，在这种对比中，郁达夫试图把谢月英塑造成一个吸人精血的狐狸精。《画皮》与《迷羊》的同构性不止于此。《画皮》中的王生在疯和尚的侮辱中死而复生；郁达夫最终也让王介成在上帝和艺术的怀抱中脱离狐狸精的诱惑，得到了拯救。《迷羊》在人物姓氏的设置上也不是无意的。王介成——王生不必说，谢月英的姓氏也是《聊斋志异》中狐女常见的姓氏。由此我们可以推断，郁达夫写《迷羊》，应该受过《画皮》的暗示。它们都是宣扬"女人祸水论"这一男权观念的讽喻文本。

讽喻文本是男性作家宣扬男权意识形态最常用的方式，它以加强男优女劣的腐朽成见为目的。《迷羊》显示出郁氏小说对这种成见的认同和加强。王介成与谢月英在叙述者的心目中的地位是截然不同的。王介成是叙述者的自我认同，而谢月英显然是叙述者（他也是小说的叙述者之一）的异己。在鸡鸣寺的胭脂井前，谢月英与王介成之间那段关于陈后主、张丽华的对话就是一个鲜明的例证：当王介成在感叹王朝兴替、风流不再之余，对谢

---

① 郁达夫在《梦想的中国梦想的个人生活》（1933）一文说过："因目下的社会状态压迫我的结果，我只想成一个古代的仙人，可以不吃饭，不穿衣，不住房屋，不要女人。"（《郁达夫文集》第 8 卷，第 73 页）

月英责以贞操节烈时，谢月英却被吓住了。通过这一情节设置，郁达夫试图说明，"女人终究是下等动物，她们只晓得要金钱，要虚空的名誉"，[①] 她们与男性叙述者在人格上存在着明显的差异。

在《迷羊》中，叙述者对女性的异己感缘于对女性以性能力为代表的强大生命力的嫉妒与恐惧。在早期的小说中，郁达夫曾经表现出性污秽的观念以及对女性欲望的恐惧，例如《沉沦》中对自渎的恐惧，《南迁》中对居停女主人的厌恶。不过在《迷羊》之前，郁达夫对女性的恐惧只是一种传统性污秽观念的下意识反应，没有成为一种显意识。《迷羊》对女性顽强生命力的贬抑则是郁达夫公开张起男权宗教原教旨主义旗帜的开始。谢月英被贬斥为狐狸精，主要是因为她的强盛生命力让叙述者感到嫉妒与恐惧。作为男性，王介成总想把谢月英当做自己的"掌中之物"来奴役。但是，女性无与伦比的性潜能使得王介成一次次地感受到失败和自卑。[②] 为了掩盖性活动的失败与无能，他不得不别求谢月英的欢心。当王介成不停地奔走以满足谢月英的欲望的时候，叙述者的用心是险恶的。一方面，他把女性刻画成永不满足的欲望动物，使之处于一个罪恶的地位；另一方面，王介成的狼狈也成为叙述者讽喻叙事的载体，掩盖着他对女性旺盛生命力的嫉妒与恐惧。最终当叙述者不得不把男权意识形态中最臭名昭著的性污秽论引进来，以古老的讽喻来支撑男性外强中干的华丽外表时，《迷羊》的性别敌意就达到了高潮。

在《迷羊》中，郁达夫对女性的贬抑虽显豁，但还有所克制。到了1932年，在同样是讽喻文本的《她是一个弱女子》中，这种贬抑就变为赤裸裸的诅咒。

①　《穷冬日记》(1927年2月9日)，《郁达夫文集》第9卷，花城出版社、香港三联书店1984年版，第70页。

②　美国医生威廉·豪威尔·马斯特斯和心理学家弗吉尼亚·艾希曼·约翰逊指出，女性在性潜能上是巨大的，男人征服女人在临床性学上已经是一个可笑的神话（张红：《从禁忌到解放——20世纪西方性观念的演变》，重庆出版社2006年版，第117页）。

郁达夫不仅安排了冯世芬与郑秀岳两个女性所走的不同道路及其命运来劝喻女性应该服从于男权理性（在当时的语境下，理性戴上了革命的时代冠冕），更具有性政治意味的是，他还让不服从男权理性引导的郑秀岳以极其屈辱的方式死于日本侵略者的性器和军刀之下，以此来实现其男权意识形态的宣扬。在此之前，郑秀岳已经忍受了叙述者赐予的诸多屈辱，包括在李文卿的同性恋风波中争风受辱、被孙传芳的败兵强奸、在旅馆中饱受情人的凶殴。不过这些安排仍然不足以平息叙述者的敌意，最终郑秀岳这个弱女子还是被送到了以民族仇恨掩盖着的男性祭坛上。虽然郁达夫十分巧妙地以民族主义的外衣掩盖着他对郑秀岳的谋杀，但郑秀岳那被蹂躏得残缺不全的尸身，尤其是那些带有强烈性诱惑力的肢体（如乳房、下体）的被残害还是揭示出他压抑不住的性政治敌意。此时，郁达夫已经与那个后来被他所称颂的 D.H. 劳伦斯一样，开始在小说中以"杀人来实现自己的最高境界"的方式来宣扬男权的性宗教。① 这种男权原教旨主义的宣扬一直持续到他的最后一部小说《出奔》（1935）。堕落的革命者钱时英烧掉董婉珍一家的那把火并不仅是"他的觉醒与复仇"②，它其实是由郁达夫心头憎恨女性的怒火点燃的。

由此，我们可以得出这样的结论：郁达夫小说中的弱者形象虽然在某种程度上嘲讽了男性英雄神话，逃避了男性的启蒙使命，但不能就此认为他与女性自然地形成了联盟，共同为消除男性的强权统治而斗争。事实上，郁达夫笔下的零余者的性人格并没有得到彻底的检修。把女性视为他者的男权意识形态，仍然牢固地盘踞在这些弱者的潜意识中。对于这些"袋里无钱，心头多恨"的零余者来说，对女性的强权可能是他们维护男性自尊的最后一根稻草。一旦女性想要获得自我定义权，就会触动他们最顽固也

---

① 参见徐仲佳《性爱中的女性：20 年代男性小说家的物化想象》。
② 曾华鹏、范伯群：《郁达夫评传》，百花文艺出版社 1983 年版，第 222 页。

是最后的防线而引发他们的嫉妒、恐惧。因此，从这些弱者身上找寻所谓男女平等意识，哪怕只是消极的，不仅是盲目乐观，而且还具有很大的危险性：仅注目于女性与男性零余者社会地位的低下，而放弃了对其更深层的男权意识形态的批判，可能会使许多女性主义的诉求归零。

二　性政治的叙事策略：自叙传与讽喻体

把女性视为他者的性别书写是郁达夫厌女症的直接反映。作为中国传统—现代转换期的知识分子，本土与西方的双重厌女因素同时在郁达夫身上起着作用。研究者有一个共识："郁达夫对中国文人传统的超越和背离毕竟停留在较为浅显与外在的层面，他同中国文人传统的联系才是根深蒂固刻骨铭心的。"其作品中对性的偏爱以及对女性的塑造"集中体现了郁达夫作为风流才子和旧式文人的一面"。[①]　在外来思想资源中，被女权主义者视为有着强烈厌女症的两个思想家——弗洛伊德和卢梭对郁达夫影响颇大。而另一个"最具天赋、最狂热的性政治家"——D.H.劳伦斯也是郁达夫所激赏的西方作家。[②]　这双重厌女传统的累加作用使得郁达夫在同辈作家中显示着十分特殊的厌女倾向。

郁达夫的厌女倾向在他的小说中表现得十分深广。在叙事层面，它也参与了女性他者形象的塑造。

郁达夫小说引人注目的特点是它的自叙传色彩。他信奉法朗士的"文学作品，都是作家的自叙传"，主张"作家要尊重自己一己的体验"。[③]　他的自叙传叙事在外形上虽然是以作者型声音来讲述异故事（heterdieegetic），但小说中强烈的主观色彩使得他的小说叙述在很大程度上变身成为个人声音。

---

① 罗成琰：《郁达夫与中国文人传统》，《湖南师大社会科学学报》1989 年第 3 期。

② 参见徐仲佳《性爱中的女性：20 年代男性小说家的物化想象》。

③ 《五六年来创作生活的回顾——〈过去集〉代序》，《郁达夫文集》第 7 卷，花城出版社、香港三联书店 1983 年版，第 181 页。

这是一种感性与理性相融合的叙事模式，体认与评价这两种经典现实主义的叙事定规在此得到了调和。因此具有双重性，一方面，个人声音能够方便地表达人物以及叙述者、作者的内心世界，另一方面，作者型声音有助于使叙述获得权威，得以发表叙述者的判断和评价。它既不同于"问题小说"那种以长于说理的作者型声音来讲述异故事，又摆脱了自身故事叙述的视角有限性。这样的叙事使得它的受述者（narratee）——那个启蒙年代对理性充满渴望、焦躁而又敏感的读者——可以轻易地进入故事而迅速获得读者的同情和感应。① 这使郁达夫获得了大量的读者。

不过这种自叙传叙事方式在展现男性叙述者个性的同时，男性叙事者那没有被检修过的性人格也反映到叙述中来。这导致了郁氏小说叙事对女性声音的严重遮蔽。郁达夫的厌女倾向经常通过作者的权威声音以超表述（extrareprasentional）的方式反映出来：

> 质夫的意思以为天地间的情爱，除了男女的真真的恋爱外，以友情为最美。他在日本漂流了十来年，从未曾得着一次满足的恋爱，所以这一次遇见吴迟生，觉得他的一腔不可发泄的热情，得了一个可以自由灌注的目标，说起来虽是他平生一大快事，但是亦是他半生沦落未曾遇着一个真心女人的哀史的证明。（《茫茫夜》）

这里的作者型权威声音始终在强调着男女两性地位的不平等。首先，男女之间的情爱价值是有高下之分的。虽然以友情为幌子，但男性之间的情爱（小说中写了于质夫与吴迟生，于质夫与"A地一个年轻男性学生"之间的两场同性爱）被认为是"最美"的，是"纯一的爱情"。而指向女性的欲望则

---

① ［英］马克·柯里：《后现代叙事理论》，宁一中译，"当我们对他人的内心生活、动机、恐惧等有很多了解时，就能更同情他们"。北京大学出版社2003年版，第23页。

被视为无理性的"冲动"、"兽性"。这种等级的区别显然是"女性祸水论"、性污秽论的杂拌。其次，在这样的杂拌中，女性的价值是虚无的。于质夫渴望"男女的真真的恋爱"，但他所渴求的这种恋爱其实是传统名士风流在现代的一种畸变。因此，他所谓"真心女人"只是这个极端自恋的男性叙述者的倒影，它不可能存在于当时妇女日益觉醒的社会文化语境中。理想情爱在现实中的失败直接导致了郁达夫小说中对女性的异己感。女性的他者地位就是在这种异己感以及男性中心意识的心理定式作用下，借助于作者型权威声音被判定了。

不仅是作者型权威声音在强调着女性的他者地位，在郁达夫的自叙传叙事中，那些被视为大胆的自我暴露也以个人声音遮蔽着女性的声音。没有声音，她们自然也就没有自由意志，面貌永远是模糊的。《茫茫夜》与《秋柳》中出现了几个地位各异的妓女，有正走红的，有过气的，有短翼差池的。这些女性的面貌完全被控制在于质夫的声音之内。海棠是这个系列小说中的一个主要女性。这个年老、客少、貌又不美的妓女之所以能够在小说中得到一个突出的地位完全是出于于质夫自恋式的个人叙述声音：

> 质夫听了这话，回想了一遍，觉得刚才海棠的态度确是她的愚笨的表现，并不是冷遇，且又听说她近来客少，心里却起了一种侠义心，便自家对自家起誓说：
>
> "我要救世人，必须先从救个人入手。海棠既是短翼差池的赶人不上，我就替她尽些力罢。"
>
> 质夫喝了几杯酒对吴风世发了许多牢骚，为他自家的悲凉激越的语气所感动，倒滴了几滴自伤的清泪。讲到后来，他便放大嗓子说：
>
> "可怜那愚钝的海棠，也是同我一样，貌又不美，又不能媚人，所

以落得清苦得很。唉，侬未成名君未嫁，可怜俱是不如人。"

念到这里，质夫忽然拍了一下桌子叫着说：

"海棠海棠，我以后就替你出力罢，我觉得非常爱你了。侬今葬花
人笑痴，他年葬侬知是谁！"

……同戏院里唱武生的一样，质夫胸前一拍，半真半假的叫着说：

"老子原是仗义轻财的好汉，海棠！你也不必自伤孤冷，明朝我替
你贴一张广告，招些有钱的老爷来对你罢了！"（着重号为引者所加）

在这一段叙述中，于质夫自恋的声音充斥文本，它所表现出来的专横、自
以为是，染着郁达夫自叙传叙事中最典型的性政治色彩。其叙述权威夹杂
在男性叙述者的自我陶醉与坦诚之中。这种坦诚在被研究者一再赞赏的同
时，女性的他者地位却被忽视了：女性的生存空间被它完全笼罩，可怜的
海棠们哪里能在这种叫嚣中发出一点声响呢？

其他女性的命运也并不比海棠好到哪里。像荷珠这样有可能发出自己
声音的当红妓女被排斥于叙述之外，她是沉默的。其原因就在于，她的存
在对于质夫自卑与自傲奇妙结合的男性心理形成了强烈的挑战。清倌人碧
桃能够发出一点自己的声音。不过她的权力也是男性叙述者所赋予的：她
与吴迟生长相有相似之处，能够钩起于质夫对同性爱的向往。另外更重要
的是，她的话语像小孩子一样天真（实际上也是愚笨），足以增添于质夫的
情趣，不会对叙述者的权威构成危险。这一点在《迟桂花》中也表现出来，
莲也是因为"永远是一个天真活泼的小孩子"的天性而得到男性叙述者的
激赏。因此，女性在郁达夫自叙传叙事中完全被遮蔽在男性强权声音之中，
即使偶尔能够发出声音，也要仰男性叙述者之鼻息。那些真正传达女性意志、
情感的声音是难以穿透男性叙述者所构筑的厚壁的。

郁达夫的厌女倾向在其自叙传叙事中是随着强烈的主观性无意间流露出来的。它的性政治色彩虽然浓厚，但不能确指郁达夫有多少明确的性政治目的。在他前期的小说中，性政治敌意并不总是如《茫茫夜》、《秋柳》那样显豁。在诸如《春风沉醉的晚上》(1923)、《茑萝行》(1923)、《过去》(1927) 等篇中，零余者与女性之间"同是天涯沦落人"的强烈感受常常能够冲淡郁达夫的厌女倾向，甚至会使研究者认为，他那自卑自贱而又自傲的独特气质使他"能'进入'人物，尤其是女性人物"，"他显得特别能够理解，并创造了好几个光辉的妇女的速写像"。① 或者使研究者得出他的小说有许多还是"对男性威严具有颠覆性的男性文本"的结论。②

从《迷羊》开始,性政治意识的宣扬成为郁达夫小说中明确的叙述目的。作为转折性的作品，《迷羊》的叙述相对于前期作品发生了明显的变化：

> 郁达夫是第一次企图叙述一篇故事——客观地叙述一篇故事。一向以第一身作主人公，从不隐讳地在述说自己生命的一段故事的这作者，现在开始使用第三身的写法了，为了使读者相信这故事的真实，更介绍了一个青年对着故〔牧〕师忏悔的场景；于是在书后表明了作者写作的态度，他说他是以忏悔的情绪写作了这本书的。③

韩侍桁的观察是敏锐的。郁达夫的确改变了以往的叙事策略，他在《迷羊》中极力避免个人声音的出现。《迷羊》的主体部分虽然带有郁氏自叙传的色彩（叙述者是小说中的人物王介成，"我"以忏悔录的声音来叙述与谢月英

① 〔捷〕普实克：《论郁达夫》，转引自李杭春等主编《中外郁达夫研究文选》（下），浙江大学出版社 2006 年版，第 585 页。

② 孟悦朴（林）：《男权大厦的结构者与解构者——郁达夫小说中的女性和男性解读》，《文艺争鸣》1993 年第 6 期。

③ 韩侍桁：《迷羊》，邹啸编《郁达夫论》，上海书店影印 1987 年版，第 116—117 页。

中文

的交往），但在"后叙"中，郁达夫以带有元小说特点的个人声音使自己成为小说叙述的旁观者。自觉地规避"一己的体验"，这在郁达夫的小说写作中是前所未有的，也与郁达夫一贯宣扬的自我表现的文学观相抵触。为什么要规避自己的一己体验呢？我想这恐怕与郁达夫写这篇小说的心境有很大关系。这篇小说构思于 1925 年郁达夫在武昌任教时（刘大杰语），1926年 11 月左右开始写作，当是受谷崎润一郎的《痴人之爱》的启发，最初只写了 6000 余字，后因为编辑《创造月刊》以及与王映霞的恋情而耽搁下来，[①]直到 1927 年 12 月 29 日才完成。这期间郁达夫的生活发生了巨大的变化：在他执著的追求之下，他与王映霞的恋爱获得成功。他体验了于质夫所渴望的"男女的真真的恋爱"。但是，王映霞并不是他理想中的以反射名士风流光芒为己任的女性。她当时只有 19 岁，涉世不深，有一些虚荣。为了得到她的爱，郁达夫不仅承诺与原配孙荃离婚，甚至不惜以利相诱。[②] 因此，郁王之恋并不是不食人间烟火的。现实的算计使郁达夫不免流露出其固有的厌女情绪。即使在热恋中，他也会因一点挫折就对包括王映霞在内的女性破口大骂。[③] 由此，我们是否可以推定：《迷羊》的讽喻性是他这一段情绪波澜的反映，而王介成可能就是郁达夫的自况呢？从郁达夫对王映霞因《日记九种》发怒这一事件的反应上看（他把王称为一个"多心的人"），答案恐怕是肯定的：《迷羊》以讽喻进行说教，极力规避一己体验，就是为了避免王映霞的再次震怒，毕竟他们当时正值新婚燕尔。

不过这种叙事策略的转变并不如韩侍桁所说，是"作者的写作方法的笨

---

① 《劳生日记》，《郁达夫文集》第 9 卷，第 9 页。
② 可参见郁达夫致王映霞的信（1927.1.28、1927.2.15、1927.3.4、1927.4.25），《郁达夫文集》第 9 卷。另，在 1939 年"《毁家诗纪》事件"中，王映霞致《大风》编辑丹林的信中有这样一段话可为旁证："先生一定读过《日记九种》吧？一个未成年的少女，是怎样被一个已婚的浪漫男人用诱和逼的双重手段，来达到了他的目的？"（《王映霞自传》，第 194 页）。
③ 参见郁达夫日记（1927.1.23、1927.2.5、1927.3.4、1927.5.5），《郁达夫文集》第 9 卷。

拙即他声明的所谓'忏悔的情绪'，也实是与书中的故事毫无关联的"。小说的叙述也并非"客观地叙述一个故事"那样简单。《迷羊》那个忏悔式的"后叙"恰是作者性政治叙事的点睛之笔。它以带有宗教色彩的超表述把王介成的故事改造成了一个讽喻性寓言。传教士的声音（实际上也是作者的权威声音）传达着的是这个故事的性政治讽喻意义：

> ……有一次和他（王介成——引者注）谈到了祈祷和忏悔，我说，我们的愁思，可以全部说出来，交给一个比我们更伟大的牧人的，因为我们都是迷了路的羔羊，在迷路上有危险，有恐惧，是免不了的。只有赤裸裸地把我们所负担不了的危险恐惧告诉给这一个牧人，使他为我们负担了去，我们才能够安身立命。……

由此，《迷羊》的叙述就成为多种叙事声音的混响——王介成的忏悔与传教士、郁达夫的双重超表述。它构成了一个层次严密的音障，有效地隔断了女性的声音，同时又指向一个性政治的叙事目标。当王介成听从传教士的训诫，远离女性，做了忏悔（即《迷羊》——引者注）得到拯救时，《迷羊》叙事的全部性别意义才显露出来：一方面，对一己体验的规避掩盖了其强烈的性政治色彩与作者之间的对应关系，使之"洁白如鸽子"（在《她是一个弱女子》中，作者选择日本侵略者作为谋杀郑秀岳的主凶也有这种叙事策略的影子）；另一方面，所谓"客观地叙述"使叙述者可以借助叙述权威肆无忌惮地宣扬男优女劣的观念。"后叙"中正剧式的作者声音正是体现了作家对这种性别成见的自信与执著。

男权文学的讽喻性叙事带有明显的忠告意图。《她是一个弱女子》与《迷羊》一样，也有明显的讽喻性："我的意思，是在造出三个意识志趣不同的女性来，如实地描写出她们所走的路径和所有的结果。"在三个女性中，冯世芬作为与郑秀岳、李文卿相对的正面形象受到垂青。叙述者赞赏的声音不仅使她与堂舅舅、革命者陈应环之间的乱伦之爱得到了正当性，而且她在陈应环指导之下成长为一个革命者的经历也成为这篇小说讽喻的标的。但是比较一下两篇小说，还是能够发现二者叙述上的区别：《迷羊》忠告的对象——受述者（narratee）——是男性，其声音是温和的，而《她是一个弱女子》的受述者是小资产阶级女性，它的声音则是严厉的。这种态度差异正是郁达夫性政治意识的表现。对待女性受述者，《她是一个弱女子》中叙述者的敌意几乎压抑不住。郁达夫虽然后来把三位女性按照阶级属性分为"土豪资产阶级的堕落的女性"、"小资产阶级的犹疑不决的女性"和"向上的小资产阶级的奋斗的女性"，[①] 以阶级斗争、民族抗战为小说披上了时代的外衣，但这并不能掩盖住小说叙述者的性别敌意。这种敌意实在太强烈了，鸠占鹊巢，使得小说的讽喻变成了谩骂、诅咒。[②] 对像李文卿这样带有男子气的女双性恋者，他以哗笑来掩盖对这些胆敢僭越的女性的嫉妒与恐惧，把所有能想到的脏水都泼到她身上。对待郑秀岳这个爱慕虚荣、水性杨花，不接受男权理性引导的女性，他的声音则是冷酷的。他以超表述的权威不断地重复这样的判断：她"热情奔放"，"爱慕虚荣"，男人很难满足她"一刻也少得来一个寄托之人的欲望"。她一步步地堕落直至死于侵略者的性器和军刀之下完全是咎由自取！吴一粟在郑秀岳受到残害时的嚷嚷："饶了她，

---

① 《沪战中的生活》，《郁达夫文集》第3卷，花城出版社、香港三联书店1982年版，第194页。

② 关于这一点，当时的读者敏锐地感觉到了，杜衡在《她是一个弱女子》一文中说，它只是"蒙了一重社会问题的皮相"，主要是把弱女子郑秀岳描绘成"一个整整被色情所支配着的奴隶"。余慕陶在《郁达夫的新作》一文中指出，在郁氏小说中，"时代的特征""只当作是点缀场面的东西"。刘大杰在《读郁达夫的她是一个弱女子》一文中虽极力推崇该小说的社会意义，但他也不得不承认，小说在描写郑秀岳的色情生活与"最要紧的描写革命过程"的布局上很不调和。（邹啸：《郁达夫论》）其实，时代、阶级背景在这篇小说中都是为了掩盖叙述者强烈的性别敌意而存在的，要从其中寻找所谓时代意义才是真正的缘木求鱼。

饶了她，她是一个弱女子！"曾经被研究者视为郁达夫对郑秀岳的同情。[①]
如果把这"同情"与叙述者强大而冷酷的叙述声音并置，其虚伪性就显而
易见。吴一粟本是叙述者所鄙夷的"女性崇拜的理想主义者"。他被塑造成
一个懦弱、窝囊的"乌龟"，也是带有强烈性政治色彩的。因此，吴一粟的
哭喊与叙述者的同情无关，叙述者是幸灾乐祸地看着他哭喊直至发疯的。

《她是一个弱女子》出版时有一个献辞："谨以此书，献给我最亲爱，
最尊敬的映霞。"这是一个普通的献辞吗？把这样一部典型的男权讽喻体小
说献给自己的爱人，郁达夫是否别有怀抱呢？让我们看一下当事人的感受。
在1939年的"《毁家诗纪》事件"中，王映霞敏锐地感受到了《毁家诗纪》
的男性话语霸权。她指责郁达夫："更凭着你那巧妙的笔尖，选择了字典中
最下流、最卑贱的字句，把它联成了诗词，再联成了千古不朽的洋洋大文，
好使得一切的同情与怜悯，都倾向于你，怀疑、怨恨与羞辱的眼光都射向
我身上来。"她由此推及郁达夫的小说："你不过想把世界上所有的每一篇
小说中的坏女人，都来比成了我，而那些又值得同情，值得怜恤的男人，
却都是你自己。"在同一封信中的一个注释中，她说出了与《她是一个弱女子》
创作相关的一个史实作为例证："'一·二八'战事停后，我因未得他的同
意去会见一个三年不见的女友——A女士——他一气之下，在外面逛玩了半
个月还不算，还得大写文章痛骂我与A女士，这高潮也就轰动了当时的上
海新闻界。"几十年后，王映霞在回忆录中更明确地钩剔出《她是一个弱女子》
的本事，直指该小说就是郁达夫在无端怀疑王映霞与朋友刘怀瑜闹同性恋
而引发的"奇异的情绪下"写出来的。上述材料中，1939年王映霞写给《大
风》的信因为当事人俱在，所言不能过虚。如果说它是夫妻反目之后的"相
骂无好语"不免夸大之嫌，那么1938年郁王感情尚未完全破裂的家信所显

---

① 如董易在《郁达夫的小说创作初探》中认为，郁达夫的"人道主义局限"使他对郑秀岳"倾
注的更多的是同情和怜悯，而不是什么批判"（《郁达夫研究资料（下）》，第614页）。

示的同样材料则能印证上述材料的真实性。在 1938 年 10 月 18 日的家信中，王映霞抱怨自己被郁达夫"无缘无故的在六年前的书中骂得狗血喷人"。①查郁达夫年谱，郁达夫 1932 年单行本作品只有《她是一个弱女子》。因此，王映霞所指的当是该小说。同时，郁达夫在《她是一个弱女子》"后叙"中的自供也为此提供了重要的旁证："写到了如今的小说，其间也有十几年的历史了，我觉得比这一次写这篇小说时的心境更恶劣的时候，还不曾有过。"由此可以肯定，《她是一个弱女子》的确与郁达夫的生活有互文性，小说中所表现出来的对女性的极端仇恨是作者此时情绪的真实反映。

从这样的结论出发，所谓"献给我最亲爱，最尊敬的映霞"云云，就实在太可怕了。首先，这部小说仍然是郁达夫的自叙传（余慕陶就持此观点）。郑秀岳与献辞中的"我最亲爱，最尊敬的映霞"是互指的。郁达夫不仅在小说中对女性极尽讽喻之能事，当讽喻不足以平息怨恨时，他甚至不惜借叙述行为对自己的爱人进行赤裸裸的诅咒。虽然他在"后叙"中曾经说："书中的人物和事实，不消说完全是虚拟的，请读者万不要去空费脑筋，妄思对证"，但这样的饰语根本无法掩盖他在文本中所流露的性政治敌意。那些把这部小说解读成"完全改变了他从前的作风，他抛弃了作者自己，把题材扩张到社会的各方面去"，"暗示着""一种未来的革命的胜利的曙光"，"充满着"对"未来革命"和弱女子郑秀岳的"温热的同情"的研究者恐怕被郁达夫所欺骗了。②其次，这部小说的叙述声音烛照出一般男性叙述者的卑劣心态。在《她是一个弱女子》中，他秉持着话语权力，借助作者的权威声音，一方面对女性进行诅咒，另一方面，他却又以"献辞"这样冠冕的话语来肆意挪揄他所诅咒的对象。因此，这献辞就含有更深的性政治敌意：

---

① 《王映霞自传》，江苏文艺出版社 1996 年版，第 198、199、201、107—109、257 页。
② 刘大杰：《读郁达夫的她是一个弱女子》，邹啸《郁达夫论》，第 129—136 页。

它是对女性这一男权社会的无告者进行赤裸裸的话语压迫和戏弄。这一点，当年杜衡感觉到了："弱女子是人人可以得而侮辱之的，于是作者也拿来她寻开心。第一次说她被孙传芳部下的军官弄去过了一夜；而最后又说她被日本兵轮奸至死。前者固然是赘瘤……而后者又更足以使全部作品得到一个极不自然的结尾。这是一个缺点。"（着重号为引者所加）① 只不过杜衡把它当做白璧微瑕。而在笔者看来，这个结尾并非不自然，它是郁达夫性政治叙事的自然结果：郑秀岳（王映霞）只有被送上男性性权力的祭坛，他才能够完成男性性宗教的仪式。

---

① 杜衡：《她是一个弱女子》，邹啸《郁达夫论》，第128页。

直面现代性的伦理陷阱

——从涓生的两难看20世纪20年代中国启蒙思想的现实困境

涓生和子君爱情悲剧的成因从《伤逝》出世之日就聚讼纷纭。鲁迅先生的深刻使得这一常见的爱情事件似乎具有无限解释的可能性。"封建礼教强大说"、"个性解放思想局限说"、"知识分子缺陷说"、"性别冲突说"、"中西文化冲突说",这些解释都从一个侧面接触到了这一爱情事件的本质。在我看来,这一事件的主要推动——涓生的行动完全是按照20世纪20年代现代性爱观的原则实施的。作为20世纪20年代启蒙理性的重要内涵,现代性爱观中蕴涵的现代性知识学的内在陷阱是涓生与子君爱情悲剧出现的一种重要内因。

当涓生发现他们的爱情已经褪色之后,他陷入了真实与虚伪的困境:

> 我要明告她,但我还没有敢,当决心要说的时候,看见她孩子一般的眼色就使我只得暂且改作勉强的欢容。但是这又即刻来冷嘲我,并使我失却那冷漠的镇静。
>
> ……
>
> 我在苦恼中常常想,说真实自然须有极大的勇气的;假如没有这勇气,而苟安于虚伪,那也便是不能开辟新的生路的人。不独不是这个,连这人也未尝有!

涓生的这一困境被后来的研究者归纳为"说"与"不说"的两难。① 它是启蒙理性在伦理层面遇到的难题。首先，基于主体性理论的现代性爱观支持涓生"说"出"真实"。真实的生活着是20世纪20年代当代生活意识的一个重要原则，真诚也被普世化为一种现代性伦理话语。"我最爱的是真挚的人。我深信'一诚可以救万恶'这句话，有绝对的真理。诚之一字，在新伦理也好，在旧伦理也好，都是不可少的基本要素。"② 甚至连当时对新文化运动持批评态度的人士也承认："故无论新旧道德之前提必须真实无妄。"③ 真诚在"灵肉一致的结婚"的现代性爱观中主要表现为两性肉体与人格的相互"信实"。④ "我所说的'贞操'即是异性恋爱的真挚专一。"⑤ 因此，不"苟安于虚伪"成为涓生要"说"的第一个重要理由。涓生要"说"的另一个理由是当时现代性爱观中离婚自由原则。离婚自由、恋爱结婚是现代性爱观的两翼，也是个体自由的一个体现。所以，涓生的选择——向子君说出不爱她的真实，摆脱无爱的婚姻——在当时是一种符合现代性伦理道德的行为。

其次，现实生活逼迫着涓生不得不面对"说"出"真实"的巨大的道德后果，使他惮于行动。涓生清楚地意识到，"说"出"真实"这一行为所导致的道德后果的残酷性：子君要独自"负着虚空的重担，在严威和冷眼中走着所谓人生的路，这是怎么可怕的事呵！而况这路的尽头，又不过是——连墓碑也没有的坟墓"。这一巨大而可怕的后果显然是与启蒙者的伦理标准相违背的，这使得原本道德的行为陷入了两难困境："'不说'即是'安于虚伪'，自然不免是沉重的'空虚'，而且要'在道德原则上与自己信奉的

---

① 汪晖：《"反抗绝望"的人生哲学与鲁迅小说的精神特征（下）》，《鲁迅研究动态》1988年第9期。

② 《田汉致郭沫若》，《三叶集》，《郭沫若全集文学编》第15卷，人民文学出版社1990年版，第36页。

③ 不冷（陈冷血）：《新道德与旧道德》，《申报》1919年4月18日。

④ 周作人：《周作人答蓝志先书》，《新青年》第6卷第4号。

⑤ 胡适：《胡适答蓝志先书》，《新青年》第6卷第4号。

理想和爱情对象产生深刻的分裂'；'说'出'真实'，不仅意味着将真实的重担卸给了对方，而且确实最后导致了子君的死亡，同样使自己在道德上成为逃避重担的'卑怯者'。"这是一种明显的荒谬处境。

为什么道德的行为会带来荒谬的处境？除了外在威权的压迫，还有没有源于启蒙理性的内在原因？答案是肯定的。涓生所面临的荒谬性处境显然在考问他所怀抱的启蒙理性。两难选择的结果在启蒙者涓生这里成为一个如何面对子君这样一个"人"的问题：她作为一个被启蒙者应该是他选择的手段还是目的？这一问题是启蒙的根本性问题，也是中国现代性谋划的根基所在。早在1785年，康德就已经回答了这个问题：

> 人，一般说来，每个有理性的东西，都自在地作为目的而实存着，他不单纯是这个或那个意志所随意使用的工具。
>
> ……
>
> 每个有理性的东西都须服从这样的规律，不论是谁在任何时候都不应把自己和他人仅仅当作工具，而应该永远看作自身就是目的。①

因此启蒙的根本目的在人，自由、自律的人最终会构成一个目的王国，这也是康德式现代性谋划的方案。中国的启蒙运动很早就指向了"立人"，在某种程度上，中国的启蒙运动也借鉴了康德式的现代性谋划方案。② 但是正如我们从鲁迅的《文化偏至论》对"立人"必要性的论证逻辑中所看到的，

---

① ［德］康德：《道德形而上学原理》，苗力田译，上海人民出版社2002年版，第46、52页。
② 鲁迅在《文化偏至论》中做了与康德类似的想象："外之既不后于世界之思潮，内之仍弗失固有之血脉，取今复古，别立新宗，人生意义，致之深邃，则国人之自觉至，个性张，沙聚之邦，由是转为人国。"（《鲁迅全集》第1卷，人民文学出版社1998年版，第56页）其他如胡适在《易卜生主义》（1918）中对"纯粹为我主义"的提倡，周作人在《人的文学》（1918）中对个人—社会关系的阐发都有如此的文化逻辑在其中起作用。

中国式的"立人"就如启蒙本身一样，在很大程度上被视为一种拯救国族的手段而非启蒙目的本身。"是故将生存两间，角逐列国是务，其首在立人，人立而后凡事举"①；这种功利主义的启蒙理念使得启蒙者有意无意地把"立人"绑在"再造文明"或"有益社会"等现实目标之上。工具主义和道德实用主义流风所及，②使得"立人"的启蒙目的常常钝化为手段。当然这种情形并不仅出现在中国，它也是现代性的普遍存在的陷阱之一：目的与手段的分离。现代性爱观 20 世纪 20 年代在中国的传播，其深切的现实关怀使它也不能超然世外。虽然现代性爱是 20 世纪 20 年代"人的发现"的一个重要表征，自由性择意味着个性解放、个人主体性的确立，但是依靠现代性爱解放出来的人一开始就作为手段与其社会功利紧密联系在一起：性爱问题作为"为我主义"（胡适语）的重要体现，在 20 世纪 20 年代中国的现代性谋划中，是连接着个人和社会、民族、国家的。现代性爱的宣扬和实践在 20 世纪 20 年代的中国不仅是一种个人求幸福的行为，更是一种社会进化的手段。

涓生一开始就是以道德实用主义逻辑来看待这一爱情事件的：他选择子君的理由就是因为子君那句著名的宣言："我是我自己的，他们谁也没有干涉我的权利！"他从这句宣言里看到的是自己和子君的恋爱在他们之外更为重大的社会意义："这几句话很震动了我的灵魂，此后许多天还在耳中回响，而且说不出的狂喜，知道中国女性，并不如厌世家所说那样的无法可施，在不远的将来，便要看见辉煌的曙色的。"在这里，他和子君的爱情不仅被理解为一种个人幸福的追求，还被理解为一种改造社会的政治行为。

---

①　鲁迅：《文化偏至论》，《鲁迅全集》第 1 卷，人民文学出版社 1981 年版，第 57 页。

②　张光芒：《道德形而上主义与百年中国新文学》，《当代作家评论》2002 年第 3 期。另见杜维明、黄万盛《启蒙的反思》，哈佛燕京学社编《启蒙的反思》，江苏教育出版社 2005 年版，第 32 页。

所以当他们"遇到探索，讥笑，猥亵和轻蔑的眼光"时，涓生才会"只得即刻提起我的骄傲和反抗来支持"。在"说"与"不说"的困境中，涓生最终跳过了"说"出真实这一行为的可怕后果，显然也是基于道德实用主义的利益最大化原则："待到孤身枯坐，回忆从前，这才觉得大半年来，只为了爱，——盲目的爱，——而将别的人生要义全盘疏忽了。第一，便是生活。人必生活着，爱才有所附丽。"与启蒙理念所指向的虚幻的功利目标——整个社会的进化——相比，摆脱无爱的婚姻（在启蒙理性中这是无足轻重的）所带来的子君可能的牺牲就变成可以忍受的代价。因此涓生"说"出真实的行为在这种道德实用主义逻辑中获得了充足的支持："我觉得新的希望就只在我们的分离"，这样做"为的是免得一同灭亡"，"但这与你倒好得多，因为你更可以毫无挂念地做事"。很明显，涓生通过主体性理论为自己所争得的爱情并通过这种爱情所实现的子君作为"人"的独立，一直是以启蒙的手段出现的，而非启蒙的目的本身。

这里又有另外一个问题：现代性理性的工具主义或道德实用主义是否就是涓生行动的唯一的理论基础呢？如果答案是肯定的，那么涓生为什么要忏悔？显然在《伤逝》的文本中，作为叙事重心的忏悔和反思并不支持这样的答案。文本中那包含着巨大情感容量和理性之光的忏悔表明，作者所质疑的恰是涓生行动所依据的道德实用主义。实际上，"五四"启蒙理性在处理个人—社会关系时还有另外一种倾向，即把"立人"目的性与手段性弥缝在一起。例如，陈独秀在《人生真义》(1916)一文中突出了个人在个人—社会关系中的独立价值：

　　社会是个人集成的，除去个人，便没有社会；所以个人的意志和快乐，是应该尊重的。

......

> 执行意志，满足欲望（自食色以至道德的名誉，都是欲望），是个人生存的根本理由，始终不变的（此处可以说"天不变，道亦不变"）。[①]

其他如，周作人对"个人主义的人间本位主义"的"人道主义"的申说，胡适对"纯粹的为我主义"的宣扬也都不同程度地注意到了这一点。[②] 当时的新知识分子在宣扬爱伦凯的"恋爱结婚论"时也有基于同样逻辑的表述："正当的恋爱乃是灵肉合致，复杂而高尚的。这种恋爱是人生的精髓和根本。人人都应该互相靠着这种恋爱感受幸福；在这种恋爱里所感受的幸福便可构成社会的幸福。凡种族的改良、人生的向上进步一定要个人能够感受恋爱的幸福方才可以实现。"[③] 社会的进步必须建立在个人的幸福感之上，似乎个人的幸福感是现代性爱的目的。在这一点上，他们是回到了康德启蒙的原点。因此，涓生在选择子君作为自己爱人的时候，他的"个人—社会"动机也不能简单地视为只是以子君为手段而非目的。在某种程度上，他的动机是要把自己的行为建立在道德的目的与手段同一的基础之上。也正是这种同一性才使得涓生感到："去年的暮春是最为幸福，也是最为忙碌的时光。"他此时的幸福感是由于他沉浸在启蒙理性与道德伦理和谐的理想之境。但是这种和谐只能是暂时的，在现代性内部存在着的知识学矛盾构成了一个涓生所无法跨越的陷阱——主体性理论的道德／历史紧张。

从黑格尔开始，新传统主义者麦金太尔、新自由主义者罗尔斯以及诸多的后现代主义理论家都在"质疑康德的主体性伦理是否真的普遍可能，

[①] 陈独秀：《人生真义》，《独秀文存》，安徽人民出版社 1987 年版，第 126 页。

[②] 周作人：《人的文学》，《新青年》第 5 卷第 6 号；胡适：《易卜生主义》，《新青年》第 4 卷第 6 号。

[③] 瑟庐：《爱伦凯女士与其思想》，《妇女杂志》1921 年第 2 期。

由此所建构的道德知识和伦理原则是否真的能够获得普遍客观的知识合法性"？答案是否定的。康德的启蒙理性一开始就没有注意到道德与历史的紧张关系。这种忽视必然导致循此主体性思路生活在现实长河中的具体个体陷入启蒙理性所设置的道德与历史紧张的陷阱之中。而且当工具性成为现代社会宰制性的"理性"时，所必然导致的人类理性的内在分裂，目的与手段被人为地分割的情形①更增加了服膺主体性理念的个体在现实生活中陷入这一现代性知识学陷阱的可能性："有限或必朽的人无法真正承诺无限或不朽的价值理想。""（主体性）即使作为个体的行为准则，也具有或然的性质。"② 更何况在中国的启蒙语境中，现实生活（历史理性）的残酷以及其所特有的现代性的双重焦虑③对启蒙者的道德逼迫更加严重，因此，现代性知识学内部的这种紧张关系也就更加突出。当现实生活逼迫着启蒙者在自我牺牲的美德和启蒙所设定的正当性之间作出选择的时候，目的与手段的和谐就会被二者的分裂、矛盾所替代。幸福也就变成了苦闷，选择变成了一件极其残酷的事情！

涓生的困境就是当他试图把主体性的启蒙理念当做一种普世伦理推行开来时陷入了他个人所无法超越的伦理陷阱。他启蒙子君的工具（"称扬诺拉的果决"）、选择子君时的幻想（对中国女性"辉煌的曙色"的期待）、抛弃子君的理由（"你更可以毫无挂念地做事"）无一不是基于主体性的启蒙理念。但是作为主体性觉醒的个体，他的（也包括子君的）有限存在所要承担的是整个现代性追求的历史重负和现代性谋划所要求的无限、至善的全般美德：他不仅要和整个社会战斗，还要负担起这场战斗所产生的人道主义的道德后果——如何对待子君。这已经不是涓生个人的道德问题，而是

---

① 万俊人：《现代性伦理话语》，《社会科学战线》2002 年第 1 期。
② 同上。
③ 刘小枫：《现代性社会理论绪论》，上海三联书店 1998 年版，第 29—30 页。

启蒙理性内在的知识学矛盾所导致的普遍伦理困境。

自视为"历史中间物"的20世纪20年代的启蒙者对涓生的这一困境是感同身受的，因为这是现实、普遍而又切己的事情。自从以爱伦·凯的"恋爱结婚论"为代表的现代性爱观在中国传播以来（约在1920年前后），离婚问题就是知识者所最关注的现实问题，他们对此展开过多次讨论。他们讨论的焦点始终是如何对待在当时社会中还处于弱者地位的女性。① 其中尤以1922年三四月间和1923年4月间发生在《妇女杂志》上的两次关于离婚问题的讨论最能够说明启蒙者对现代性这一困境的正视。《妇女杂志》1922年2月号提出的"本志改革的新计划"所注重的第一个"最紧急的实际问题"就是离婚问题，当时共有300多篇文章参与讨论。② 1922年4月号的《妇女杂志》以"离婚问题专号"的形式发表了70篇文章。当时许多"妇女问题"的名家如周建人、沈雁冰、章锡琛、吴觉农、瑟庐、周作人等撰文讨论。虽然因为编辑旨趣的原因，这70篇文章"包括各种意见"，但编者的倾向性还是很明显的。他们认为，在当时的社会条件下离婚问题应该以女性的意志和利益为转移，这也是他们试图解决当时现代性的内在矛盾的"公平的意见"：

> 离婚仍须顾全妇女一方面的情形：女子如觉得于人格或幸福有亏损，她应当向夫提出离婚，而且男子也应即时依从她；但男子如觉得不满意于他的妻，倒应该屈就，或须为她努力顾全。这是现在的平允的论调。③

---

① 例如《妇女杂志》就曾经出版过专号"男女理解号"，征求关于"尊重女性的男子可否与不满意的旧式妻子离婚"的讨论（第10卷第10号，1924年10月）。

② 《编辑余录》，《妇女杂志》第8卷第3号（1922年3月）。

③ 《编辑余录》，《妇女杂志》第8卷第4号（1922年4月）。

更现实的选择出现在 1923 年 4 月《妇女杂志》关于当时国立东南大学教授郑振埙的《我自己的婚姻史》（署名旷夫）一文的讨论中。面对这样一个现实的例证，虽然所有的论者（18 人）都赞同郑振埙提出的针对无爱的婚姻所采取的"负担经济的离婚与放弃遗产的离婚"，但是他们大多（11 人）反感郑振埙对待自己妻子居高临下的冷酷态度。在北京参与讨论的周作人的观点可以作为它们的代表：

> 我觉得著者（指郑振埙——引者注）是一个琐碎，严厉，自以为是，偏于理而薄于情的男子（或者事实并不如此）……郑君不知道，世间万事都不得不迁就一点；如其不愿迁就，那只好预备牺牲，不过所牺牲者要是自己而不是别人：这是预先应该有的决心。倘或对于妻儿不肯迁就，牺牲别人，对于社会却大迁就而特迁就，那又不免是笑话了。①

对于无辜的女性要顾全，要迁就，即使预备牺牲，也要牺牲自己，而不是别人，这种态度正是试图以自己有限的存在"肩住黑暗的闸门"。无疑这是一种内指型道德，即通过抑制、批评自我来解决现实生活中的道德问题。它与现代性道义论的"外指"型道德（强烈的外指型的批判精神）② 共同构成了现代性道德试图调和现代性知识学内在矛盾的努力。而这一选择所表现出来的对弱者的同情则是带有明显新儒家色彩的普世化选择——"把同情带入启蒙理性"。③ 对于这一点，时人认识得很清楚："居然有多数男性的作者替伊（郑振埙之妻——引者注）辩护，这是最可喜的事！这使我们知道在冷酷的机械的现实社会生活的背面，尚潜留着一股热烘烘的力——对于受痛

---

① 周作人：《离婚与结婚》，《晨报副刊》1923 年 4 月 25 日，署名作人。
② 包利民、M. 斯戴克豪思：《现代性价值辩证论》，学林出版社 2000 年版，第 22 页以下。
③ 杜维明、黄万盛：《启蒙的反思》，哈佛燕京学社编《启蒙的反思》，第 69 页。

苦者的了解与同情！"① 由此，"把同情带入启蒙理性"这一选择可以看做
20世纪20年代的中国启蒙者对儒家文化中"仁"的思想一种深层而隐秘甚
至是本能的回应。

鲁迅显然是赞同这一带有儒家色彩的普世化选择的。早在1918年，他
就已经直面过这一困境：一方面，"魔鬼手上，终有漏光的处所，掩不住光明：
人之子醒了；他知道了人类间应有爱情"；另一方面，面对无爱的婚姻和无
辜的女性，"我们既然自觉着人类的道德，良心上不肯犯他们少的老的的罪，
又不能责备异性，也只好陪着做一世牺牲，完结了四千年的旧账"。② 而涓
生的过错恰恰是当他陷在现代性知识学的伦理陷阱中时抛弃了同情，作出
了"冷酷的机械的"选择，因而造成了巨大而悲惨的后果。在小说中，以
涓生选择结果的虚空及其巨大的代价证明了他那没有同情的冷冰冰的选择
不合理性："那时使我希望，欢欣，爱，生活的，却全都逝去了，只有一个
虚空，我用真实去换来的虚空存在。"因此，涓生并不像有的研究者所说的
那样，他所忏悔的是"无过之过"，更不是"在情感失度与迷乱中本能地追
究自己的过错和责任"，③ 恰恰相反，涓生那饱含着情感和诗意的忏悔时时
显现着一个热爱生命而又透视着生命的启蒙者的理性光芒。

涓生的反思是深刻而可贵的，它一直穿透了启蒙理性坚硬的外壳，④ 达
至启蒙理性内在知识学的矛盾："我以为将真实说给子君，她便可以毫无顾

---

① 茅盾：《读〈对于郑振埙君婚姻史的批评〉以后》，《茅盾全集》第15卷，人民文学出版社
1987年版，第37页。原刊于《民国日报·妇女评论》第88期，署名雁冰。

② 鲁迅：《随感录·四十》，《鲁迅全集》第1卷，人民文学出版社1981年版，第322页。

③ 冯金红：《忏悔的"迷宫"——对〈伤逝〉中涓生形象的分析》，《鲁迅研究月刊》1994年
第5期。

④ 万俊人先生在《现代性伦理话语》（载《社会科学战线》2002年第1期）一文中认为"现代
性道德知识本身缺乏一种社会批判力量，或者更准确地说，它的批判力量仅仅是在现代与传统的语境
中显示出来的。面对现代性自身，它更多地是充当价值辩护律师的社会文化角色，而非价值批判者或
指控者的社会文化角色"。因此在很大程度上，现代性很难对自身知识学的矛盾进行反省，这显示出涓
生（或者说鲁迅）对现代性伦理陷阱的直面和反省更加难能可贵，尤其是在1920年代，启蒙还在"造
神"运动之中。

虑，坚决地依然前行，一如我们将要同居时那样。但这恐怕是我错误了。她当时的勇敢和无畏是因为爱。"涓生在作出那个可怕的选择之后终于明白，他那基于主体性理念的启蒙行为一开始就陷入了虚妄。他和子君的人生轨迹在爱情的起点就注定不可能完全重合：一个是满怀着创造冲动和幻想的导师，一个则是只想寻找日常生活之爱的平凡人。这也许就是这一爱情悲剧最早的一颗种子。

如果我们联系鲁迅先生创作时的心境，或许会发现鲁迅在涓生这一人物身上投射了大量的主体体验。① 这一推测如果能够成立，那么《伤逝》所蕴涵的直面现代性伦理陷阱的勇敢和真诚将更加意味深长。

---

① 《伤逝》的写作（1925 年 10 月 21 日写毕）与鲁迅先生最终接受许广平先生的爱情几乎同步。陈漱渝先生在《爱的凯歌——许广平三篇遗稿读后》（《鲁迅研究年刊 1990 年版》，中国和平出版社 1990 年版）一文中引用了这样一段史料："但许广平生前亲口对准备在银幕上扮演她的形象的于蓝同志说，她跟鲁迅感情的这种质变（即由师生情谊变为相互的爱恋——引者注）发生在 1925 年 10 月。"倪墨炎则在《鲁迅与许广平》一书中提到，鲁迅与许广平定情是 1925 年 8 月的事，而且二人第一次性爱生活发生在 1926 年初夏。在《爱情有新的发展》一节中，倪墨炎这样说："从种种迹象看来，鲁迅与许广平的定情，是在 1925 年的 8 月间。如果要说得更准确些，相互明确表态，是在 8 月 8 日或 9 日许广平躲进鲁迅家南屋到 8 月 14 日章士钊撤去鲁迅职务这约一星期的时间里。"（见葛涛编《鲁迅的五大未解之谜——世纪之初的鲁迅论争》，东方出版社 2003 年版，第 29 页）关于鲁迅和许广平的第一次性爱生活发生在 1926 年初夏之说与现在学术界公认的鲁迅与许广平共同生活的时间不一致（1927 年 10 月），因此引起了一场论争。倪墨炎在论争的文章《关于〈鲁迅与许广平〉的几个问题》中，暗示周海婴曾经电告他："许广平对她人生历程中的事是有记录的。其中记录着：1925 年 10 月 20 日第一次接吻，1926 年 5 月某日第一次性爱。"由此我们可以看到，鲁迅与许广平的定情发生在 1925 年 8—10 月是无疑问的。这对我们理解《伤逝》应该有所启迪。

自我定义权的丧失与女性主义写作的溃败

——以丁玲的几篇小说为中心的分析

在某种意义上，小说家笔下主人公的塑造就是作家个人体验的变形，其中的变化反映着作者主观世界的变动。在丁玲身上，这一点表现得尤其明显。丁玲登上文坛之初，以其鲜明的女性自我定义权的吁求成为那个时代女性主义写作的代表。但是随着丁玲生活、思想的变化，这种吁求在她的1929—1931年间小说中逐步淡化、消失。这种变化在政治—革命话语中是一种进步；但是，丁玲对女性自我定义权的怀疑与放弃，在某种程度上却是女性主义写作溃败的时代标志。

一

所谓"自我定义权"，就是个人所具有的自己决定自己行为、处理自己身体、欲望等的权利。在一定意义上，它与自由意志同义。对于男权社会中的女性来说，它意味着女性在包括私生活在内的所有领域内确立女性作为判断主体和认知主体的主体性地位。这是对男权社会的性别支配、性别歧视制度的颠覆，因此它是女性解放的最重要的标志之一。① 丁玲能够成为第二代女性主义作家的代表，我想最重要的原因就是她的小说集《在黑暗中》（1928年）对当时女性缺少这种自我定义权的状况有着清醒的认识，并在其中提出了强烈的抗议。因为缺少这种自由支配自己生活的权利，《阿毛姑娘》

————————
① ［日］江原由美子：《性别是一种装置》，丁莉译，商务印书馆2005年版，第78—79页。

中的那个农村少女选择了自我枯萎；桀骜不驯的梦珂也不得不忍受来自男性的侮辱（《梦珂》）；而《暑假中》的那几个年轻的知识女性也沉浸在焦躁中。《莎菲女士的日记》则是一个特殊的例子，虽然莎菲的命运并不比阿毛、梦珂们更好，但是在她身上却比较系统地表现出丁玲对女性自我定义权的肯定性理解。莎菲被置于男性追求者的包围之中，她所追求的爱虽然属于那个时代的"共名"的爱情："我总愿意有那末一个人能了解得我清清楚楚的，如若不懂得我，我要那些爱，那些体贴做什么？"但她的特殊之处在于她在这一"共名"的爱情追求中突出了莎菲的自我定义权：她是自己欲望的主体，也是行动的主体。

首先，莎菲始终以自己的欲望（肉体的和精神的）为自己行动的鹄的。在她那些灵肉激战的痛苦中，最能够体现出她作为一个独立女性力量的恐怕不是理性的力量，而是她总也无法排解的对肉欲的渴望。而且这种对肉体快乐的渴望是如此的强大，理智和科学这些时代的权威话语根本就无法抚慰、忽略、湮没它。莎菲的痛苦就来源于时代的爱情理念与不可压抑的肉体欲望的激烈交战。如果说莎菲嘲笑毓芳和云霖是"禁欲主义者"的时候，肉体的声音还是靠理性传达出来的；那么占了小说五分之四篇幅的她的灵与肉的激战则说明肉体欲望的声音是如何的强大。当她看透了凌吉士"那使我爱慕的一个高贵的美型里，是安置着如此一个卑劣灵魂"时，那"遇人不淑"的巨大悔恨却仍然无法压抑住由肉体的欲望而带来的"爱的魔力"。莎菲的理智告诉她，不能爱这个金玉其外，败絮其中的花花公子，但这种"爱的魔力"还是几乎使莎菲癫狂到毁灭：

> 可是我又倾慕他，思念他，甚至于没有他，我就失掉一切生活意义了；并且我常常想，假使有那末一日，我和他的嘴唇合拢来，密密的，那我的身体就从这心的狂笑中瓦解去，也愿意。其实，单单能获得骑

士般的那人儿的温柔的一抚摩，随便他的手尖触到我身上的任何部分，因此就牺牲一切，我也肯。

直到她终于在灵与肉的激战中如愿以偿地得到了她梦寐以求的一吻，她的理性才真正战胜了癫狂的肉体。虽然莎菲的理智最后鄙夷着自己肉体欲望的空虚，而且有很多研究者也不以莎菲的这种欲望追求为然，但是在中国女性文学史上，莎菲这灵与肉的激战使女性的肉体欲望第一次获得了自己的声音。在男权社会中，女性的性欲望总是被认为是被动的、缺少道德正当性的。因此，从这一意义上，这一顽强而富有韧性的声音表达的正是女性在性欲望方面的自我定义权。

其次，莎菲还是整个爱情事件的推动者。正如她是性欲望的主动者一样，莎菲在男女关系中也是一个个性鲜明的判断主体和认知主体。在小说所叙述的爱情事件中，她时刻都在左右着爱情事件的节奏、走向。她自主地控制着与苇弟、凌吉士的关系，甚至还控制着他们的行动、欲望。当她"用一种小儿要糖果的心情"渴望着凌吉士的肉体而同时又受到自己理智的折磨时，凌吉士与她的关系就随着她肉体与理智的搏斗而发生忽远忽近的变化。无论是她的灵与肉的搏斗，还是她最终选择"浪费我生命的余剩"，我们都可以清楚地看到这其中莎菲的意志的影子。这种独立的判断和认知使得莎菲不再是通常作为男性欲望的对象，而是一个拥有自我定义权的女性。

这样一个自由选择着、行动着的女性既不同于哀怨焦躁的露沙（庐隐：《海滨故人》）、无奈而又悲凉的采苕（凌淑华：《酒后》），也不同于摆脱不掉"逆子"尴尬身份的隽华（淦女士：《旅行》），它真正达到了被后人认可的"为人与为女的双重自觉"——所谓中国女性文学的"现代性"。她成为丁玲的身份标志，也划开了女性主义文学的一个时代。

　　莎菲这一形象的成功与丁玲个体体验有很大的关系。丁玲当时正处于一个多元的文学场中，她的思想倾向是自由主义的。关于这一点，当年瞿秋白的认识应该是准确的："丁玲是时尚未脱小孩脾气，常说，'我是喜欢自由的，要怎样就怎样，党的决议的束缚，我是不愿意受的'。我们亦未强制入党，此时仍为一浪漫的自由主义者。"① 这个带有强烈无政府主义倾向的女作家身上的个性气质几乎毫无例外地灌注到了莎菲这一形象上面。但是，女性自我定义权在当时面临着男性价值观念的挑战。在《莎菲女士的日记》中，莎菲虽然对自己所追求的自我定义权有足够的自信，宣称："我了解我自己，不过是一个女性十足的女人。"不过给她感触最深的还是来自男权社会对这种女性自我定义权的无知和蔑视。女性的自我定义权并不是一种自足的价值体系，它必须在男女两性的交往过程中才能够呈现出它的价值。而当时的莎菲们还沉"在黑暗中"，这种黑暗不仅是指女性的未觉醒状态，它还意味着整个社会都沉浸在黑暗中。偶尔有一个两个女性"在黑暗中"睁开眼睛，"径一周三"，她们所能够看到的只是令人绝望的无边的黑暗。梦珂醒来了，但是她的命运是什么？还不是睁着眼睛去实行消极的自杀？莎菲呢？她周围的哪一个人、哪一件事不令她失望？！苇弟、凌吉士、安徽粗壮男人这些人自不必说，就是毓芳、云霖、金、周这样的朋友又有谁能够理解莎菲所追求的呢？唯有蕴姊可以称为莎菲的知音、可以倾诉的姊妹，但后者却死于无爱的婚姻。当年蕴姊是抱着对爱情的自信走进婚姻的，具有讽刺意味的是，恰恰是这被新女性视为救命稻草的爱情成了她们的毒药。蕴姊的死使得莎菲成为真正的孤独者。正如莎菲日记中所说的："莎菲生活在世上，要人们了解她体会她的心太热太恳切了，所以长远的沉溺在失望的苦恼中，但除了自己，谁能够知道她所流出的眼泪的分量？"她在

---

　　① 李克长：《瞿秋白访问记》，李向东、王增如《丁玲年谱长编》（上），天津人民出版社 2006 年版，第 24 页。

这黑暗中所能做的也不过是"狂笑的怜惜自己：'悄悄的活下来，悄悄的死去，啊！我可怜你，莎菲！'"莎菲们的这种共同的悲剧命运从一个侧面说明，当时势力雄厚的男权观念使得女性自我定义权不可能有比莎菲更好的命运。莎菲既然只能如茅盾所说，是"心灵上负着时代苦闷的创伤的青年女性的叛逆的绝叫者"①，那么她的女性自我定义权仍然要沉入黑暗中。

二

正如茅盾后来所说，丁玲走上文坛的时代，"中国文坛上要求着比《莎菲女士的日记》更深刻更有社会意义的创作。中国的普罗文学运动正在勃发"。② 这样的叙述隐喻着：在那个时代里，男权价值观念是以革命／理性的面目出现的。作家不可能脱离时代的影响和规范，丁玲的创作也因为与时代联系的日益紧密而发生了新的变化。1929 年底完成的《韦护》就加进了新的时代内容——革命与恋爱的冲突。从《韦护》开始，到《一九三〇年春上海》（之一、之二）再到《水》（1931），丁玲创作中的这一段一直被解读为"思想前进"的标志。③ 笔者所关注的是，丁玲的这种"思想进步"是以怎样的女性主义代价实现的，即她是如何放弃了女性的自我定义权，把女性的命运重新托付给革命、男性而甘于成为次性的。

《韦护》描写的是具有诗人气质的革命者——韦护与"虚无思想甚深"的女性——丽嘉的爱情故事。这个故事虽然连丁玲本人都认为是"一个很庸俗的故事，陷入恋爱与革命冲突的光赤式的阱里去了"。④ 但是，笔者认为它与当时典型的"革命＋恋爱"的公式小说有着巨大的不同。在同时代的"革

---

① 茅盾：《女作家丁玲》，袁良骏编《丁玲研究资料》，天津人民出版社 1982 年版，第 253 页。
② 同上书，第 253—254 页。
③ 参见何丹仁（冯雪峰）《关于新的小说的诞生——评丁玲的〈水〉》（1932 年）、茅盾《女作家丁玲》（1933 年）。
④ 丁玲：《我的创作生活》，《丁玲全集》第 7 卷，河北人民出版社 2001 年版，第 16 页。

命＋恋爱"的小说中，男权优势的价值标准借着革命／理性的面目重新出现在文学叙事中。这是对 20 世纪 20 年代以来的女性主义文学传统的一种反动。在这些小说中，革命与恋爱的关系并不是对等的，男性革命者与恋爱（欲望）对象的女性的关系也是不对等的。在革命与恋爱的冲突中，女性与恋爱一样，因为其"罗曼蒂克"倾向而被判定为非理性的。女性也相应地在革命者的理性、坚强面前重新沦落为次性。洪灵菲的《前线》(1928)、《流亡》(1928)；蒋光慈的《野祭》(1927)、《冲出云围的月亮》(1930)；胡也频的《到莫斯科去》(1929)、《光明在我们前面》(1930)；华汉（阳翰笙）的《地泉》(1930)、《两个女性》(1930) 等从不同角度表达出这样的关系公式。在最具有代表性的作家蒋光慈那里，革命对恋爱、女性的决定性意义表现得更为鲜明。《冲出云围的月亮》中的王曼英在大革命失败之后以自己的肉体来报复敌人，这种行为被叙述者视为非理性的。它没有带来任何革命的效果，反而为王曼英带来了毁灭性的打击。她这个"月亮"最终能够冲出"云围"最重要的原因是她重新反射了太阳（革命）的光芒：她接受了革命者（时代理性的化身）李尚志的指导，深入到工厂做最基层的工运以迎接新的革命高潮。在这一关键的转变过程中，她和李尚志的爱情也获得了新的合法性。"我不但要洗净了身体来见你，我并且要将自己的内心，角角落落，好好地翻造一下才来见你呢。……哥哥，我现在可以爱你了……"王曼英的这段独白深刻地揭示了王曼英／李尚志、恋爱／革命关系的时代性喻义。王曼英作为一个曾经被乌云（隐喻着革命失败后的非理性反抗）遮盖的月亮，她的被拯救实际上蕴涵着叙述者对女性、欲望作为次等级的判断。

《韦护》与同类作品的不同之处在于它并没有堕入上述男权叙事陷阱之中。丁玲在揭示革命与恋爱的冲突时，基本上还是站在莎菲的（女性主义的）角度来看待这一冲突的。首先，丽嘉对爱情的理解仍然是莎菲式的，她摆脱了所有庸俗的追求者爱上了有着诗人气质的革命者韦护正说明了这一点。韦护是莎菲求之而不得的男性，因此丽嘉与韦护的结合是真正"动心销魂的爱情"，他们甚至不能忍受一时的分离。其次，在革命／恋爱、男性／女性的关系上，革命／男性也没有获得对恋爱／女性的决定性的道德优势。《韦护》也写了革命与恋爱的冲突，但是这种冲突在很大程度上被解释为韦护的双重人格斗争的结果。

> 若是在以前，当他惊服和骄恃自己的才情的时候，便遇着丽嘉，那是一无遗恨和阻隔的了。而现在呢，他在比他生命还坚实的意志里，渗入了一些别的东西，这是与他原来的个性不相调和的，也就是与丽嘉的爱情不相调和的。他怠惰了，逸乐了，他对他的信仰，有了不可饶恕的不忠实；而他对丽嘉呢，也一样地不忠实了。

在作者看来，诗人气质与主义信仰这两种不同的时代"共名"一同出现在韦护身上是引发革命与恋爱冲突的根源。革命／恋爱虽然在冲突着，但在叙述者那里却有着同等的价值。韦护与当时小说中的大多数革命者一样在革命理性的感召之下最终告别了爱情和自己所深爱的女性，但是他的这种选择并不是以贬低爱情、女性为代价的。他的告别爱情走向革命与当时大多数革命者的历程并不一样，他身上的诗人气质，在叙述者看来仍然是值得珍视的。同样的，丽嘉与她的爱情在叙事中也同样有着独立地位。她的爱情选择自始至终都灌注着叙述者的同情。小说最后，当丽嘉失去了韦护之后，叙述者给予她的仍然是像莎菲一样的同情与哀叹："唉，什么爱情！一切都过去了！好，我现在一切都听凭你。我们好好做点事业出来吧，只是我要慢慢地来撑持呵！唉！我这颗迷乱的心！"丽嘉在口头上也表示要

"做点事业出来"，但她的"这颗迷乱的心"里饱含的是叙述者对这个时代悲剧的抗议。因此，在某种程度上，丁玲笔下的革命与恋爱的冲突是时代悲剧而不是宣扬革命对恋爱、男性对女性的胜利。

这种迥异于时代的写作显示着：此时的丁玲对当时甚嚣尘上的革命文学并没有抱完全的赞同。① 她在接近时代的时候，并没有忘记女性的自我定义权，她还可以被视为一个比较纯粹的女性主义作家。不过随着胡也频的迅速"左"倾，丁玲也深受影响。她于1930年5月参加左联。团体生活改变了丁玲写作的方式，她发生了认同时代"共名"的转变。写于1930年6月的《一九三〇年春上海》（之一）开始显示出与《韦护》的不同：这种不同除了小说所展现的社会风貌扩大得多之外，更重要的是，革命／理性开始逐渐显示出对欲望／爱情的决定性作用。美琳最后舍弃了只会说空话、表现小资产阶级的哀怨、反对普罗文学的子彬而选择了革命者若泉就是这种不同的形象化显现。美琳这个被子彬封闭在小资产阶级趣味中的女性不再满足于爱情至上主义（这曾经是莎菲、丽嘉的理想，冯雪峰就曾经这样评价过莎菲），以为这是"糊糊涂涂自以为是"的"幸福"。在若泉的感召下，她越来越渴望着走向社会，做一些有益于社会的革命事业："但现在不然了。她还要别的！她要在社会上占一个地位，她要同其他的人，许许多多的人发生关系。她不能只关在一个房子里，为一个人工作后之娱乐，虽然他们是相爱的！"而且越到后来，子彬的逃避时代的爱越成为美琳前进的沉重负担。当美琳睁开眼睛看社会时，她从社会上得来的不是哀伤，而是刺激性的革命激情。她与莎菲、丽嘉不同，她变成了一个"找不到一条好的路，她需要引导的人"。她的烦恼不再是没有爱情，而是"缺少引路人，她不知应该怎么做才好"。这种不同是巨大的、本质的！从一个可以自我决定、自我行动的女性变成了一

---

① 姚蓬子的《我们的朋友丁玲》一文在回忆1930年的丁玲时，曾经记述丁玲在左联成立之前，拒绝了要她参加左联的邀请——转自《丁玲年谱长编》，第55页。

个茫然无措的女性。这种改变不仅是小说人物思想的变化，也显示着作者丁玲思想的变化。早年小说写作中的对女性自我定义权的主张，在革命（理性）的面前逐渐失去了合法性。当年成为丁玲身份标志的女性自我定义权开始成为应该被摈弃的东西。

如果说，美琳的身上灌注着更多的作家选择革命道路的经验，那么，《一九三〇年春上海》（之二）中的玛丽就带有比较明显的讽喻意味。这种讽喻意蕴首先表现在作者对玛丽这个人物形象的设置上。玛丽所追求的爱情在某种意义上是踏着莎菲、丽嘉的步武而来的。她渴求"自由的爱"，也找到了像望微这样"很合她理想的一个多情的爱人"。她为了爱情可以舍去一切。但是，玛丽这个追求彻底爱情的女性在作家的叙述中，不仅已经失去了女性定义权的时代意义，而且，她与她对爱情的狂热以及她的资产阶级生活趣味、虚荣的心态一起成为作家嘲笑的对象。作者让她华贵的衣衫和高雅的气质在革命者的会议上与革命者的"哔叽长袍"以及革命者的"澎澎湃湃的生气"相对比，判定前者"没有一丝一毫是对于生命的进取，而全是充满着淫荡，佚乐，一种肉欲的追求和享受……一到了这地方，是多么的显得无色和丑劣啊！"与理性的革命者望微相反，玛丽被刻画为一个缺少理智，完全听凭感情驱使的任性的女子。"是的，她没有理性，一切全凭感情，她不否认，她生来便是如此。"因此，她最终与望微分开，甚至拒绝望微的理性引导（望微为了引导她，可谓费尽心机，不仅要介绍她进入团体，而且还购买苏联书籍，希望改变她的趣味。但是这些做法在玛丽那里都没有任何效果），甘心落后于时代，就带有鲜明的讽喻意义，成为不要这样做的典型。

其次，小说的讽喻意蕴还表现在对革命／爱情的关系上。丁玲通过革命者望微与资产阶级小姐玛丽的关系试图说明，革命者的爱情应该是基于共同的理想和事业。望微与玛丽的爱情不可谓不浓厚，但是他们的爱情最后以悲剧收场说明莎菲式的爱情至上主义在丁玲看来已经成为时代笑柄。为了加强这一讽喻，作者在小说中还设置另一对革命者的爱情：不漂亮的革命者冯飞爱上朴素、健康的女售票员，共同的阶级属性、爱好、志向使得他们成为战友＋爱人。这两个爱情事件的不同结局意在宣扬一种基于阶级属性与革命理想的爱情的合法性。这种合法性正是当时时代所赋予的。

这种讽喻意义的存在，对于当时强调阶级性的左翼文学来说是有着积极意义的，它指示出一种出路。但是对于女性主义文学来说，它的出现，尤其是出现在丁玲这样的女性作家身上，却是一种毁灭性的标志。讽喻是男权文学经常采用的一种表达男权意识形态的叙事手法。现在它出现在一个曾经有着鲜明女性独立意识的作家身上，这说明女性主义的写作理念遭到了怎样的失败：它不仅表现在作家思想上，还呈现在作品的文体上。小说的最后，当参加革命行动的望微被推进囚车的时候，他从铁丝网中看见有了新的爱人，仍然美丽娇艳的玛丽的时候，这一对比鲜明的细节说明了作者的思想发生了怎样剧烈的变化：作为革命者，她（他）告别了莎菲，也宣告了女性写作的时代溃败。

这种溃败是相当彻底的。丁玲不仅像男性革命者若泉一样怀疑、鄙弃自己的写作生活，① 而且当丁玲面对着新的写作要求时，她感到无所适从。她恳求"有思想的读者，有见地的批评者"能够给她以"批判"、"指导"直至无情的"驳斥与攻击"："我是大张着诚恳的胸怀，预备接取一切不客气的，坦白的，对于我作品上的缺点的指示和纠正，无论表现上的，技术上的，思想上的，我希望这不成为失望。而且我相信好些作者都正与我有着同感，

---

① 丁玲在《我的自白》中说："我不相信，我除了写文章之外，就不能做别的事情。"但是她选择写下去也是为了革命："正因为丁玲是一个写文字的人，而又没有更多的人去写，所以我觉得写下去，或者有一点小小的用处吧。"（《丁玲全集》第7卷，第4页）

也正是有着我一样的希望。"① 这种恳求甚至是乞求的口吻很容易让我们想起美琳面对革命时的惶惑。在冯雪峰这样的男性批评家的指导之下，她终于"在社会的斗争和文艺理论上的斗争的激烈尖锐之下，在自己的对于革命的更深一层的理解之下"，"严厉的实行着自己清算的过程"，"在《水》里面能够着眼到大众自己的力量及其出路"。② 女性的自我定义权彻底湮没在阶级斗争的怒吼声中，女性重新成为一个空虚的符号。《莎菲日记第二部》这篇未完稿，虽然在作者看来是，"没有什么意思"的作品，③ 但是它却揭示了这种自我定义权在创作主体层面的彻底丧失。这篇小说中的莎菲与1928年出现的莎菲已经"完全判若两人"了。她认识到"所有的梦幻，所有的热情，所有的感伤，所有的爱情的享受，都过去了"。在这个"关键"、"危险的时代"，莎菲要做的是"审判我自己，克服我自己，改进我自己，因为我已经不是一个可以只知愁烦的少女了"。她以早起、洗冷水浴这样的禁欲行为来克服自己身上的小资产阶级的弱点，表明丁玲是怎样地希望莎菲脱胎换骨成为一代新人啊！

中国现代女性主义写作一直处于男权写作传统的夹缝中曲折生长。"社会问题"、"革命"、"救亡"等宏大的目标常常会以一种道德优势掩盖住男权意识形态的私货；"为人与为女"的双重历史任务，则使得女性主义写作要背负沉重的负荷；女性写作传统的匮乏更考验着女性写作主体的毅力和耐心。因此，在不算长久的现代女性文学史中，女性自我定义权经常被湮没在喧嚣的文学潮流中。丁玲在1929年到1931年间的转变为我们提供了一个鲜明的标本。在这一点上，她比之前的庐隐、冯沅君、凌叔华，之后的张爱玲、苏青能够表现出更多的文学史意义。

---

① 丁玲：《〈一个人的诞生〉自序》，《丁玲全集》第9卷，河北人民出版社2001年版，第9—10页。
② 何丹仁（冯雪峰）：《关于新的小说的诞生》，《北斗》第2卷第1期。
③ 丁玲：《致叶孝慎、姚明强》，《丁玲全集》第12卷，河北人民出版社2001年版，第118页。

中国现代文学人性系统的修补者

——论张爱玲的文学史意义

　　张爱玲，1943—1944 年在中国现代文坛上惊鸿一瞥，留下了令人难以忘怀的倩影。关于她的魅力所在众说纷纭，夏志清先生说她"意象的丰富，在中国现代小说家中可以说是首屈一指的"，同时认为她"以人的全部心理活动为研究的对象"，善于把握"人与人之间的微妙复杂的关系"。① 赵园先生认为她的贡献之一是"对于生活的发现"，是"一个醒着做梦的人"。② 另有人赞叹她对人生"大大小小的刺激颤抖全数抒发出来的能力"；③ 还有人注意到她对"'五四'以来现代文学所倡导的英雄式的个人主义采取了一种并不宽容的态度"。④ 当然还有连篇累牍的文章阐释张爱玲对中国现代女性文学的贡献。这些研究都指向一个靶的：张爱玲给中国现代文学带来了崭新的因素。

　　那么这些新的因素到底是什么呢？笔者认为，它就是张爱玲以自己独特的写作为中国现代文学曾经异化的人性系统所作的修补。

　　生于乱世是人生最大的悲哀。张爱玲写作的时候，人类正在经历历史上最大的悲剧——"二战"——一个空前的破坏时代。张爱玲在战时香港真

---

　　① 夏志清：《中国现代小说史》，友联出版社有限公司 1979 年版，第 340、341、350 页。

　　② 赵园：《开向沪港"洋场社会"的窗口》，《张爱玲评说六十年》，中国华侨出版社 2001 年版，第 401、409 页。

　　③ 蔡美丽：《以庸俗反当代》，《张爱玲评说六十年》，第 316 页。

　　④ ［韩］赵炳奂：《张爱玲小说创作论》，《张爱玲评说六十年》，第 326 页。

切地感受到战争的恐怖与残酷。这种体验反映在她的创作中，是她对日常生活中人性的温暖表现出超乎寻常的热情。她所谓的"在传奇里面寻找普通人，在普通人里寻找传奇"，其实就是要在那个烽火连天、尸骨遍野的极端时代里寻找最普通、最感性的人性。而这正是现代文学曾经确立却又丢失的人性系统的一部分。

一 张爱玲的背景：异化了的现代文学人性系统

现代意义上的人性系统是以个人价值的确认为核心的。"五四""人的文学"就是要"从新发见'人'，去'辟人荒'"。这种从新发现的"人"有两个方面的意义，"（一）是'**从动物**'进化的，（二）从动物'**进化**'的"。① 前者强调的是对人的本能欲望、世俗生活，包括人的性权利的肯定。当年引起强烈反响的《沉沦》，其文学史的意义就在于，"他"渴求满足性欲望的决绝态度所显示出的现代人性力量：为了能够得到一份爱情，"他"可以不要知识，可以不要名誉。从此以后，对身体幸福的追求就成为中国现代文学人性系统的重要组成部分。而"从动物'进化'的"人，强调的是对人的"内面"即精神生活的高尚化追求，即以现代理性精神为指针，使人超脱于动物本能的追求。它在个体层面是指人的自由意志的建立，在伦理层面则是在人性基础之上对旧礼教秩序进行匡正。这种对人的理性本体和感性本体的双重欲求，是现代文学人性系统的完整内涵。新文学家们的人性理想就是"营一种利己而又利他，利他即是利己的生活"。②

但是，这种人性理想在具体的文学运动中常常要受到各种力量的牵掣。从文学"为人生"开始，现代文学的人性系统就一直存在着感性本体与理性本体对峙的状况。在这一困局之中，由于理性吁求的强大，使得人作为

---

① 周作人：《人的文学》，杨扬编《周作人批评文集》，珠海出版社1998年版，第30页。
② 同上书，第31页。

世俗世界中普通、具体存在常常被有意识地忽略。即使在《沉沦》这样的开山之作中，"他"的爱情要求也不单纯意指普通个体的性欲望满足，而更多的是意在表现"他"所代表的一代人对旧礼教秩序的叛逆姿态，甚至被绑上民族革命的战车（"他"在临死之前所喊出的那个带有民族主义的口号很能够说明这种对峙的本质化）。《旅行》（淦女士）中的士轸和隽华也是这样的典型。他们的信念不可谓不坚定："身命可以牺牲，意志自由不可以牺牲，不得自由我宁死。"但是，也正是这种关乎爱情的先验理性导致他们在紧要关头放弃了爱情中最重要的性爱。由此可知，在现代文学的人性系统中，人的内在本性存在着异化的倾向：人的理性本体与感性本体相互疏离。

异化必然导致悲剧：甚至当作家们激情满怀地赞颂爱情的时候，那些带有强烈意识形态味道、惊世骇俗的言行也会在某种程度上湮没人的世俗欲望。在《伤逝》（鲁迅）中，涓生与子君的隔膜就是源于这种疏离。子君"当时的勇敢和无畏是因为爱"，这种爱即是后来她在柴米油盐的日常生活中所表现出来的感性的世俗爱情。但在涓生看来，他们的爱情却带有强烈的叛逆性意识形态味道，他并没有注意到子君的感性的世俗之爱。当子君说出"我是我自己的，他们谁也没有干涉我的权利"时，这几句平常的话却"很震动了"涓生的灵魂。他狂喜，以为"中国女性，并不如厌世家所说那样的无法可施，在不远的将来，便要看见辉煌的曙色的"。在涓生那里，柴米油盐的日常生活没有任何意义，只足以使人"将别的人生要义全盘疏忽了"，因此他最终选择将"真实"说给子君。但是，他得到的结果却是一个真实的虚空和一个他无法承担的巨大后果。鲁迅显然意识到了启蒙中这种理性与感性的疏离，为此，他通过涓生的忏悔否定了那种缺少对日常世俗生活必要的同情、冷漠的理性选择，宁肯让涓生选择"将真实深深地藏在心的创伤中，默默地前行，用遗忘和说谎做我的前导……"借此来凸显子君那种白菜、鸡、阿随所构成的爱的合理性。

如果说在 20 世纪 20 年代前期，现代文学人性系统的异化还是隐性的话，那么到了 20 世纪 20 年代后期，随着革命文学的倡导，文学功利性的日趋强化导致这种异化日益外在化了。当年创造社诸君决绝地否定以前的自我，极力鼓吹无产阶级文学以及 1929 年底鲁迅与梁实秋关于人性的争论都是这种异化外在化的重要标志。在这一过程中，现代文学人性传统中的感性本体（不仅是爱情，还包括一切可能对革命造成危害的感情波澜）被作为革命的对立物遭到作家无情地抛弃。蒋光慈的《咆哮了的土地》（1931）所塑造的由小资产阶级转变而来的革命者李杰就是这样的例子。他不仅摈弃了一切情欲的牵绊，而且把自己的亲情也牺牲给了革命：他最终舍弃了自己卧病在床的老母亲和"不知世事的小妹妹"，下令烧了自家的老楼。这是那个时代文学中革命／理性吞噬日常生活／感性的最惊心动魄的一幕。

与这种人性异化相伴生的是新感觉派和京派作家的写作。无论是新感觉派面对都市文明对人性的压抑所表现出的无能为力，还是以沈从文为代表的京派作家对乡土中国中充满原始蛮力的人性的迷恋，在这个视阈中都可以看做那个时代作家们人性系统异化应激反应。

1937 年，随着全面抗战的爆发，现代文学人性系统的异化更形明显。在一切为了抗战的口号下，不仅是人的感性本体受到摈弃，连人的理性本体也受到极其严重的抑制。当时新文化建设的口号是"民族的"、"民主的"、"科学的"、"大众的"，唯独缺少对个人的关注，更不要说是对个人世俗生活的关注。只是到了战争形势稍微稳定的时候，在偏处一隅的西南联大，1942 年整风前的延安以及大后方的重庆，作家们才亮出他们的歌喉，短暂地吹奏出人性的号角。但是，这一号角是如此的微弱，在民族解放的洪流中，几乎没有任何回声。

不过生命总是会在不经意间穿过历史的罅隙而显现出来。在沦陷区，由于日伪政权的高压，一些刊物和作家转而在日常生活的琐屑中寻找所谓永恒的人性。例如，1942 年 11 月在上海创刊的《大众》文学月刊就在其《发刊献辞》说："愿意在政治和风月以外，谈一点适合于永久人性的东西；谈一点有益于日常生活的东西。"这里的永久人性恐怕不仅是遮人耳目的帷幕，在某种程度上，它的确是战乱年代对人性复归的要求：在一个生命被浪费的年代，日常生活的人性尤其值得珍视。虽然那些沦陷区作家的写作有"不得已"而"苟延残喘"的原因，但是这并不影响这些作家们在一个相对封闭的时空中真诚地挖掘日常生活的诗意。即使这个相对封闭的时空只是他们心造的幻影，但也足以使他们在民族危亡的时刻"心中并不觉得愧怍"①。张爱玲的写作就是在这样的情形下开始的。

二　张爱玲文学世界中的人性体系：感性与理性的统一

张爱玲文学创作中所呈现出来的人性内涵是源于日常生活的。她善于体察普通市民日常生活中的温暖，比较有名的如《到底是上海人》、《公寓生活记趣》、《童言无忌》等散文都直接地描绘出日常生活的属于"人"的感性经验。她可以从厨房里一盆待炒的青菜里看到生的颜色，也可以把晚归的公共汽车比拟为回家的孩子。她毫不讳言自己是"小市民"，坦承她的"拘拘束束的苦乐是属于小资产阶级的"。这些感性的经验在战争年代是作为人性的重要内涵显现出来的。

当然，作为一个有成就的作家，她不可能不注意到日常生活的庸常对人性的压抑。张爱玲从一个日益没落的大家庭走出来，因此她对那个烂熟的、精致化的家庭生活的体验首先是："他们唱歌唱走了板，跟不上生命的胡琴。"

---

① 苏青：《续结婚十年·代序》，上海四海出版社 1947 年版，转自耿传明《周作人的最后 22 年》，中国文史出版社 2005 年版，第 96 页。

白公馆的忠孝节义除了导致虚伪之外，最令人难以忍受的是它对人性、对生命的压抑与蔑视：

> ……白公馆有这么一点像神仙的洞府：这里悠悠忽忽过了一天，世上已经过了一千年。可是这里过了一千年，也同一天差不多，因为每天都是一样的单调与无聊。流苏交叉着胳膊，抱住她自己的颈项。七八年一眨眼就过去了。你年轻么？不要紧，过两年就老了，这里，青春是不稀罕的。他们有的是青春——孩子一个个的被生出来，新的明亮的眼睛，新的红嫩的嘴，新的智慧。一年又一年的磨下来，眼睛钝了，人钝了，下一代又生出来了。这一代便被吸到朱红洒金的辉煌的背景里去，一点一点的淡金便是从前的人的怯怯的眼睛。

这一段带有愤懑情绪的阴郁笔调反映出张爱玲对破落世家毫不留情的批评与否定。人性与生命的委顿在她看来就是这种烂熟的、精致化的日常生活中最大的恶，而其深层原因则是人类文明被程式化、仪式化为日常生活的庸常。在张爱玲的文学世界中，对日常生活中丰富、鲜活的感性经验的阐扬与对仪式化的庸常生活所造成的人性压抑的检讨并不矛盾，它们相反相成地构成了张爱玲的人性表达。白公馆不过是一个象征，它幽暗的意象象征着文明对人性的压抑。不仅是像白公馆高唱着忠孝节义的东方文明，以优雅著称的西方文明也是这样。范柳原就是因为在西方的利益社会中冲撞得头破血流，才回过头来在流苏身上寻找东方文明的幽灵，梦想带着流苏在马来的原始森林里狂奔。宗桢与翠远（《封锁》）也都是按照生活的逻辑构造成的"好人"："平时，他是会计师，他是孩子的父亲，他是家长，他是车上的搭客，他是店里的主顾，他是市民"，"她家里都是好人，天天洗澡，看报，听无线电向来不听申曲滑稽京戏什么的，而专听贝多芬瓦格涅的交响乐，听不懂也要听。世界上好人比真人多……翠远不快乐"。"世界上好人比真人多……翠远不快乐"，这里显示出张爱玲的一个判断：文明是人性坚硬的外壳，它在使人的生活精致化、高尚化的同时，其仪式化的形式也压抑了人性中最原始的感性。

张爱玲曾经自称她不喜欢写革命、战争以及"时代的纪念碑"式的作品。其中一个重要原因就是那个时代所要求的此类题材的作品"要求才智比要求感情的支持更迫切"。这可以理解为，这些缺少感性经验支撑的题材与她的人性体系相悖，而她热衷恋爱题材就是因为她"以为人在恋爱的时候，是比在战争或革命的时候更素朴，也更放恣的"，也就是更感性。她理解的"真的革命与革命的战争，在情调上……应当和恋爱是近亲，和恋爱一样是放恣的渗透于人生的全面，而对于自己是和谐"。这里的"放恣的渗透于人生的全面"，就是感性与理性相统一；这里的"自己"，则是感性与理性相统一的"人"。① 张爱玲的"传奇"就是要在反高潮的叙事中通过"艳异的空气的制造与突然的跌落"，使得"传奇里的人性呱呱啼叫起来"。② 她最善于把那些被传奇化了的人物置于一个荒诞的背景之下，考问出人性的真。这个荒诞背景就是让人脱离文明羁绊的情境。柳原与流苏，一个有情，一个有意，原本应该有一个好的收梢。但是在那场爱情游戏中，因为"两方面都是精刮的人，算盘打得太仔细了，始终不肯冒失"，所以造成了如此多的跌宕。真情被算计掩盖得毫无踪迹，甚至到了春风初度，"两人都糊涂了"。如果没有那场战争，没有香港的陷落，这次爱情对于流苏来说就是一场失败的性别战争，她要么发疯，要么往堕落的姨太太路上走。而对于柳原来说，这可能不过是他无数猎艳经历中极其普通的一次罢了。

① 《自己的文章》，《张爱玲文集》卷4，安徽文艺出版社1992年版，第174页。
② 《谈跳舞》，《张爱玲文集》卷4，第157页。

战争来了，一切都发生了惊人的变化：文明毁了，"这里是什么都完了。剩下点断墙颓垣，失去记忆力的文明人在黄昏中跌跌绊绊摸来摸去，像是找着点什么，其实是什么都完了。""轰天震地一声响，整个的世界黑了下来，像一只硕大无朋的箱子，啪地关上了盖。数不清的罗愁绮恨，全关在里面了。"生命在屠戮面前一下子变得脆弱不堪。但在另一方面，失去了文明的遮蔽，生命的力也一下子迸发出来。这一变化不仅表现在原先沉浸在精致爱情追求中的范柳原也"各样粗活都来得"这一方面上，它还表现在生命赤裸裸的真实上：

> 在这动荡的世界里，钱财，地产，天长地久的一切，全不可靠了。靠得住的只有她腔子里的这口气，还有睡在她身边的这个人。她突然爬到柳原身边，隔着他的棉被，拥抱着他。他从被窝里伸出手来握住她的手。他们把彼此看得透明透亮，仅仅是一刹那的彻底的谅解，然而这一刹那够他们在一起和谐地活个十年八年。

很明显，范柳原与白流苏最后能够成为夫妻，完全是因为战争毁灭了他们身上那些曾经压抑着他们人性的浮华文明，使他们成为世间最普通的匹夫匹妇。他祛除了矫饰，她也忘记了利害的计算，他们才"真的恋爱起来了"。宗桢与翠远也是因为一次突如其来的封锁隔断了规范和束缚，使他们在短时间内还原成了最自然的人，"他们恋爱着了"，甚至到了谈婚论嫁的地步。这样的故事频繁地出现在张爱玲的小说中，显示出张爱玲对于文明与人性的深沉思考。这也是张爱玲"传奇"的特异之处：她发现，人类的爱竟然要付出毁灭人类文明的代价！柳原与流苏恋爱了，因为香港倾覆了；宗桢与翠远却回复了故道，是因为封锁有解除的时候，仪式化的规范还会再来。

从上面的分析可以推导出这样一个结论：在张爱玲的小说中，人性就是祛除了文明压抑的原始生命力的展露。这不仅可以从柳原那带有一点戏谑的傻话中看出端倪（如马来森林、高墙之下的感慨之类），而且在她对霓喜的辩护中也可以看出来："霓喜的故事，使我感动的是霓喜对于物质生活的单纯的爱，而这物质生活却需要随时下死劲去抓住。"这种下死劲去抓住生活，正是"有着泼辣的生命力的"表现。① 她的这种思想的出发点就是我们上面分析过的文明对人性的压抑："高度的文明，高度的训练与压抑，的确足以斲伤元气。"因此，她大胆地设想未来人类文明的曙光在"天真未凿，精力未耗"的黑种人和"常常被斥为野蛮，原始性"，"始终处于教化之外"的女人之处。②

这一结论并不新鲜。在 1930 年代，面对革命、都市对人性的压抑，沈从文就曾经把他人性的理想寄托于想象中遥远的湘西世界。张爱玲的特殊之处是她所得出的这个结论是从战争进行的间隙里得来的，这恐怕要比她西方的同行们还要早一些。她太敏感了！时代还在进行着，她已经看到了人所生存的这个荒诞的背景：

> 时代的车轰轰地往前开。我们坐在车上，经过的也许不过是几条熟悉的街衢，可是在漫天的火光中也自惊心动魄。就可惜我们只顾忙着在一瞥即逝的店铺的橱窗里找寻我们自己的影子——我们只看见自己的脸，苍白，渺小；我们的自私与空虚，我们恬不知耻的愚蠢——谁都像我们一样，然而我们每一个人都是孤独的。③

---

① 《自己的文章》，《张爱玲文集》卷 4，第 175 页。
② 《谈女人》，《张爱玲文集》卷 4，第 69 页。
③ 《烬余录》，《张爱玲文集》卷 4，第 63 页。

正是在这个荒诞的背景下，那些还能够下死劲抓住生活的人才显得如此可贵。在他们身上，流露出的是对生的强烈渴望。这些在张爱玲看来，都是作家值得采撷的"生趣"。而对日常生活生趣的超乎寻常的热情与动乱的、破坏的时代背景构成了巨大的反差形成了张爱玲特有的苍凉风格。

三　新质还是旧道？——现代文学人性系统的续命汤

张爱玲为中国现代文学的人性系统带来了新的元素。首先，是新的感性经验。正如前面所说，现代文学人性系统中的感性经验发展到 1940 年代几乎已经丧失殆尽。张爱玲那些新旧杂糅的感性经验充盈了现代文学被理性和激情所枯涸了的人性。虽然她出现的那个时代不甚适当，但是正像张爱玲一再说的，在一个大破坏的时代里，毁灭随时可能到来，"人们只是感觉日常的一切都有点儿不对，不对到恐怖的程度。人是生活于一个时代里的，可是这时代却在影子似地沉没下去，人觉得自己是被抛弃了"。正因为有这样一个惘惘的背景存在着，张爱玲感受到，人所能做的就是紧紧抓住现在，以这一现在来确证着人的存在。"想做什么，立刻去做，都许来不及了。'人'是最拿不准的东西。"[①] "个人即使等得及，时代是仓促的，已在破坏中，还有更大的破坏要来。有一天我们的文明，不论是升华还是浮华，都要成为过去。"[②] 因此，张爱玲笔下的那些看似琐碎的日常感性经验才具有了独特的人性价值：它意味着人的生命存在，而在那个时代，"现在要紧的是人"。[③] 张爱玲几乎是以一种等不及的感觉把她的感性经验一股脑地倾泻在 1943—1945 年的上海沦陷区，为中国现代文学留下了一条夺目的彩虹。

其次，张爱玲的感性体验在新与旧、传统与现代之间改写了中国女性文学的话语。从庐隐到冯沅君再到丁玲，中国现代女性文学虽然顽强地表现

---

① 《烬余录》，《张爱玲文集》卷 4，第 61 页。
② 《〈传奇〉再版序》，《张爱玲文集》卷 4，第 135 页。
③ 《更衣记》，《张爱玲文集》卷 4，第 33 页。

出与男权启蒙话语的疏离。但是在大多数时候，这些女性作家仍然自觉不自觉地操持着启蒙理性的个性主义话语。顽强如莎菲，最终也忏悔了过去，投入革命这一男性话语之中（丁玲《莎菲女士的日记第二部》）。张爱玲与苏青一起在 1940 年代的上海以一种新的话语方式全面背叛着"五四"以来个性主义话语的男性权威。这种背叛表现为对"五四"以来男权色彩浓厚的启蒙理性的深刻怀疑。她们不相信所谓的个性解放，也不相信所谓的以进化论为基础的"历史"。她们的世界观以完全感性的面目表现出来：所谓历史就是由最普通的人的感性构成的。张爱玲自认其小说中"全是些不彻底的人物。他们不是英雄，他们可是这时代的广大的负荷者。……他们虽然不过是软弱的凡人，不及英雄的有力，但正是这些凡人比英雄更能代表这时代的总量"。她认为，人性永恒的是求安稳、和谐的一面。她以参差的笔法描写"男女间的小事情"，通过这些来显示人生素朴的底子。[①] 她感性的话语模式以及由此所带来的苍凉的美学色彩、参差的叙事模式从深层改变了中国现代文学的女性话语面貌。从这些感性体验出发，她和苏青甚至有意识地表现出与"五四"个性解放精神遗产的不同。在 1945 年杂志社的一次访谈中，她们异口同声地说："女人以'失嫁'为最可怕。"为此，她们甚至容忍多妻制、情人制、早婚。[②] 这些令激进女权主义者瞠目结舌的言论如果放在她们特有的感性体验和人性系统中就可以理解了。

但是张爱玲和苏青所提供的这种现代文学人性系统的新质在当时及以后的接受史中并没有被完整地彰显出来。其中的原因是"五四"以来理性传统太强大。迅雨（傅雷）的《论张爱玲的小说》（1944）在很长时间内是最富影响的评价之一。他把《金锁记》称赞为"我们文坛最美的收获之一"，

---

① 《自己的文章》，《张爱玲文集》卷 4，第 173—174 页。
② 《苏青、张爱玲对谈录——关于妇女、家庭、婚姻诸问题》，《张爱玲文集》卷 4，第 391—404 页。

但是他同时又给予《倾城之恋》、《连环套》以极严厉的否定。迅雨当年的评价标准很能够看出当时文学批评理性传统的强大。除了赞美张爱玲小说中的"心理观察"、"文字技巧"、"想象力"之外，他肯定《金锁记》是因为它能够反映一种斗争的哲学："斗争是我们最感兴趣的题材。"这种斗争哲学在现代文学史中是司空见惯的，几乎每翻开一个作品，都可以看到斗争的身影。它是理性的化身，随着文学外部环境的变化而幻化出不同的文学潮流。它反映了现代文学的功利性倾向和进化论的世界观。而《倾城之恋》与《连环套》的被否定是因为从斗争哲学看来，它们"内容的贫乏"。像《倾城之恋》"这样的一幕喜剧，骨子里的贫血，充满了死气，当然不能有好结果"。而像柳原、流苏、川娥（《花凋》）这些人物的不足取是因为他们是"疲乏，厚倦，苟且，浑身小智小慧的人，担当不了悲剧的角色"。①

在以后的岁月里，有很多批评者跟在迅雨之后对张爱玲进行诘责。如唐文标在《张爱玲早期作品长论》一文中认为，张爱玲"不是寻求，不是向前看的寻求，而是往后回头的追忆"。张爱玲那些带有深刻人性意味的日常感性经验的传达，在他看来也只是"拼七巧板一样拼凑的把租界中旧家庭搭架起来——只可惜有时彩纸太多，颜色斑斓，像演歌仔戏的戏台而已。看得人眼花缭乱，反有点走样的感觉"。它们被看做对民初以来海派文学传统中恶劣的一方面的继承。他认为，张爱玲对世界的"转形太单调，太简单化了，和太趣味主义了，所以它里面的人物，不像正常人，甚至不是人"，而且，在张爱玲的"封闭世界"中，"作者道德批评太少了"，"这世界太小、太特殊，和我们的世界日距日远，有什么帮助的地方呢？里面宣传的失败主义，颓废哲学，和死世界的描写，我委实感染到绝望和对人类失去信心"。基于上述分析，唐文标认为张爱玲"迷失在时代中"。② 很显然，像迅雨这

---

① 迅雨：《论张爱玲的小说》，《张爱玲评说六十年》，第55—70页。

② 唐文标：《张爱玲早期作品长论》，《张爱玲评说六十年》，第290—298页。

一类的批评家从五四新文学的理性传统出发，几乎无法理解张爱玲基于女性崭新感性经验所提供的人性新质。

相比之下，除了张爱玲在随迅雨的文章之后写出的《自己的文章》中所进行的自我辩解最能够体现其作品中的人性观之外，就属胡兰成的《论张爱玲》、《张爱玲与左派》等文在夸饰、有时有点混乱的论述之外，还有不可弃的一些洞见。例如，他把张爱玲和鲁迅并举：

> 鲁迅之后有她。她是个伟大的寻求者。和鲁迅不同的地方是，鲁迅经过几十年来的几次革命和反动，他的寻求是战场上受伤的斗士的凄厉的呼唤，张爱玲则是一枝新生的苗，寻求着阳光与空气，看来似乎是稚弱的，但因为没受过摧残，所以没一点病态，在长长的严冬之后，春天的消息在萌动，这新鲜的苗带给了人间以健康与明朗的、不可摧毁的生命力。
>
> ……
>
> 鲁迅是尖锐地面对着政治的，所以讽刺、谴责。张爱玲不这样，到了她手上，文学从政治走回人间，因而也成为更亲切的。时代在解体，她寻求的是自由，真实而安稳的人生。
>
> ……她正是代表这时代的新生的。①

虽然在文学史的定位上，张爱玲不能与鲁迅先生并驾齐驱。但是在人性探索这一方面，张爱玲的确是可以和鲁迅先生并称的，他们都试图在感性与理性相统一的前提下来谈论人性。刘锋杰曾经把张爱玲的"日常现代性"与鲁迅的"启蒙现代性"对举，认为张爱玲的"创作激活了五四文学中的

---

① 胡兰成：《论张爱玲》，陈子善编《张爱玲的风气——1949年前张爱玲评说》，山东画报出版社2004年版，第30页。

小传统"（个人主义传统），

  她继承了五四的个人主义传统，其间当然包括了对于鲁迅的继承，但更主要的是对周作人的继承。将鲁迅与张爱玲相比较，鲁迅代表的是个人理想主义，张爱玲代表的是个人生活主义。张爱玲的个人主义在由个人而为主义时，个人没有被主义所彻底征服与消解，这时的个人意识在成为一种价值时，仍然保持了个人生活的丰富性与自由性。

"张爱玲的突破就是强有力地挑战并限制了鲁迅的无边意义。"这一论断在突出张爱玲对"五四"人性系统的继承方面应该是确论，不过刘锋杰把鲁迅先生的文学世界理解为一种"意义化的现实，除了意义难有现实"，与把张爱玲的文学世界理解为一种"现实化的意义，有什么样的现实，就有什么样的意义"，这样界限明显的对举显然有偏颇之嫌。① 张爱玲为现代文学的人性系统增添了新质。不过这种新质不是天外来客，它在某种程度上是现代文学人性系统的自我更新，鲁迅先生并没有自外于这一体系。当然，这种新质在现代文学强大的理性背景之下就会显示出亦新亦旧的面貌。这一情形就如当年的一位评论者的感受：

  她的小说集子《传奇》在百新书店出售就显得有些尴尬，它挤在张恨水《似水流年》的旁边好像不大合适，挤到《家》、《春》、《秋》一起当然更合不到一起。正如热闹的宴会里，来了个不速之客，主人把他介绍到这边一堆人来也话不投机，介绍到那堆人去也格格不入，

---

① 刘锋杰：《论张爱玲的现代性及其生成方式》，《文学评论》2004 年第 6 期。

可是仔细端详一下，他与二堆人都很熟悉，却都那样冷漠。①

张爱玲与张恨水二人创作上的亲缘关系早已被研究者注意到，而她的人性体系与五四新文学人性系统中启蒙向度之间的联系却乏人问津。刘锋杰则发掘出了这种联系，他认为，张爱玲创作中的"日常的现代性可以含纳启蒙的现代性。因为日常的现代性包括了对于启蒙现代性的全部接受，虽然接受得不张扬，但在本质上，前者是可以融通后者的"。②这一发掘从另一个侧面揭示了本论题的内涵。张爱玲文学世界中的人性体系同时容纳了五四文学和海派通俗文学的启蒙向度，只不过她对她的那些看似遥远的前辈们的启蒙姿态都抱着一种警惕。她既不赞同鸳鸯蝴蝶派那种游移于传统与现代之间的价值观，也对现代文学中过于强大的理性传统（所谓新文艺腔）没有多少好感，正是在此意义上，张爱玲"与二堆人都很熟悉，却都那样冷漠"。

张爱玲的启蒙趋向比起五四新文学家来，虽要淡然得多，她希望自己的作品获得多量的读者，但并不能由此否认其与现代文学启蒙传统的联系。这不仅是从职业的角度来考虑的（如《童言无忌》所说），也有借此促使读者对庸常生活中的非人性有所反省的希望。虽然她把自己的小说命名为"传奇"，但她丝毫不希望读者只是以看传奇的心态来阅读自己的小说，而是希望读者能够从这传奇中理解更广大的人性。"流苏与流苏的家，那样的古中国的碎片，现社会里还是到处有的。……我希望《倾城之恋》的观众不拿它当个遥远的传奇，它是你贴身的人与事。"她在《倾城之恋》中，以流苏的经历讲述一个反传奇的爱情故事，其最重要的目的是要读者明白流苏（女性）在现实世界中卑微的地位：

① 东方蝴蝶（李君维）：《张爱玲的风气》，陈子善编《张爱玲的风气——1949年前张爱玲评说》，山东画报出版社2004年版，第53页。

② 刘锋杰：《论张爱玲的现代性及其生成方式》，《文学评论》2004年第6期。

流苏的失意得意，始终是下贱难堪的，如同苏青所说："可怜的女人呀！"外表上看上去世界各国妇女的地位高低不等，实际上女人总是低的，气愤也无用，人生不是赌气的事。……像流苏这样，似乎是惨跌了，一声喊，跌将下来，划过一道光，把原来与后来的境地都照亮了，怎么样就算高，怎么就算低，也弄个明白。① （着重号为引者所加）

她甚至担心《倾城之恋》搬上舞台之后，会因为表现方式的变化冲淡了原作的这一警世作用。她在《关于〈倾城之恋〉的老实话》中希望读者（观众）不要以传统才子佳人的阅读期待视野来理解它，这里看不到关于"书中人还是先奸后娶呢？还是始乱终弃？先结婚，或是始终很斯文"的答案，甚至不避嫌疑地直接说出柳原与流苏的个性。② 这显然与她所厌倦的主题先行论有矛盾之处，③ 但是如果从她对《倾城之恋》的警世作用的看重出发，就可以理解她的苦心了。因此，她的反传奇与鲁迅在《阿Q正传》中的反叙事一样带有鲜明的启蒙色彩："但我总觉得，冀图用技巧来代替传奇，逐渐冲淡观众对于传奇戏的无魇的欲望，这一点苦心，应当可以被谅解的罢。"④

当然，张爱玲对于自己作品的警世功利的表达总是小心翼翼的。这其中有她对五四新文学主题论的反感，也与她以感性本体为主轴的人性观念有很大关系。

---

① 《罗兰观感》，《张爱玲典藏全集 5·散文六帙》，哈尔滨出版社 2003 年版，第 112—113 页。

② 《关于〈倾城之恋〉的老实话》，《张爱玲典藏全集 5·散文六帙》，第 121—124 页。

③ 张爱玲在《自己的文章》中表达过对五四新文学主题论的看法："还有，因为我用的是参差的对照的写法，不喜欢采取善与恶，灵与肉的斩钉截铁的冲突那种古典的写法，所以我的作品有时候欠分明。但我以为，文学的主题论或者是可以改进一下。写小说应当是个故事，让故事自身去说明，比拟定了主题去编故事要好些。许多留到现在的伟大作品，原来的主题往往不再被读者注意，因为事过境迁之后，原来的主题早已不使我们感觉兴趣，倒是随时从故事本身发现了新的启示，使那作品成为永生的。"

④ 《〈太太万岁〉题记》，张爱玲著，陈子善编：《沉香》，天津人民出版社 2005 年版，第 25 页，原载《大公报·戏剧与电影》1947 年 12 月 3 日，第 59 期。

自救之路

——论刘心武小说中爱情/性描写的变迁

　　刘心武在新时期伊始的作品是作为"生活的教科书"来写作的。[①] 长期的中学教师经历，加之中国现代文学长久存在的理性启蒙倾向以及作为人类灵魂工程师的自觉都使他的小说中经常出现居高临下的以生活教师自居的叙述者。这种以教师和家长自命，抹杀了文学与现实界限的叙述让后来的评论者和读者如鲠在喉。许子东 1987 年在考察了刘心武的小说之后，提出了一个作家的救人与自救的问题：当刘心武热衷于救人之时，他用以救人的武器、他的自我人格都显示出文化的危机感。他救人过程中伦理化的取向，以教师、家长、灵魂工程师自居的痴迷感都在他越来越走进市民生活的叙事中显示出分裂的倾向。"社会学研究和教育工作当然也很需要人做，但从文学而言，救人却每每是须从自救开始的。"[②] 简单地回顾一下新时期以来文学的历程，我们会发现，的确有很多从那一文学场景中走来的作家都经历了类似的蜕变过程。研究创作主体的这种变化能够从一个深层次上展示出当代文学发展的脉络。不过作家的自救历程常常被各种云雾所笼罩，很难一一呈现出来。这就需要选取一个比较合适的角度来切入作家的创作历程。小说中的爱情／性描写因为联系着作家的性意识，因此有可能通过

[①]　杜书瀛、何文轩：《生活的教科书——评刘心武同志的短篇小说》，《社会科学战线》1979 年第 1 期。

[②]　许子东：《刘心武论——〈新时期小说主流〉之一章》，《文艺理论研究》1987 年第 4 期。

这一角度显示出作家创作心理、自我意识的变动。

刘心武作为一个从新时期到当下的贯穿型的作家，也经历了从救人到自救的转变。在他的小说中，从《班主任》（1977）、《爱情的位置》（1978）到《如意》（1980）、《钟鼓楼》（1984），再到《四牌楼》（1993）、《九龙壁》（1993）、《仙人承露盘》（1994），爱情／性的描写伴随着他的写作历程也发生了类似的转变。

一　从哪里自救?

1977年发表的《班主任》为刘心武带来了极大的声誉。这种声誉的产生与当时特殊的文学语境有很大的关系。那是一个"文学与政治与民众意愿这三种力量最协调最有成效的一次统一行动"的时代。[①] 这部如今看起来十分粗糙的小说在当时的确起到了振聋发聩的作用。它不仅喊出了"救救被'四人帮'坑害的孩子"的时代呼声，而且它在呈现"文革"文化专制在宋宝琦、谢惠敏身上所造成的恶果时，不经意间把视角深入人的性意识层面：那两个被坑害的孩子的精神创伤不约而同地表现为性蒙昧。但此时刘心武的主要意图是批判"文革"的文化专制对人类优秀文明成果的践踏，而宋、谢身上的性蒙昧的文化意义并没有成为刘心武关注的重心，这一点即使在被称为突破爱情题材禁区的《爱情的位置》中仍然是这样。因此我们可以断言，《班主任》所涉及的宋与谢的性蒙昧是不经意的，在1977—1978年，刘心武在叙述爱情时既没有考虑到爱情描写的文学尺度，也没有涉及爱情的本体。空泛的爱情只是被作为文学的武器以达到更为重大社会问题的提出。

《爱情的位置》的主要目的显然是通过青工孟小羽与陆玉春在生活中遇到的困惑回答这样一个问题："在我们革命者的生活中，爱情究竟有没有

---

① 许子东：《刘心武论——〈新时期小说主流〉之一章》，《文艺理论研究》1987年第4期。

它的位置？应当占据一个什么样的位置？"问题的答案最终在一个老革命者——冯姨那里得到了：

> 我认为，爱情应当建筑在共同的革命志向和旨趣上，应当经得起斗争生活的考验，并且应当随着生活的发展而不断丰富、提高……当然，性格上的投合，容貌、风度的相互倾慕，也是不可缺少的因素。当一个人为爱情而忘记革命的时候，那便是把爱情放到了不恰当的位置上，那就要堕入资产阶级爱情至上的泥坑，甚至作出损害革命的事来。当一个人觉得爱情促使他更加热情地投入工作时，那便是把爱情放到了恰当的位置上，这时候便能体会到最大的幸福。总之，爱情在革命者的生活中应当占据一席重要的位置……

这样一段冗长的议论是小说的"题眼"，但它显然不属于文学的范畴。纳博科夫曾经说过：一个作家是集故事的讲述者、教育家和魔法师三者于一身的人，对于大作家来说，"魔法师是其中最重要的因素，他之所以成为大作家，得力于此"。[①] 刘心武此时对爱情的关心只是为了达到教育家的目的。他太热衷于说教，因此就不是一个好的故事讲述者，更不是一个好的魔法师。这篇小说围绕爱情的位置这一问题的解决去结构，既缺少必要的描写，也没有注意到小说所应有的故事因素，更不要说以魔法师的手腕去模仿生活。孟小羽这个人物缺少"人"的灵性，她的活动是在为上述理性化的答案提供论据。因此，《爱情的位置》与其说是小说，不如说是伦理学论文。就如当时唐弢先生所指出的，刘心武所"喜欢采用夹叙夹议的写法"，缺少文学的魅力。[②]

[①] ［美］弗拉基米尔·纳博科夫：《文学讲稿》，申慧辉等译，上海三联书店2005年版，第15页。
[②] 唐弢：《短篇小说的结构》，《人民文学》1979年第4期。

除了文学上的缺失，爱情本身也并没有被作家关注。正如小说题目所显示的，作家所关注的是爱情的"位置"，而不是爱情本身。在小说所给出的答案里，爱情位置的合法性是与革命事业紧密联系在一起的，是革命事业的附庸。在这个答案里充分显示了作家的"匠心"。他不仅热情洋溢地让爱情与革命事业联姻，而且对于这一答案的给出方式也深思熟虑：它是由冯姨——一个老革命者（她是一个"优秀的革命者"，参加过"一二·九"运动，从事过地下工作，奔赴延安、受过"四人帮"的迫害，打倒"四人帮"后复出，"有着波澜壮阔的生活经历"）给出的。这在当时的语境中是富有意味的。一个老革命者在那个时代代表着权力话语，由她所给出的答案才具有合法性。

既然爱情要靠革命事业来赋予合法性，那么，爱情就没有自己的独立价值。这与爱情在现代意识中的"位置"显然是相悖的。爱情在现代价值体系中被一再的赋予意义，很大程度上是因为它代表着人对自我意识的认同。显然，历史还不太可能让孟小羽思考到这样的程度。她虽然是一个善于思考的青年，对于"四人帮"所造成的禁欲主义敢于大胆怀疑、对亚梅所代表的一些庸俗的爱情观念也敢于否定，但她对于爱情在革命者生活中的位置却不敢确定，一定要等到获得像冯姨这样的"优秀的革命者"赋予的合法性之后（冯姨说："我觉得你和玉春的爱情是很美好的，你们大胆地相爱吧！"）才敢于理直气壮地去爱。更不要说，通过爱情去确证现代人的"个性"身份了。孟小羽在困惑时首先想到的是求助于外在的权威：

　　唉唉！如果有份《中国青年报》或者《中国青年》杂志，如果现在出版的报刊、书籍当中，能够有一批是指导年轻人怎样正确对待婚姻、爱情、家庭的，该有多好啊！那样的话，即便亚梅并不读书、看报，我也可以向她推荐、转述，可是现在我却不能立时找到最有力量的论述和例子来说服她。

当她从冯姨那里得到指导之后，甚至恳求老一辈的革命者给他们以指导："冯姨说着，激动地站起来。我也激动地站起来，过去握住她的手说：'冯姨，您赶快把今天给我讲的这些写成书吧，我们是多么需要这样的启发和指导呀！'"因此他们这一代"思考者"注定是跛行者，他们不敢主动地"成为你自己"，不敢自己"别择"。在这一问题上，他们不比谢惠敏走得更远。

刘心武热衷的是通过他的笔来为孟小羽们提供一个合法的答案，成为他们爱情生活中的引路人（后来刘心武果然编辑出版了同样的书籍来指导青年人的爱情）。虽然这篇小说被认为在爱情方面突破了社会生活、文艺创作双重禁区，但是这种突破是初步的。在文学与政治、民众意愿的蜜月期，文学、个人、爱情都远没有获得独立性。对于刘心武来说，或者对于新时期文学来说，这就是自救的起点：爱情在生活中的位置是附属于革命的，还没有恢复到"人"的层面。

二　从教师到牧师的自救之路

刘心武的转变是从 1979 年的《我爱每一片绿叶》开始的。这篇小说"的立意就是不必干涉人家的私事，给个性落实政策"。[①] 虽然这篇小说不能算是爱情小说，甚至也没有写到爱情，至多是小说主人公魏锦星与他房间中大照片中年轻姑娘以及带着孩子来找他的年轻女性之间的关系能给人带来这方面的猜疑。但是，这篇小说在刘心武创作生活中的转折性作用还是很明显的。小说的立意表明刘心武在对待个人情感的表现方面与以前发生了明显的变化：他开始把个人的情感问题当做"与公共利益无害的个人秘密"，

---

① 刘心武：《怎样架起这座桥？——与文学青年小 B 的一次谈话》，《刘心武文集》第 8 卷，华艺出版社 1993 年版，第 307 页。

呼吁人们"尊重个性、尊重个人私生活的自由",为爱情留出了不属于革命事业的空间。另一方面的变化是,刘心武开始注意到以文学方式而不是以政治学的方式处理小说所提出的社会问题。《我爱每一片绿叶》的核心是魏锦星与两个女性的关系,小说一直没有对此作出回答。当有读者来信询问谜底时,刘心武仍然拒绝作出回答。而且在此之后的小说写作中,刘心武试图以人物的命运、性格等来承载小说的主题。在艺术技巧上也注意到"讲究结构、叙述方式和心理刻画,并从多方面进行了尝试,以求逐步形成自己的比较稳定的创作路子"。①

这两方面的变化似乎显示出刘心武在逐渐摆脱"教师"的角色,向一个"大作家"的方向靠拢,开始注意小说的故事性与技巧性,尤其是在他写出《如意》、《立体交叉桥》、《钟鼓楼》等作品后这种倾向更加明显。在后面三篇广受欢迎的小说中,爱情已经没有被讨论的必要。它已经成为作家人道主义情怀的标志得到了满怀激情的赞颂,像石义海、二壮的那种卑微的爱情也得到了作家最真挚的同情。刘心武的这一转变带有明显的反射性。首先是党的文艺政策"不再提'文学为政治服务'的口号",其次是文艺理论界关于"人情、人性、人道主义"的讨论。此外,文学的自立要求,尤其是 1979 年三四月间《光明日报》上开辟的关于"刘心武的创作风格"的争鸣专栏所发表的文章②使得刘心武认识到:"情比理更受欢迎,对形象的要求比对哲理的要求更加强烈","今后还是尽可能少议论的好",这些外在的刺激促使刘心武关心的社会问题"开始由政治性、政策性向社会伦理道德

---

① 刘心武:《我走了三步——〈大眼猫〉后记》,《刘心武文集》第 8 卷,第 577 页。

② 这些文章有:李慰饴《思考,但别忘了文学——谈〈爱情的位置〉和〈醒来吧,弟弟〉》(1979 年 3 月 6 日)、冯立三《文学中的思考——评〈爱情中的位置〉兼与李慰饴同志商榷》、严承章《千万不要忘记它是艺术》(1979 年 3 月 20 日);张厚林《给读者讲点故事吧》、陈思和《思考·生活·概念化》、任广田《关于议论与形象》、罗守让《对文艺评论的两点意见》、胡威夷《留更多余地让读者思考》(1979 年 4 月 3 日);王先霈《思考是时代的特点》(1979 年 4 月 17 日)。

领域转移"。同时，他也注意到应该以文学的方式提出问题。但是，对于这种反射性的转变之于刘心武写作的意义不能估计过高。他主要还是作为一个教育家出现的，虽然他意识到"广大读者已经不是期待别人来振聋发聩的那么一种状态"①，不过他在感受到了时代的变化之后，所做的只是通过比较迅速地改变视角和语码来"搭上了时代的快车"。② 正如陈墨所说，这一阶段的刘心武从"教师"转向了"牧师"，他认识到了关心"人"的问题，但又以社会效果来加以制衡。他"所关心的不是具体的人，而是抽象的'人'；他并非从真实的、个性的人出发，而是由理想的或理念的'人'出发"。③ 因此他对小说中的爱情／性描写的态度并没有发生本质性的变化。虽然他宣称优秀的文学是"充分的'爱学'"，但是他所宣扬的"爱"与性爱、情爱、母爱等"狭隘"的小我之爱是不同的，而是"一种更宽广更深刻更辩证意义上的爱"。④ 因此，爱情／性描写在他的作品中的"位置"脱离了革命事业的规定性，但仍然没有获得自立性。刘心武的这段话可以说明这一点："在有局限性的情况下，深掘可能写出好的作品。但如果局限性太大，超过了'临界值'，比如仅止写自己个人的情欲，写在客厅、厨房、卧室中的琐事，那么，无论他怎么开掘，也无论艺术性多么高妙，那价值，总不会高的。"⑤

与刘心武的"转变"相伴随的是，从 1980 年代初期起，爱情／性开始越来越多地以其自立的姿态出现在小说中。虽然最初的足迹是歪歪扭扭的，还有各种各样的羁绊存在着，但性的自由本质还是不断地被承认着。张洁的《爱，是不能忘记的》（1979）以饱含着诗意和忧伤的笔描写了一种能够

---

① 刘心武：《〈我爱每一片绿叶〉的创作》，《刘心武文集》第 8 卷，第 381 页。
② 邱华栋：《"文化可能已经鞠躬告退"——刘心武访谈录》，《长江文艺》1994 年第 4 期。
③ 陈墨：《刘心武论》，安徽教育出版社 1996 年版，第 125 页。
④ 刘心武：《关于文学本性的思考》，《刘心武文集》第 8 卷，第 74—75 页。
⑤ 刘心武：《我掘一口深井——生活问题随想》，《刘心武文集》第 8 卷，第 41 页。

互相"占有""全部情感"的"镂骨铭心的爱情"。在《被爱情遗忘的角落》（张弦，1980）、《在没有航标的河流上》（叶蔚林，1980）、《蒲柳人家》（刘绍棠，1980）等作品中，爱情也溢出了它所承载的社会问题而显示出它的自由本质。《受戒》（汪曾祺，1980）则以"四十三年前的梦"的形式与现代文学中的性爱理想接上了榫。到了1980年代中期，随着西方各种思潮的涌进，作家们对性的认识和表现越来越脱离了既往文学规范的羁绊。张贤亮的《男人的一半是女人》，王安忆的《荒山之恋》、《小城之恋》、《锦绣谷之恋》，铁凝的《麦秸垛》、《棉花垛》，刘恒的《伏羲伏羲》都冲破了性描写的禁区，把性作为人的本质力量来展示。同时随着作家性道德观念的转变，作家的个性、风格也逐渐通过爱情／性的叙述显示出来。新时期早期的"伤痕＋爱情"、"改革＋爱情"等模式化的叙述逐渐为独具个性的细节性的爱情／性描写所代替。《小城之恋》中男女主人公那一次次的偷欢所展示的疯狂情欲，很难用以往现成的文学史话语来给以圆满的阐释。上述情形说明中国文学的爱情／性叙事在1980年代有了独特的样式。

三　从中心到边缘的自救之路

刘心武仍然没有走出"牧师"的角色，他的小说与这种性的自由叙述没有多少共同点。比较确切的变化是1987年的"舌苔事件"。马建的《亮出你的舌苔或空空荡荡》由于"严重违反了党的民族政策和宗教政策"，受到了严厉的批判。作为刊物主编的刘心武也被停职200天，甚至到他1990年离开《人民文学》的时候，"舌苔事件"仍然被抓住不放。[①] 虽然刘心武重

---

① 《人民文学》1990年第7、8期合刊是刘心武离职之后值得注意的一期。它不仅换上了新主编，而且在刊首语中进行了自我批评："近一段时期以来，在资产阶级自由化错误导向下，脱离人民，脱离现实，发表了一些政治上有严重错误，艺术上又十分低劣的作品，在广大读者中造成很坏的影响，玷污了人民这一光荣崇高的称号，这是十分令人痛心的！"另外，在《读者之声》中旧事重提"舌苔事件"。

新回到了主编的位置，但是这种大级别的批判（当时各主要媒体都发表严厉的署名文章对这一事件加以批判），以及在这种批判中的人情冷暖使得没有经受过"大风浪"的刘心武在文学观念上发生了巨大的变化。如果说在写《我爱每一片绿叶》、《如意》的时候，外在的刺激对刘心武的变化还不是本质性的话，那么"舌苔事件"则对刘心武产生了本质性的反射性改变。他开始怀疑自己以前提倡的以理解、宽爱为核心的人道主义，发现了一种根本无法理解、并置的"人性恶"。同时，"人的尊严和个性的价值"开始成为他的人道主义的重心。随后的美国之行使他从"舌苔事件"中更深切地感受到西方文明"既尊重个人自由，又很讲究人与人之间的契约"。

刘心武的这一变化也影响到了他对爱情／性的认识。《亮出你的舌苔或空空荡荡》之备受批判，除了民族问题之外，还有一点就是其中的性描写。马建在小说中写了藏族少女米玛、玛琼悲惨的性生活，也写了女活佛桑桑·扎西由于性本能泄露而失败的灌顶。这些性描写后来被与当时以性本能描写作为人的本质的思潮联系起来。批评者认为这种"错误的"思潮"致使大量性心理、性意识、性行为、性展露，充斥各种题材的各类文艺作品"。《空荡》是文艺界中"低级粗野的所谓'性描写'的资产阶级自由化思潮"的"格外令人咋舌的一层浊浪"。① 资产阶级自由化，这是当时足以致人于死地的帽子。刘心武对这顶帽子恐怕是敬谢不敏的。作为一种应激性的反应，他对爱情／性的观念发生了巨大的变化。在《中国作家与当代世界》、《改革开放与繁荣文学创作——在香港〈大公报〉40 周年报庆演讲会上的演讲》、《禁果效应》等文章中，刘心武表达了类似的态度：对待性文学、性描写首先应该宽容；其次，如果有不同意见，也不应该把这种不同意见弄成政治问题，"对关系到社会道德规范和社会风化问题的一些文学现象，要展开平

---

① 　任世琦：《让坏事变好事》，《人民文学》1987 年第 3 期。

等的、民主的学术讨论，最后不是用行政手段而是采取民间自我制约的方法，加以解决"。这段话显然不是无的放矢的。

在如何对待爱情／性描写的态度上，他甚至宣称，不宜"简单地从学术上作判断"。"爱情可以描写，可以表现，可以讴歌，可以咏叹，可以嘲讽，可以鄙薄，可以心仪，可以神往，可以追求，可以排拒，可以重视，可以忽略，可以公开，可以隐秘，可以坦然，可以赧颜，可以褒奖，可以贬抑……唯独，爱情不可分析。""纵使我对爱情有着品评、议论的高昂兴致，诚如上面所说，对其进行科学式精微分析亦无能为力"；① 如果我们知道上面这种观点仅仅发生在刘心武为自己的理性气质辩护之后的不长时间内，我们也许会更感觉到刘心武在这一问题上的变化之大。《当代作家评论》1988 年第 4 期发表了孙绍振的《审美价值取向和理性因果律的搏斗——刘心武论》一文。文中孙绍振细致地分析了刘心武小说创作中的理性因果律，并且认为与莫言、残雪这些更年轻的作家相比，他的理性因果律并没有优势。刘心武在随后的回应文章——《十年琐忆》中"痛说革命家史"之后，答道："我需要理性的缰绳以利我跨上文学之马自由驰骋，却绝不需要理性的绳索捆绑自己的手脚。"②

如果说"舌苔事件"给刘心武一个自我反思的机会，那么 1990 年从《人民文学》主编的位置上下来，则使他重新为自己定位。这种定位就是从中心走向边缘，从教师、牧师的角色走向一个极普通的作家。他已经"自知什么什么责任'历史地落到肩上'，比如说响应'时代呼唤巨著'或'为文学史留下丰碑'，我都既无力也无能更不必亦不拟挺胸耸肩地予以接受。我不过是一名极普通的作家"。③ 他的写作的追求也从政治、伦理道德的"使

---

① 刘心武：《爱情红玫瑰》，《刘心武文集》第 6 卷，华艺出版社 1993 年版，第 638—639 页。
② 刘心武：《十年琐忆》，《刘心武文集》第 8 卷，第 135 页。
③ 刘心武：《小报纸大乐子》，《刘心武文集》第 7 卷，第 655—656 页。

命感"，转换到传达"自主选择的一种心灵体验"。"力图以一种更具穿透力的终极性目光，直捣个体生存和群体活动根本价值根本意义的'黄龙'，直捣人性的深层，那时作家就更像一个哲人而非'火线'上的'战士'。"[①] 同时伴随着 20 世纪 90 年代文学的大众化，刘心武从中心向边缘的转变也使得他坦承他的写作有"著书都为稻粱谋"的意图。

这些变化也表现在他小说中的爱情／性描写上。在他自称"沉甸甸"的《四牌楼》中，他写了一个具有女性意识的主人公蒋飒飒的性爱经历。在这个人物的刻画中有两点值得注意：第一，在蒋飒飒的性观念中，性爱获得了独立的价值，不仅与政治无关，而且与伦理道德无关，只是属于性爱双方的私事。蒋飒飒怀孕后，十分坦然地告诉了母亲。在受到母亲的道德指责后，她丝毫没有感到任何愧疚，十分平静地告诉母亲："这没有什么。我没被人强奸，也没被人诱骗，我们是自愿的"，"这纯粹是我个人的私事"。"不是乱搞，妈，不是你们所谓的'性解放'！根本不是那么一回事儿，不是卑下、肮脏的事情，是爱是非常高尚、美丽的性爱……"这一点很容易让人想到五四时期周作人的性爱思想："据我想来，除了个人的食息以外，两性的关系是天下最私的事，一切当由自己负责，与第三者了无交涉，即使如何变态，如不构成犯罪，社会上别无顾问之必要。"[②] "我以为除没却人格的放纵之外，性的过失是可饶恕的"。[③] 第二，《四牌楼》中第一次出现了刘心武小说中比较直露的性描写：蒋飒飒与汽车修理工充满相互欣赏的欢爱场面。

但是，即使出现了如此重要的变化，我们仍然可以看到刘心武的理性面影的闪现。虽然他一再强调爱情不可分析。由此我们也可以发现刘心武自

---

① 刘心武：《话说"沉甸甸"》，《刘心武文集》第 8 卷。
② 周作人：《读报的经验》，《谈虎集》，上海书店影印 1987 年版，第 461 页。
③ 周作人：《夏夜梦七考试》，陈子善、张铁荣编《周作人集外文》（上），海南国际新闻出版中心 1995 年版，第 442 页。

救之路的限度：理性因果律永远是他这一代作家无法突破的瓶颈。他们永远也不可能像莫言、残雪那样完全抛弃反映论的理性因果律，也不可能像余华、鲁敏、毕飞宇一样在颠覆理性因果律的神话之后，执著地去探求新的诗意。即使他肯定通俗文学的合法性，努力向通俗文学靠拢，他也不可能完全打破理性的矜持，像美女作家们一样把自己的身体打造成商品。即使像《仙人承露盘》、《九龙壁》这样公开、明显地描写性问题的小说，我们也能够发现刘心武的迷乱、非理性之后的理性在有意识地操纵。在理性的掌控之下，刘心武永远不会有像鲁敏这样的作家一样的梦想。

性权力文化逻辑的解析

——王蒙"季节"小说的一个侧面

王蒙的创作被称为"共和国文化变迁史的一个标本",[①] 我想这与他 20 世纪 90 年代以后前后相续的"季节"系列小说（包括被称为"后季节"小说的《青狐》）有很大关系。在这些小说中，王蒙以一个历史亲历者的身份叙述了共和国的历史。他曾经把这一系列小说的创作称为是"来点真格的了"，"就是把我和经历与我相类似的一些知识分子的心路历程写下来……你叫它心灵史、心理史、心史都可以"。由于"在写法上……它的纪实性比较强"，虽然他有意识地要回避对诸如新中国的成立、镇反、反右等重大的历史事件的刻意表现，而要把叙事的主要焦点"集中在一些人的生活上，写他们的爱情，他们的喜怒哀乐"。[②] 但是这些小说依然无法摆脱王蒙小说惯常出现的政治化倾向。因此，这些小说有意无意地呈现出强制性权力支配下的性权力的一部分真相。

一

在"季节"小说中，王蒙从爱情（在通常意义上，它常常是性的能指）这一日常生活的角度来叙述共和国的当代史。其中最引人注目的是，作为私人事务的爱情—性活动被彻底地纳入强制性权力的文化逻辑，成为强制

---

① 孙郁：《从纯粹到杂色》，《当代作家评论》1997 年第 6 期。

② 王安：《从"恋爱"到"失态"——王蒙〈恋爱的季节〉〈失态的季节〉研讨会纪要》，《小说评论》1996 年第 2 期。

性权力运作的一部分。在这里，权力不仅是统治的形式，它更是一种关系，是一种统治者与被统治者之间相互之间结成的支配—压抑关系。

王蒙说过，"对于青春，没有比革命和爱情更富有魅力的了，而在某个情况下，革命的吸引力比爱情强大"。① "季节"的开篇《恋爱的季节》通过几位满怀着共产主义理想的"青年工作者"、"职业革命者"的爱情选择揭示了新兴的强制性权力话语如何渗透到了爱情—性这一领域。小说一开头，那位桌上摆满了《中共中央关于建立新民主主义青年团的决议》、《共青团的任务》、《论共产主义教育》、《联共（布）党史》、《整风文献》的团干部周碧云就在"准备五四青年节纪念会上对新民主主义青年团团员们的讲话"和阅读未婚夫舒亦冰的来信之间作出了有利于前者的选择。在她看来，"情书这样多是不光彩不伟大的，起码是有点小资产阶级情调，是个人的私事的过分膨胀，是一种旧日的颇有些黯淡的往事留下的影子，是缺少革命的阶级的与行动的内容的空虚"。她甚至放弃了深夜这一"本来是读男友的信的最好时机"，被革命工作吸引了去。在那个充满了朝气、罗曼蒂克幻想的时代，革命对个人是一种压倒性的支配关系，个人的世俗性欲望被压缩到最低。"那时候，晚上人们都工作，礼拜天也工作，年轻的共产主义者尤其喜欢在例如阳历年和旧历大年初一开会。只有这样做才能体现一种推着、跟着历史车轮全速旋转行进的劲儿。"正是这种"先公后私"的强制性权力文化逻辑使得周碧云很自然地把未婚夫的情书"团成团儿""扔到了桌子边缘"。

性权力与强制性权力的文化逻辑不同点是它不依靠专政机关等强制性暴力进行统治，而是依靠更为隐蔽的符号权力这一得到普遍认同的软性的暴力来发挥作用。在"季节"中，这种符号权力主要表现为爱情—性话语

① 王蒙：《革命、世俗与精英诉求》，《王蒙文存》第17卷，人民文学出版社2003年版，第355页。

系统的革命化、阶级化。从周碧云的"公与私"的选择中，我们可以看到爱情—性作为"个人的私事"已经被统摄到"革命"、"阶级"、"理想"等主流话语之中。在中国当代史的大部分时间中，"革命"、"阶级"、"公"在权力话语系统中占有绝对主流地位。革命所预约给人们的是以"全面发展的人"为基础的共产主义社会。这些"全面发展的人""脸上洋溢着青春的理想的动人的光辉，眼睛里似乎含着泪花：献身者、就义者、大智大勇者，充满了对祖国、人民、阶级与大地的热爱者的热泪，世界上最神圣的泪"。按照这样的革命逻辑，他的爱情与性的选择当然不会只是"个人的私事"，而应该是与"革命"、"阶级"等的要求相统一的。所以，周碧云最终理智地割断了与带有强烈小资产阶级情调的舒亦冰的青梅竹马之情，神速地投进了"身上有一种魔法，一种无产阶级的、革命的魔法"的"理论家、鼓动家，又是一位精明能干的组织者"——满莎的怀里。在他们那一代人看来，只有像周碧云与满莎这样"爽朗奔放"的爱情才是属于、应和着时代氛围的。因此，在其他"职业革命者"如洪嘉、祝正鸿、钱文、赵林、萧连甲等的身上，爱情与革命的关系无一例外是这样的翻版。即使具体的情况有所出入，也很容易发现在爱情这一日常事件中所蕴涵的强制性权力的影子：革命—阶级—爱情的联结是最正当的选择。正如叙事者所说：

　　　这真是一个恋爱的季节，浪漫的季节，唱歌的季节么？哪里都是爱情，到处都是爱情，人人都是爱情。爱情的幸福就这样容易地降临到每一个人的额头上。获得信念，获得爱情，获得无砟儿的理想和幸福，似乎比捡拾一片树叶还容易。这是何等光明的岁月！到处都是光明，心底是一片光明。除了光明光明光明还是光明！（着重号为引者所加）

　　福柯认为，每个社会都有被公认为真理的话语系统。这些话语系统在表面上似乎是新的词语，而在其深层则体现着新的价值体系、新的权力关系。在"季节"里，爱情的话语系统也有了新的变化。当李意向钱文表达自己对袁素华的倾心并请他传信时，李意所用的词语如"交朋友"、"追"、"拜托拜托"、"条件"、"般配"、"对象"让钱文感到"产生了一种语言上的隔阂，说严重了就是格格不入。'拜托拜托'，这总有点旧社会的、国民党的、老地主的味道，这种语言总要和作揖打躬送礼行贿等联系起来，而与刘胡兰、董存瑞、卓娅、马特洛索夫、被罚苦役的十二月党人、女革命家苏菲亚……相去甚远"。对于钱文、周碧云等"职业革命者"来说，新的爱情话语偶像应该是那些"美丽、清新、纯洁、高尚的"苏联爱情歌曲，是保尔·柯察金的克制与牺牲。"啊！新的人，新的时代，新的情感，新的语言！"不管这种感叹是属于叙述者还是属于钱文，它都清楚地揭示出爱情—性话语系统的更新：一种被革命化、阶级化了的权力关系。

　　作为符号权力的爱情—性话语因为是软性的，即建立在被统治者普遍认同的基础上，所以它更容易使被统治者成为它的自觉的施行者。被统治者在施行这一权力时甚至常常得到一种发现真理的快感。周碧云在准备讲稿和看未婚夫的情书之间选择了"先公后私"，她感到在这一"个人利益与革命利益的小小冲突"、"小小的思想斗争"中，"她胜利了：新战胜了旧，公战胜了私，工作战胜了个人，无产阶级战胜了小资产阶级"。这种自觉的克制、牺牲、选择在"季节"中是一种普遍的现象。这种现象的出现除了青年人的浪漫想象外，主要是一种软性暴力的作用：对情感的自我监视。祝正鸿因为做了一个性梦就感觉到"即使做这样的梦那也无异于一次精神的犯罪"，"他觉得自己再也不敢见人，再也不能无愧地活下去"。这种情感的自我监视在某种意义上与禁欲主义教徒们的功过格有着异曲同工之妙。

在现代,这样一种自我监视很容易变为被统治者之间的相互监视。在《失态的季节》中,在"反右"中被第一批"揪出来"的鲁若就是他的妻子洪嘉"率先向组织上揭发"的。洪嘉的揭发是上述监视——自我监视的性权力逻辑的自然发展。她在党小组会上夸口:

> 我揭发他是对党负责也是对他负责。……我和他做过多少斗争啊!我苦口婆心,劝了又劝,我告诉他,我们俩不仅是夫妇关系更是同志关系战友关系阶级兄妹关系。……我不能眼看着他一步一步走向深渊呀!我的揭发也可以说是对他的爱的最大最深的表现。我说过了,只要彻底改过来,党会更欢迎的,我也会更欢迎的——我会更爱他的!

但是,即使像洪嘉这样自觉的权力施行者也被其他的监视者所怀疑:她被怀疑与鲁若划不清界限。她只能以更决绝的对鲁若的诅咒来证明自己的忠诚。洪嘉的遭遇恰好说明了这一监视——自我监视权力关系的能量。

这种自我监视与相互监视在"恋爱"后的"季节"中达到了登峰造极的地步,以至于出现了像福柯所论述的类似于英国维多利亚时代的社会生活。一方面是禁欲主义的盛行,"对于性,人们一般都保持沉默,唯独有生育力的夫妇才是立法者"。① 另一方面是"性话语在权力运作的范围内不断增殖:权力机构扇动人们去谈性,并且谈得愈多愈好,权力当局还坚持要听到人们谈性,并且让性现身说法,发音准确,事无巨细"。② 性话语在权力运作过程中的增殖表现为性成为统治者和被统治者都热衷谈论的领域。鲁若在隔离反省写交代材料的时候手淫,结果引起了一场对他更大的批判。虽然"专

---

① [法]米歇尔·福柯:《性经验史》,佘碧平译,上海人民出版社 2000 年版,第 3 页。
② 同上书,第 13 页。

案组的同志""羞羞答答"地以"极端嫌恶极端恶心极端牙碜的口气"叙述了事件,但毕竟表现了权力当局对性的热衷。随后,妻子洪嘉更是被要求"进一步揭发鲁若,并且明确指出要揭发他的'道德作风'问题"。同时,"干净的"报纸以"令人发指"、"不可告人"、"下流无耻"、"腐烂恶臭"等词语把鲁若最终确定为一个"道德败坏"的"流氓分子"。其他的例子还有:被称为"活佛"的"右派分子"杜冲喜欢把任何事情都归结为性事;在《狂欢的季节》中,革命群众在批判著名京剧女演员谭云兰的时候,一边起哄,一边欣赏着她的"身材的苗条","革命群众特别是革命男性仰脖看得目不转睛,瞧人家那腰身,瞧人家那脖子,瞧人家那胸和臀,再顺着裤脚往上想象一下"。革命群众对谭云兰的批判表明他们真正关心的是被批判者的性事:13岁时如何给国民党省党部委员唱堂会、"生活作风是如何腐朽的?"、"你对领导都有哪些不要脸的思想?你有哪些不要脸的目的,不要脸的手段?"革命的狂欢变成了人们对性事想象的狂欢,因此叙述者干脆把"狂欢的季节"称为"发情的季节"。

由此我们可以看到,性权力作为一种符号暴力与其他形式的暴力诸如反右、镇反、大批判等强制性暴力一样在起着统治作用并且随着强制性政治权力的紧张而日益紧张起来。但与其他强制性暴力不同的是,性权力统治还以被统治者的普遍认同使其统治深入进这一人的深层价值秩序之内。

二

自古以来,人类性活动的目的主要有三:"第一,为了生殖繁衍,传宗接代;第二,为了建立和维持某种人际关系,如爱情关系、婚姻关系;第三,为了性快乐本身。"[①] 这样的目的使性成为人最深层的价值秩序。在极权主义统治之下,连性这样的深层价值秩序也被改造着:性快乐被视为一种有

---

① 李银河:《性的问题·福柯与性》,文化艺术出版社2003年版,第329页。

害于革命事业的罪恶而遭摈弃；生殖繁衍变成了为极权统治复制被统治者；同时因性而建立起的人际关系也被强制性权力所侵蚀。英国作家乔治·奥威尔在《一九八四》中描述了一幅英国在"英社"和"老大哥"的极权主义统治之下的恐怖景象。在那个党的统治无处不在的地方，性是被禁止的，性所带来的快乐是被禁绝的。党在性方面搞禁欲主义的原因是"性本能创造了它自己的天地，非党所能控制，因此必须尽可能加以摧毁。尤其重要的是，性生活的剥夺能够造成歇斯底里，而这是一件很好的事，因为可以把它转化为战争的狂热和领袖崇拜"。性（当然仅指合法夫妻之间的性）成为党控制个人的一个重要工具，正如"思想好"的凯瑟琳所说，(做爱是)"咱们对党的义务"。①

王蒙在"季节"小说中也发现，在当代社会生活中，性话语被革命话语所再造，性权力的文化逻辑被强制性权力所侵蚀。首先是性快乐被剥夺。对于"职业革命者"来说："他们认定性是一个下流的题目，只适合于西门庆、潘金莲、花蝴蝶、黄世仁……他们认定性是一种兽性，是对于人特别是女性的亵渎。而他们心目中的爱情是诗、是歌、是云端的光辉……"（《失态的季节》）这种想法与他们的浪漫的革命想象紧密联系在一起，"革命"不仅规定着他们的身份，也决定着他们的性角色。因此，"右派"分子们失去的不仅是社会地位和角色，更重要的是他们爱的权利，当然还有性快感。钱文被划成"右派"后，他和东菊的爱也"变得可疑起来，空洞起来，苍白起来。离开了新一代人的幸福与豪迈的体验，他们简直不知道该怎样爱下去"。虽然每两个月才能休假四天，但是钱文和妻子东菊之间的做爱竟"成了走过场"。一贯以"思想好"自居的章婉婉更决绝地"拒绝了秦经世与她享受夫妻生活的快乐的要求，她咬牙切齿地强调，帽子没有摘以

---

① ［英］乔治·奥威尔：《一九八四》，董乐山译，上海译文出版社 2003 年版，第 131 页。

前，什么都不要再想了"。即使那些没有被划成"右派"的革命者和非革命者，他们也失去了对性快感的敏感。幼稚、肤浅但却对党虔诚信仰的闵秀梅"是一个令人忍不住多看几眼的女性"，她可以严肃而激动地向党组织详细汇报自己调查的一起奸淫幼女案件，详细到奸淫案的全部细节，甚至包括受害女孩的感受，但是她在性生活方面简直是白痴（杜冲语）。嫁过几个丈夫、未婚先孕，被视为"生活作风不好"的青狐也从未得到过性的快乐。"她并不愿意与男人干那些个下身的动作，她从来一想都觉得恶心，她从来没有在那种体操与物理学的摩擦与润滑上体验过美丽和浪漫、习惯和高尚。她回忆起来就觉得自己是像猪只或羊只一样被摆在肉案子上听凭刀斧棍刺切割拍剁和穿来穿去。"她甚至不知道性高潮是什么（《青狐》）。更可悲的是，整个社会似乎都失去了爱的能力。青狐心仪的杨巨艇什么也不能给她，他不仅有妻子，而且据李秀秀所说，他甚至"不行"。这真是一个绝妙的讽刺：青狐几十年在现实生活中所感受到的都是"带着一股子臭屁和尿臊味儿"的爱情，好容易出现了一个值得去爱的男人，却又因为"自从'反右'以来，他的家伙就办不了事啦"（李秀秀语）而失之交臂。这种讽刺不是叙述者生造出来的，而是像王蒙所说，是"历史在讽刺"。不管真假，李秀秀转述的下面这句话还是有一定的真实性的："由于连年政治运动和极左路线，特别是由于'文化大革命'和'破四旧'，中国的男人至少有百分之七十一是办不成事更办不好事。"

强制性权力对性权力的改造还表现为性的人际关系的异化。性已经不是仅涉及两个人的事情，与革命、阶级、理想的联姻使得爱情—性中的人际关系成为强制性权力运作的翻版，爱情—性所应有的温馨与激情几乎被荡涤一空。当事人常常自觉不自觉地以革命、阶级等强制性权力的文化逻辑来规范爱情—性。当周碧云在婚后发现自己真正爱的是舒亦冰时，满莎马上把这种感情纠葛上升到革命和阶级的高度。他"大义凛然"地指责周碧云:"你的资产阶级思想、资产阶级爱情观已经发展到了疯狂至极的地步了。我不能再无原则地退让了,我要坚决地和你的脱离实际的错误思想错误观念作斗争。只有这样,才能挽救我们的婚姻,也只有这样才能挽救你自己。"随后,满莎就像布置思想斗争会、群众运动一样布置了一场对妻子的批判。先是由洪嘉、张雅丽以革命的名义给周碧云扣上了许多"帽子":"资产阶级,道德败坏,见异思迁,动摇性疯狂性极端个人主义……"其后由领导者赵林在旁"略加点拨","便轻松地完成了任务"(《恋爱的季节》)。而周碧云在她所服膺的强制性权力面前很快就"平静了下来",把个人情感投入伟大的革命事业中,投入更伟大的"组织"中去,这是那个时代性权力文化逻辑的必然结果。满莎的做法只不过是当时的一个普通例子而已。你看,当卞迎春发现与自己青梅竹马的"小二黑"高来喜要变心时,她"被吓慌了神,一头栽到了组织和同志们的怀里,依靠组织,依靠集体,挽回爱情,这就是她的选择"。(《恋爱的季节》)而章婉婉和秦经世、闵秀梅与曲风明(《失态的季节》)、白有光和紫罗兰(《青狐》),这些夫妻之间的关系也都是这种强制性权力文化逻辑的产物。甚至连不那么极"左"的钱文也不自觉地把夫妻的性关系与现实中的强制性权力运作联系在一起。"一个对于江女士的音容笑貌言谈举止的发现和模仿,或者一个悄悄传出来的江青与XXX同志的故事"就会让他们"顾不上做爱"。最后,"说江青"就成为他们夫妻之间拒绝性事的"暗号"。

性权力所受到的强制性权力的侵蚀是无处不在的。它不仅表现在上述两个方面,在性的繁衍目的、性的自由度诸方面都可以看出来。王蒙的"季节"小说对后者的发掘显然是不够的。这与他的创作心态有着很大的关系。

三

　　王蒙在"季节"小说中揭示性权力与强制性权力千丝万缕的关联是一种自觉的选择。如前所述，王蒙在开始写"季节"小说的时候就有意识地要写这些"职业革命者"的爱情，而惯常的政治倾向使得他自然地揭示出这种关联。这一点可以从"季节"小说中一再出现的那个忍耐不住的叙述者的叙事行为中看得很清楚。在《狂欢的季节》第七章中，叙述者突然现身，以四大段来表达自己对极权主义社会中性权力文化逻辑的看法：

　　　　在一个政治挂帅，以官为纲即所谓官本位的社会里，如何对待官的吸引力很像如何对待性的吸引力，这是一种文明，也是一种阈限。大官就像大的性偶像，就是说高官的职位就像玛丽莲·梦露，它（她）吸引你，但是你常常不便公开承认。你不能放纵自己，你必须注意行为与道德的规范，你必须注意法律和礼仪的有关限制，你不可以当众发情，你不能见到吸引你的异性就上去既抱且啃，你不可以不分时间和场合地动辄进入性高潮，你不能由于情欲而随便对异性进行性骚扰，更不要说强暴。……官也是如此。

　　　　"做官与做爱都要有所不为，否则就是下流无耻狗屎。"

　　　　中国执政党已经三令五申，伸手要官的绝对"不给"（给不给，这是一个很有趣的词，反映了不少观念与事实），但伸手要官之风愈演愈烈。食色官皆性也，禁绝很难，但也总该有点成色，若到了不堪的程度，社会风气之败坏可想而知了。我们确实应该像扫黄一样地扫腐败之求官风气。

　　这几段文字几乎就是一篇王蒙式的关于性与政治的杂文。从"季节"小说中一贯出现的叙述者与隐含作者同一的现象来看，这种把做官与做爱等同起来议论应该就是王蒙本人的意见。由此，我们是否可以推断，王蒙在"季节"小说中对爱情—性活动的叙述是有意识地选取性权力的角度来重述共和国的政治史。王干发现，《恋爱的季节》实际上就是对《青春万岁》的重写，"这不仅是对'青春万岁'一次话语性的消解，也是作家欢乐而痛苦的精神涅槃"①，此论不谬。

在"季节"小说中，这种话语性的消解是站在一种世事洞明、人情练达的角度对既往历史叙事的一次自觉的重构。它对于已入古稀之年，有着强烈的少共情怀的王蒙来说有着特殊的意义：它表明 1990 年代以来，王蒙小说的写作吸收了以下的思想资源，重新开拓了写作的可能。

第一，王蒙在延续善于自省的传统的同时积极吸收了西方的反乌托邦思想。对共和国历程的反思一直是王蒙写作的一个重要纬度，现在他的这种反思接上了西方文化反思的线。1988 年他对叶·扎米亚京的《我们》、乔治·奥威尔的《一九八四》、阿道斯·赫胥黎的《美丽新世界》等三篇反乌托邦小说的阅读可能是"季节"小说选择性与政治这一角度进行历史重述的重要原因。例证是，他在阅读中特别注意到了《我们》中极权主义统治对性权力文化逻辑的侵蚀。② 因此，我们可以把这种角度的转换看做王蒙有意改变自己写作过重的理想主义、政治化倾向的结果。还有一点也许更重要，王蒙的自省使得他对话语系统十分敏感，这不仅表现在他的为人所称道的小说语言的汪洋肆意，更主要的是他对话语系统的怀疑。这种对话语系统的怀疑一方面反映了他反思的深度，一方面直接影响了他的"季节"小说对性权力与强制性权力关系的反思。例如他对与其"周旋了一辈子"的日

---

① 王干：《重写的可能与意义——关于王蒙的〈恋爱的季节〉》，《小说评论》1994 年第 3 期。
② 王蒙：《反面乌托邦的启示》，《王蒙文存》第 17 卷，第 7—11 页。

丹诺夫式的"暴力型语言"的怀疑和反感，应该也是"季节"小说写作的重要资源。①

第二，1990年代以后出现在中国的后现代主义大众文化对于"季节"小说中的性权力文化逻辑的发现起了极其重要的作用。王蒙的"季节"小说当然不能算是严格意义上的后现代主义文本，但是它们至少表明作者对蜂起的后现代主义思潮是有所吸收的。1990年代以来，王蒙先后在不同场合（包括在"季节"小说中）褒扬了王朔及其小说创作。他的褒扬常常指向王朔小说中的后现代主义倾向，譬如"躲避崇高"、"思想情感相当平民化"、"敢砍敢抢"、"严肃的与调侃的，优雅的与粗鄙的"语言游戏等等。② 平面化、消解中心（崇高、话语）、粗鄙化、世俗性这些后现代主义大众文化的特征在"季节"小说对性权力文化逻辑的发现上都有所表现。《青狐》被称为"后季节"小说，与它延续了"季节"小说对历史的自觉重述有很大关系，而它又不以"季节"命名可能与《青狐》是王蒙先生第一次自觉地要消解什么（包括他自己以前的创作路数？），以王蒙的个性来"后现代"、"大众化"一次有关（想一下《青狐》的出现所借助的媒体力量）。《青狐》的写作是王蒙试图以写性、写欲望来突破自己，历史只"是欲望的背景"。在一次访谈中，他甚至明确地用表现粗鄙（王蒙说是加了引号的粗鄙）来自我解读《青狐》的写作。他说，"而且我觉得回避这种粗鄙，并不是文学的一个最好的选择"。当然王蒙的这种姿态有对大众文化肯定性的回应，也有否定性的回应。比如，无论在小说中，还是在访谈中，王蒙都表现出对另外一些大众

---

① 王蒙：《想起了日丹诺夫》，《王蒙文存》第17卷，第238—245页。王蒙其他对话语系统的怀疑文章可参见同卷《从"话的力量"到"不争论"》、《后的以后是小说》、《全知全能的神话》、《道是词典还小说》、《嘉言与警句》、《革命、世俗与精英诉求》等。

② 王蒙：《躲避崇高》，《王蒙文存》第17卷，第148—155页。其他可参见本卷《共建我们的精神家园》、《想起了日丹诺夫》等。

文化现象（如"美女作家"、"XXX"）的不肯苟同。①

第三，女权主义思想对于王蒙"季节"小说中性权力文化逻辑的写作也起到了一定的作用。王蒙对 20 世纪 80 年代以后出现在中国思想界的女性主义思想是有所了解的，尤其是对女权主义所批判的"男权中心的丑陋下流的性观念"抱有极大的反感，而欣赏女权主义的性自觉。② 这一点从贯穿"季节"的主人公钱文身上可以看得比较清楚。王蒙称"季节"小说是"我的半自传体"。③ 那么，钱文应该与传主距离最近。钱文的性观念里糅合着革命理想主义、传统性节制、女权主义的性自觉等多种色彩，这其中肯定有王蒙的影子。在这里女权主义的性自觉虽不是主要的，但是正因为如此，它才更能够和上述两种思想资源一起体现出"季节"的王蒙个性。

王蒙的小说对中国当代史的叙述是多方面、多层次的。而"季节"小说选取的解析其中的性权力文化逻辑这一角度是比较独特的。这一现象是否说明王蒙的叙事进入了一个新的阶段了呢？问题是，他在继承了自己的传统、吸收了大众文化的思想资源之后，该如何面对自己的写作呢？有人讽刺王蒙近来的创作是"江郎才尽"，我想从他对历史重述的新角度来看，这一断语下得为时过早。

---

① 王蒙、王山：《说〈青狐〉：文学创作回避不了性》，华夏经纬网，2003 年 12 月 31 日，http://www.huaxia.com/zk/wh/00161884.html。

② 王蒙：《道是词典还小说》，《王蒙文存》第 17 卷，第 302 页。王蒙女性主义思想的表述还可参见同卷的《清新、穿透与"永恒的单纯"》、《说〈走出男权传统的藩篱〉》、《读〈大浴女〉》。在后一篇文章中，王蒙批判了铁凝的男权思想。

③ 徐虹：《写"季节"，我面对的是汪洋大海——王蒙经历了怎样的"季节"》，《中国青年报》2000 年 6 月 12 日。

性：先锋与通俗的扭结点
——论余华的转向兼及《兄弟》

余华作为 1980 年代先锋文学的主要代表人物，他的转向特别引人注目。许多研究者已经注意到他在先锋与通俗之间的某种转换并将其视为先锋文学的必然归宿：

> 余华的写作路径的转变在先锋派作家中颇富代表意义，他以反传统、反历史开始，在叙事中多采用寓言式的抒写，却在 1989 年以后转向了历史叙事与民间叙事……长篇小说《在细雨中呼喊》、《活着》、《许三观卖血记》等篇什似乎再次缝合成了一个圆圈，"先锋"式的实验性质日益锐减，取而代之的是讲述那些古老的或并不古老的家庭、历史故事。这些故事大都生动而细致，与标准的写实主义作品相去不远，从其文化蕴涵与美学风格上可以明显看出传统的价值规范与叙事风格。①

"在这个意义上，我们说余华从先锋到世俗的变化，对于'先锋小说'的创作思潮是具有象征意义的。"与此同时，研究者也几乎都认识到这种转换在余华写作中的策略性意义："他在一片赞扬声中的突然转向时，既不是因为

---

① 刘保昌、杨正喜：《先锋的转向与转向的先锋——论余华小说兼及先锋小说的文化选择》，《华中理工大学学报（社会科学版）》1999 年第 4 期。

江郎才尽,也不是由于误入迷途,而是在经过了深思熟虑之后采取的一种'策略'。"① 余华的这种转向的确是他的自觉选择。作为先锋文学的必然归宿,在向通俗或曰世俗转向的过程中,我们更关心的是这次转向为我们带来了什么?除了众所周知的叙事技巧日益向传统现实主义手法靠拢,我们还能够发现什么?也许关注其小说对性的表现是一个不错的角度。在对比了余华早期的小说创作和他的四个长篇小说创作之后,我们认为余华在小说中对性的表现可以深入地显示出这一转向的意义。

一

性是文学尤其是小说中最经常被涉及的一种人际关系。文学中性的描写能够清楚地显示出当时人类的文明程度。中国现代文学中"人的文学"的传统首先是与小说中性的表现有着密切的联系。从"五四"开始,文学中的性表现就带有强烈的争取人的自由权利的意识形态性。但是到了 20 世纪 80 年代中期,当先锋小说家出现在中国文坛的时候,面对文坛以"五四""人的文学"传统复兴为旨归的种种文学行动已经不能令他们满意。其原因是 20 世纪 80 年代这种五四文学传统的"复兴"使得小说的写作被纳入当时宏大叙事的有意识建构中。小说中的性因为性自身所蕴涵的意识形态性也难逃被网罗的命运。无论是《爱,是不能忘记的》《挣不断的红丝线》,还是《男人的一半是女人》,性的这种宏大叙事印记都十分明显。

作为一种带有强烈反叛性的文学,先锋小说在自觉对宏大叙事文学传统进行颠覆的同时,没有忘记通过性来表现自己与当时主流文学的异己性。这种异己性主要表现为:性更多地回到了人的本能层面得以表现,这种本能层面的性甚至被上升为人的本质。此时,先锋小说热衷于表现性作为人被压抑的本能所特有的阴暗与非理性。先锋小说中性的意识形态性也正是

---

① 李平:《余华与先锋小说的变化》,《东方论坛》2004 年第 5 期。

通过对性的阴暗和非理性特性的肯定得到凸显。如果说在话语层面 1980 年代的先锋文学通过破碎、戏拟、反讽、变形、怪诞、互文性、元叙述甚至词典化写作、狂欢化写作等极端形式完成了"对现实主义美学""最直接"的反动的话，那么性在先锋小说频繁出现的具有暴力特征的隐喻意象则最大限度地触及了当代中国人的精神创伤。[①]

余华走上文坛的时候躬逢其盛。他早期小说中的性也大体不脱同时代先锋小说的窠臼。他同样认为"欲望比性格更能代表一个人的价值"。[②] 与这一时期先锋小说的创作着力颠覆文学中的宏大叙事相适应，余华小说中的性描写大多表现出一种去道德化的倾向。这种去道德化倾向大体有以下三个方面：第一，尽可能地弱化性的历史性。性作为人类文明积淀的成果带有鲜明的历史性。因此新时期文学在向五四文学传统复归时，强调性（爱情）的历史进步性、合理性就成为常见的手段。而余华作为先锋小说家进行写作时有意识地模糊性的这种历史性，以此表现出与主流文学的相异性。例如他的《古典爱情》、《祖先》都有故意抹去历史痕迹的叙述行为。即使像《爱情故事》这样明确指出故事发生时间的小说，其中的"1977 年的秋天"作为具体的历史时间也是可疑的。它实际上只是小说意象的一个组成部分，更像是随意给出的一个回忆的起点。这种男孩与女孩近乎共同的爱情经验可以脱离具体的时空。因此，它与历史记载的、具体发生过的 1977 年可以说毫无关联，而具有一种诗意性。第二，尽可能地弱化性的社会性。性是人类关系中最基本的一种，它包含人类复杂的关系形式。性的意识形态性主要是源于这种关系形式。但是在余华早期的小说中，我们可以看到围绕

---

① 杨小滨:《历史与修辞》,敦煌文艺出版社 1999 年版,第 31—47、147—196 页。另参见王洪岳《审美的悖反——先锋文艺新论》,社会科学文献出版社 2005 年版。

② 余华:《虚伪的作品》,《余华作品集》第 2 卷,中国社会科学出版社 1994 年版,第 287 页。

着性的人际关系的社会性被大大简化了。这种简化与他刻意模糊性的历史性是出于同样的目的，以至于他的小说常常出现性的平面化的后现代特色。《难逃劫数》中被盲目的情欲支配的几个男女之间的相互关系自始至终也没有交代清楚。而在《世事如烟》中，性也是出现在"人与人，人与物，物与物；情节与情节，细节与细节的连接都显得若即若离，时隐时现"的关系之中。这种情况与他此时对"世界里的一切关系"的"重新思考"是同时发生的。① 所以，小说中的主人公甚至都没有自己的名字，只是简单地以3、4、5、6、7等阿拉伯数字或者以算命先生、司机、接生婆等称谓表示。第三，作为前两者的必然结果，此时余华小说中的性常常沦为一种纯粹本能的力量。这一本能力量又被上升为一种本质力量，成为他小说中解释世界的有力工具。这实际上在表达另外一种与理性主义历史观截然相反的历史观。这一点正如《难逃劫数》中所说的："这盲目的欲念其实代表了命运的意志。命运在他做出选择之前就已经为他安排好了一切，他只能在命运指定的轨道里行走。"在这篇具有神秘色彩的小说中，东山、露珠、森林、沙子、广佛、彩蝶等都在情欲的盲目支配下奔向自己的命运。在情欲所注定的命运之下，人完全失去了自己行动的主体性。失去了主体性的性也就具有了动物本能所特有的暴力性：《难逃劫数》中的广佛之所以要杀死那个小男孩主要是由于他当时在性欲的支配下。

余华早期小说中的这种性描写是有着明确的先锋叙事策略的。他的去道德化的选择在很大程度上是为了颠覆主流文学中日益强烈的性的道德化叙事。他小说中的性描写的平面化、反浪漫化、暴力性隐喻都是为这一目的服务的。作为一种策略，它的颠覆性是有效的。余华也是自觉地把这种颠覆性视为先锋小说家的身份特点。那些带有阴暗色彩、本能化的性描写

---

① 余华：《虚伪的作品》，《余华作品集》第2卷，中国社会科学出版社1994年版，第286页。

是他的小说文本拒绝向通俗、大众敞开的标志。但是其中的缺陷也是明显的：首先，他的性描写的先锋性是以扭曲性的人类性为代价的。人类的性区别于动物纯粹本能的特点是十分鲜明的。如果完全以抛弃性的人类性为代价来显示先锋性，那么这种先锋性也是值得深思的。其次，扭曲了性的人类性常常带来叙述者对事件的绝对控制。正如余华在其后的检讨中一再提到的："我以前小说里的人物，都是我叙述中的符号，那时候我认为人物不应该有自己的声音，他们只要传达叙述者的声音就行了，叙述者就像是全知的上帝。"① 这种强烈的叙事声音虽然能够贯彻先锋小说家的主观意念，但是在另一方面，这种完全排斥了生活真实，只相信"人的精神才是真实"的叙事注定会走进虚幻的迷宫。尤其当人的精神真实被置换为作家个人的叙事理念后，它的危机就会到来。这种危机并不仅是"人物在作品中享有的地位"有无的问题②，更重要的是小说的先锋意识的命运问题。

二

《在细雨中呼喊》（1991）一直被认为是余华转向的代表性作品。虽然这部长篇小说的叙述先锋性依然很明显。但是从小说的性描写中我们可以确定，余华写作的转向正在悄悄完成，他试图走出前期小说中的危机：让他的故事和人物回到人间。孙光林的叙述仍然带有余华早期小说所标榜的精神真实性，作者对人物的控制也还很强烈，但是小说中的主人公已经不再是可有可无的。这一变化最鲜明的标志是，小说中的性开始向人间回归，性重新成为主人公重要的身份标志。"我"、孙广才、孙光平、王立强、苏杭、苏宇这些人物的鲜活在很大程度上与他们的性生活有很大关系。例如，当我们把孙广才的一生从叙述的碎片中拼接起来时就会发现，这甚至可以

---

① 余华、杨绍斌：《我只要写作，就是回家》，《当代作家评论》1999 年第 1 期。
② 余华：《虚伪的作品》，《余华作品集》第 2 卷，第 287 页。

说是一个十分可爱、充满了生命强力的人物。他的可爱与他对性毫不掩饰的渴望、追求有很大关系。小说津津有味地描写了他一生中有代表性的几次性活动：年轻时迫不及待的性需求、中年时对充满性诱惑的寡妇的依恋，甚至还有对自己未过门的儿媳妇的不轨。

在这部小说中，性显示出了它作为先锋与通俗扭结点的性质。其先锋性表现在：一方面，余华仍然没有放弃欲望作为人类命运决定性因素的观念，以其中的非理性因素来抗拒现代性理念中那些宏大的意义叙事；另一方面，余华开始把他小说中的性描写放到具体的历史语境中，揭示现实的荒谬感。小说把孙广才强烈的性欲望放在1958年和"文化大革命"两个全民族狂热的时代加以并举正是出于这样的目的。当我们看到年轻的孙广才心急火燎地与妻子"干完那事"并且得意洋洋地向下乡干部郑玉达炫耀的时候，历史的悖谬就鲜明地显示出来：在孙广才个人的性史面前，"大跃进"、"文化大革命"这样的宏大历史叙事就显得微不足道和可笑了。性也正是在后者这一层面上勾连着先锋与通俗。正是在叙述孙广才、王立强、苏氏弟兄等的个人性史时，这部小说的通俗性才越来越鲜明。甚至可以说，这个被叙述者有意打碎的叙事的完整性恰恰是通过几个人物的性史捏合起来的。也许有人会以长篇小说的特性来质疑这一判断的有效性。如果我们再对比一下作家在选择性描写时的态度，这种质疑就会消散。在这部小说中，性描写已经很少余华早期的去道德化倾向，而越来越显示出猥亵玩笑式的通俗化、民间化倾向。猥亵的玩笑一直是民间通俗文学的重要组成部分，它也是构成民间通俗文学生命力的主要因素之一。余华显然有意识地借鉴了民间通俗文学的这一因素。他前期小说中所缺少的温情、幽默借助性出现在小说文本中。而这二者越到后来越成为余华小说通俗化的看点。它对于余华后来的写作的意义是十分重大的，甚至可以说，决定了余华以后写作的方向。例如他的《活着》、《许三观卖血记》中都出现了这样一种自然而又戏谑的性描写，这也成为其通俗性的一个标志。当然，《在细雨中呼喊》及其以后的性描写并不完全等同于民间艺术中的猥亵玩笑，它们常常在猥亵中显现出先锋小说家所特有的悲壮甚至眼泪。如果缺少了这一点，余华也就不是余华了。

在这一意义上，《在细雨中呼喊》的确称得上是余华转向的标志性作品。虽然其转向的中继性还是很明显，但是先锋与通俗的交融在这部小说中已经借助性得以完成。而且余华的这一转变是自觉的。1992 年，他在一篇文章中虽然还区分"艺术家"与"匠人"，表示宁可做一个"时代笑柄"的艺术家，也不愿意做"为利益和大众的需求而创作"的"匠人"。但是，他也意识到"时代"、"变化"这样的关键词对于一个作家的重要性：面对"一个捉摸不定与喜新厌旧的时代"，"一个严格遵循自己理论写作的作家是多么可怕，而作家源源不断的生命力在于经常的朝三暮四"。而在回答"是时代在变，还是我们在变"这样一个"难以解答的问题"① 时，余华显然作出了既有妥协，又有坚守的选择。尤其在 1993 年以后，余华生活方式的变化（做一个完全靠版税生活的作家）更加强了这一选择的必要性和紧迫性。

三

余华在写完《许三观卖血记》（1993）之后，有十年没写过长篇小说，但是当 2005 年 7 月《兄弟》出版后，我们发现，余华已经纯熟地借助性这一符号优游于先锋与通俗之间。《兄弟》初版一个月之后的印数就达到 35 万册。在《兄弟》数度出现在某些书店的销售排行榜上的同时，余华也频频出现在媒体上为《兄弟》造势。在众多的访谈中，余华一再强调自己"完

---

① 余华：《河边的错误·后记》，《余华作品集》第 2 卷，中国社会科学出版社 1994 年版，第 289—290 页。

全失控"的写作状态、《兄弟》与前两本小说的区别,甚至广告式地对《兄弟》下部的预告,这些带有表演性质的行为都说明他对这本书的先锋与通俗互融的双重性质的重视。①

我们所关注的是,《兄弟》是如何实现这双重性质的? 余华在《兄弟·后记》中为我们做了提示:"这是两个时代相遇以后出生的小说,前一个是'文革'中的故事,那是一个精神狂热、本能压抑和命运惨烈的时代,相当于欧洲的中世纪;后一个是现在的故事,那是一个伦理颠覆、浮躁纵欲和众生万象的时代,更甚于今天的欧洲。""而且这两个时代,第一个是禁欲和反人性的——我用简单的话说,其实比这个丰富得多;第二个又是纵欲的和人性泛滥的时代"。② 是的,余华在《兄弟》中为我们讲述的正是两个与人的性欲望紧密相连的故事。在《兄弟》的上部中,主要叙述了李光头和宋凡平父子两人的性史。在小说的前半部分,李光头的性史占据了最主要的部分,它承载着余华对那个"精神狂热、本能压抑和命运惨烈的时代"的批判,同时也是这部小说好看的重要因素。余华对它的叙述是在实践着自己融合先锋与通俗的写作理念。而对宋凡平的性史的叙述则更偏重于表达自己的先锋理念。宋凡平几乎被余华的先锋理念塑造成了一个完人:除了侠义心肠、乐观态度、高超球艺,还有他所给予李兰的性和谐。小说充满温情地通过李光头和宋钢的视角叙述了李兰与宋凡平如胶似漆的蜜月生活。这一点在宋凡平悲惨死亡的背景下显示出了鲜明的先锋意义:它与李光头的性史不同,在某种程度上,它主要呈现为一种批判力量。但是我们会很明显地感到,这种强烈而单纯的批判力量造成了《兄弟》上部中前后部分叙事节奏上的不平衡:在小说的后半部分,作者的愤怒完全打破了前半部分的先锋与通俗叙述的和谐。

---

① 李冰:《余华:我没有损害文学本身的能力》,《深圳特区报》2005 年 8 月 25 日 (B12)。
② 姜英爽:《余华专访:这个时代让我百感交集》,《南方都市报》2005 年 9 月 15 日。

这种叙述上的不平衡无意中揭示了余华写作中的矛盾：如何在先锋与通俗之间找到恰如其分的度。正如余华在其他场合所说，他既期望创作出伟大的小说，同时他又不得不靠版税生活。① 余华的这种生存状态一方面决定了《兄弟》的双重性质，一方面也使他的写作时刻在先锋意识与通俗需要之间摇摆。尤其是性这一话题，它所蕴涵的复杂性使得这一度的拿捏更加困难。一不小心就容易走到反面。现在已经有人指摘《兄弟》所表现出来的矛盾：

> （《兄弟》）在整个文本的处理上，叙事犯了轻重不分的毛病，用冗长的篇幅浓墨重彩地渲染李光头偷看女人屁股并放大了复述偷看屁股的细节，虽然这对确立李光头的性情和颠覆宏大叙事有益，然而无疑更多的是孱杂了取悦大众取悦消费时代的成分。因为整个文本所要表达的重心在于"文革"的惨烈与荒诞，而这种戏谑的成分与暴烈部分地消解了，削弱了叙事力量。②

应该说，这种指摘是很有道理的。《兄弟》的确给人以这样的担心：先锋意识一旦沦落为主流意识形态或商业文化媚俗的同谋，它的命运也就岌岌可危了。对于余华这种生存状态的作家来说，这种担心并不多余。

---

① 余华：《我靠版税生活》，《外滩画报》，中国网，2005 年 8 月 16 日，http://www.china. com.cn/chinese/RS/942682.htm。另参见宋智明《余华畅谈伟大小说梦想》，《厦门日报》2005 年 7 月 30 日。

② 申霞艳：《〈兄弟〉的软肋在哪里？——弹余华的新作》，《羊城晚报》2005 年 8 月 27 日。

无爱时代的流浪者

——鲁敏论

　　一位忠实的作家，他／她的笔就像一道闪电照亮我们生存的这个世界，让读者看到平时被熟视无睹、认为是理所当然的世界的荒谬性。鲁敏现有的 80 余万字的作品从爱情这一角度展示了我们生活的这个社会荒谬的精神状况。

　　鲁敏笔下的世界可以按照地域分为两个：一个是充分现代化了的南京，一个是落后的但却向往着现代化的东坝。这两个世界在鲁敏的作品中带有强烈的文化隐喻性，而不仅具有地理上的意义。在某种意义上，它们可以被看做我们这个时代情感状况的复杂精神资源的缩影：现代与传统这两个中国一直无法摆脱的焦虑源泉深深地影响了我们的精神生活，尤其是我们的性爱观。无论是在物质供应丰裕的南京，还是在生活艰难的东坝，都没有人生活得幸福。这是一个没有爱情的时代。

　　在鲁敏的获奖作品《白围脖》（2001）中，忆宁的父亲当年因为"生活腐化"——婚外情——而被两度劳教，成为时代的笑柄。而 13 年后，忆宁为了体验当年父亲的爱情也与自己的同学崔波搞起了婚外恋。结果是，她不仅没有体验到父亲当年动人心魄的爱情，而且她投入热望的婚外恋最终也不过变成了一场当下常见的情感闹剧。小说通过忆宁和父亲两代人的爱情生活展示了"文革"与当下、南京与东坝，两个时代、两个世界中那些被扭曲、异化了的人们情感生活的荒漠化。在当年落后的东坝，不仅事件的主角——忆宁的父亲被人深恶痛绝，而且连忆宁和母亲"在视名誉和清白如祖传珍宝的村人们眼里，她们早被打入了同谋者的冷宫。忆宁的家像染上瘟疫的孤岛，男人女人们都自觉地无须掩饰的加以回避"。但是，这种表面上强烈的道德感的背后却是对性的畸形关注。忆宁"父亲暧昧的罪恶及母亲形影相吊寂寞难耐的现状"成为东坝男女老少"劳碌而无聊的日子里最富有刺激意味的唯一调剂"，"甚至有传言说母亲在半夜里跑到别人的窗下听壁聊以打发无尽的春夜"。而忆宁父亲和小白兔之所以会被"抓奸"显然也是由于这种带着道德面具的畸形性关注。这部小说里有一个细节：那个两次揭发忆宁父亲和小白兔的私情并最终成为小白兔丈夫的男人在结婚之后一再查问小白兔与忆宁父亲交往的细节。这一细节的设置显然不是无意的，它是意在把这种畸形的性关注经典化。

这种在道德面具下对性的畸形关注源于禁欲主义性观念对人的本能的压抑。忆宁父亲生活在"文革"这一个众所周知的禁欲主义时代。当时严苛的性观念使得社会生活出现了类似于福柯所论述的英国维多利亚时代的情形：一方面是禁欲主义的盛行，"对于性，人们一般都保持沉默，唯独有生育力的夫妇才是立法者"。[①] 另一方面是"性话语在权力运作的范围内不断增殖：权力机构扇动人们去谈性，并且谈得愈多愈好，权力当局还坚持要听到人们谈性，并且让性现身说法，发音准确，事无巨细"。[②] 性成为统治者和被统治者都热衷谈论的领域显然也是"文革"的一个突出的特征。王蒙在他的"季节"系列长篇小说中对此有着生动的描绘。鲁敏的小说也同样涉及了这一点。不过鲁敏更注意的是在这种畸形的性关注背后那被扭曲了的人性。性话语的增殖一方面使人热衷于谈论性、窥视性，另一方面则使得人失去了真正去爱的能力，而这种爱的能力在鲁敏的小说中一直是

---

① ［法］米歇尔·福柯：《性经验史》，佘碧平译，上海人民出版社 2000 年版，第 3 页。
② 同上书，第 13 页。

判断人的本性的一个指标。忆宁的母亲就是这样一个受害者。她一生中从来没有享受过爱情，也没有去爱过。她的一生都给道貌岸然的性道德给毁了：她所受到的性教育甚至使得她在婚床上、在夫妻之间的私人空间中也无法摆脱严苛的性道德的束缚。她拒绝表现出任何对性的渴慕。她唯一一次主动向丈夫表示爱意也是为了求证他是否还在想着"那个狐狸精"。同时，她又常常以道德警察的面目出现，她搜拣女儿的私人物品、比女婿更严厉地监视女儿的情感，甚至不惜以揭露女儿的偷情来满足自己的窥视欲。在她道德警察面孔的背后是私下里对渲染色情的小报、黄色录像带的热情关注。虚伪在这里不仅是一个道德的标尺，更动人心魄的是，虚伪背后所呈现出来的人性被扭曲的痛苦姿态。

"文革"这个时代对于鲁敏这样的作家应该是生疏的，因此，她对它的描绘带有明显的"他者"的眼光。她这一代作家更熟悉的还是20世纪80年代中期以后的中国社会。一旦当下生活特别是城市生活出现在她的笔下，她就显得游刃有余。对于现时代人们的精神状况，她总能够用自己的故事曲曲折折地呈现出来。在鲁敏的小说中，她不仅注意到禁欲主义的性道德对人性的扭曲，而且还更深刻地揭示出大众文化中的享乐主义性道德对人性的扭曲。如果说，禁欲主义所带来的性话语增殖还有一层虚伪的道德面纱来遮羞的话，那么20世纪90年代中期以后在城市中兴起的大众文化的享乐主义原则带来的则是赤裸裸的性话语膨胀。在鲁敏的小说中，1997年是一个富有意味的年份，它标志着一个时代的开始。"但这年已是1997了，时代的风气更加开化了"，（《温情的咒语》，2003）"不过，到忆宁结婚的1997年，整个社会及人群的心态上对婚外恋已经宠辱不惊、失去正常的判断力了，忠贞成了历史性的可笑名词，处处留情仿佛已是大势所趋"。（《白围脖》）"几年之前，准确的说，是97年之前，我从未想到自己会有过情人，而且还不止一个！"（《轻佻的祷词》，2003）鲁敏虽然没有从经济层面揭示这个时代出现的原因，但她却以形象的笔触为我们展开了一幅幅惊心动魄而又令人绝望的画面：到处都是对欲望满足的无休止的追求。性欲望在这场亘古未有的欲望追逐中也被无限放大。崔波在与忆宁偷情的时候已经没有忆宁父亲当年那样强烈的道德激战，而是"对期望中的婚外恋似乎抱有一种轰轰烈烈、理直气壮的气势"。这种气势来源于当代大众文化对性享乐主义的自觉提倡，而这一提倡作为社会控制的手段，在某种程度上有意识地放松了性禁忌，同时，也把爱与性剥离开来。① 偷情在这个时代已经变成了一种纯粹按照程序设计好的游戏，一种释放压力的活动，或者仅仅是一种情感闹剧，它有"合理的情节"和"约定俗成的轨道"，就像铺天盖地的肥皂剧所演示的那样。这一切正如忆宁在与崔波偷情的那个中午所感受到的：在那个小旅馆的 205 房间里，暧昧的气氛、做作的激情、玫瑰花，什么都有，但唯独没有爱，甚至有时候爱还会是一种障碍！这种感情的荒漠化如果用她小说中一个人物的话来总结就是：

> 怎么能叫偷情呢？这情是偷得来的吗？应该理直气壮，光明磊落，要不然，还偷什么呀，准阳痿！……男女做那事儿，什么道德、婚姻、伦理乱七八糟的千万别想，要把自己当一牲口，那样一超脱呢发挥才会好，才会痛快！不过，要比牲口高上一个档次，这时间、地点、人物都有讲究的，衣服、床、灯光、隔音保密程度等等最好别出差错，要不然，就添乱，就影响效果……（《紊乱》）

这种粗俗的表述虽然有点极端，但是在某种程度上的确触及了时代的真实。

---

① ［美］赫伯特·马尔库塞：《爱欲与文明》，黄勇、薛民译，上海译文出版社 1987 年版，第 66 页。

从这一意义上说，这种赤裸裸的性话语膨胀在撕去了道德的遮羞布之后，所显示出来的人性荒漠更加令人绝望。很明显，鲁敏以作家的敏感抓住了这个时代的精神实质：曾经严苛的性道德撤去了樊篱，但人们却并没有就此得到自由和幸福，他们反而在追求欲望的无休止满足的过程中失去了爱的能力。在《亲吻整个世界》（1999）里，李正那绝望的呼喊也蕴涵着作者的愤激："现在是什么时候了，有谁还在意贞操这种东西，这个世道，哪还配得上处女！出一个灭一个。……我发现了一个最新的事实……发现你这个人缺乏爱，就像缺乏色彩的底片，就像没有水分的木耳或干花，这是无可救药的。"这篇小说是鲁敏的练笔之作，其中的说教意味还比较浓厚。从《紊乱》（2000）、《冷风拂面》（2001）、《白围脖》（2001）开始，鲁敏有意识地在爱情事件中形象地展示这个没有爱只有赤裸裸的欲望追求、无可救药的时代。两个曾经有过一段情缘的同学因为无所事事而处心积虑地制造的一段婚外恋，却因为一个偶然的原因而烟消云散（《紊乱》）；在校女学生和成功中年男人一样在婚外情中充满了算计（《天衣有缝》）；为了能够分配进省电视台，漂亮的女大学生不惜把处女身许给一个糟老头子（《亲吻整个世界》）；一个现代女性为了追求刺激而假结婚，不惜牺牲别人的情感（《温情的咒语》）；还有更多的则是被官场、商场规则完全异化成动物的欲望追求者，例如《梅花开了》中的张秘书、《天衣有缝》中的赵秋山、《戒指》中的副处级、《温情的咒语》中的丁等等。对于后面这一类人物，鲁敏掩饰不住对他们的厌恶。有时候连姓名也懒得送给他们，干脆以官职或号码代替。

鲁敏虽然为我们展示了这个时代的精神荒漠，但她还没有掐灭所有的希望之光。首先，作为一个七零年代的作家，鲁敏有一种对下层人民天然的同情和认同。她总是把温暖的色调留给这些不幸的人们，也正是他们常常表现出这个无爱时代中难能可贵的对爱的理解。《亲吻整个世界》中真正懂得爱的是贫穷的阿黄兄妹；《笑贫记》中的李兵对利欲熏心的小沫一往情深，在她父母都放弃为她治疗的时候，他们贫穷得把每一分钱都攥出水来的一家人却主动为她承担起高昂的医疗费用。这种痴情与善良也是对爱最好的阐释。除此之外，即使在调动她辛辣的批判之笔的时候，鲁敏对那些来自底层的人物也会表现出相当的宽容。在《梅花开了》中，在那个试图通过一次处心积虑的婚姻留在南京的东坝女孩梅花身上就寄予了作者相当多的温情，作者甚至有压抑不住的同情流露给梅花和她木讷的二贵。她最后的自杀在作者笔下更像是一出带有控诉性质的悲剧。这与作家对那些完全异化成欲望追猎者的小官僚、商人的无情讽刺、批判是有着本质上的区别的。

其次，在她的小说中还有一些执著追求着爱的人们。《白围脖》中的忆宁是在人们首先是母亲对父亲的婚外情的厌恶和鄙视中长大的。但是随着忆宁人生阅历的增长，尤其是当忆宁自己的感情出现危机的时候，她开始以爱的视角来重新审视父亲的所谓生活腐化，她终于明白，那是为数不多的真正的爱情事件。因此，在忆宁与崔波的婚外情中，与崔波纯粹是为了报复自己出轨的妻子不同，忆宁是为了摆脱那早已变得像白开水一样令人厌倦的生活，寻找、体验父亲当年与小白兔之间那种动人心魄的爱情。"精神既然已经没人能够顾及，肉体的忠贞又有什么特别的意义？就与崔波牵强附会一次吧，就当是真的有爱情在婚外翩然降临吧。也许这种随兴所至的偶然倒会真的带来一点生活的汁水和风味。"像忆宁这样的爱的追寻者在鲁敏的小说中是最令人温暖的形象，在他们的内心深处还残存着对人间挚爱的向往。《亲吻整个世界》中那个丑陋的女孩有一个不切实际的想法："我想嫁一个我喜欢的男人"；《冷风拂面》中的那个看似洒脱的女孩子也渴望着一个有爱的家庭；还有《李麦归来》中的李麦，《镜中姐妹》中的小双，《白衣》中的陈冬生，《温情的咒语》中的小青、小白兄妹，《轻佻的祷词》中的周正康，《爱战》中的郝青蓝、姚一红，《笑贫记》中的李兵……

不过鲁敏却让她小说中的这些爱的追寻者无一例外地成为这个荒漠世界中孤独的流浪者。在忆宁看来，她与崔波的偷情是一个追寻爱的过程。虽然她总是以父亲和小白兔的爱情为参照物，但是她最终悲哀地发现：在这个时代，爱已经被欲望的极度膨胀抽空了。不必说崔波，也不必说母亲，更不必说对忆宁的婚外情懒得理的王刚，就连忆宁自己也深深地意识到了自己爱的能力的缺乏。"完了，这是人类的共同退化：大家都不会爱了。只会做爱。"忆宁在小说最后像孩子一样大哭"爸爸，我想你"。忆宁为什么会想念13年前带给她们屈辱的父亲？显然，在她看来，只有在她父亲生活的那个时代还有爱情。在这个时代，爱情的追逐者注定是要孤独的，他们注定要像失去家园的波希米亚人一样到处寻找那个早已失去的爱的绿洲。

从这一判断出发，我们不难看出鲁敏的世界观。出于对这些孤独流浪者的认同，鲁敏在塑造这些人物时总是灌注着强烈的同情：《亲吻整个世界》中丑陋的阿黄，《冷风拂面》中那个29岁的女孩，《白围脖》中的忆宁、陈冬生、小白、周正康、郝青蓝、李兵……即使这些追寻者本身的爱的理想有些瑕疵，她仍然不吝惜自己的同情。例如《爱战》中那个对爱情充满幻想的女会计师姚一红因为不满意丈夫的庸俗无作为而勇敢地离开了温暖的家去追寻心目中理想的爱情。虽然作者通过一系列的巧合调侃了这个爱幻想、好冲动的女人，但是通过与《男人是水，女人是油》那三个纯粹为了欲望而奋斗的女性相比较，我们就可以看出：作家对姚一红的调侃中还寄予了深深的同情。她的尴尬是由于时代的荒谬性。就如加缪所说，这是"人与他的生活之间的分离，演员与舞台之间的分离"。① 所以，鲁敏一直在反问：在一个无爱的时代，谁有可能得到真正的爱，而不感到荒谬呢？

---

① ［法］加缪：《西西弗的神话》，杜小真译，生活·读书·新知三联书店1987年版，第6页。

无爱时代的困惑与思考

——从盛可以的《谁侵占了我》、《水乳》谈起

2003 年 4 月 18 日，首届"华语文学传媒大奖"的"最具潜力新人奖"授予了被誉为 2002 年文坛奇迹的盛可以。在授奖词中，这样解释她获奖的理由：

> 她身上不同凡响的潜质，使她刚出道便成为当代文坛不可忽视的存在。她的《水乳》远离当下女性写作的经验陷阱，在书写两性心灵的微妙关系上，显示出了少有的冷静、开阔和深邃。她的语言尖锐而富于个性，她抵达女性生活深层景观的方式直接而有力，加上她在叙事上的训练有素，使她获得了一个良好的起点，并酝酿着一切可能的艺术突破。

我不知道这里所谓的"当下女性写作的经验陷阱"是什么，盛可以的写作给我的第一个印象是对既往的爱情理想的鄙弃。她的小说集《谁侵占了我》的开篇就在唾骂所谓的"爱一个人会万劫不复"的爱情理想为"狗日的信仰"。这篇小说的情节是老套的三角恋故事，其中的三个主人公可以代表她对当下人的分类理解：我，"一个没有灵魂的恋爱专业户"；李威，一个自以为是，试图在我和另外一个有着"爱情信仰"的纯洁"高尚"的姑娘——

朱媚之间跳舞的时尚男人；朱媚，一个"这个世界上罕见的有着爱情信仰的女人"。整篇小说都在痛斥所谓爱情的虚伪，揭去爱情的浪漫光环，以至于对爱情的贬斥几乎淹没了本来应该吸引读者的三角恋的情节。爱情在"我"的眼里"是小孩过家家的活儿"。"我"甚至对李威说："只是上床的话，不要把事情弄得很复杂，不要谈什么劳什子爱情！"在"我"看来，所谓的爱情理想都不过"小孩过家家"般的虚妄，早已"万劫成灰"。

爱情是人类生活中常说常新的话题，仅次于生存欲望，在中国文学传统中也可以说源远流长，无数的爱情成为了我们的文学经典。但是，我们现在所面对的爱情传统却已完全不同于那种高唱着"上邪！我欲与君相知，长命无绝衰"的生命激情。爱情，在 20 世纪的中国，作为现代性神话的一部分受到了绝对化理性的侵蚀。在现代性的中心主义和整体主义的原则下，爱情被理性改造着。现代性所塑造的爱情理性与革命、民族、国家这些现代性话语有着割舍不开的联系。为了服从以革命为代表的现代性理性，人的正常的爱情要求常常被压抑着。这种长时间的压抑，在人的精神上造成的创伤是触目惊心的。因此当现代性理性的控制一旦减弱，伴随着对现代性话语的有意颠覆而来的，首先是爱情的理想光环渐渐消隐。当下的爱情已经失去了它的统摄力，当下的人正陷入一种失去了爱情准则的零碎化、日常化的后现代状况。在一些所谓"七零年代后"作家那里，嘲弄爱情已经成为借以表明自己"新"的身份标志。盛可以虽然以年龄看也属于"七零年代后"，但在她的笔下爱情并不仅是身份的标志。盛可以的小说中对爱情的鄙弃既是对现代理性改造过的爱情理想的鄙弃，又是对失去了统摄力、把男女之间的关系仅仅视为赤裸裸的动物的性关系的无爱现实的失望。她传达着那些还想正视自己内心的，却由于心理落差在心灵深处造成了巨大痛苦的人们的经验。

爱情的生物性基础是人类的性欲望。但在 20 世纪强大的现代性话语面前，性又被贬入它曾经在旧礼教中的地位：隐藏在婚姻的外衣下，以生殖为目的，日益道德化。在 20 世纪，道德实际上就是现代性理性的化身，它时刻监督着爱情中的性，不容许任何有悖于理性的形象和内容存在。20 世纪 80 年代以来的写作中，对道德的侮弄带有强烈的颠覆现代性话语的策略意识。这种先锋姿态吸引了许多作家，当然也包括所谓"七零年代后"的这一批。性，已如狂飙席卷着当下的生活和文学，爱情忠贞已成了上个世纪的童话，不忠反而成了婚姻的常态。在盛可以的笔下，除了还沉浸在爱的迷梦中的徐鹏和吕玉还无法确证是否会"红杏出墙"外，几乎没有谁还在坚守忠贞。同时在两个异性间跳舞已经不是什么稀罕事。这种事已经不分职业、性别、阶层。但盛可以所要表达的不仅是这些生活的表象。

在盛可以的小说中，没有了爱情统摄的性几乎降到与饮食同等的地位。她常常把做爱与做饭、吃饭等本能欲望的满足混在一起。《水乳》中"做爱"与"吃海鲜"类比；《无爱一身轻》中"我"对"卵"的想象也和"胃部"感觉联系在一起。《无爱一身轻》是一篇需要仔细体味的短篇，它以一个女子的口吻从"'屌'——相信大家都'认识'这个字"入手，一层层揭去覆盖在性上面的爱情伪装。这也是一篇满是议论的小说，到处充满的是叙述者愤激的声音，几乎没有什么情节。她的叙述声音甚至使人怀疑作者的性取向。它没有丝毫的掩饰，以第一人称的叙述坦露一个女人对"屌"这一男性生殖器的感受。她似乎在写一篇关于"卵"的女性感受史。叙述者不仅把对"卵"的感受与食欲联系在一起，还把它降低到女性的日常生活经验的层次："我喜欢仔细地看它。像看刚从市场买来的衣服。关于它的质地、色泽、款式、纽扣、口袋、线路，全不放过。"

这样的态度的确会让许多道学家跳起来，也可能使许多"新新人类"欢呼雀跃，但在盛可以看似无所谓的叙述缝隙中，我们可以看到她与曾经轰动一时的"美女作家"叫嚷"身体写作"的区别：她并没有把写作满足于叙写纯属个人的体验，而这一特征常常被视为"七零年代后"醒目的胎记。在"七零年代后"的叙述中，性或曰身体被有意识地"漂白"，漂去原始本能、纯粹情欲之外的一切意义，但唯一没有漂去的是性在商品社会中的商品性，性成为商品社会中一道独特的景观。在盛可以的小说中，性也常常被置于酒吧、迪厅、名牌时装、名车、别墅之间，但它却并没有被凝固在肉欲和物质享乐之中，它常常是叙述者探询意义的根据。这一点，她与20世纪60年代出生的女性主义作家如陈染、林白等有相似之处：都把性作为女性自我沉思的对象并以此来抗拒传统的性别政治赋予女性的刻板规范。盛可以也乐于承认这一点。"有人说这部作品中饱含很强的女权色彩，我个人也觉得里面女性意识比较强"。

她的确是通过性来思考女性在这个消费主义意识形态统治的，没有爱情的时代中的位置。她并没有像卫慧、棉棉们一样把"身体"打造成一件最美丽的商品，呼应着消费主义意识形态认同这件超级商品的鼓动。她的写作正如她自己所说："我的写作，源自于困惑。因为困惑，我必须分析，要分析，必须解剖。我只有通过叙述来解剖心灵，解剖肉体，解剖生活。"因此在她诅咒这个无爱时代的叛逆姿态的背后，还有着深切的同情与思考。在她消解爱情意义的叙述中，有着对脱离了现代性话语的爱情意义的探寻，虽然她还无法说明这种爱情价值观的全部内涵。她痛骂爱情为"狗日的信仰"，甚至不惜以连篇累牍的"他妈的"这样的粗话来诅咒爱情，但她内心里还是对"万劫不复"的爱情充满着渴望。即使在《无爱一身轻》这样的篇什中，她的愤激的叙述也掩盖不住这种渴望：她把性交称为"交配"，不想"用'做爱'这样的词"，其原因是她还要"保存一些神圣的东西，哪怕是一个词"。爱情，就是她试图保存的"一些神圣的东西"：她希望"卵"能够"分辩（辨）激情与爱情，做爱和交配"，能够唤起"你的柔情与审美"。她认为最完美的"卵"应该是"让人眼前一亮，洁净、漂亮、完美，粗旷（犷）中带些书生气，文明中透露着野蛮，这是最令人心醉神迷的一种"。（《狗日的信仰》）

这种对爱情的渴望与她对男权社会中被消费主义意识形态异化的女性位置的思考联系在一起。她注重重复女性伤痕累累的经验，对男性在男权社会中不自觉地借助意识形态力量所表现出来的自以为是时刻保持着清醒的认识，时加嘲讽。正如福柯所说，性植根于文化和历史之中，权力的冲突和对抗都必然会铭刻在性之上。与阅读性一样，书写性也就是在书写历史，书写权力斑驳的印记。因此当我们看到盛可以笔下的主人公宣称"我的最大乐趣还是手淫"时，我们应该从女性主义立场去理解它。这种态度带有强烈的女性文化的特征，带有挑战、颠覆僵化、压抑的占统治地位的社会秩序以及伦理规范的策略意识。这也是她与"七零年代后"的美女作家的区别所在。后者在写作中虽然也有对现存道德体制的嘲弄，但她们在性的解辖域化过程中不自觉的又陷入消费主义的陷阱，因此她们的解辖域化最终以再辖域化——陷入消费主义的意识形态中——而告终。盛可以则借助于陈染、林白们的女性主义经验从群体中挣脱出来。《水乳》中的女人左依娜在三个男人中苦苦寻找着真爱，但结果是女人左依娜每次都"在天上看见深渊"。与女人左依娜同命运的还有其他三个女人：挺拔苏曼、茄子袁西琳、瘦子尹莉。作为女人她们都无法摆脱屈辱的地位：在情感当中，她们"扮演的总是失败与悲剧角色"，无法"改变自己"，无法"摆脱被动与无助的状态"。盛可以通过这种网状结构分析揭示女性的共同命运：或者"陨落，无边空寂中"（《狗日的信仰》），或者在"狂风暴雨"中毁灭（《水乳》）。这里有她的愤懑，有她的困惑，也有她试图冲破现存的男权体制的努力。

作为一个最有潜力的新人，盛可以并没有仅仅把目光限制在个体经验的传达上，她在自我沉思的同时，还注意到这个社会的底层。在她的笔下，底层更能传达出这个无爱的时代的残酷。李修文认为她的作品中有"冷酷而凌厉的底层气息"。笔者认为盛可以笔下的底层社会生活虽然是冷酷甚至是残酷的，但并没有她以性来自我反思时的凌厉，更多的时候是充满了同情。这种同情源于"深藏于内心的执著的清醒，一种找准了自己的使命感与精神立场的清醒"。她希望自己"清醒地写作，意味着心怀对人类痛苦的思虑，且心平气和"。她的下列小说提示着她的这种写作态度：《中间手》、《致命隐情》、《鱼刺》。尤其是《中间手》这篇小说，它关注的是一个"被群体剪裁下来"的下岗工人——李大柱如何逐渐变成"异于常人的另类"，直至被异化为猿猴的过程。这种异化是全方位的，先是表现在性能力上：他使用的避孕套由大号到中号再到小号，最后失去了性能力成为一个"废人"；再表现在躯体上：长出了第三只手（第三只手常常用来形容小偷，被视为道德堕落的标志，但盛可以并没有这样称呼它，而是称其为"中间手"，这里也许是在传达这样一个信息：在这个无爱的时代，一个正直的人的唯一可能就是被强制异化成猿猴），最后在精神上被异化成动物。这可怕的一幕很容易让我们想起卡夫卡的《变形记》。另外的两篇作品也同样值得注意：《杂种》、《钢筋蝴蝶》（又名《镜子》）。它们分别在一只杂种狗和一个纯洁的孩子眼前展现人类对两性关系的理解的非理性，这两篇小说的立意与叙述都很新颖，显示了一个新人广阔的视野。

作为一个文化事件，更重要的一点也许是盛可以出现的方式。她借助于"华语文学传媒大奖"这样一个民间的评奖形式被推出本身就带有强烈的文化体制改造的意味。"华语文学传媒大奖"的发起和评奖过程纯粹是民间运营形式，带有"非官方色彩"。这一点也许是它的最大看点。它宣称自己的原则是："坚持'公正、独立和创造'的原则，'反抗遮蔽，崇尚创造，追求自由，维护公正'坚持艺术质量和社会影响力并重，为华语文学的发展寻找新的可能，以留存每个年度最重要、最有价值的文学记忆。"这些原则更能表现它试图突破现存评奖机制的努力。正如终审评委们所说："如果从近的意义来看，我认为它是别的同类评奖所不可取代的。"虽然它与大众传媒的联姻引起了许多的非议，而且它的目标带有商业炒作的味道。但是参加评奖的终审评委们所关注的却并不是这次评奖的商业性，他们想做的是借助商业的力量来说文学的话。这也许会是一柄达摩克利斯之剑，但你能要求一些对文学有着真挚情感的人们在我们这个社会里有别的选择吗？因此我们不能因为其中夹杂着商业行为而怀疑它在突破现有体制方面的客观意义。尤其是"年度最具潜力新人"奖授给了盛可以，这样一个颇有思想深度的自由职业者，其中的勇气值得欣赏。

作为新人，盛可以并不是没有值得指摘的地方。也许在盛可以的小说中可以看到有粗糙的地方，作为一个新人是不应该在此方面被苛求的。但在她的获奖小说《水乳》中有一种现象还应该被指出来：在长小说的后半部分，可以看到大段对《钢筋蝴蝶》的复制。也许作者会说这是共同经验的结果，但这种段落总会让人怀疑作者是否有急功近利的态度。当然盛可以并不是这种写作方式的始作俑者，张者的《桃李》中也出现过同样的情况。也许在商品社会里，作为自由职业者自有他／她难言的苦衷也未可知。

后 记

　　忽然有这样一个机缘可以出版一本论文集，我便将自己关于中国现代性爱叙事的文章收集起来。这些文章的写作最早的是在 2002 年，最晚的为 2012 年。在这十年里，我大部分的研究时间集中在这一主题上。

　　最初进入这一专题研究时，我还不知道我的研究目标在哪里，研究结果是什么样的。随着研究的深入，我越来越感到这一专题研究的魅力：从中国现代性爱叙事入手可以探寻百多年来现代中国人情感变动的细节；从那些充满着激情的叙事中可以感受现代汉语的魅力。最近几年，不断有前辈关心我的研究选题，提示我应该将研究视野扩展到其他专题研究领域。我也深感前辈的拳拳之心。但是，在这一专题研究没有得到一个满意的结果之前，我不舍得离开它。

　　因为写作的时地不同，书中的一些文章在涉及性爱、爱情、描写、书写、叙事这些关键词的时候，其内涵或有差异。性爱与爱情在本书中是指那种以男女两性的自由意志为核心、带有鲜明的个体性的两性间热烈的互爱。这接受的是恩格斯在《家庭、私有制与国家的起源》一书中的带有浓厚浪漫主义色彩的定义。之所以如此，是因为我们所要考察的中国现代性爱叙事正是受到这种带有浪漫主义色彩浓厚的性爱观念的深刻影响而出现的一种叙事形态。描写、书写、叙事在本书中都指向中国现代性爱的叙事行为。中国现代性爱叙事作为本书的研究对象所涵盖的内容并不仅指文学作品中有关现代性爱的故事。这只是本书研究对象的一个部分。对于本论题来说，中国现代性爱叙事还包括性爱故事讲述的方式，即中国现代性爱叙事的模式。故事固然可以反映一个时代的思想状况，而某一特定时空条件下所出现的相对一致的叙事范式（模式）更能够集中而深刻地反映出一个时代的思想状况和思维模式。当然，中国现代性爱叙事还包括在某一时空条件下形成某一性爱叙事模式的文化权力逻辑，即中国现代性爱叙事规范。相对于前两者，叙事规范是更深层的影响着中国现代性爱叙事形态的因素。它反映出某一时空下，各种社会因素在现代性爱叙事中的博弈。因此，中国现代性爱叙事作为本论题的研究对象包含着三个层面：故事、叙事模式、叙事规范。

这个集子中的二十余篇文章，写作时间跨度有十年。这十年几乎是我进入专业教学与研究的全部时间。因此，从这些文章中可以看出我蹒跚的脚步。一些文章的幼稚、武断之处十分触目，不过作为自己生存的痕迹，我没有作任何改动。

这些文章写作、发表的时间不一，所涉及问题时有交叉，也有些文章纯为稻粱谋，因此其中不免重复累赘，这是要请读者原谅的。因各种原因，部分文章发表时曾蒙编辑先生删改，这次出版时仍改回原来的模样。另有几篇文章则因为篇幅所限刊落了。

这些不成熟的文章先后有幸忝列国内几种学术刊物。在此，我谨向所有曾经不吝青目的编辑先生们致敬！

另外，张静同志为这本集子做了一些编辑和资料整理工作。中国社会科学出版社的门小薇女士为本书的编辑、出版赐予大量宝贵的意见，谨致谢忱。

徐仲佳

2012 年 4 月 30 日于琼州府城